DIAWL
Y WASG

DIAWL
Y WASG

GERAINT EVANS

I Dyfan Rhys

Argraffiad cyntaf: 2013
© Hawlfraint Geraint Evans a'r Lolfa Cyf., 2013

Llun a chynllun y clawr: Tanwen Haf

Rhif Llyfr Rhyngwladol: 978 1 84771 671 2

Dymuna'r cyhoeddwyr gydnabod cymorth ariannol
Cyngor Llyfrau Cymru

FSC

Cyhoeddwyd ac argraffwyd yng Nghymru
ar bapur o goedwigoedd cynaladwy
gan Y Lolfa Cyf., Talybont, Ceredigion SY24 5HE
e-bost ylolfa@ylolfa.com
gwefan www.ylolfa.com
ffôn 01970 832 304
ffacs 01970 832 782

PENNOD 1

CYMERODD SHARON POTTER ofal arbennig wrth osod papurau'r cyfarfod ar y bwrdd. Ar ddiwrnod cyntaf ei swydd newydd fel ysgrifenyddes Gwasg Gwenddwr roedd am i bopeth fod yn berffaith. Efallai nad oedd y swydd yn heriol na'r cyflog yn sbesial ond roedd y gwaith yn barhaol ac roedd hynny'n allweddol i Sharon. Wedi deunaw mis mewn sawl swydd ddienaid, hwn oedd ei chyfle mawr i brofi ei hun.

Taflodd olwg o gwmpas yr ystafell gyfarfod. Roedd yn hen ffasiwn ond eto'n ddeniadol. Roedd y ffenestri Sioraidd a ymestynnai o'r nenfwd i'r llawr yn rhoi golygfa dda o Eglwys San Mihangel, Aberystwyth gyda Bae Aberteifi yn gefnlen. Ni wyddai Sharon rhyw lawer am bensaernïaeth ond gallai werthfawrogi cadernid y llawr pren, y paneli gwyrdd a orchuddiai'r muriau a'r teimlad o olau ac ysgafnder a nodweddai'r cyfan. Efallai fod angen cot o baent a bod y bwrdd derw a'r cadeiriau o'i boptu wedi gweld dyddiau gwell, ond dyna ni, meddyliodd, gwell gwario ar gyflogau nag ar baent a dodrefn.

Pwysodd ymlaen at y bwrdd i sythu un o'r papurau ac er na chlywodd smic, synhwyrodd fod rhywun wedi dod i mewn i'r ystafell. Clywodd gamau'n agosáu ac roedd ar fin symud pan deimlodd gyffyrddiad ysgafn ar ei chefn. Gyda'i cherydd yn barod, trodd i wynebu dyn yn ei chwedegau hwyr. Roedd ganddo wallt du wedi britho, y llygaid glasaf a welodd Sharon erioed ac wyneb trawiadol – talcen uchel, trwyn y byddai ei mam wedi'i alw'n 'Roman' a gên gref a roddai iddo olwg drahaus. Gwenodd arni, ond gweld rhyw oerni yn hytrach nag unrhyw gynhesrwydd a wnaeth Sharon.

Daeth y dyn yn agosach a rhoi ei fraich am ei hysgwyddau. "O, pwy sy fan hyn 'te? Dwi ddim yn credu'n bod ni wedi cwrdd."

"Sharon Potter, yr ysgrifenyddes newydd."

"Sharon, enw Hebraeg. Rhosyn Saron. Croeso i Wasg Gwenddwr. Meurig Selwyn, perchennog y Wasg, ydw i. Gobeithio y byddwch chi'n hapus iawn yma. Ychwanegiad tlws ar y naw i'r cwmni, os ca i ddweud."

Closiodd Meurig at Sharon ac yna fe glywyd llais siarp o ben arall yr ystafell.

"Meurig!"

"A, fy *annwyl* chwaer, sy bob amser wrth law pan fydda i ar fin cael tipyn bach o sbri. Susan, dyma Sharon."

"Mae Miss Potter a minnau eisoes wedi cwrdd. Taset ti wedi dod i'r cyfweliad byddet tithe hefyd wedi cwrdd â Sharon. A gyda llaw, Sharon – cyd-berchennog Gwasg Gwenddwr yw Meurig, nid perchennog."

Camodd Sharon tuag at y chwaer. "Deall yn iawn, Miss Selwyn. Dwi wedi rhoi'r papurau allan ac mae'r dŵr a'r gwydrau ar ganol y bwrdd, fel ro'ch chi wedi gofyn. Oes rhywbeth arall? Y'ch chi am i fi gymryd cofnodion?"

"Na, bydd rhywun arall yn gwneud hynny. Gallwch chi fynd 'nôl i'r dderbynfa. Dwi wedi anfon drafft sawl llythyr atoch chi. Allan nhw fod yn barod i mi eu llofnodi erbyn y post prynhawn, os gwelwch yn dda?"

Heb air ymhellach, gadawodd Sharon ac eisteddodd Meurig a Susan Selwyn wrth y bwrdd – Meurig yn y gadair fawr ar y pen a Susan wrth ei ochr. Gallech weld ar unwaith bod y ddau'n frawd a chwaer, er bod Susan yn hŷn a threigl amser wedi bod dipyn mwy angharedig iddi hi na'i brawd. Roedd ei gwallt wedi gwynnu a'i dynnu'n syth yn ôl o'r talcen uchel. Gwisgai ddillad syml ond drud – blows sidan wen wedi'i botymu hyd at y gwddf, siwmper wlân ddu a sgert lwyd – gan roi'r argraff o ddynes ffroenuchel na hidiai'n ormodol am ei delwedd.

Syllodd ar ei brawd drwy'r sbectol aur a orweddai ar ei thrwyn. "Oes raid i ti, Meurig? Ti'n ymddwyn fel hen ddyn bach brwnt. Tyfa lan, er mwyn Duw!"

"Ma merched yn hoffi tamed bach o fwythau, Susan. Sdim byd o'i le ar ambell gompliment nawr ac yn y man."

"Nid mwytho oedd hwnna, Meurig, ro't ti'n ei phawennu hi."

Oedodd y brawd am eiliad cyn ateb yn sbeitlyd, "Fyddet ti'n gwybod dim am bawennu, fyddet ti?"

Roedd golwg o wenwyn pur rhwng y ddau, a Susan ar fin ymateb pan glywodd ddrws yr ystafell yn agor a phedwar person yn dod i mewn: Milly Morgan, gweinyddwraig y Wasg; David Wilkins, y rheolwr ariannol; Eilir Rhys, y golygydd llyfrau oedolion; a Nia Adams, y golygydd llyfrau plant. Eisteddodd pawb a tharodd Meurig Selwyn y gwydr wrth ei ymyl i ddechrau'r cyfarfod.

"Diolch i chi i gyd am ddod i'r cyfarfod misol ond dwi am newid y drefn…"

Pesychodd Milly a thorri ar ei draws. "Mae'n flin 'da fi, Meurig, ond ma rhaid i ni gadarnhau cofnodion cyfarfod Mehefin. Dyna'r drefn. Wedyn fe alla i ddechrau cofnodion cyfarfod heddi."

"Ie, iawn, os oes rhaid. Oes rhywun yn barod i gadarnhau cofnodion Mehefin?"

"Cywir, rwy'n credu," dywedodd David Wilkins yn bedantig, "ar wahân i un peth bach. Ar waelod tudalen dau, ffwl stop yn hytrach na choma, Milly."

Edrychai Meurig fel petai ar fin ffrwydro. "Blydi hel! Ma 'na faterion pwysicach nag atalnodi. Dylech chi fod yn canolbwyntio ar y sefyllfa ariannol beth bynnag, Wilkins. Gwastraffu amser y cwmni, y cwmni sy'n talu cyflog i chi. Dyna hen ddigon am ffwl stops a chomas."

Cafwyd ennyd o embaras wrth i Meurig roi sylw manwl i'r papurau o'i flaen.

Pesychodd Milly am yr eilwaith. "Iawn. Felly, mla'n nesa at y materion yn codi o'r cofnodion."

"I yffarn â'r materion yn codi! Fel sonies i, dwi am newid y drefn oherwydd mae gen i ddau beth pwysig i'w cyflwyno. Fe fyddwch chi'n cofio, mae'n siŵr, 'mod i'n un o feirniaid y Gadair yn Eisteddfod Genedlaethol Glannau Aeron eleni. Fi sydd i draddodi ar y prynhawn Gwener. Bydd hynny, gobeithio, yn sicrhau sylw i Wasg Gwenddwr."

"A tipyn mwy o sylw i chi," ychwanegodd Eilir Rhys o dan ei anadl.

"Mae'n flin 'da fi, Eilir, wnes i ddim clywed. O'dd e'n bwysig?"

"Na, ddim mewn gwirionedd. Ond gan eich bod chi'n sôn am y Steddfod, cofiwch am lansiad nofel ddiweddaraf Evelyn Lloyd Williams, *Paradwys Borffor*, ym mhabell Gwenddwr brynhawn Gwener."

"Ydy'r nofel hon yn well na'r lleill, neu ai'r un hen rwtsh siwdo-lenyddol ag arfer yw hi?" gofynnodd Meurig.

"Dyw hynna ddim yn deg. Mae llyfrau Evelyn yn gwerthu'n reit dda ac mae wedi sefydlu cynulleidfa ffyddlon o ddarllenwyr dros y blynyddoedd."

"Cynulleidfa sy'n prysur farw. Faint o amser fu raid i chi dreulio i gael rhyw fath o siâp arni?"

"Fe gafodd Evelyn yr un sylw ag awduron eraill Gwenddwr. Dim mwy, dim llai."

"Duw â'n helpo felly! Beth bynnag, mae sylw Eilir am werthiant ac awduron yn dod â fi'n syth at yr ail beth." Arhosodd Meurig Selwyn am eiliad, fel petai'n fwriad ganddo greu tensiwn, ac yna aeth yn ei flaen. "Dwi am ddweud wrthoch chi nawr, a chi yw'r cyntaf i gael clywed – dwi wedi penderfynu gwerthu'r Wasg."

Distawrwydd llethol, ac yna fflyd o sylwadau. Eilir oedd y cyntaf.

"Nefoedd wen, Meurig! Sôn am gyfathrebu â'r staff! Chlywon ni ddim gair am hyn tan nawr. Dwi wedi bod yn cynllunio rhaglen gyhoeddi llyfrau oedolion gogyfer â'r farchnad Nadolig ac mae Nia wedi bod yn gwneud yr un fath gyda'r rhaglen blant. Mae hyn yn hollol afresymol!"

"I'r gwrthwyneb. Mae'n hollol resymol. Ac mae 'na reswm da am gadw'r cyfan yn gyfrinach tan nawr. Mae'r lle 'ma fel rhidyll. Tasen i wedi rhoi'r awgrym lleia o hyn, bydde'r hanes wedi cael ei daenu i bob cwr o'r wlad cyn nos. A dyna'r siawns o gael pris da am y busnes wedi mynd yn ffliwt."

"Pam y'ch chi mor awyddus i werthu?" gofynnodd David Wilkins.

"Tasech chi'n gwneud eich job fel rheolwr ariannol yn iawn, fydde dim rhaid i chi ofyn cwestiwn fel 'na."

Gwridodd David Wilkins ond ni ddywedodd air.

"Er mwyn i bawb ddeall, mae Gwasg Gwenddwr yn agos at fynd yn fethdalwr. Rwy newydd dderbyn y biliau argraffu diweddaraf gan Morfaprint, ac ar ôl talu'r rheini, prin y bydd arian ar ôl i dalu cyflogau Gorffennaf."

"Ond beth am incwm gwerthiant?" holodd Wilkins ymhellach. "Mae'r Genedlaethol wythnos nesa a dyna'r adeg gorau am werthiant, ar wahân i'r Nadolig. Fel bydde Eilir yn gallu cadarnhau, mae gyda ni nifer o deitlau newydd a fydd yn gwerthu'n dda. Wedyn, fe fydd yr incwm yn codi. Mater bach o *cash flow*, dyna i gyd. A beth am yr arian sydd wrth gefn?"

"Ie, *cash flow*, Wilkins. Dyna'n union beth sy o'i le. Prinder *cash flow* neu, yn fwy manwl, prinder affwysol o *cash*. A'r arian wrth gefn? Ry'n ni wedi bod yn drachtio o'r ffynnon honno ers sawl blwyddyn ac mae bron â sychu'n grimp. Alla i ddim bod mor ffyddiog â chi am werthiant y teitlau newydd. Mae gwerthiant ar i lawr ers nifer o flynyddoedd. Rwy'n gwybod bod y farchnad yn crebachu ond, o siarad â gweisg eraill, alla i'ch sicrhau chi bod gostyngiad Gwenddwr yn waeth."

"Ond dy'n ni erioed wedi honni bod cynnyrch Gwenddwr yn stwff poblogaidd," dadleuodd Eilir. "Nid dyna'n marchnad ni. O'r cychwyn, mae Gwenddwr wedi rhoi pwyslais ar safon ac ar gyhoeddi cyfrolau gan gewri llenyddol y genedl. Ac yn ystod y pum mlynedd diwetha mae mwy nag un teitl o'r Wasg wedi cyrraedd rhestr Llyfr y Flwyddyn."

"Bydden ni ar dir dipyn cryfach petai un ohonyn nhw wedi ennill! Mae swmp y llyfrau oedolion yn gwerthu llai na phum cant copi yr un. Mae'n iawn i chi baldaruo am safon a llenyddiaeth. Dyw awduron Gwenddwr ddim yn gwerthu. Dwi'n gorfod rhedeg busnes, Eilir, ac ar sail cynnyrch ein hawduron cyfredol, mae'r busnes yn gwegian. Nid cewri'r genedl sydd gyda ni, ond corachod!"

Drwy gydol hyn, bu Milly Morgan yn brysur yn cymryd nodiadau. Cododd ei golygon o'r papur o'i blaen. "Os yw'r sefyllfa mor anobeithiol, Meurig, pwy yn ei iawn bwyll fydd am brynu'r Wasg?"

Cafwyd yr ateb mewn dau air. "Llyfrau'r Dyffryn."

"Beth?!" ebychodd Eilir. "Llyfrau'r Dyffryn? Valley Books! Stwff twristaidd yn Saesneg yw eu deunydd nhw. Mae'r stwff Cymraeg bron i gyd yn gyfieithiadau ac mae'r rhan fwya ohono fe'n sbwriel. Ddarllenoch chi adolygiadau o *Cwm Coch*? Nofel, os gallwch chi'i galw hi'n nofel, wedi ei lleoli yn Swydd Efrog yn wreiddiol a'r cyfieithiad Cymraeg wedi symud y stori i Gwm Cynon. Cym on, Meurig, Llyfrau'r Dyffryn! Chi o ddifri?"

"Rwy'n hollol o ddifri. Weloch chi ffigyrau gwerthiant *Cwm Coch*? Dros dair mil – record am nofel Gymraeg. Mae'n hen bryd i chi, Eilir, ddod lawr o'r pedestal aruchel yna sy'n rhoi cymaint o fri ar lenyddiaeth fawr. Mae'n bryd i chi wynebu realiti. Dyw darllenwyr Cymraeg ddim am ddarllen hanesion neis-neis Evelyn Lloyd Williams na nofelau annealladwy am ffobias y Gymru gyfoes. Maen nhw, fel darllenwyr ymhob man arall, am ddarllen straeon cig a gwaed â dôs go lew o secs. A dyna beth mae Dyffryn yn cynnig."

Nia Adams, y golygydd llyfrau plant, oedd y nesaf i ymuno yn yr holi. "Beth am y llyfrau plant? Ydy'r sefyllfa yr un mor ddu?"

"Na, fydden i ddim yn dweud hynny. Mae lle i wella, wrth gwrs, ond mae 'na ambell sbarc."

"Cyfres Teulu Tywydd, er enghraifft," awgrymodd Nia.

"Cywir."

"Ac mae'r fersiwn deledu ar S4C yn yr hydref. Gallai hynny chwyddo tipyn ar incwm y Wasg."

Am y tro cyntaf yn y drafodaeth edrychai Meurig yn anesmwyth. Oedodd cyn dweud yn dawel, "Falle dylwn i esbonio bod y gyfres yn allweddol i unrhyw ddêl gyda Dyffryn. Bydd hawlfraint Teulu Tywydd, fel hawlfraint y teitlau eraill, yn cael ei throsglwyddo i'r perchennog newydd."

"A chi a Dyffryn, felly, fydd yn elwa o'r fersiwn deledu?"

"Cywir," atebodd Meurig yr eilwaith.

Roedd wyneb Nia Adams yn fflamgoch a phoerodd ei hymateb. "Ro'n i wastad yn gwybod bod chi'n fastard, Meurig, ond ddim cymaint o ddiawl dan din â hynna. Fi yw awdur Teulu Tywydd, fi greodd y cymeriadau a nawr ry'ch chi'n bwriadu dwyn y cyfan a neud ffortiwn fach deidi i chi a Dyffryn. Wel, gawn ni weld am hynny. Bydda i'n cysylltu â 'nghyfreithiwr fory nesa."

"Croeso i chi gysylltu â byddin o gyfreithwyr, Nia. Fe ysgrifennoch chi Teulu Tywydd yn amser y cwmni a derbyn cyflog am wneud. Ac os edrychwch chi ar y tudalennau blaen fe welwch chi fod yr hawlfraint gyda'r Wasg, nid chi."

Cododd Nia o'i sedd a chamu at Meurig Selwyn. Daeth wyneb yn wyneb â'i bòs ac ymddangosai fel petai ar fin ei daro. Pwysodd ato ac er iddi siarad yn dawel fe glywyd ei bygythiad gan bawb. "Byddwch yn ofalus, Meurig. Yn ofalus iawn. Fe allwn i roi terfyn arnoch chi a'ch holl gynlluniau jyst fel 'na. Cofiwch am y gyfrinach. Cofiwch am beth rwy'n gwybod." Yna, heb air ymhellach, trodd ar ei sawdl a cherdded allan o'r ystafell.

Yn hollol ddi-hid, fel pe na bai'n poeni taten am ei hymadawiad, estynnodd Meurig am wydraid o ddŵr a syllu'n herfeiddiol ar y lleill.

"Beth am yr adeilad?" gofynnodd David Wilkins.

"Mae'r adeilad mewn cyflwr gweddol ac mewn lleoliad ardderchog. Mae 'na fwy nag un cwmni wedi dangos diddordeb ond y ceffyl blaen ar hyn o bryd yw Celtic Estates, am y rheswm bod cynnig pendant ar y bwrdd."

Protestiodd Milly Morgan, "Celtic Estates? Datblygwyr diddychymyg sy'n anharddu bron pob tre yng Nghymru! Mae hwn yn adeilad cofrestredig sy'n esiampl berffaith o bensaernïaeth Sioraidd. Byddai gwerthu i Celtic yn drosedd!"

"Ychydig yn orddramatig i ryw wlanen o berson fel chi, Milly. Rhyfedd iawn eich clywed chi'n poeni am bensaernïaeth. Ry'ch chi'n treulio'ch amser yn y swyddfa lan lofft yn ffysian am betheuach fel cywirdeb cofnodion a gwneud te. A beth am y teitl crand ry'ch chi wedi'i roi ar ddrws eich swyddfa – Prif Weinyddwr! Gweinyddu? Rwy wedi anghofio mwy am weinyddu na ddysgoch chi amdano erioed! Chi'n cofio llynedd pan golloch chi deipysgrif *Drychiolaeth Dinefwr*? Roedd y dyddiad cyhoeddi a'r lansiad o fewn y mis a bu raid i ni dalu ffortiwn i ailolygu'r gwaith."

"Doedd dim angen hynna, Meurig," meddai Eilir. "Dylech chi ymddiheuro."

"I'r gwrthwyneb! Chi ddylai ymddiheuro am gwyno byth a hefyd a throi pob cyfarfod yn seiat o ofid a thrallod. Fel rwy wedi egluro, mae'n awr dywyll ar Gwenddwr, tywyll iawn, ac rwy'n cynllunio er mwyn sicrhau dyfodol i awduron y Wasg ac i chithau."

Gwelodd Milly ei chyfle. "Wel, o'r diwedd. Dyma'r cwestiwn

pwysig. Beth amdanon ni, y rhai sy wedi cynnal y Wasg dros y blynyddoedd? Oes gyda ni ddyfodol neu ydyn ni i gael ein rhoi ar y clwt pan gaiff y Wasg ei gwerthu?"

Dewisodd Meurig Selwyn ei eiriau'n ofalus. "Bydd Dyffryn yn debygol o gyflogi'r staff golygyddol presennol ond alla i ddim rhoi sicrwydd am unrhyw swydd arall."

Nid oedd angen dweud mwy. Deallodd David Wilkins a Milly Morgan oblygiadau'r ateb ar unwaith.

"Dyna ni 'te," dywedodd Wilkins. "Mae Milly a finne'n cael ein taflu ar y domen a chithe, Meurig, mae'n ymddangos, heb fod yn barod i godi bys bach i warchod dau aelod o staff sy wedi bod yn ffyddlon dros yr holl flynydde. Beth am Dei'r Porthor a Sharon Potter? Ry'ch chi newydd ei chyflogi hi!"

"Mae Dei Lloyd yn chwe deg saith oed. Gyda'i ffidlan e â jobs eraill dyw e ddim wedi gweithio'n llawn amser i Gwenddwr ers blynyddoedd. Ry'ch chi, Milly, hefyd wedi hen gyrraedd oedran pensiwn. Mae Dyffryn yn bwriadu cadw swyddfa fechan yn Aberystwyth a bydd Sharon yn ddewis delfrydol i redeg y lle."

"Diolch am ddatgelu fy oedran o flaen pawb!" atebodd Milly'n oeraidd. "Galla i weld pam y bydde Sharon yn ddewis delfrydol yn eich golwg chi. Chi wastad wedi bod yn un am waed ifanc, Meurig. Ble fydd y swyddfa newydd ta beth?"

"Parc Busnes Glanrafon."

Hyd yma bu Susan Selwyn yn dawel, yn eistedd yn gefnsyth wrth ochr ei brawd. Nawr, a'i hwyneb fel y galchen, dywedodd yn bendant, "Parc Busnes Glanrafon? Cywilydd arnat ti! Sefydlwyd Gwasg Gwenddwr yn yr adeilad hwn bron ganrif yn ôl. Bydd Tada'n troi yn ei fedd. Dyw hanes, traddodiad ac ymrwymiad teuluol yn golygu dim i ti?"

"Allwn ni ddim byw yn y gorffennol, Susan. Roedd gan Tada incwm preifat o'r stad yn Sir Frycheiniog, a'r Wasg ddim llawer mwy na hobi iddo. Dydw i, na tithe, ddim yn y sefyllfa freintiedig honno. Busnes yw cyhoeddi yn yr unfed ganrif ar hugain ac, fel pob busnes arall, rhaid gwneud elw neu mae'r busnes yn methu. Fel rwy wedi ceisio esbonio, alla i ddim gweld sut all Gwenddwr godi o'r pydew ariannol a dyna pam rwy wedi penderfynu gwerthu."

Ffromodd ei chwaer. "Rwy wedi penderfynu. Rwy am roi sac i hanner y staff. Rwy'n fêts mawr â siarcod o adeiladwyr. Fi, fi, fi. Bob amser fi. Beth amdana i, Meurig? Mae'r fi fawr wedi anghofio un peth: cyd-berchennog wyt ti, ac fel perchennog hanner arall y Wasg fe wna i'n siŵr na fydd y gwerthu'n mynd yn ei flaen!"

Cafwyd tawelwch llethol ac am y tro cyntaf yn y drafodaeth daeth sbarc o obaith i lygaid y lleill. Ond chwalwyd y cyfan gan Meurig.

"Hanner perchennog? Beth am y ffeithiau, Susan? Mae dy gyfranddaliadau di gyfystyr â chwarter gwerth y cwmni. Mae'r gweddill, 75 y cant, yn fy nwylo i, fel y gwyddost ti yn well na neb. Ac felly, fi, ie, fi fawr sydd â'r penderfyniad! Bydd Dyffryn yn dod yma i gychwyn trafodaethau ddydd Sadwrn ola'r Eisteddfod a dyna ddiwedd ar y mater."

Unwaith eto gwelwyd gwenwyn rhwng y brawd a'r chwaer cyn i Susan yngan geiriau terfynol y cyfarfod. "Meurig, dwi'n dy rybuddio di nawr. Bydda i'n brwydro hyd fy anadl olaf i gadw Gwasg Gwenddwr yn y teulu ac yn yr adeilad hwn. Fe af i i'r eithaf, hyd yn oed i angau, i sicrhau hynny."

*

Fel pob porthor gwerth ei halen, roedd gan Dei Lloyd ei gwtsh personol yn swyddfeydd Gwenddwr a wiw i neb dresbasu ar ei diriogaeth heb ei ganiatâd. Ystafell fechan oedd hi – dim llawer mwy na chwpwrdd – yng nghefn yr adeilad, gydag un ffenest yn edrych allan ar wal y tŷ drws nesaf. Doedd y diffyg golygfa yn poeni dim ar Dei. Ni fedrai weld allan ond fedrai neb weld i mewn chwaith, gan roi cyfle perffaith iddo droi at weithgareddau nad oeddent yn gysylltiedig o gwbl â'r Wasg. Yn ei ieuenctid bu Dei yn bêl-droediwr addawol ac fel ysgrifennydd presennol tîm Aberystwyth treuliai oriau yn cwblhau trefniadau gêmau'r tîm o'r cwtsh. Ei ddau ddiddordeb mawr arall oedd pysgota a betio, ac ar adegau rasys mawr Epsom neu Haydock Park roedd ei linell ffôn at fwcis Aber yn grasboeth.

Roedd Meurig Selwyn yn ymwybodol o lawer o'r uchod (ond nid y cyfan) a cheisiodd ar fwy nag un achlysur gael gwared ar linell ffôn y porthor. Methodd bob tro a hynny oherwydd mai Dei Lloyd oedd Swyddog Diogelwch Gwenddwr, yn gyfrifol am gynnal yr ymarferion tân ac am gysylltu â'r gwasanaethau brys. Rhoddai Dei bwys mawr ar y cyfrifoldeb hwnnw. Glynai at batrwm hacarnaidd o ymarferion tân gan sicrhau bod ei fêts yn y frigâd yn bresennol bob tro – ac wrth reswm, roedd y ffôn yn hanfodol i'r gwaith.

Teclyn hollbwysig arall yr ystafell oedd y tegell trydan (er bod hwnnw, yn eironig, yn torri pob rheol diogelwch tân) ac ar yr adegau pan nad oedd yn trefnu gêmau pêl-droed, sgwrsio â'i gyd-bysgotwyr neu osod bet, byddai Dei'n gwneud te. Te oedd eli'r galon iddo ac roedd ar fin arllwys dŵr berwedig i fyg pan glywodd guriad ysgafn ar ddrws y cwtsh.

Gwthiodd y myg o'r neilltu a galw, "Dewch miwn."

Milly Morgan oedd yno. Rhoddodd Dei ochenaid o ryddhad a dychwelyd at y dasg o fragu'r te. "Milly, chi isie paned?"

"Dim diolch, Dei, sdim amser. Dwi wedi dod yn syth o'r cyfarfod misol ac mae gen i newyddion drwg."

Trodd Dei i wynebu Milly.

Arllwysodd hithau'r geiriau yn rhaeadr. "Ma *fe*, Meurig Selwyn, yn gwerthu'r cwmni. Ro'n i'n meddwl y dylech chi gael gwybod."

"A shwt ma fe'n meddwl neud hynny? Ro'n i wastad yn

meddwl mai hanner a hanner oedd rhyngddo fe a Susan. Galla i byth credu y bydde hi moyn gwerthu."

"Wel, 'na beth ro'n ni i gyd yn tybio ond fe ddatgelwyd yn y cyfarfod mai dim ond chwarter sy gyda Susan a'r gweddill i gyd gyda Meurig. Ac felly, fe sydd â'r pŵer a'r gair olaf."

Edrychodd Dei yn graff ar Milly cyn holi'n bwyllog, "A beth am y staff? Wedodd e rywbeth amdana i?"

"Mae Eilir a Nia'n debygol o gael cadw'u gwaith gyda'r perchnogion newydd. Mae pawb arall ar y clwt – Wilkins a chi a fi. Cyfeiriodd e atoch chi a dweud nad y'ch chi wedi gweithio'n llawn amser i Gwenddwr ers blynyddoedd a'ch bod chi a fi'n bensiynwyr, dim gwell na rhyw hen grocs diwerth."

"Do fe nawr? Wel, gewn ni weld am hynny."

"Ond beth allwn ni wneud?"

"Milly, gadewch y cyfan i fi. Ma sawl ffordd o droi'r drol ar Mr Meurig Selwyn."

Gwenodd Milly a gadael. Wedi llwyr anghofio am ei de, cydiodd Dei Lloyd yn y ffôn a deialu.

"Goronwy, ti sy 'na? Gwranda. Ma arnat ti sawl ffafr i fi ac mae'n adeg talu 'nôl. Un gymwynas fach syml, 'na i gyd, ond ma rhaid gweithio'n glou…"

PENNOD 2

BU'R TYWYDD YN garedig i drefnwyr Eisteddfod Genedlaethol Glannau Aeron a thyrrodd y miloedd i'r Maes ar gyrion tref Aberaeron i fwynhau gwres yr haul. Roedd pabell Gwasg Gwenddwr mewn llecyn ffafriol ond ni ellid honni i'r Wasg brofi Eisteddfod brysur. Ychydig, yn wir, a drodd i mewn. Ar brynhawn Gwener yr ŵyl safai Milly Morgan yn flinedig wrth gowntcr y stondin gan obeithio y byddai heddiw'n wahanol – gyda thipyn o lwc, byddai lansiad *Paradwys Borffor* yn denu'r niferoedd a'r nofel yn abwyd iddynt brynu llyfrau eraill y Wasg. Synfyfyriodd am eiliad. Pam ddylai hi boeni? Wedi'r cyfan, *roedd* hi wedi cyrraedd oedran pensiwn ac efallai mai ymddeol fyddai orau. Yna, cofiodd eiriau angharedig Meurig Selwyn yn y cyfarfod a chaledodd ei chalon. Dros y blynyddoedd daeth i gasáu ei bòs, a'i weld fel siofinist diedifar oedd yn bachu pob cyfle i israddio merched a'u defnyddio at ei bwrpas ei hun. Na, brwydro i'r eithaf i atal gwerthu'r Wasg a gweld yr ymdrech fel cyfle i dalu'r pwyth yn ôl oedd yr unig ddewis.

Taclusodd y copïau o *Paradwys Borffor* a'u gwthio i ben blaen y cownter. Wrth iddi wneud hynny, clywodd sŵn rhywun yn camu i mewn i'r stondin. Cododd ei phen a gweld mai Meurig oedd yno.

"Popeth yn barod, Milly? Morfaprint wedi bod?"

Morfaprint oedd argraffwyr llyfrau Gwenddwr. "Newydd adael. Ro'n nhw'n cwyno bod pethau'n hwyr ond mae'r copïau wedi cyrraedd ac mae popeth yn barod. Bydd Evelyn yma mewn rhyw hanner awr ac fe fydd hi'n llofnodi copïau wrth y bwrdd bach. Mae'r gwin a'r sudd yn oeri yn y ffridj yn y cefn."

"Ac fe fydd eisteddfodwyr llengar yn heidio yma i dorri syched a bwrw barn, a rhai prin yn prynu. Am Morfaprint, waeth iddyn nhw heb â chwyno. Bydd y cyfan yn newid o dan berchnogaeth Dyffryn. Ma gyda nhw argraffwyr yng Nghaerdydd. Wedi i Morfaprint golli gwaith Gwenddwr bydd achos go iawn i gwyno. Beth bynnag, sdim amser i drafod. Rwy'n cyfarfod â 'nghyd-feirniaid gefn llwyfan." A throdd Meurig ar ei sawdl a brasgamu ar draws y Maes.

Bwbach hunanfodlon, meddyliodd Milly. Dim gair ynghylch a fyddai rhywun yn dod i'w helpu hi. Becso am ei hunan fel arfer. Dyna lle byddai e, yn ei elfen ar y llwyfan yn dangos ei hun, yn sbowtan am ei allu fel bardd. Yn ganolbwynt yr holl sylw a hwythau'r gweision bach yn gweld at fusnes y Wasg, y wasg yr oedd e mor awyddus i gael gwared arni.

Bu Milly'n brysur am y deng munud nesaf yn cynorthwyo cwsmeriaid ac roedd yn falch gweld Sharon Potter yn dychwelyd i'r babell ar ôl egwyl ginio. Roedd gŵr ifanc wrth ei hochr ac wedi i'r cwsmeriaid adael daeth Sharon ati i'w gyflwyno.

"Milly, dyma Howel, ffrind i fi." Gwenodd Sharon ar y gŵr, a'r wên yn dangos yn ddiamheuol ei fod yn dipyn mwy na ffrind. "Dylech chi a fi fod yn ddiolchgar i Howel. Fe wedodd wrtha i am y swydd yn Gwenddwr a pherswadio fi i gynnig am y gwaith."

Plygodd y gŵr ymlaen i ysgwyd llaw. "Howel John, dda gen i gwrdd â chi, Miss Morgan. Mae Sharon wedi sôn llawer amdanoch chi yn barod. Pethau positif i gyd."

Gwridodd Milly. Braf cael rhywun yn canmol, a hwnnw'n rhywun golygus ond rywfodd yn wahanol i'r rhelyw o ddynion golygus. Doedd Howel ddim yn dal nac yn arbennig o gydnerth ond o sylwi ar ei lygaid treiddgar a'i wyneb pendant gallech synhwyro ei fod yn ŵr a chanddo ddyheadau clir a'i fod yn un a symudai fynyddoedd i wireddu'r dyheadau hynny. Gwelodd Milly wead o frychni haul ac eisteddai ei wallt coch yn fwng afreolus ar ei ben. Gwisgai'n ddigon ffasiynol – crys gwyn, siaced las golau o doriad da a throwsus llwyd. Roedd yn ddyn atyniadol oedd yn hoelio sylw.

Caeodd llaw Howel am law Milly. Llaw gadarn a'r gafael yn sicr a hyderus. "Hyfryd cwrdd â chi, Mr John. A beth bynnag ddwedodd Sharon amdana i, dwi'n siŵr nad ydw i'n haeddu'r fath ganmoliaeth."

"Galwch fi'n Howel, plis. A dwi'n nabod Sharon yn ddigon da erbyn hyn i wybod ei bod hi'n hollol ddiogel ei barn."

Gwridodd Milly am yr eilwaith. "Wel, diolch. Ai un o Aber ydych chi?"

Sharon ruthrodd i ateb. "Dyw Howel ddim yn byw yn Aber ar hyn o bryd. Mae e'n gweithio i gwmni yng Nghaerdydd ond mae'r cwmni'n awyddus i agor swyddfa yn Aber a Howel fydd yn rhedeg y lle."

"Mae'r cwmni'n ehangu ond does dim byd wedi'i benderfynu'n iawn eto. Bydd rhaid aros tan fis Medi cyn ca i wybod yn bendant."

"Pob lwc. Gobeithio cewch chi'ch dymuniad," dywedodd Milly. "Nawr 'te, Sharon, gwell meddwl am y lansiad. Ma Meurig newydd alw ac fe gawson ni ordors fod pob peth i fod yn berffaith. Mae Evelyn Lloyd Williams i eistedd wrth y bwrdd bach i lofnodi a phawb i brynu a thalu wrth y cownter."

"Iawn, fe edrycha i ar ôl Evelyn." Trodd Sharon at Howel a phlannu cusan ar ei foch. "Wela i di nes mla'n. Joia!"

Gadawodd Howel ac wrth ei wylio dywedodd Milly, "Bachgen neis, Sharon. Chi'n dipyn o ffrindie?"

"Dwi ddim wedi'i nabod e'n hir ond weithie chi jyst yn gwbod, on'd y'ch chi? Mae e'n garedig iawn i fi ac… wel, mae e'n edrych ar fy ôl i. Dwi'n lico hynny. Mae e'n dawel ac yn ddeallus. Mae e'n benderfynol, cofiwch. Mae e am lwyddo ac isie i fi lwyddo gyda Gwenddwr, a Dyffryn, wrth gwrs."

"Beth ma'r cwmni mae Howel yn gweithio iddyn nhw yn gwneud?"

"Dwi ddim cweit yn siŵr. Offer cyfrifiadurol, paratoi meddalwedd i labordai a chanolfannau ymchwil mewn prifysgolion. Rhywbeth fel 'na. Dyna'r rheswm am agor swyddfa yn Aberystwyth – ma'r cwmni am ehangu yn y canolbarth a'r gogledd."

Torrwyd ar barhad y sgwrs pan gamodd Eilir Rhys i'r stondin yng nghwmni Evelyn Lloyd Williams. Roedd Evelyn yn gwisgo ffrog sidan borffor mewn ymgais i gydweddu â theitl ei chyfrol newydd. Croesodd at Milly a gwneud sioe o'i chyfarch a boddwyd Milly yn arogl blodeuog ei phersawr. Doedd Milly ddim yn or-hoff o'r ddynes ond roedd yn ddigon profiadol i sylweddoli mai Evelyn oedd seren y prynhawn ac y byddai'n disgwyl tendans gan staff y Wasg.

"Milly, cariad. *Mor* neis eich gweld chi. Chi heb heneiddio dim! Beth yw'r gyfrinach? Ydy Meurig yma eto?"

"Mae Meurig yn beirniadu'r Gadair ac wedi mynd i gwrdd â'i gyd-feirniaid. Mae e'n anfon ei ddymuniadau da."

"Mae hynny'n annhebygol, o nabod Meurig! Ro'n i wedi anghofio ei fod yn un o'r beirniaid. Bydd e wrth ei fodd. Dyna mae'n ei wneud orau – beirniadu pawb a phopeth. Trueni nad yw e yma, ro'n i am drafod fy llyfr nesaf."

Roedd hi'n amlwg felly, meddyliodd Milly, nad oedd Evelyn wedi clywed am y gwerthiant posib i Dyffryn.

Trodd at Sharon. "Pwy sy gyda ni fan hyn? Seren fach newydd yn ffurfafen Gwenddwr?"

"Sharon Potter, ysgrifenyddes y Wasg. Hi fydd yn eich cynorthwyo chi heddiw, Evelyn," dywedodd Milly.

Ymatebodd yr awdures gydag awgrym o amheuaeth, gan ffurfio ei gwefusau fel petai wedi blasu diod sur. Ni welodd Sharon yr olwg ac, yn llawn hyder, nesaodd at Evelyn.

"Neis cwrdd â chi, Miss Williams. Eisteddwch chi fan hyn er mwyn i bawb sy'n pasio eich gweld chi. Ga i nôl rhywbeth i chi – diod bach?"

"Ie, bydde gwin gwyn yn hyfryd. Yn oer, os gwelwch yn dda. Sauvignon Blanc os yn bosib. A symudwch y bwrdd 'nôl, Sharon, i osgoi'r haul. Rhaid edrych ar ôl y *complexion*. Does dim rhaid bod yn y fynedfa – mae pawb yn fy adnabod i, a bydd fy nilynwyr i yma toc, beth bynnag."

Aeth Sharon i gefn y babell i nôl y gwin, gydag Eilir Rhys gam y tu ôl iddi.

Syllodd Sharon ar y rhes o boteli yn y ffridj. "Oes 'na Sauvignon Blanc?"

"Nac oes, plonc yw'r rhain i gyd. Sdim ots. Fydd Evelyn ddim yn gwybod y gwahaniaeth. Bydd e'n mynd lawr y lôn goch heb gyffwrdd â'r ochr. Cadwch olwg arni, plis, ac ara bach ar y moddion. Cadwch madam yn hapus a pheidio â gadael iddi yfed gormod yn ystod y lansiad. Well i ni gario'r poteli a'r gwydrau allan i'r ffrynt. Mae ffans Evelyn siŵr o gyrraedd yn y man."

Llenwodd y stondin yn gyflym ac Evelyn yn symud o un i'r llall yn gwenu'n nefolaidd ac yn cyfarch ambell un â chusan yma a thraw. Yn ystod y lansiad fe ddywedodd Eilir bethau canmoliaethus am Evelyn ac, fel tywysoges urddasol, talodd hithau deyrnged i'w darllenwyr am eu ffyddlondeb, gyda gair digon swta o ddiolch i Wasg Gwenddwr. Roedd y gwin yn diflannu'n gyflym a hwnnw'n arwain at werthiant da i *Paradwys Borffor*. Roedd Milly'n brysur yn cymryd y pres, Eilir yn sgwrsio, Sharon yn ail-lenwi gwydrau ac Evelyn yn llofnodi a hwylio drwy'r cyfan gydag aml "Cariad, hyfryd gweld chi" ac "Oes, mae llyfr arall ar y gweill."

Ymhen hir a hwyr gadawodd Evelyn a'r cwsmeriaid olaf a daeth cyfle i ymlacio. Rhoddwyd ochenaid o ryddhad gan fod y lansiad wedi bod yn llwyddiant a staff y Wasg yn ddiolchgar fod wythnos hir yn yr Eisteddfod yn tynnu tua'i therfyn. Yna, gwelwyd golygfa annisgwyl – roedd prynwyr *Paradwys Borffor* a adawodd y stondin yn hapus eu byd yn dychwelyd yn edrych yn ddigon cas.

Arweiniwyd y fintai gan gawres beryglus yr olwg a aeth yn syth at Eilir a gwthio'i chopi o'r gyfrol o dan ei drwyn. "Edrychwch," meddai mewn llais uchel, "mae hyn yn warthus. Dwi am fy mhres yn ôl."

Cymerodd Eilir y llyfr a gweld ar unwaith beth oedd achos y gŵyn. Roedd talp o dudalennau *Paradwys Borffor* wyneb i waered.

Gwaeddodd y ddynes yn uwch fyth, "Mae *pob* copi yn wallus ac ry'n ni *i gyd* am gael ein pres yn ôl."

Denodd y grwgnach sylw un o ohebwyr y BBC oedd yn digwydd pasio'r stondin ar y pryd, a gwelodd y ddynes uchel ei chloch ei chyfle. Aeth yn syth at y gohebydd ac fe recordiwyd cyfweliad am safonau gwaradwyddus Gwasg Gwenddwr gyda'r fintai'n amenio yn y cefndir. Er mai Morfaprint oedd ar fai, sylweddolodd Eilir y byddai'n rhaid ad-dalu'r prynwyr ac wrth i'r stori ledu ar draws y Maes, tyrrodd gweddill y cwsmeriaid anhapus i babell Gwasg Gwenddwr.

*

Camodd yr Archdderwydd i ben blaen y llwyfan i fwrw golwg ar y dorf a eisteddai'n eiddgar o'i flaen. Oedodd a phesychu cyn llefaru ei eiriau agoriadol:

"Annwyl gyd-eisteddfodwyr. Down ar brynhawn hyfryd o haf at seremoni cadeirio'r bardd buddugol. A ninnau'n nesáu at ddiwedd yr wythnos hoffwn gymryd y cyfle hwn i ddiolch i Bwyllgor Gwaith Eisteddfod Glannau Aeron am ei ymdrechion glew i baratoi a threfnu gŵyl mor ardderchog. Yr effeithiolrwydd, y safon, y croeso, bu'r cyfan yn glodwiw ac, yn goron ar y cyfan – os ca i sôn am goron mewn seremoni gadeirio! – yr haul yn gwenu ar holl weithgarwch yr wythnos.

"Y gamp i'r beirdd eleni oedd cyfansoddi dilyniant o gerddi mewn cynghanedd gyflawn heb fod dros 250 o linellau ar y testun 'Ynni'. Rhoddir y Gadair a'r wobr ariannol o fil o bunnoedd gan gwmni ynni Caerwynt. Mawr yw ein dyled i'r cwmni am ei haelioni."

Claear oedd y gymeradwyaeth a hynny, mae'n siŵr, am fod Caerwynt yn adeiladu fferm wynt enfawr yng ngogledd Ceredigion – datblygiad oedd â'i gefnogwyr a'i wrthwynebwyr.

"Gwahoddaf yn awr ein tri beirniad i'r llwyfan, yr Athro Emeritws Seimon Prys, y llenor Dr Glain Edmwnd a'r bardd a phennaeth Gwasg Gwenddwr, Meurig Selwyn. Meurig Selwyn sydd i draddodi."

Esgynnodd y tri i'r llwyfan ac eisteddodd dau ohonynt tra safodd Meurig wrth y pulpud bychan a gosod ei nodiadau arno. Roedd yn ymwybodol bod llygaid y gynullcidfa arno a, thrwy'r teledu, llygaid y gynulleidfa anweledig ymhob rhan o'r byd. Dyma ei foment ac roedd am wneud yn fawr o bob eiliad. Cychwynnodd ar ei dasg.

"Hybarch Archdderwydd, ar ran fy nghyd-feirniaid a minnau hoffwn ddiolch am y fraint a'r anrhydedd o gael sefyll yma ar lwyfan ein prifwyl. Fel bardd, ni allaf ddychmygu braint fwy, ar wahân i ennill y Gadair, wrth gwrs, a chael eich dyrchafu i gylch dethol ein prifeirdd cenedlaethol.

"Mae'r testun 'Ynni' yn un cyfoethog ac yn cynnig cyfleoedd dirifedi i'r beirdd. Ymgeisiodd tri ar ddeg am y Gadair ac maent yn syrthio'n daclus i dri dosbarth.

"Yn gyntaf, gofynnwn wrth y pump yn y dosbarth isaf, 'Paham y poenasoch?' Mae eu dehongliad o'r testun yn simplistig, yr iaith yn wallus a'r gynghanedd yn llawn brychau. Dyma enghraifft o law Estymion: 'Ein ynni ni yw heno.' Aeth Maesterfyn mor bell â throi ei holl gerdd wyneb i waered, fel petai'n disgwyl i'r beirniaid gychwyn ar y diwedd a darllen am yn ôl o'r dudalen dde i'r chwith! Nid clyfrwch yw hyn ond twpdra.

"Pump hefyd sydd yn yr ail ddosbarth. Mae yma ddychymyg

byw ac mewn sawl dilyniant mae gwir ynni'n llifo'n drydanol drwy wifrau'r gynghanedd, fel y llinellau hyn o law Fflachiadau sy'n ymdrin â bywyd a gwaith Thomas Edison:

O roi gwefr drwy y gwifrau
Gwelwyd mewn rhwyg o olau
Athrylith ei reolau.

"Ond, drwyddi draw, digyffro yw'r cerddi a chawsom deimlad cryf o ailbobi cyfansoddiadau a gyflwynwyd i eisteddfodau eraill ac a gymhathwyd yn anghelfydd i ofynion y testun.

"Down felly at y tri gobeithiol – Neifion, Llio a Solaris. Traethu am yr ynni yn nhonnau'r môr a wna Neifion. Ysywaeth, nid oes yma ddyfnder, a simsan yw ei afael ar ffeithiau daearyddol.

"Mae dilyniant Llio yn ein cystwyo am fod mor ddi-hid o'r adnoddau naturiol a roddwyd i'n gofal. Mae ei chanu ar adegau'n rymus ac yn pigo. Cwpledi fel hyn, er enghraifft:

Rhoddwyd i'r ddaear heddi
Fantell dew ein holew ni,
Lle bu'n ir yn Nhir na nÓg
Arwisg o nwyon oriog...

"Ond mae Llio'n ildio i'r demtasiwn o fod yn bregethwrol ac mae'n orddibynnol ar idiomau a rhethreg y capel. Y mae Cadair yr Eisteddfod Genedlaethol o fewn ei gafael ond iddi ymddisgyblu a bod yn fwy hunanfeirniadol."

"Yn olaf, Solaris. Yn chwedlau Groeg fe gofiwch i Daedalws gael ei garcharu gan y Brenin Minos yng Nghreta ac iddo geisio dianc o'i gaethiwed drwy lunio dau bâr o adenydd o blu a gwêr. Rhoddodd un pâr i'w fab Icarws gan ei rybuddio rhag hedfan yn rhy agos at yr haul. Ni wrandawodd y mab ac yng ngwres yr haul toddodd yr adenydd a phlymiodd Icarws i'r môr. Yn ei ddilyniant, mae Solaris yn ein gweld ninnau'n hedfan yn rhy agos at yr haul ac mewn peryg o gael ein llosgi. Dyma fardd gorau'r gystadleuaeth a does neb yn yr ornest yn amgenach cynganeddwr nag ef. Mae ei linellau'n clecian ac yn eich taro â nerth a phendantrwydd. Gwrandewch ar y rhain:

> I fyny yr hedfanwn – i fyny
>   At fan nas deallwn,
>   Gwerthu'n rhad y cread crwn.
>   Ac yna fe ddisgynnwn.

"Mae ei ganu'n esgyn i dir uchel hwnt ac yma, ond credwn iddo wyro'n ormodol o ofynion y testun. Oherwydd hyn, a hefyd yn sgil nifer o frychau ieithyddol, rydym o'r farn – dyna farn dau ohonom o'r cychwyn cyntaf, a'r trydydd yn cytuno yn y pen draw – na ellir cymeradwyo dilyniant Solaris fel cerdd y gellir ei chadeirio yn yr Eisteddfod hon eleni.

"Ofnwn, felly, nad oes gennym ddewis ond siomi'r gynulleidfa ac nad oes un bardd yn cyrraedd y safon eleni. Hybarch Archdderwydd, pwysleisiaf mai gwarchod safon oedd ein hunig faen prawf a'r conglfaen y mesurwyd pob dilyniant yn ei erbyn."

Cerddodd Meurig Selwyn yn ôl i'w sedd mewn distawrwydd a drodd yn fwmian o lawr y pafiliwn; roedd y gynulleidfa a ddaeth i fwynhau theatr y seremoni yn anfodlon. Doedd neb yn fwy ymwybodol o hynny na'r Archdderwydd ond, ac yntau'n hen law ar lywio'r cwch eisteddfodol, camodd i ganol y llwyfan ac aros i'r mwmian dawelu cyn datgan yn ffyddiog:

"Gyd-eisteddfodwyr, rwy'n sicr y byddwch chwithau'n cydsynio ag awydd y beirniaid i ddiogelu safon. Mae'r Gadair yn un o brif anrhydeddau ein prifwyl genedlaethol ac rwyf am ddiolch i'r tri beirniad am sefyll yn gadarn."

Arhosodd am arwydd gan y dorf ac fe gafwyd curo dwylo gwantan a digyffro a oedd, o dan yr amgylchiadau, yn well na dim. Aeth yn ei flaen:

"Fel arwydd o'r diffyg teilyngdod, gosodir y cleddyf mawr i orffwys ar draws breichiau'r Gadair wag lle byddai'r bardd arobryn wedi eistedd. Gwahoddaf Pengantor, enillydd y Rhuban Glas yn Eisteddfod y llynedd, i ganu 'Bryniau Aur fy Ngwlad.'"

Moriodd Pengantor drwy'r gân adnabyddus a derbyn cymeradwyaeth fyddarol am ei ymdrechion. Yn dilyn yr Anthem Genedlaethol, arweiniwyd yr Orsedd o'r llwyfan gan yr Archdderwydd gyda'r tri beirniad yn gynffon i'r osgordd. Wrth iddynt gyrraedd yr awyr agored, cyfarchwyd hwy gan lanc brwdfrydig yn cario clipfwrdd.

"Teledu Trylwyr," dywedodd yn hyderus. "Dwi fod i fynd â chi draw i'r stiwdio i drafod eich beirniadaeth."

Llygadodd yr Athro Emeritws Seimon Prys y llanc yn betrus. Roedd wedi derbyn gwahoddiadau cyffelyb yn y gorffennol a bu pob darllediad yn drychineb. Baglodd dros ei eiriau, camddyfynnodd sonedau adnabyddus (gan esgor ar lythyru cas) a dywedodd ei wraig ei fod yn edrych fel hen ŵr ar goll yn y goleuni llachar. "Diolch am y gwahoddiad," atebodd yn bendant, "ond rwy'n cwrdd â chyfaill ym Mhabell y Cymdeithasau mewn deng munud, rwy'n ofni."

Felly, tywyswyd Meurig Selwyn a Glain Edmwnd i'r stiwdio a'u rhoi i eistedd ar soffa oren hynod o anghyfforddus. Roedd bwrdd isel o'u blaenau a gosododd y llanc wydrau o ddŵr ar y bwrdd. Eisteddai cyflwynydd y rhaglen gyferbyn â nhw ac roedd yntau'n gwrando ar gyfarwyddiadau'r cynhyrchydd drwy ryw declyn clust. Daeth y sgwrs i ben a throdd i gyflwyno'i hun:

"Diolch am ddod draw ar fyr rybudd. Mae 'na gyfweliad gyda'r Archdderwydd ynglŷn â'r tro diwethaf yr ataliwyd y Gadair yn mynd allan nawr. Wedi i hwnnw orffen byddwn ni'n sgwrsio â chi. Rwy'n siŵr y cawn ni sesiwn ddadlennol. Ymlaciwch a gwnewch eich hunain yn gartrefol."

Roedd hynny bron yn amhosib ar glustogau caled y soffa. Wrth i Meurig sythu ei dei sidan a rhedeg ei law drwy ei wallt cymerodd Glain Edmwnd ofal i osgoi dangos gormod o'i choesau. Gwyddai'n well na neb mai solet yn hytrach na deniadol oedd y rheini ac mai eu cuddio oedd orau.

Cafwyd eiliad o dawelwch ac yna dechreuodd Gweirydd Ifan ar ei gyflwyniad. "Croeso'n ôl i'r stiwdio ar brynhawn Gwener hanesyddol ar faes yr Eisteddfod. Gwyddom erbyn hyn bod y Gadair wedi'i hatal ac nad oedd yr un bardd yn deilwng. Mae dau o'r beirniaid, Meurig Selwyn o Wasg Gwenddwr a'r llenor Dr Glain Edmwnd, gyda ni i ymhelaethu. Glain, os ca i ddechrau gyda chi a chanolbwyntio ar y diffyg cyd-weld am waith Solaris, y bardd oedd agosaf at y Gadair. Ry'ch chi'n dweud yn eich beirniadaeth yn y *Cyfansoddiadau*: 'Rwyf i o'r farn y gellid canmol dilyniant Solaris a'i fod yn waith sy'n haeddu'r Gadair.' Yn syml felly, roeddech chi'n gwbl barod i gadeirio Solaris?"

Mesurodd Glain Edmwnd ei hateb yn ofalus. "Nid yn gwbl barod. Ro'n i'n gweld rhinweddau yn y gwaith tra bod fy nghyd-feirniaid yn pwysleisio'r tueddiad i wyro oddi wrth y testun a'r brychau ieithyddol. Y cyfan alla i ddweud yw y dylai'r ddau fod wedi ymchwilio'n drylwyrach. Mae yna gerddi a gadeiriwyd yn y gorffennol a oedd yr un mor feius eu mynegiant â gwaith Solaris."

"Ond fe gawsoch eich perswadio?"

"Fe fu 'na drafod a dadlau ac, yn y pen draw, bu raid imi dderbyn safbwynt gwahanol y lleill. Roedd rhaid symud ymlaen a dyna fel yr oedd pethau, dau yn erbyn un."

"Meurig, beth yw'ch ymateb chi?"

"Mae Dr Edmwnd yn dweud fod yna waith gwallus wedi ei gadeirio yn y gorffennol. Os bu yna wobrwyo cerddi sâl, wel mwya'r cywilydd i'r beirniaid. Ein blaenoriaeth ni, fel dywedais i o'r llwyfan, oedd cynnal safon. Does bosib nad yw Glain yn cytuno â hynny?"

"Dyw safon, fel y gŵyr Meurig o ystyried ei farddoniaeth ei hun, ddim yn nodwedd absoliwt. Gŵyr pob gwir lenor fod safon yn agored i ddehongliad a'r cyfan rwy'n ei ddweud yw bod fy nehongliad i o waith Solaris yn wahanol i ddehongliad y ddau arall. A dylid ychwanegu ffactor arall – dau ddyn yn erbyn un ddynes!"

Synhwyrodd Gweirydd Ifan fod stori fawr Eisteddfod Glannau Aeron yn ffrwtian o'i flaen ac nid oedd am golli'r cyfle i boethi'r ddadl. "Ai dyna fel oedd hi, Meurig? Dau ddyn yn erbyn un ddynes?"

"Nage, dim o gwbl. Mae taflu cyhuddiadau personol fel 'na'n warthus. Ac fe hoffwn atgoffa Dr Edmwnd nad ydym yma i drafod fy marddoniaeth i. Mae'n eglur nad yw cywirdeb o ran sillafu a'r gynghanedd o bwys iddi. Boed hynny fel y bo. Ond mae haerllugrwydd ei hymosodiad personol arnaf i a'r Athro Emeritws Seimon Prys yn amharchu ein prifwyl ac yn amharchu'r ychydig statws oedd ganddi fel llenor."

Ymddangosai Glain Edmwnd fel petai ar fin ffrwydro. "Beth bynnag yw fy statws i fel llenor, mae ganwaith yn uwch na bod yn ddeinosor o feirniad!" Cododd o'r soffa gydag anhawster a tharo'r bwrdd gan achosi i wydr syrthio i'r llawr. Yna martsiodd allan o'r stiwdio. Rhythodd Gweirydd Ifan ar ei hôl ond roedd Meurig yn fwy na pharod i daro'r ergyd olaf.

"Mae ymadawiad annisgwyl Dr Edmwnd yn profi 'mhwynt i. I aralleirio'r ddihareb, hir ei thafod, byr ei gwybod."

PENNOD 3

YCHYDIG O BOBL a adnabu Meurig wrth iddo adael y Maes. Llwyddodd i gyrraedd ei gar yn ddiffwdan a suddo'n ddiolchgar i sedd esmwyth y Jaguar. Roedd y Jag bob amser yn creu ymdeimlad o fodlonrwydd a thawelwch meddwl – arogl y lledr, pren cynnes y dashfwrdd a'r grym a lifai o'r injan bwerus. Llywiodd yn ofalus dros dwmpathau'r maes parcio a chyn gynted ag y daeth i'r ffordd gwasgodd y sbardun a gosod cryno-ddisg o'r opera *Tannhäuser* gan Wagner yn y system sain. Llanwyd y car gan y gerddoriaeth ac fe ysbrydolwyd Meurig gan nerth a chadernid y miwsig.

Roedd wedi mwynhau croesi cleddyfau gyda Glain Edmwnd, oedd yn disgrifio ei hun fel llenor a hithau ond wedi ysgrifennu dwy gyfrol o straeon byrion eilradd yn paldaruo am ffeministiaeth! Bu'r dasg o feirniadu'r Gadair yn boen, gyda Glain yn canu clodydd sbwriel pur a'r hen ffŵl Seimon Prys yn sôn byth a hefyd am ragoriaethau beirdd y gorffennol. Twpsod oedd y ddau. Fe, Meurig Selwyn, a orfu a mynnu nad oedd neb yn deilwng. Gwrandawodd ar 'Gorws y Pererinion' ac yn sicrwydd uchelfannau'r nodau cryfhaodd ei ffydd a'i hyder. Drwy ei awdurdod ef y gwarchodwyd safonau'r Eisteddfod ac yfory byddai'n cychwyn ar y broses ddi-droi'n-ôl o werthu Gwasg Gwenddwr.

Ychydig filltiroedd i'r de o Aberystwyth trodd ar hyd ffordd gul am y môr. Ymhen llai na deng munud daeth i olwg bwthyn gwyngalchog ar godiad tir yn edrych allan ar Fae Aberteifi. Parciodd y Jag wrth ymyl car arall a cherdded at ddrws y bwthyn. Aeth i mewn heb drafferthu cnocio a chael ei hun yn yr ystafell fyw. Roedd y lle wedi ei addurno'n anghyffredin – cymysgedd o ddarnau hynafol megis dresel yn llond llestri Cymreig a dodrefn modern o fetel a phren golau. Roedd portreadau mewn olew ar bob wal ac o edrych eilwaith gallech weld bod un o'r lluniau o Meurig ei hun. Croesodd at fwrdd isel yn llawn poteli gwirodydd ac arllwys joch o wisgi Gwyddelig i wydr. Wrth iddo sawru'r blas myglyd clywodd lais y tu ôl iddo.

"O'n i'n meddwl mai ti o'dd yna. Arllwysa un i fi hefyd, plis."

Esther Elis oedd hi, perchennog y bwthyn, arlunydd uchel ei statws yng Nghymru a thu hwnt a chymar Meurig. Bu'r ddau mewn perthynas ers iddynt gyfarfod mewn arddangosfa yn yr Amgueddfa Genedlaethol dri mis yn ôl, rhyw arddangosfa ddiffrwt, a gadawodd y ddau yn fuan am bryd o fwyd a noson o garu. O'r noson honno, buont yn bâr lled braich a gosodwyd ffiniau clir a phendant ar eu perthynas. Nid oedd Meurig i ymyrryd â bywyd Esther o ddydd i ddydd ac yn sicr nid oedd i darfu ar ei hysfa i deithio i lefydd egsotig i ganfod ysbrydoliaeth i'w phortreadau. Yn yr un modd, doedd wiw i Esther holi'n ormodol am hynt a helynt y Wasg na cheisio ffrwyno awch Meurig i ystyried pawb bron yn llai galluog nag ef ei hun. Pawb ond hi, wrth gwrs.

Edrychodd Meurig arni yn sefyll yn y coridor cul rhwng yr ystafell fyw a'r gegin, â thonnau o wallt melyn trwchus yn syrthio'n flêr o'i chorun i'w hysgwyddau, talcen uchel a llygaid a sylwai ar y manylyn lleiaf. Ni thrafferthai am ymddangosiad na dillad ffasiynol ac nid oedd yn poeni iot am golur. Rhaid oedd derbyn Esther fel yr oedd hi a dyna a'i gwnâi mor ddeniadol i Meurig. Heno, gwisgai grys-T glas tywyll yr un lliw â'i llygaid, rhyw fath o glos pen-glin gwyn a fflip-fflops coch.

Derbyniodd Esther y wisgi a syllu ar Meurig gyda hanner gwên. "Ti wedi cael sbri heddi. Hoelio sylw pawb ar y llwyfan ac wedyn ymosod ar ddynes ddiniwed a gwneud iddi golli'i thymer a gadael stiwdio mewn pŵd. Rhag eich cywilydd, Mr Selwyn!"

"Dyw Glain Edmwnd ddim yn ddynes ddiniwed. Mae'n hen ast sydd â'r hyfdra i ddisgrifio'i hun yn llenor ar sail y ddwy gyfrol deneua a gyhoeddwyd yng Nghymru erioed – tenau o ran maint ac ansawdd."

"Watsha dy hun, Meurig. Mae'n fenyw bwerus, yn aelod o bwyllgorau dylanwadol y Cyngor Llyfrau ac yn gyfaill i rai o'r Gweinidogion ym Mae Caerdydd. Yn ôl y si, mae'n gyfeillgar *iawn* â'r Gweinidog Diwylliant. Ti 'di neud gelyn peryglus."

"Beth?! Glain yn gyfeillgar â'r crinc 'na wedodd nad oedd bale yn ddim byd ond sioe goesau i'r crach? Pob lwc i'r Gweinidog Diwylliant wcda i."

"Mae'n anodd dychmygu'r Gweinidog a'i fwynwen mewn cytgord erotig, rhaid cyfaddef. Bydde rhaid cael gwely cadarn!"

Chwarddodd y ddau a chroesodd Meurig at Esther gan sefyll yn syth y tu ôl iddi. Pwysodd hithau ato a dechreuodd Meurig gusanu ei gwddf yn ysgafn. Gafaelodd am ei chanol noeth a symud ei ddwylo'n araf i fyny at ei bronnau. Bu'r ddau'n sefyll yno am rai munudau yn mwynhau agosrwydd eu cyrff. Trodd Esther i wynebu Meurig, a fflachiodd y llygaid glas. "Gwely, gwely, hen ddyn drwg," dywedodd. "Ydy Mr Selwyn yn barod?"

"Yn fwy na pharod, diolch yn fawr. A llai o'r 'hen ddyn' 'na, plis, Miss Elis."

Pan ddihunodd Meurig roedd pelydrau olaf noswaith o haf yn treiddio'n oren i gorneli'r ystafell. Cododd yn ddistaw o'r gwely a chamu at y ffenest isel. Pwysodd ar yr astell i fwynhau ehangder y bae o'i flaen ac, o glustfeinio, gallai glywed sŵn y tonnau'n taro'r creigiau islaw. I'r chwith gwelai oleuadau porthladd Aberaeron a rhimyn morglawdd Ceinewydd. Nid oedd modd gweld tref Aberystwyth ac roedd Meurig yn falch o hynny – am heno, doedd hi ddim yn bod. Eto i gyd, fe'i gorfodwyd i feddwl am y dref a swyddfeydd Gwenddwr a cheisiodd sicrhau ei hun y byddai gwerthu'r Wasg yn broses ddidramgwydd. Methodd, ac wrth i'r haul a'r mymryn oedd yn weddill o'i wres ddiflannu oerodd Meurig a phrofi ias o bryder ac ansicrwydd – teimlad anarferol tu hwnt iddo.

Ysgydwodd ei hun a throi i edrych ar Esther yn cysgu. Hyd yn oed yn ei chwsg roedd hi'n aflonydd; anadlai'n ysgafn ac wedyn, fel petai'n ymwybodol ei fod yn mesur modfeddi ei chorff, dihunodd yn ddirybudd.

Dim gair am eiliad ac yna gofynnodd Esther, "Ti'n aros heno?"

"Sdim byd yn galw ond bydd rhaid mynd i'r swyddfa yn gynnar bore fory. Diwrnod tyngedfennol. Os eith ·y cyfan yn iawn, awn ni allan i ddathlu nos fory. Ffansïo swper yn y Lanfa?"

"Mm, neis iawn. Ti'n dod 'nôl i'r gwely 'te? Ti'n edrych braidd yn oer. Dere i gynhesu!"

Nid oedd angen perswâd arno. Llithrodd o dan y dwfe a nesáu at gorff Esther. Gorweddodd yn ddiddig yn llonyddwch yr ystafell wely, ac i ychwanegu at y naws o heddwch pwysodd at y bwrdd bychan wrth ochr y gwely i droi'r radio ymlaen. Ei fwriad oedd canfod gorsaf gerddoriaeth glasurol ond yr hyn a glywodd oedd bwletin newyddion Radio Cymru. Gwrandawodd ar y geiriau ac mewn fflach fe chwalwyd ei fodlonrwydd.

"… ac yn ddiwrnod hanesyddol i Wasg Gwenddwr gyda phennaeth y Wasg, Meurig Selwyn, yn un o'r beirniaid a ataliodd y Gadair. Bu mwy o helynt ar stondin y Wasg ar y Maes. Darganfuwyd bod talp o gyfrol ddiweddaraf Gwenddwr, *Paradwys Borffor*, wedi ei gamosod ac fe dyrrodd llu o brynwyr i'r stondin i hawlio'u harian yn ôl. Llwyddodd ein gohebydd i gael gair ag un o'r prynwyr anhapus…"

Doedd Meurig ddim am glywed mwy. Neidiodd o'r gwely, diffodd y radio a dechrau chwilio am ei ddillad. "Blydi hel, blydi hel. Mae'n rhaid i fi wneud galwad."

Yn ei drôns, camodd Meurig i'r ystafell fyw, gafael yn ei ffôn symudol a deialu rhif Eilir Rhys. Bu'n aros am dipyn cyn cael ateb ac erbyn iddo glywed llais Eilir roedd yn ynfyd. "Eilir, rwy newydd glywed ar Radio Cymru am y llanast ynghylch *Paradwys Borffor*. Chi yw'r golygydd ac mae'r cyfrifoldeb yn sgwâr ar eich ysgwyddau chi. Beth sy wedi digwydd?"

"Drwy ryw amryfusedd," dechreuodd Eilir yn nerfus, "mae Morfaprint wedi camosod darn o waith Evelyn. Ac, yn naturiol, roedd y prynwyr yn mynnu ad-daliad."

"Amryfusedd, 'na air bach poléit! Mae'n llanast o'r radd flaenaf! Chi'n cofio bod Dyffryn yn dod i Aber fory i drafod telerau gwerthu'r Wasg? A nawr, oherwydd yr helynt yma, byddan nhw'n cynnig llai. Mae Dyffryn yn cyrraedd am ddeg. Rwy am eich gweld chi am naw, cyn i bawb arall gyrraedd am hanner awr wedi naw. Ac i fod yn eglur, Eilir, ro'n i'n mynd i'ch argymell chi fel golygydd i Dyffryn ond rwy'n prysur ailfeddwl am hynny."

Gwasgodd y botwm i gau'r sgwrs a dychwelyd i'r ystafell wely. Croesodd at Esther a phlannu cusan ysgafn ar ei boch. "Mae'n flin 'da fi. Rhaid i fi fynd adre wedi'r cyfan. Y gwir yw, Esther, blydi lembos yw'r staff i gyd ac fe fydda i'n falch o gael gwared â'r job lot."

Safai Penallt, cartref Meurig, ar ffordd droellog Maes Esyllt a ddringai i gyrion gogleddol Aberystwyth. O'r tŷ gallech weld y Llyfrgell Genedlaethol a champws y brifysgol ond ni thrafferthodd Meurig i edrych ar y naill na'r llall wrth yrru'r Jag i'r llecyn parcio wrth ochr y tŷ. Roedd mewn hwyliau drwg ac yn ymwybodol bod ei gynlluniau i werthu ar dir simsan yn dilyn smonach *Paradwys Borffor*. Iawn, byddai Dyffryn yn barod i brynu ond, fel yr awgrymodd wrth Eilir, fe fydden nhw'n sicr yn chwilio am well dêl ac yn bargeinio i ostwng y pris.

Wrth iddo gamu o'r car i'r llwybr at y drws ffrynt dechreuodd fwrw glaw mân a llanwyd y llwybr gan stribed llachar y golau diogelwch. Diffoddodd y system larwm lladron trwy wasgu rheolwr rimôt a chroesi'r trothwy cyn mynd yn syth i'r stydi a chychwyn ysgrifennu ar y dudalen o bapur ar y ddesg o'i flaen. Crisialodd ei feddyliau a phenderfynu mai dyma beth oedd angen gwneud:

- sicrhau Dyffryn mai cyfrifoldeb Morfaprint oedd y camosod ac y byddai'n hawlio taliad sylweddol gan y cwmni argraffu – cyfran o'r taliad i'w drosglwyddo i Dyffryn;
- cael gwared ar bron pawb o staff Gwenddwr gan roi rhyddid i Dyffryn apwyntio fel y mynnent;
- cynnig hawlfreintiau rhai o lyfrau mwyaf poblogaidd Gwenddwr fel rhan o'r pecyn.

Bu'n gweithio am yn agos i awr gan lenwi sawl tudalen â nodiadau manwl. Pan sylweddolodd na allai wneud mwy, diffoddodd y lamp ar y ddesg a chroesi i'r lolfa i godi un wisgi arall cyn dringo i'r llofft.

Trodd Meurig yn ei wely a phrofi'r teimlad o gael ei ddallu gan olau disglair. Mwstrodd o drwmgwsg a hanner agor ei lygaid i syllu ar batrwm yn symud ar y wal gyferbyn. Methai'n lân â dirnad beth oedd y cysgodion a chwifiai'n lledrithiol ar draws y wal ond yna sylweddolodd mai'r golau diogelwch ydoedd, a chysurodd ei hun y byddai'n diffodd yn awtomatig ymhen munud neu ddwy. Cath wedi tarfu ar belydrau anweledig y sensor, neu lwynog efallai – deuai'r rheini i ysglyfaethu'r biniau yn ddigon aml o'r goedwig y tu ôl i'r tŷ. Fel y disgwyliodd, diffoddodd y golau yn awtomatig a phwysodd Meurig ei ben ar y gobennydd mewn ymgais i ailafael yn ei gwsg.

Dim gobaith. Erbyn hyn roedd yn hollol ar ddihun ac wrth iddo sythu yn y gwely diawliodd y cur isel yn ei ben. Roedd y wisgi'n fistêc ac aeth i nôl tabledi parasetamol o'r ystafell ymolchi. Dyna pryd y clywodd y sŵn, y smic lleiaf, lawr stâr. Cysurodd Meurig ei hun nad oedd yn ddim mwy na drws yn symud neu gangen coeden yn siffrwd yn erbyn ffenest. Wedi'r cyfan, oni fyddai'r larwm wedi seinio os oedd rhywun yno ac onid oedd ef ei hun wedi ailosod y system ar ôl dod i'r tŷ? Daeth y sŵn yr eilwaith a'r tro hwn roedd yn bendant iddo glywed symud dodrefnyn. Mor dawel ag y gallai, camodd i ben y grisiau a chymryd cipolwg ar y cyntedd islaw. Yn y golau a lifai o lampau'r stryd gwelodd nad oedd neb yno ond, eto i gyd, cymerodd ofal arbennig wrth gamu i lawr o ris i ris. Cyrhaeddodd y gris olaf, gosod ei droed noeth ar y llawr a theimlo gwlybaniaeth. Beth ar y ddaear? Byddai marciau ei draed ef wedi hen sychu. Roedd yr olion glaw ffres ar lawr yn brawf fod rhywun wedi dod i mewn i'r tŷ'n ddiweddar iawn. Cymerodd gam at y larwm lladron a gweld bod y system wedi cael ei diffodd.

Doedd arno ddim ofn. Na, yn hytrach nag ofn, profodd ddicter bod rhywun wedi meiddio croesi ffin ei gartref i ysbeilio'r ystafelloedd gyda'i ddwylo blewog. Wel, fe ddysgai wers i'r diawl. Cyflymodd ei anadl a churai ei galon fel gordd ond fe'i gyrrwyd gan yr ysfa i daro 'nôl. Erbyn hyn nid oedd arwydd o sŵn i'w glywed a chropiodd ar flaenau ei draed o'r cyntedd i'r gegin. Yno, gallai weld digon i ganfod y bloc cyllyll a dewisodd yr un â llafn main a ddefnyddiai i dynnu esgyrn o gig. Gosododd ei fawd ar y llafn a theimlo culni'r dur a'i finiogrwydd. Ardderchog! Pwy bynnag oedd yno, roedd Meurig Selwyn yn barod ac fe fyddai'r dihiryn yn difaru'r dydd iddo gamu dros ei riniog.

Dychwelodd i'r cyntedd a'i law yn tynhau ar garn y gyllell. Yn syth o'i flaen roedd y drws ffrynt, drws y lolfa i'r chwith a drws y stydi i'r dde. Clustfeiniodd a chlywed sŵn o gyfeiriad y stydi. Gwelodd rimyn o olau o dan y drws. Weithiau roedd y golau'n gryf, weithiau'n wan ac weithiau ddim yno o gwbl. Tybiodd Meurig fod pwy bynnag oedd yno yn defnyddio fflachlamp. Gwelodd, wrth agosáu, nad oedd y drws wedi ei gau'n llwyr a gyda gofal eithriadol rhoddodd un llaw arno i'w agor fymryn.

Drwy'r fodfedd o grac gallai weld person. Roedd wedi'i wisgo mewn du o'i gorun i'w sawdl – siaced law neilon wedi'i botymu'n uchel, menig ar ei ddwylo, trowsus tywyll, treinyrs a mwgwd balaclafa yn gorchuddio'i ben. Efallai mai'r mwgwd oedd i gyfrif nad oedd wedi clywed dim; safai'n ddigynnwrf a'i gefn at Meurig, yn archwilio'r papurau ar y ddesg yng ngolau'r fflachlamp. Aeth o un ddalen i'r llall ac yna'n hollol hamddenol agorodd ffeil drwchus a chychwyn tynnu dogfennau ohoni. Roedd hyn yn fwy na digon i Meurig. Gyda bloedd, agorodd y drws led y pen a sefyll yno a'r gyllell yn ei law.

Yn syfrdan, trodd y person i'w wynebu ac yn yr eiliad honno gwelodd Meurig ei lygaid drwy dyllau'r balaclafa – llygaid tywyll a'u rhimynnau'n goch. Sgleiniodd y gyllell yng ngolau'r fflachlamp a neidiodd Meurig ymlaen gyda'r bwriad clir o'i drywanu. Diflannodd syndod y person a chwifiodd y fflachlamp gan anelu'i phelydr gwyn yn syth at lygaid Meurig. Fe'i dallwyd a hanner syrthiodd dros y gadair wrth y ddesg. A'r person nawr y tu ôl iddo, gafaelwyd yn ei fraich a'i thynnu tuag at ei ysgwydd. Gwingodd Meurig mewn poen a syrthiodd y gyllell o'i afael. Ceisiodd daro'n ôl ond roedd ei ymosodwr yn gryf ac fe'i gwthiwyd yn ddiymdrech i'r llawr.

Gosodwyd llaw ar wddf Meurig, tua modfedd yn uwch na phont ei ysgwydd, a gwasgodd y person yn galed ar y wythïen oedd yno. Mewn eiliad plymiodd Meurig i bwll o dywyllwch, yn hollol anymwybodol.

Nid oedd raid i'r ymosodwr frysio bellach a pharatôdd ei

orchwyl nesaf yn araf a phwyllog. Estynnodd i boced ei siaced law am bwrs bychan lledr, agor y pwrs a thynnu nodwydd chwistrellu ohono. Taflodd olau'r fflachlamp ar fesurydd gwydr y nodwydd, gwirio bod y ddôs yn gywir ac aros yn amyneddgar tan i Meurig gychwyn dadebru. Gwyddai na fyddai raid aros yn hir ond, eto i gyd, nid oedd am iddo adfer digon i ailgychwyn ymrafael. Trodd lamp y ddesg ymlaen; y llygaid oedd yr arwydd mwyaf dibynadwy a chyn gynted ag y gwelodd yr amrannau'n symud pwysodd y nodwydd ar groen y fraich a chwistrellu'r cyffur i gorff Meurig.

Roedd y canlyniad yn ddramatig. Agorodd Meurig ei lygaid a syllu ar yr ymosodwr a safai drosto yn sibrwd. Ceisiodd siarad, ond methodd. Ceisiodd symud, ond methodd. Roedd yn gwbl ddiymadferth a thrwy ryw fath o niwl corfforol a oedd un funud yn oer a'r funud nesaf yn groesawgar gynnes, pylodd ei olwg o'r person. Yn bell, bell i ffwrdd clywodd lais yn atsain yn ei ben yn ymbil arno i ddewis rhwng y profiad oer a'r profiad cynnes. Yr oerfel oedd y byd hwn a'i boen a'i ddolur, y cynhesrwydd oedd cysur ac esmwythdra. Wrth frwydro i ffurfio'r ateb sylweddolodd yng nghaddug ei feddwl nad oedd dewis. Y cynhesrwydd oedd brafiaf ac ildiodd i rymoedd y cyffur a suddo i ddyfnder nad oedd dychwelyd ohono.

Penliniodd yr ymosodwr ger corff Meurig. Rhoddodd ei fys ar wythïen a chwilio am bŷls trwy'r faneg denau. Dim byd. Sythodd a chanolbwyntio. Roedd dau beth yn hollbwysig – creu'r argraff i Meurig farw o effeithiau naturiol a sicrhau nad oedd affliw o ddim tystiolaeth o bresenoldeb dieithryn yn y tŷ. Byddai'r cyffur yn sylfaen i'r cynllwyn ond roedd wastad modd cryfhau'r stori. Aeth i'r lolfa ac agor drysau cypyrddau cyn dod at un yn llawn poteli. Wrth wneud hynny, gwelodd wydr crisial ar silff uwchben y cwpwrdd; ffroenodd y mymryn lleiaf o ddiod ar waelod y gwydr ac arogli wisgi. Gwell fyth. Roedd Meurig wedi cymryd tot cyn mynd am ei wely ac felly byddai ei olion bysedd ar y gwydr. Cyfeiriodd belydr y fflachlamp ar hyd y rhes o boteli a gweld tri math o wisgi. Dewisodd un, arllwys mesur da i'r gwydr a chario'r gwydr a'r botel 'nôl i'r stydi. Plygodd wrth gorff Meurig, cyffwrdd â'i foch a theimlo bod y croen yn dal yn gynnes. Rhoddodd flaen bys y faneg yn y gwydr, estyn i rwbio'r wisgi ar wefusau Meurig a gosod y gwydr a'r botel ar y ddesg. Trodd unwaith yn rhagor at y corff i sythu'r fraich a blygwyd yn yr ymosodiad. Gan nad oedd arlliw o *rigor mortis* llwyddodd i wneud hynny'n hawdd a chwblhaodd y rhan hon o'r dasg drwy osod y corff mewn hanner cwrcwd â'r fraich arall ar draws y frest – ystum naturiol trawiad ar y galon.

Wrth godi, gwelodd y gyllell. Gafaelodd ynddi, croesi i'r gegin a'i gosod yn ôl yn y bloc cyllyll ar ôl sychu'r carn a'r llafn gyda lliain i lanhau olion bysedd Meurig ac i leihau'r siawns o ganfod olion DNA. Yng ngolau'r fflachlamp gwnaeth yr un peth â'r arwynebau yn y gegin. Aeth i'r lolfa a rhoi popeth mewn trefn yno. Tsieciodd fod y poteli wisgi yn eu lle ac nad oedd wedi styrbio unrhyw botel arall. Sychodd y cypyrddau cyn rhoi'r lliain yn ôl wrth y sinc yn y gegin. Yn y stydi, roedd y rhan fwyaf o'r paratoadau eisoes wedi eu cwblhau; aeth at y ddesg a chydio yn y ffeil yr oedd ar fin ei hagor cyn i Meurig darfu ar y chwilio. Gadawodd lamp y ddesg ynghynn, camu dros y corff a mynd o'r ystafell. Dim ond un peth oedd ar ôl. Croesodd at focs y system atal lladron wrth y drws ffrynt, estyn am declyn o'i boced a bwydo'r rhifau i ailosod y system. Pum munud yn union i adael y tŷ. Ar ôl hynny byddai'r larwm yn seinio a'r ffôn yn canu yn swyddfa'r cwmni diogelwch. Dim panig. Roedd digon o amser ac, yn ddi-hid, agorodd y drws ffrynt, camu allan a chau'r drws yn dawel.

Glynodd at y llwybr i osgoi gadael olion traed a botymodd ei siaced rhag y glaw. Yn ddirybudd, llanwyd y lle gan stribed llachar y golau diogelwch ac, am y tro cyntaf y noson honno, cafodd fraw. Edrychodd yn syth ymlaen a gweld pâr o lygaid tywyll yn archwilio'r olygfa'n hamddenol. Llwynog oedd yno ac am ennyd safodd y ddau'n stond, y naill mor ddrwgdybus â'r llall. Ffroenodd y creadur yr awyr, codi ei glustiau i ddangos ei fod yn gwrando'n astud a chwifio ei gynffon goch i gyfleu nad oedd yn hapus o weld y tresbaswr ar ei batsh. Dim sŵn, dim symud: dau ysbeiliwr yn asesu ei gilydd a'r ddau yn eu dichell yn tynnu llinyn mesur i weld p'un oedd y cythraul mwyaf. Rhwygwyd y llonyddwch llethol pan udodd y llwynog un gri ddieflig, codi pawen, troi a diflannu i'r coed.

Craffodd y llofrudd drwy'r glaw ar ôl yr anifail. Yna, yr un mor llechwraidd â'r llwynog, trodd ar ei sawdl ac ymadael.

PENNOD 4

YSTAFELL DANDDAEAROL MEWN tŷ yn St Anne, prif dref Alderney yn Ynysoedd y Sianel. Mae wal gyfan wedi'i gorchuddio â rhes o sgriniau teledu yn dangos lluniau o gyfleoedd gamblo. Ar dair sgrin mae olwynion rwlét, lein o sgriniau ag amrywiaeth o gêmau cardiau, lluniau o rasys ceffylau a champau eraill megis pêl-droed, ac yn y gornel isaf mae sgriniau'n dangos cystadlaethau bingo. Teflir golau amryliw gan y lluniau a gan nad ydynt byth yn llonydd mae'r golau'n fflicran ac yn newid ei gryfder yn ddi-baid. Yng nghanol yr ystafell mae desg eang ac ar hon mae rhes o gyfrifiaduron pwerus, a sgriniau'r rhain eto'n dangos golygfeydd gamblo ac eraill yn llawn cyfarwyddiadau cymhleth, annealladwy. Wrth fysellfyrddau'r cyfrifiaduron eistedda gweithwyr, eu llygaid yn gwibio o'r sgriniau o'u blaenau i'r sgriniau ar y wal uwchben. Bechgyn a merched, pob un yn ifanc a phob un yn canolbwyntio'n llwyr ar ei waith. Yr unig sŵn yw cleciadau'r gweithwyr ar y bysellfyrddau ac wrth iddynt deipio mae'r lluniau teledu'n newid ac yn ailffurfio.

Daw unigolyn i mewn a sefyll y tu ôl i'r lleill. Ei gyfrifoldeb ef yw gwylio'r gwylwyr.

PENNOD 5

DOEDD EILIR DDIM am fod yn hwyr a brysiodd ar hyd Stryd Fawr Aberystwyth i gyfeiriad adeilad Gwenddwr. Roedd glaw neithiwr wedi cilio a gwenai'r haul yn dyst boreol o Sadwrn braf a chynnes. Ychydig oedd o gwmpas a'r unig rai y cyfarfu â hwy oedd haid o ieuenctid yn dioddef effeithiau'r noson cynt wrth iddynt lusgo'n sigledig i'w gwlâu. Gadawodd y Stryd Fawr, cerdded heibio'r tai gosgeiddig ger yr Hen Goleg a dod at y swyddfa. Wrth iddo bwyso'n ysgafn ar y drws gwelodd fod yr adeilad eisoes ar agor. Gorchmynnodd Meurig iddo fod yno erbyn naw a'r lleill i ddilyn, ond dim ond hanner awr wedi wyth oedd hi, felly rhaid mai Dei Lloyd oedd wedi agor y drws.

Camodd i'r cyntedd a rhyfeddu fel y gwnâi bob bore at geinder y bensaernïaeth. O'i flaen roedd y grisiau mawr yn esgyn i'r lloriau uwchben, pyst y canllaw'n wyn a thopiau'r pyst, fel y grisiau eu hunain, o dderw tywyll. Ar droad y stâr roedd ffenest hir yn ymestyn o'r nenfwd i'r llawr, a'r panel o wydr lliw yn ei chanol yn taflu patrwm coch a glas ar lawr y cyntedd. Nid oedd Meurig wedi gwario ar yr adeilad ers blynyddoedd ond drwy'r crafiadau a'r llwch gallech weld bod y lle'n drysor, trysor oedd ar fin cael ei werthu – y swyddfa i Celtic Estates a'r busnes i Dyffryn.

Anfadwaith, ym marn Eilir. Yn sgil galwad ffôn neithiwr roedd ei ddyfodol yn y fantol a gwyddai mor anodd fyddai canfod swydd fel golygydd yn rhywle arall. Yr unig ddewis arall oedd dychwelyd i ddysgu ond yn ei isymwybod gwyddai nad oedd yn athro wrth reddf ac mai hunllef fyddai wynebu dosbarth o ddisgyblion anystywallt na rannai ei frwdfrydedd am lenyddiaeth. Sylweddolai *fod* yna ddewis gwahanol, sef ymgreinio o flaen ei fòs a chymryd y cyfrifoldeb am smonach *Paradwys Borffor*. Roedd hynny'n rhannol gywir – yn y rhuthr i gyhoeddi erbyn yr Eisteddfod ni chafodd gyfle i archwilio'r copïau terfynol a bu raid mynd â'r llyfrau'n syth i'r stondin ar y Maes. O gofio'r bygythiadau, nid oedd llawer o siawns y derbyniai Meurig mai hynny ddigwyddodd ond, er mwyn achub ei swydd, y cyfan y medrai wneud oedd llyfu'r llawr a gobeithio'r gorau.

Galwodd allan, "Helô. Oes rhywun yma?" Clywodd lais yn ateb o berfeddion y llawr isaf ac ymhen hir a hwyr daeth Dei Lloyd i'r golwg. "O'n i ddim yn disgwyl eich gweld chi mewn ar fore Sadwrn, Dei."

"Mae cyfarfod pwysig, ac ro'n i'n meddwl y dylwn i gael y lle'n barod. Chi'n gwbod shwt un yw Mr Selwyn. Chi'n gynnar, Eilir. Dyw'r cyfarfod ddim i ddechre tan ddeg, yn ôl beth glywes i."

"Ychydig o waith papur i'w wneud ac mae Meurig wedi gofyn i fi ddod mewn erbyn naw er mwyn trafod cyn i Dyffryn gyrraedd."

"Trafod, myn cythrel! Dim ond un peth fydd 'na i drafod – gwerthu'r job lot a fi ar y clwt. Byddwch *chi*'n iawn, Eilir. Ma Mr Selwyn wedi edrych ar ôl rhai ac anghofio am y lleill. Weloch chi fe ar y teledu ddoe, yn lladd ar bawb? A helynt *Paradwys Borffor* wedyn!"

Osgoi ymateb a newid y testun oedd orau. "Mae'r lleill yn cyrraedd am hanner awr wedi naw. Pawb i gyfarfod lan lofft ac wedyn pobl Dyffryn yn dod erbyn deg. Ffoniwch fi ac mi ddo i lawr i'w nôl nhw."

"Beth am Sharon? Bydd hi wrth y dderbynfa i groesawu criw Dyffryn. Ma gyda fi bethe erill i'w neud, chi'n gwbod."

"Mae Sharon a Milly yn dal yn y Steddfod, yn edrych ar ôl y stondin. Ac felly bydd rhaid i chi neud."

Gwgodd y porthor a disgyn i'w gell danddaearol gan fwmblan fel petai holl ddyfodol Gwasg Gwenddwr yn pwyso ar ei ysgwyddau.

Ar fore Sadwrn, wrth gwrs fod gen ti bethau eraill i'w gwneud, meddyliodd Eilir – dewis aelodau tîm Aberystwyth, gosod bet ar y chwarter i ddau yn Uttoxeter a threfnu cwrdd â dy fêts yn yr Hydd Gwyn.

Yn ei ystafell, eisteddodd Eilir wrth y ddesg a cheisio llunio yn ei ben y geiriau a leddfai rywfaint ar lid Meurig. Trin a thrafod geiriau oedd ei fara menyn ond wrth iddo ffurfio un ymadrodd gwasaidd ar ôl y llall daeth i dderbyn bod y dasg yn amhosib ac mai'r dacteg orau oedd aros i weld sut hwyl fyddai ar ei fòs. A dyna fel y bu. Aros, aros ac aros. Dim cnoc ddiamynedd ar y drws, dim caniad ffôn, dim byd. Ychydig cyn hanner awr wedi naw clywodd y lleill yn cyrraedd, felly aeth allan i'r coridor a dod wyneb yn wyneb â Nia Adams.

Dywedodd hithau, "Ti yma'n gynnar, Eilir. Ti'n awyddus iawn i glywed ein ffawd."

"Roedd Meurig wedi gofyn i fi ddod mewn am naw i sortio rhai o fanylion y ddêl. Ond dwi wedi bod yn eistedd wrth y ddesg yn disgwyl a sdim sôn amdano."

"Rhyfedd i Meurig fod yn hwyr, heddiw o bob diwrnod. A dwi'n siŵr y bydd e am godi stŵr am helynt *Paradwys Borffor.*"

Gafaelodd Eilir ym mraich Nia a'i harwain i'w swyddfa. Caeodd y drws ar ei ôl a throi at ei gyd-weithiwr. "I ddweud y gwir, Nia, dyna pam dwi yma. Ffoniodd Meurig neithiwr ar ôl clywed am y strach ar y radio. Roedd e'n lloerig. Bygwth pob math o bethe – Dyffryn yn cynnig llai a dweud na fyddai'n cymeradwyo fi i'r perchnogion newydd. Plis, paid â dweud wrth neb."

"Diawl dan din. Nid dy fai di oedd y camosod. Dyle pawb ddeall hynny, gan gynnwys Meurig."

"Dwi ddim cweit mor siŵr. Roedd Evelyn yn hwyr yn

cyflwyno'r deipysgrif, fel arfer, a chael a chael oedd hi i'r llyfr weld golau dydd erbyn y Steddfod. Doedd dim amser i wneud yr archwiliad olaf cyn anfon y stwff i Morfaprint – a fi oedd â'r cyfrifoldeb. Dyna sut mae Meurig yn ei gweld hi ac am unwaith dwi'n ofni 'i fod e'n iawn."

"Drycha, mae'n tynnu at ddeg. Bydd Dyffryn yma toc. Tase Meurig am roi ram-tam i ti bydde fe yma erbyn hyn."

Doedd Eilir ddim mor sicr ond gallai weld synnwyr yn nadl Nia. Aeth y ddau i'r ystafell gyfarfod a chael bod David Wilkins a Susan Selwyn yno'n barod. Roedd pentwr o ffeiliau ar y bwrdd o flaen Wilkins – cownts y cwmni, mae'n siŵr – ac un ddogfen yn nwylo Susan. Y naill a'r llall yn hogi arfau am y frwydr, tybiodd Eilir.

"Oes rhywun wedi gweld fy annwyl frawd?" holodd Susan. "Anghwrtais, a dweud y lleia. Pregowthan fod hwn yn gyfarfod tyngedfennol a methu bod yma mewn pryd. Jyst fel Meurig."

Eisteddodd Nia ac Eilir gyferbyn â'r ddau arall gan adael y gadair wrth ben y bwrdd yn rhydd i Meurig. Gwnaeth Wilkins sioe o fynd drwy ei ffigyrau a chyfeiriodd Susan ei golwg tuag at y ffenest, gan duchan yn ddiamynedd bob yn hyn a hyn. Dim gair gan neb. Am bum munud i ddeg canodd y ffôn ac atebodd Susan. Gwrandawodd am ychydig cyn tynnu'r sgwrs fer i ben.

"Dei Lloyd oedd yna. Mae cyfarwyddwyr Dyffryn wedi cyrraedd ac mae Dei'n eu tywys nhw i'r parlwr bach. Nia, bydd rhaid i chi a fi fynd i wneud coffi a llanw'r bwlch. Wilkins, ewch chi ac Eilir i swyddfa Meurig i weld os yw e'n llechu yno am ryw reswm, neu os yw e wedi gadael neges."

Roedd ystafell Meurig ar glo a bu raid i Eilir nôl allwedd o'r bwndel oedd ym meddiant Dei Lloyd. Gwelodd Susan a Nia'n cario cwpanau i'r parlwr a chafodd gip ar y tri o gwmni Dyffryn – dynion busnes pengaled yn ôl yr olwg, dau yn archwilio gliniaduron a'r trydydd yn chwifio'i freichiau ac yn siarad yn uchel i'w ffôn symudol. Dychwelodd lan lofft a gosod un allwedd ar ôl y llall yng nghlo'r swyddfa cyn canfod yr un oedd yn ffitio ac agor y drws. Yn ôl y disgwyl, doedd neb yno ac nid oedd neges na dim a allai esbonio absenoldeb Meurig.

"Beth nawr 'te?" gofynnodd Wilkins.

"Ewch i nôl Susan ac arhoswch gyda Nia i drio cadw bois Dyffryn yn hapus. Dwedwch fod Meurig wedi galw yn y banc neu rywbeth."

Doedd David Wilkins ddim yn hapus – syllai'n gibddall dros ei hanner sbectol fel tylluan biwis a bu raid i Eilir ei hanner gwthio drwy'r drws. Ar ben ei hun yn y swyddfa, trodd Eilir eto at y ddesg a thwrio ymhlith y llwyth papurau. Yno, o dan gasgliad o lythyrau darganfu ffeil â'r teitl 'GWERTHIANT GWENDDWR' ar ei blaen. Agorodd y ffeil a gweld gymaint o fradwr oedd Meurig. Twyll a hoced oedd ei addewid i warchod ei swyddi ef a Nia a gellid gweld o archwiliad cyflym o'r cyfrifon nad oedd y cwmni'n gwneud colled wedi'r cyfan. Gyferbyn â'r colofnau o ffigyrau roedd Meurig wedi ysgrifennu'r gair 'WILKINS' mewn beiro goch gyda marc cwestiwn ar ôl yr enw.

Agorwyd drws y swyddfa a daeth Susan i mewn. "Dyw Meurig ddim yma, mae'n amlwg. Dim neges?"

"Dim byd."

Craffodd Susan ar y ffeil. "Beth sy gyda chi fan'na, Eilir? Rhywbeth pwysig?"

Llwyddodd Eilir i droi wyneb y ffeil am i lawr. "Na, dim byd o bwys – cyfrifon awduron, dyna i gyd. Roedd Meurig wedi casglu'r data erbyn cyfarfod bore 'ma, dybiwn i. Felly beth yw'r cam nesaf?"

"Ffonio Penallt. Estynnwch y ffôn os gwelwch yn dda, Eilir."

Deialodd Susan y rhif a gwrando. Gallai Eilir glywed y ffôn yn canu ben arall y lein ond doedd dim ateb. Nesaf, deialodd rif ffôn symudol ei brawd a chael gwahoddiad i adael neges.

"Drato'r dyn! Sut all e fod mor anystyriol? Does dim amdani, Eilir, bydd rhaid i chi fynd i'r tŷ."

*

Wrth nesáu at Benallt gwelodd Eilir fod car Meurig wedi ei barcio ar y dreif ger y tŷ. Llywiodd ei gar at y Jaguar, mynd at y drws ffrynt a chanu'r gloch. Canodd hi eilwaith a chnocio'n uchel, i ddim pwrpas. Camodd Eilir 'nôl, edrych at ffenestri'r llofft a gweld bod y llenni ar gau yn un o'r llofftydd. Er nad oedd erioed wedi bod yn y tŷ ac nad oedd ganddo syniad ai hon oedd ystafell wely Meurig, roedd y ffaith bod y llenni ynghau yn dweud rhywbeth, ond beth? Meurig wedi cysgu'n hwyr – annhebygol, gan y cyrhaeddai'r gwaith bob bore o flaen pawb arall. Neu salwch? Roedd hynny'n fwy tebygol. Safodd Eilir ar y llwybr heb 'run syniad beth i'w wneud. Prin y gallai godi graean o'r dreif a'i daflu at y ffenest fel ryw gariad o'r oes o'r blaen yn chwennych sylw.

Aeth heibio'r garej am yr ardd a dringo dau ris at y drws cefn. Roedd hwnnw ar glo, ac er iddo gnocio ni chafodd ateb. Pwysodd Eilir ar ymyl y grisiau, cymryd cipolwg i mewn i'r gegin a gweld bod popeth yn daclus a threfnus – bwrdd a chadeiriau yng nghanol y llawr, cypyrddau'n ymestyn ar hyd y waliau, sinc o dan y ffenest a lliain sychu llestri yn hongian wrth ymyl y sinc. Roedd ystafell ar y dde i'r drws cefn a llenni honno hefyd ar gau. Disgynnodd Eilir i'r lawnt a gweld crac bychan rhwng y llenni. Sylwodd ar linell o olau trydan. Roedd y ffenest yn rhy uchel i gamu ati ac mewn sied ar ben draw yr ardd ffeindiodd hen focs coed. Llusgodd hwnnw at y ffenest, dringo'r bocs a syllu drwy'r crac. Gwegiodd y bocs oddi tano a bu bron iddo syrthio 'nôl ar ei hyd. Sadiodd ei hun drwy afael yn y rhes frics o dan y ffenest a gydag un llaw yn dal yn dynn yn y rhes frics cododd y llall at ei lygaid, yn gysgod rhag yr haul, a chraffu drwy'r rhimyn rhwng y llenni.

Mewn amrantiad, fferrodd. Oerodd ei waed. Gorweddai Meurig yn ei ddwbl wrth droed desg, a lamp yn taflu golau ar ei wyneb gwelw. I gadw'i gydbwysedd, gafaelodd Eilir yn dynnach yn y brics a churo'n galed ar un o gwareli'r ffenest ond ni chafodd ymateb o fath yn y byd. Neidiodd oddi ar y bocs, sychu'r chwys oddi ar ei dalcen a phenderfynu ar ei gam nesaf. Chwiliodd am garreg weddol ei maint, camu at y drws cefn a tharo'r garreg yn erbyn un o'r cwareli. Malwyd y gwydr ac, yn ofalus, tynnodd Eilir y darnau eraill o'r sgwâr, estyn ei law drwy'r twll am yr allwedd a chamu i mewn i'r gegin. Yna, safodd yn stond, wedi ei frawychu gan wiw-wiw hunllefus y larwm. A'r sgrech yn atseinio drwy'r tŷ, croesodd y cyntedd i'r cyfeiriad lle tybiai yr oedd y stydi.

Nid oedd Eilir ar ei orau mewn creisis a chymerodd gam nerfus at Meurig, penlinio a chyffwrdd â'i law. Roedd hi'n oer a doedd Meurig ddim yn anadlu. Cododd Eilir yn sydyn, yn rhy sydyn. Trodd yr ystafell o'i gwmpas a theimlodd surni cyfog yn codi i'w geg. Callia, er mwyn Duw, dywedodd wrtho'i hun, nid dyma'r lle na'r amser i lewygu. Gafaelodd yn ymyl y ddesg ac, o gofio'r cyfresi ditectif a wyliodd ar y teledu, sylweddolodd ei gamgymeriad. Peidio cyffwrdd â dim, dyna'r rheol gyntaf, a gwyddai hefyd mai'r ail reol oedd ffonio'r glas ar fyrder.

Roedd y larwm yn dal i ddiasbedain drwy'r tŷ ac i sicrhau man cymharol dawel i allu siarad, rhedodd i'w gar ac estyn am ei ffôn symudol. Deialodd 999 a throsglwyddo'r manylion am farwolaeth Meurig. Er mawr syndod iddo, o fewn llai na dwy funud clywodd seiren car heddlu yn dod yn nes ac yna'n parcio wrth gât Penallt.

Aeth Eilir i gwrdd â'r ddau blisman wrth iddynt gamu o'r Volvo. "Roedd hynna'n gyflym," dywedodd yn llipa.

Edrychodd y plismyn arno'n hurt. Aeth un i mewn i'r tŷ a thawelwyd y larwm.

Cyflwynodd y llall ei hun, "Cwnstabl Gari Jones. Allwch chi egluro pam ry'ch chi 'ma, syr, a'r larwm yn sgrechen a'r drws ffrynt ar agor?"

"Wel, fi achosodd i'r larwm ganu a dwi newydd ddod

allan drwy'r drws ffrynt." Deallodd mor gloff oedd ei ateb ac ymdrechodd i fynd yn ei flaen. "Mae rhywbeth wedi digwydd yn y tŷ – fy mòs i, Meurig Selwyn…"

Torrwyd ar ei draws pan redodd yr ail blisman allan. "Gari, dere miwn ar unwaith. A chi, syr."

Arweiniwyd Eilir i'r stydi ac, yn union fel y gwnaeth yntau ychydig funudau ynghynt, penliniodd un o'r plismyn wrth y corff a rhoi ei law ar wddf Meurig. Sythodd, ysgwyd ei ben a dweud, "Gari, cer i'r car, cysylltu â'r orsaf a dwêd wrth Clive am ddod 'ma ffwl pelt." Trodd at Eilir. "Arhoswch chi fan hyn, syr. Fe fyddwn ni am esboniad llawn."

Gwelwodd Eilir ac, wrth fod mor agos at y corff unwaith eto, dychwelodd ei bendro. Mewn llais gwan gofynnodd, "Alla i fynd i rywle arall? Dwi ddim yn teimlo'n sbesial."

Arweiniwyd ef i'r gegin a hoeliodd y plisman ei sylw ar y drws agored a'r darnau o wydr ar y llawr.

"Fi wnaeth hynna," dywedodd Eilir yn ymddiheurol. "Mae 'na eglurhad, galla i'ch sicrhau chi. Alla i gael gwydred o ddŵr cyn cychwyn?"

"Na, dwi'n ofni. Hyd nes i ni wbod yn wahanol ma'r tŷ i gyd yn *scene of crime* a gwell peidio cyffwrdd â dim. Cwnstabl Meic Jenkins ydw i. Cawson ni alwad gan y cwmni diogelwch. Bob tro mae'r larwm yn canu, ddydd neu nos, rhaid ymateb. Ma'r perchennog, Mr Selwyn, yn talu'n ddrud am y gwasanaeth hwnnw. Reit, syr, beth ddigwyddodd?"

Roedd Eilir ar fin cychwyn pan ganodd y ffôn. Gan gymryd y gofal arferol, atebwyd yr alwad gan y plisman ac ar ôl sgwrs fer dywedodd, "Chi yw Eilir Rhys? Ma Susan Selwyn ar ben arall y lein, yn awyddus i siarad â chi."

Roedd Eilir wedi llwyr anghofio am bwrpas gwreiddiol ei ymweliad a gafaelodd yn y ffôn fel petai'n cyffwrdd â neidr wenwynig. Pesychodd yn ddihyder ac yna clywodd lais siarp Susan.

"Eilir, beth ar y ddaear sy'n digwydd? Pam mae plisman yn y tŷ? Mae dynion Dyffryn yn holi bob deng munud ac yn bygwth gadael. Mae Wilkins fel dyn ar goll, yn ddim help i neb, ac mae Nia a finnau wedi hen laru ar wneud coffi. Mae'r bore'n troi'n ffars oherwydd difaterwch anfaddeuol Meurig. Ydych chi wedi cael gafael arno fe? Ydy e yn y tŷ?"

Petrusodd Eilir am eiliad cyn dewis llwybr y cachgi. "Susan, dewch â Nia i'r ffôn, os gwelwch yn dda. Wna i egluro'r cyfan iddi hi."

"Nia?! Beth sy gan Nia i wneud â hyn? Dwi ddim yn deall."

"Plis, Susan. Dyna fydde orau o dan yr amgylchiadau."

"Pa amgylchiadau? Eilir, dwi am esboniad nawr."

Oedodd Eilir cyn plymio i'r dwfn. "Susan, mae'n flin gen i drosglwyddo newyddion drwg, ond mae Meurig wedi marw. Fi oedd yr un i ganfod y corff... yn y stydi... Mae'r heddlu yma..."

Wrth ddal y ffôn at ei glust gallai Eilir ddychmygu Susan yn chwilio am hyder, yn ceisio dygymod â'r manylion a roddwyd iddi mewn modd trwsgl ac yn ymdrechu i dderbyn ergyd mor galed. Efallai nad oedd rhyw lawer o Gymraeg rhwng y brawd a'r chwaer ond roeddent *yn* frawd a chwaer wedi'r cwbl, a does bosib nad oedd hynny'n cyfri?

O'r diwedd clywodd lais Susan – yr un mor siarp ac, yn rhyfedd, llais nad oedd yn cyfleu unrhyw arwydd o sioc. "Heddlu? Beth chi'n feddwl 'heddlu'? Beth sy gan yr heddlu i wneud â marwolaeth Meurig? Dwi'n dal ddim yn deall."

Pasiodd Eilir y ffôn i'r plisman a gadael i hwnnw esbonio. Wrth i'r sgwrs ddod i ben clywyd lleisiau yng nghyntedd y tŷ. Daeth trydydd person i fewn i'r gegin a chyflwyno ei hun i Eilir:

"Ditectif Sarjant Clive Akers. Dwi'n deall mai chi ffeindiodd y corff. Ar hyn o bryd, mae'r cyfan braidd yn ddryslyd ac felly, syr, wnewch chi adrodd y ffeithiau i gyd os gwelwch yn dda?"

Eisteddodd Eilir wrth fwrdd y gegin, syllu'n wag drwy'r drws agored ac ymdrechu i roi rhyw fath o drefn ar yr erchylltra a brofodd ers iddo gyrraedd Penallt. Ymddangosai'r stori'n afreal – fel ffilm arswyd yn fflachio ffrâm wrth ffrâm drwy ei feddwl, pob un yn waeth na'r llall ac yn grisialaidd o eglur. Aeth drwy'r hanes orau y medrai, gan orffen gyda'r alwad i'r heddlu.

"Pryd oedd y tro olaf i chi weld Mr Selwyn?"

Atebodd Eilir yn hyderus, "Ar faes y Steddfod ddoe, pan oedd e ar ei ffordd i'r pafiliwn."

"Diolch. Bydd rhaid i chi ddod i'r orsaf i roi *statement* llawn. Oes rhywun yn gallu cadarnhau'ch fersiwn chi o ddigwyddiadau'r bore?"

"Oes. Bydd pawb yn swyddfa Gwasg Gwenddwr yn gwybod imi adael tua chwarter wedi deg. Susan Selwyn ofynnodd i fi ddod yma. Bydd modd amseru'r alwad i'r heddlu. Gall y ddau blisman gadarnhau popeth wedi hynny."

Taflodd Akers olwg ar Meic Jenkins a nodiodd y plisman.

"Wrth i chi ddod at y tŷ, Mr Rhys, weloch chi unrhyw beth rhyfedd?"

"Dim byd. Roedd llenni'r ystafell wely ffrynt ar gau. Wedyn es i'r cefn a sylwi bod y llenni yn y stydi hefyd ar gau a'r golau ymlaen. Roedd hynny'n od, a hithau ganol bore, a dyna pam es i i chwilio am y bocs, edrych i mewn a gweld y corff."

"Chi achosodd i'r larwm ganu? Oedd y lle'n dawel tan i chi dorri'r gwydr yn y drws cefn a dod i mewn?"

Deallodd Eilir arwyddocâd y cwestiwn ac atebodd yn bendant, "Oedd, mor dawel â'r bedd. Sori, ymadrodd anffodus o dan yr amgylchiadau."

Ni ddangosodd Akers iddo hyd yn oed sylwi ar chwithdod y geiriau. "Un pwynt arall, syr. Ar wahân i ganu'r gloch a churo ar y drws ffrynt a malu'r gwydr yn y drws cefn, ydych chi wedi cyffwrdd neu symud rhywbeth?"

Gydag ychydig o falchder dywedodd Eilir, "Do, dim ond ymyl

y ddesg yn y stydi, dim byd arall. Dwi'n ffan o gyfresi ditectif ar y teledu ac rwy'n gwybod beth i'w wneud."

"Cweit, syr. Mae gwahaniaeth rhwng ditectifs y sgrin a bywyd go iawn, ond diolch am fod yn ofalus. Beth am eich symudiadau neithiwr, Mr Rhys? All rhywun gadarnhau?"

"Mynd syth adre ar ôl gadael y Steddfod ac yno tan y bore. Gallwch chi holi'r wraig a'r plant."

"Diolch, syr. Rhowch eich cyfeiriad a'ch rhifau ffôn i Cwnstabl Jenkins. Bydd rhaid cael eich olion bysedd hefyd."

Rhoddodd Eilir ochenaid o ryddhad a chodi. Fodd bynnag, wrth ddrws y gegin, trodd yn ôl at y ditectif. "Ydych chi'n tybio felly nad yw Meurig wedi marw o achosion naturiol? Fe alle fe fod yn… rhywbeth mwy difrifol? Ai dyna'r rheswm…?"

Ni chafodd gyfle i orffen y frawddeg. "Mewn achosion fel hyn rhaid cadw meddwl agored. Am nawr, marwolaeth naturiol yw hi. Hyd nes i ni gael archwiliad gan y tîm fforensig alla i ddim dweud mwy."

Nodiodd Eilir a gofyn un cwestiwn oedd yn ei boeni. "Ai dyna ddylwn i ddweud wrth ei chwaer? Marwolaeth naturiol?"

"Am nawr, dyna'r peth gore. A dwedwch wrth Miss Selwyn y byddwn ni am siarad â hi."

Wedi i Eilir adael, aeth Akers a Meic Jenkins i'r stydi at Gari Jones. Roedd yr olygfa yn union yr un fath – lamp y ddesg yn taflu golau isel a Meurig Selwyn mewn hanner plyg wrth droed y dodrefnyn.

"Ydych chi wedi gadael iddo fe fynd?" holodd Gari. "O'n i'n gweld y boi yn nerfus, golwg eitha *shifty* arno, a dweud y gwir."

Dywedodd Meic, "Taset ti wedi ffeindio corff dy fôs, Gari, byddet tithe'n nerfus hefyd. Dwi'n gwbod bod llofruddion yn nytars ond dwi heb weld un yn torri mewn i'r *scene of crime* ac yn galw'r heddlu. A cofia, ar ei gyfaddefiad ei hun, Eilir Rhys achosodd i'r larwm ganu ac mae hynny'n awgrymu nad oedd neb yma cynt. Ma'r lle'n daclus a sdim arwydd o ladrad."

Pwyntiodd at y botel wisgi ar y ddesg a'r gwydr hanner llawn. "Os chi'n gofyn i fi, ro'dd Meurig Selwyn wedi cymryd dropyn yn ormod cyn cychwyn am ei wely a diodde harten."

Penliniodd Akers wrth y corff fel petai am wneud archwiliad manwl. "Dwi'n gweld dy bwynt di. Ond os mai ar ei ffordd i'r gwely roedd Mr Selwyn, pam mae e yn ei byjamas?"

PENNOD 6

EISTEDDAI GARETH PRIOR o dan gysgod palmwydden ar un o'r strydoedd a arweiniai i harbwr Sorrento. Sychodd chwys o'i dalcen a sipian y cwrw ar y bwrdd o'i flaen. Roedd yn boeth, yn llawer rhy boeth, ac wrth deimlo'i grys yn glynu at ei gefn sylweddolodd mai camgymeriad oedd cymryd gwyliau yn yr Eidal ym mis Awst. Daethai yno am ddau reswm: i gael brêc a chyfle i ymlacio o'i waith fel ditectif, ac i geisio lleddfu'r boen o golli Mel, ei gariad a'i gyd-weithwraig a laddwyd ar derfyn yr ymchwiliad i helynt y ffermydd gwynt.

Aeth ar ymweliad â Pompeii a gwenu'n dawel wrth wrando ar y tywysydd yn sôn byth a hefyd am nifer uchel puteindai'r lle. Cymerodd fws i odre llosgfynydd Feswfiws, dringo'r ddau gan llath olaf i'r copa, edrych i mewn i'r crochan ac edrych allan ar Fae Napoli yn agor oddi tano fel pedol loyw. Teithiodd ar fws arall ar hyd ffordd hynod droellog i Amalfi a chael y porthladd yn orlawn o gyfoethogion ffasiynol Ewrop, a'u "Ciao, caro." Mwynhaodd fwyd a gwin ei westy, ei deras tawel a'i berllan fechan o goed lemwn a'r lleoliad delfrydol uwchben Sorrento. Nid oedd yn un i dorheulo a threuliodd sawl prynhawn yn eistedd o dan ymbarélau'r teras yn darllen y nofelau a'r bywgraffiadau a lwythodd ar ei declyn e-lyfrau.

Yn y loes o golli Mel profodd Gareth gymysgedd o emosiynau. Gwrthod derbyn i gychwyn – cafodd ei lladd mor frawychus o sydyn fel na allai gydnabod am sbel i'r weithred ddigwydd o gwbl. Yna dicter – dicter yn erbyn y llofrudd ond, yn llawer gwaeth, dicter yn ei erbyn ef ei hun am mai ef a lediodd y cyrch a arweiniodd yn uniongyrchol at farwolaeth Mel. Yna'r dicter personol yn esgor ar euogrwydd, a'r hunanholi diderfyn pam, pam, pam. Ym mêr ei esgyrn gwyddai nad oedd modd ateb a bod rhaid iddo ddilyn cyngor ffrindiau – "Dere mla'n, Gar, ma sbel wedi pasio. Alli di ddim byw yn y gorffennol, rhaid i ti drio symud mla'n."

Ie, symud ymlaen. Gorffennodd Gareth ei gwrw a chychwyn am yr harbwr, y Marina Grande. Roedd y daith yn bellach na'r disgwyl ac yn serth, a'r llwybr yn igam-ogamu i lawr cyfres o risiau caregog. Ar waelod y gris olaf camodd i olygfa berffaith o bentref pysgota nad oedd wedi newid nemor ddim dros y canrifoedd. Prin y gellid clywed dwndwr y dref ac mewn llai nag ugain cam roedd Gareth ar lan y dŵr. Edrychodd yn ôl ar res o dai culion yn nythu yn y clogwyni, pob un wedi'i beintio mewn lliw pastel gyda golch y dydd yn crogi o ffenest i ffenest. O'i flaen roedd fflyd fechan o gychod pysgota, y pysgotwyr yn glanio helfa'r bore neu'n trwsio rhwydi. Cerddodd yn ofalus ar hyd y cei gan osgoi'r cathod a redai'n wyllt yma a thraw i fachu ambell bysgodyn a daflwyd o'r neilltu. Roedd yr awel ar y cei yn fendith ac eisteddodd Gareth yno i wylio'r badau pleser yn torri cwys o ewyn ar y môr anghredadwy o las. Fe'i swynwyd gan y cyfan ac yna trodd am yn ôl a rhodio at yr eglwys fechan ar ben chwith yr harbwr, mynd i mewn a chael y lle'n ynys o heddwch ac, fel pob eglwys bron, yn dderbyniol o oer.

Yn syth y tu ôl i'r eglwys roedd llwybr arall a arweiniai i'r dref ac i gyfeiriad ei westy. Ochneidiodd Gareth wrth weld y grisiau dirifedi ac yng nghanol y dydd a'r haul yn tywynnu ar ei boethaf dechreuodd ddringo'n araf. Cyrhaeddodd yr hewl fawr mewn boddfa o chwys, yn fyr ei wynt a'i bengliniau'n protestio. Dwi ddim mor ffit ag y bues i, meddyliodd gan wneud adduned i ailgydio yn y sesiynau ymarfer yn y gampfa ar ôl dychwelyd o'i wyliau.

Aeth i'w ystafell, cymryd cawod oer ac ar ôl cinio ysgafn treuliodd y prynhawn ar y teras yn darllen bywgraffiad newydd o Charles Dickens. Wrth droi'r tudalennau rhyfeddodd at ragrith y gwrthrych – dyn a roddodd lais yn ei nofelau i'r tlawd a'r anghenus ac eto a daflodd ei wraig a'i deulu o'r neilltu i gadw meistres ifanc.

Taflodd gipolwg ar ei wats a gweld ei bod yn nesáu at bump o'r gloch. Dwy awr a mwy tan y pryd nos a chyfle felly am siesta. Er bod system awyru drwy'r holl westy roedd yn well gan Gareth gael awyr iach. Agorodd y drysau dwbl allan i'r balconi, troi'r radio ymlaen, diosg ei ddillad a gorwedd yn noeth ar y gwely. Gallai glywed rhywfaint o rwmblan y drafnidiaeth islaw ond fe'i hudwyd yn fuan i drwmgwsg gan gerddoriaeth glasurol y radio ac arogleuon chwerwfelys y berllan lemwn. Dihunodd i dawelwch – roedd y gerddoriaeth wedi hen orffen a'r haul ar fin machlud. Trwy lenni'r drysau gallai weld lampau stryd y dref ynghynn. Cydiodd yn ei wats am yr eilwaith a gweld ei bod wedi wyth. Aeth i daflu ychydig o ddŵr dros ei wyneb, gwisgo'n gyflym a mynd ar drot i'r ystafell fwyta.

Fel arfer roedd y prif weinydd, Genaro, yn sefyll wrth fynedfa'r ystafell yn cyfeirio'r gwesteion i'r byrddau bob yn ddau a phedwar. Gyda'r lle'n llawn dop bu raid i Gareth aros ei dro a sylwodd ar ddynes y tu ôl iddo, hithau hefyd yn amlwg ar ei phen ei hun.

Pwyntiodd Genaro at fwrdd i ddau a dweud yn gwrtais, "Syr, madam, ry'n ni'n brysur iawn heno. Os na fydde ots gyda chi rannu, mae un o'n byrddau gorau wrth y ffenest yn rhydd."

Doedd Gareth ddim am ymddangos yn hy felly trodd at y ddynes. Gwenodd hithau a nodio ac fe dywyswyd y ddau at y bwrdd. Cyflwynodd ei hun, "Gareth Prior. Mae bwyta ar ben eich hun yn gallu bod yn ddiflas. Gobeithio nad ydw i'n tarfu ar unrhyw drefniadau."

"Dim o gwbl. Ydy, mae eistedd wrth fwrdd heb gwmni yn *boring*, yn arbennig pan mae'r bwyd mor dda. Mila Lubrense ydw i. Gydag enw fel Gareth, rhaid taw Cymro y'ch chi?"

"Ie. Chi'n gyfarwydd â Chymru?"

"Rwy wedi bod yng Nghaerdydd sawl gwaith i wylio tîm rygbi'r Eidal yn Stadiwm y Mileniwm. Ac wrth gwrs, rygbi sy'n esbonio sut rwy'n gwybod am yr enw Gareth. Chi'n byw yng Nghaerdydd?"

"Na. Tref prifysgol yng nghanolbarth y wlad, Aberystwyth."

Gosodwyd y cwrs cyntaf o *antipasti* ar y bwrdd ac, ar gyngor Mila, archebodd Gareth botel o win gwyn lleol. Bu'r ddau'n bwyta am ychydig ac yna gofynnwyd y cwestiwn a allai fygu pob sgwrs.

"Beth yw'ch gwaith chi, Gareth?"

"Plisman."

"Ie wir? Fel mae'r Saeson yn dweud, *copper*?"

"Wel na, nid *copper*, ditectif ydw i."

"A! *Commissario*, dyn dylanwadol. Yn yr Eidal mae'r *Commissario* yn bwysig iawn. Yn ddyn gwerth ei adnabod."

Nodiodd Gareth.

"Ydy'r gwaith yn beryglus?"

"Ydy, weithiau. Beth amdanoch chi?"

"Rwy'n newyddiadurwraig, yn gweithio ar fy liwt fy hun i bapurau a chylchgronau ac weithiau i Radiotelevisione Italiana – RAI, y gwasanaeth cenedlaethol."

"Ac weithiau i gwmnïau eich cyn-brif weinidog?" holodd Gareth yn ddireidus.

Daeth cwmwl dros wyneb Mila cyn iddi ateb yn bendant, "Na, byth i ddyn fel 'na."

Teimlodd Gareth iddo dresbasu mewn rhyw ffordd ac roedd yn ddiolchgar am y saib wrth i'r prif gwrs a'r gwin gael eu gweini. Ceisiodd newid cyfeiriad y sgwrs.

"Yma ar wyliau dwi. Un o Sorrento y'ch chi?"

Atebodd Mila drwy daflu cwestiwn 'nôl ato. "Ydych chi wedi bod i Napoli?"

"Wrth gwrs. I'r amgueddfa i weld olion Pompeii ac i flasu'r pizzas enwog."

"Mae 'na rywbeth arall sy wedi dod â Napoli i sylw'r byd – rhywbeth y dylech chi fel ditectif ei wybod."

"Y Mafia."

Pwysodd Mila ato a gostwng ei llais, "Ddim cweit. Yn Sicily mae'r Mafia, y Cosa Nostra yn America ond y Camorra sydd yn Napoli. Mae'r Camorra yn defnyddio'r un dulliau â'u partneriaid yn y ddau le arall – gamblo, smyglo cyffuriau, cipio merched o ddwyrain Ewrop – ond mae masnach benodol i Napoli sef y cysylltiad â'r diwydiant ffasiwn. Dyna pam rwy yn Sorrento. Rwy'n paratoi rhaglen deledu ac wedi dod i gael sgwrs â pherchnogion rhai o siopau dillad y dre."

Cododd Gareth ei aeliau gan syllu o'r newydd ar y ddynes yr ochr arall i'r bwrdd. "Diddorol. Dwi ddim wedi clywed am y Camorra. Sut mae'r cysylltiad yn gweithio, felly?"

"Ar hyd strydoedd cefn Napoli mae degau ar ddegau o weithdai bychain yn cynhyrchu dillad i dai ffasiwn mwyaf yr Eidal ac, wrth gwrs, copïau ffals. Mae'r tŷ ffasiwn yn cynllunio ffrog a'r gweithdai'n bidio am y cytundeb. Y gweithdy sy'n cynhyrchu'r ffrog orau yn ôl y mesuriadau ac ansawdd y defnydd sy'n ennill y cytundeb. Mae'r dillad yn cael eu gwneud, label drud yn cael ei roi ar bob un, maen nhw'n cael eu hallforio o'r porthladd ac yna fe welwch chi'r ffrog ar y *catwalks* yn Milano neu Baris neu yn seremoni'r Oscars. A'r gweithdai sydd ddim yn ennill cytundeb, wel, nhw sy'n cynhyrchu'r copïau."

"Beth yw rhan y Camorra yn hyn?"

"Nhw yw'r dynion yn y canol, yn sefydlu'r cysylltiad rhwng y tai ffasiwn a'r gweithdai, yn trefnu'r ocsiwn am y cytundeb ac, wrth gwrs, yn cymryd *cut* o'r naill ochr a'r llall. Mae'n fusnes proffidiol tu hwnt."

"Ydy'r awdurdodau'n gwybod am hyn?"

Chwarddodd Mila. "Ha, *Commissario*, ma'n rhaid i chi ddeall nad yw heddlu'r Eidal 'run fath â heddlu Prydain. Maen nhw – sut alla i ddweud – yn osgoi ymchwilio'n rhy ofalus. Mae degau os nad cannoedd o weithdai, yn aml ddim mwy na chegin gefn mewn *appartamento*. Dim ond aelodau o'r teulu sy'n gweithio yno ac mae pob taliad mewn arian parod. Yn swyddogol, dy'n nhw ddim yn bodoli, ddim yn talu trethi ac, fel yr heddlu, mae'r awdurdodau'n cau eu llygaid. Pawb yn hapus, pawb yn gwneud pres, yn arbennig y Camorra. Chi wedi darllen *The Godfather* mae'n siŵr? Mae 'na linell enwog iawn – 'behind every great fortune there is a crime'. Ac mae hynny'n wir am y fasnach ffasiwn yn yr Eidal."

"Ydy'ch ymchwil chi a sgwennu'r erthyglau yn beryglus, felly?"

"Ydy, ond rwy'n gallu edrych ar ôl fy hun ac mae gen i gyfeillion pwerus. Gawn ni siarad am rywbeth arall, *per favore*, a dewis y *dolci*? Mae'r gwesty'n enwog am ei *tiramisu*."

Ar derfyn y pryd awgrymodd Gareth y gallent fynd am goffi ar y teras uchaf a chytunodd Mila. Cafodd y coffi ei weini ac yn ystod y sgwrs trawyd ar ddiddordeb cyffredin rhwng y ddau, sef ymweld ag orielau mawr y byd. Poethodd y drafodaeth, gyda Gareth yn canu clodydd y Louvre a Mila'n groch dros yr Uffizi yn Fflorens. Gwelodd y ddau, gan chwerthin, nad oedd pen draw i'r ddadl ac mai cytuno i anghytuno oedd orau. Mynnodd Mila godi diod i'r ddau a gosodwyd dau wydraid bychan ar y bwrdd. Roedd y ddiod yn glir; cododd Gareth y gwydr, ffroeni'r ddiod a synhwyro arogleuon grawnwin.

"*Grappa*," dywedodd Mila. "Mae'n cael ei ddistyllu o weddillion y grawnwin – y croen a'r hadau. Yn yr Eidal does dim gwastraff, dim ailgylchu. Ni sy'n ailgylchu drwy yfed y cyfan! Mae'n gryf!"

Roedd y *grappa*'n llosgi ond hoffodd Gareth ei flas. Llifodd y cynhesrwydd drwyddo ac ymlaciodd yn llwyr. Mwynheai gwmni Mila – roedd hi'n ddynes atyniadol, yn glyfar, yn gadarn ei barn a bachog ei sylwadau. Gwenodd hithau a dangos rhes berffaith o ddannedd gwyn. Sylwodd Gareth ar y llygaid du a losgai fel cols a'r gwallt tonnog o'r un lliw, y llygaid a'r gwallt yn rhoi golwg danllyd, sipsïaidd iddi. Gostyngodd distawrwydd rhyngddynt ac yna mwstrodd Mila a pharatoi i godi.

"Diolch am noson hyfryd. Rwy'n gadael yn gynnar bore fory…"

"Oes rhaid i'r noson ddod i ben nawr?"

Fflachiodd y llygaid ond yna gwenodd Mila a gafael yn ei law.

Clychau eglwysi Sorrento a'i dihunodd fore wedyn. Ble roedd Mila? Oedd hi wedi gadael yn barod? Cofiodd am ei llygaid eirias, y wên bryfoclyd a'i chyffyrddiad ysgafn ond cadarn yn creu ias drydanol ymhob cymal o'i gorff. Penderfynodd ar amrantiad bod rhaid iddo ei gweld unwaith yn rhagor. Gwisgodd yn gyflym a rhedeg i lawr y grisiau i'r dderbynfa. Yn gynnar ar fore Sul doedd yr undyn byw o gwmpas a chroesodd Gareth at y ddesg.

"*Buon giorno*. Signorina Lubrense…?"

"Mae Signorina Lubrense wedi gadael rhyw hanner awr yn ôl, syr."

Gwyddai Gareth fod ei gwestiwn yn chwithig ond fe'i gofynnodd beth bynnag. "Oes cyfeiriad gyda chi?"

Pesychodd y clerc ac roedd ei wyneb yn bictiwr o embaras. "Dyw'r gwesty byth yn datgelu manylion personol ei westeion, syr."

PENNOD 7

PWYSAI SARJANT TOM Daniel ar y cownter yng Ngorsaf Heddlu Aberystwyth yn gwylio Clive Akers yn brasgamu i mewn i'r adeilad. "Wel, Clive, gest ti benwythnos da?" gofynnodd.

"Naddo, Tom. Ti'n gwbod 'mod i ar ddyletswydd ac i fi gael fy ngalw allan yn weddol gynnar fore Sadwrn i farwolaeth amheus. Gorfod aros am oese wedyn i'r patholegydd a'r fforensics gyrraedd o Gaerfyrddin ac i'r rheini fynd drwy'r archwiliad. Erbyn iddyn nhw orffen roedd hi'n ganol prynhawn a 'nôl i'r stesion wedyn at domen o waith papur. Ar wahân i hynny, dydd Sadwrn perffaith!"

"Dylet ti ddim cwyno, 'na beth yw bod yn Dditectif Sarjant."

Gwgodd Akers a synhwyrodd Tom mai doeth fyddai canolbwyntio ar y rheswm am Sadwrn prysur ei gyd-weithiwr.

"Marwolaeth perchennog y Wasg, Meurig Selwyn, ie?"

"Ti'n gwbod rhywbeth amdano fe?"

"Dim lot. Weles i fe ar y teledu prynhawn Gwener dwetha. Ro'dd e'n beirniadu'r Gadair."

Doedd llenyddiaeth Cymru ddim yn uchel yn ffurfafen Clive Akers – rygbi, peints a merched oedd yn mynd â'i fryd.

"Cadair? Pa gadair?"

"Cadair y Genedlaethol yng Nglannau Aeron. Selwyn o'dd yn beirniadu'r gystadleuaeth. Na'th e atal y wobr a thynnu nyth cacwn i'w ben."

Dangosodd Akers ddiddordeb o'r newydd yn y sgwrs. "Beth? Creu gelynion? Pobol yn beirniadu'r beirniad?"

"Lot fawr. Cannoedd wedi talu i fynd i'r pafiliwn i weld sioe'r Orsedd a'r cadeirio. Oherwydd penderfyniad Selwyn a'i gyd-feirniaid, doedd dim sioe – fflat siot. Wedyn ro'dd un o'r beirniaid ddim yn cytuno a buodd hi bron â mynd yn ffeit rhwng y ddau yn fyw ar y teledu. Ma rhaid bod ti wedi gweld un o'r eitemau ar y newyddion?"

"Naddo. Es i siarad â chwaer Selwyn bore ddoe ac ro'n i fan hyn wrth y ddesg weddill yr amser a gartre wedyn yn gwylio ffwtbol ar Sky. Felly, ma Selwyn yn ddyn enwog ac ma gyda fe – *o'dd* gyda fe – lot o elynion?"

"Dwi ddim yn gwbod am enwog. O'dd e ar y teledu byth a hefyd yn dangos ei hunan fel *pundit* – arbenigwr ar bawb a phopeth. Os wyt ti'n tynnu llinyn mesur dros dy gyd-Gymry ti'n siŵr o greu gelynion. Ti'n meddwl galle'r busnes fod yn fwy na marwolaeth naturiol, yn rhywbeth gwaeth?"

"Hyd nes cawn ni adroddiad y fforensics, marwolaeth naturiol. Ro'dd un neu ddau o bethe'n edrych yn od, yn gwneud i fi grafu pen, ond dim mwy ar hyn o bryd."

"Pwy ddaeth o hyd i'r corff?"

"Aelod o staff y Wasg, boi o'r enw Eilir Rhys. A'th e i dŷ Selwyn, pipo drwy ffenest y stydi a gweld ei fòs mor stiff â phocer wrth y ddesg. Ca'th e lond twll o ofan."

"Alla i gredu. Ma Gareth yn dod 'nôl heddi on'd yw e?"

"Odi, ac ma'r ferch newydd yn dechre. Teri Owen, os dwi'n cofio'n iawn. Enw od i ferch, ond sneb yn berffaith!"

Yn swyddfa'r CID, treuliodd Akers y chwarter awr nesaf yn mynd drwy ei adroddiad ar farwolaeth Meurig Selwyn, a phan oedd yn fodlon arno gosododd gopi ar ddesg Gareth. Roedd yn ateb y ffôn pan gerddodd Gareth i mewn a brysiodd Akers i dynnu'r sgwrs i ben er mwyn cyfarch ei fòs.

"Wel, *buon giorno*. Croeso 'nôl! Gest ti amser da? Sdim lot o liw haul arnat ti. Cadw yn y cysgod falle?"

"Do diolch, Clive, amser hyfryd. Y bwyd a'r gwin yn ardderchog, cwmni pleserus ac anghofio am waith am bythefnos gyfan. Beth am fan hyn? Prysur?"

"Digon tawel, a dweud y gwir. Y dynion drwg ar eu gwylie hefyd. Ma'r ymchwiliad i'r gang cocên o Fanceinion yn llusgo mla'n, a bore Sadwrn ro'dd achos o farwolaeth yn un o dai Maes Esyllt. Dyn o'r enw Meurig Selwyn. O'dd e fod yn y gwaith erbyn naw, na'th e ddim troi lan, a'th un o'r staff, Eilir Rhys, i whilo amdano a'i ga'l e'n gorff yn ei stydi. Ma'r adroddiad ar y ddesg."

"Meurig Selwyn, perchennog Gwasg Gwenddwr?"

"Y feri boi. Do'n i rioed wedi clywed amdano fe na'i wasg."

Astudiodd Gareth yr adroddiad ac ar ôl gorffen darllen holodd, "Beth am fforensics? Rhyw syniad o amser?"

"Diwedd yr wythnos falle. Roedd y criw o Gaerfyrddin yn hwyr yn cyrraedd ac wedyn yn gweithio ar hast. Roedd un yn sôn am barti a gorfod bod 'nôl erbyn pump."

"Felly, nid Dr Annwyl oedd yno?"

Dr Angharad Annwyl oedd y patholegydd yn Ysbyty Bronglais a hi fel arfer oedd yn cynorthwyo'r heddlu yng Ngheredigion.

"Nage. Mae Dr Annwyl ar ei gwylie yn Ffrainc a'r ysbyty'n ei disgwyl hi 'nôl wythnos nesa."

"Dwi'n sylwi bod ti wedi tanlinellu'r paragraff olaf a gosod marc cwestiwn ar ôl y geiriau 'marwolaeth naturiol'. Pam?"

"Dim byd pendant. O'dd yr holl beth yn ymddangos bach yn rhy deidi a phawb yn tybio i Selwyn gymryd dropyn yn ormod, cael harten a chwmpo'n farw wrth ei ddesg. Os taw dyna ddigwyddodd, pam o'dd e yn ei ddillad nos?"

"Codi am ryw reswm, mynd â'r ddiod at y ddesg, llyncu'r wisgi a chael trawiad. Sdim gair yn yr adroddiad am rywun wedi torri mewn a dim argoel o ladrad. Y boi Rhys yn ffeindio'r corff a fe'n achosi i'r larwm ganu, felly beth yw'r broblem?"

"Y broblem yw pam na'th e godi. Dwi newydd glywed gan Tom Daniel bod gan Selwyn fyddin o elynion. Atal y Gadair yn y Steddfod a chwmpo mas ar y teledu."

Roedd Gareth wedi darllen am helynt y cadeirio ond roedd

ei ymateb yn gogwyddo at anghrediniaeth. "Ti'n meddwl bod bardd aflwyddiannus wedi lladd Selwyn? Dial trwy lofruddio'r beirniad? O'dd gyda fe hanes o afiechyd?"

"Bues i'n siarad â'i chwaer, Susan Selwyn – menyw ddideimlad, hen sychbren. Gofynnes i am iechyd ei brawd a'r cyfan wedodd hi o'dd bod Selwyn yn ddyn preifat a byth yn sôn am ei iechyd."

Bodiodd Gareth y tudalennau a dweud, "Roedd Selwyn i fod yn y gwaith erbyn naw. Pam mynd mewn ar fore Sadwrn, pam o'dd Rhys yn swyddfa Gwenddwr yr un bore a phwy arall ar wahân i Susan oedd yno?"

"Sori, wnes i ddim holi. Es i weld Susan Selwyn ddoe a chael cwestiwn ar ôl cwestiwn am y rheswm am farwolaeth ei brawd. Shwt olwg o'dd arno fe? O'dd rhywun wedi torri miwn i'r tŷ? Pryd bydde'r corff yn cael ei ryddhau? Pam nad o'n i wedi galw ambiwlans? Do'dd dim lot o bwynt galw ambiwlans a'r pŵr dab wedi hen gico'r bwced."

"Ble oedd hi ar y noson dyngedfennol?"

"Yn ei chartref, Min y Môr, Rhodfa'r Castell – ddim yn bell o dy fflat di. Sdim tystion i gefnogi'r stori ac o ystyried y cwestiynu di-ben-draw, falle fod angen mynd 'nôl at Miss Selwyn."

"Ar hyn o bryd does dim angen tystion arni. Ydy'r tŷ ym Maes Esyllt yn dal yn ddiogel fel *scene of crime*?"

"Odi, hyd nes y cewn ni ganlyniad fforensig."

Ar hynny daeth cnoc gref ar ddrws y swyddfa ac agorwyd y drws gan ferch ifanc drawiadol, hynod dal, hynod denau. Roedd ganddi wallt sbeiclyd tywyll, llygaid du yn cuddio dan haen gref o fasgara, siaced fer, jîns tyn am bâr o goesau hirion a bŵts du. Yr unig wrthbwynt i'r iwnifform angladdol oedd y crys-T melyn a bag lledr drud yr olwg yn crogi o'i llaw dde. Rhythodd Gareth a Clive arni.

Taflodd hithau olwg ddirmygus ar y ddau cyn gofyn yn herfeiddiol, "Y'ch chi wedi gweld digon?"

Roedd Gareth mewn penbleth lwyr.

"Mae'n flin 'da fi, dwi ddim cweit yn deall…"

Cyflwynodd y ferch ei hun. "Ditectif Cwnstabl Teri Owen. Aelod newydd o'r tîm."

PENNOD 8

NI FU SUSAN Selwyn yn galaru rhyw lawer ar ôl ei brawd ac, mewn gwirionedd, gwelai ei farwolaeth yn fwy o gyfle nag o golled. Hi nawr oedd yn rheoli'r Wasg a gallai o'r diwedd wyrdroi annhegwch blynyddoedd. Gyda'i newid byd, penderfynodd ddefnyddio'i phŵer yn gyflym. Galwodd holl staff Gwenddwr ynghyd ac wrth iddi gamu i mewn i'r ystafell gyfarfod roedd pawb yno'n barod. Croesodd i ben y bwrdd ac eistedd yn y gadair fawr – y gadair lle'r arferai ei brawd eistedd, mor uchel ei gloch ac mor ddi-sigl ei reolaeth. Sylwodd y lleill ar y weithred ac wrth i Susan godi ei golygon gwelodd bob un wan jac ohonynt yn edrych arni'n ddisgwylgar. Tynnodd anadl ddofn.

"Diolch i chi am ddod. Fe fyddwch chi i gyd erbyn hyn wedi clywed am farwolaeth Meurig." Oedodd am eiliad o ran parch ac yna, mewn llais cryfach, aeth yn ei blaen. "Y tro dwetha roedden ni yma fe gyhoeddodd Meurig ei benderfyniad i werthu'r cwmni ac roedd hynny'n gryn sioc i ni i gyd. Wel, fydd y gwerthu ddim yn digwydd, ddim ar hyn o bryd beth bynnag, a dwi'n siŵr bod hynny'n newyddion calonogol i bob un ohonoch chi. Wilkins, dwi am i chi baratoi adroddiad ar sefyllfa gyllidol y Wasg ar fyrder a rhoi'r manylion i fi cyn diwedd yr wythnos. Eilir, mae angen ymchwiliad i lanast *Paradwys Borffor* i weld pwy oedd ar fai. Dwi'n cymryd i chi fynd drwy'r copi terfynol cyn ei drosglwyddo i Morfaprint ac mai nhw felly fydd yn ysgwyddo'r gost?"

"Iawn. Dylwn i nodi bod proflen Evelyn yn hwyr a gyda'r Eisteddfod yn agosáu…"

"Hmm. Gwnewch bob peth allwch chi i bwyntio bys at Morfaprint mor fuan â phosib ac wedyn asesu rhaglen gyhoeddi'r gaeaf, a'r un fath i chithau, Nia, gyda'r llyfrau plant. Dwi am i'r ddau ohonoch fynd ar helfa am awduron newydd. Pobl ifanc i roi dipyn o sbarc yn rhestr llyfrau Gwenddwr. Milly, gan y bydda i'n ysgwyddo dyletswyddau Meurig, bydd rhaid i chi gymryd tipyn o 'ngwaith i. A byddwch chi, Sharon, felly'n cymryd rhai o gyfrifoldebau Milly. Gawn ni drafod y manylion yn nes ymlaen heddiw. Dei, bydd eich cyfrifoldeb chi fel Swyddog Diogelwch yn cael ei roi i Sharon. Bydd y ffôn yn cael ei symud o'r cwtsh a chi fydd yn glanhau a chadw'r swyddfa'n daclus."

Crychodd Dei Lloyd ei aeliau a thaflu golwg ddi-hid ar Susan. "Dwi ddim yn credu gallwch chi neud hynna, Miss Selwyn. Mae Swyddog Diogelwch yn job bwysig, yn gofyn am brofiad."

"Mae Sharon wedi dilyn modiwl yn y maes," atebodd Susan yn llychlyd, "ac mae wedi gwneud gwaith tebyg i gwmni arall cyn dod yma."

Nid oedd y porthor am ildio. "Beth am y cwmni sy'n glanhau'r lle o dan gontract?"

"Bydd y contract yn cael ei derfynu i arbed arian. Os yw Gwenddwr i barhau ac i lwyddo fel gwasg annibynnol, mae'n rhaid edrych ar ôl pob ceiniog. Os nad yw'r amodau newydd yn siwtio, Dei, fe allwch chi ymddeol. Mae 'na giw hir o bobol yn y Ganolfan Waith yn chwilio am swydd."

Roedd Dei ar fin protestio ond ailfeddyliodd a chau ei geg yn glep. Syllodd pawb ar Susan o'r newydd. Mewn cwta bum munud cawsant brofiad o ddynes wedi'i gweddnewid ac yn lle'r wraig ddihyder a safai yng nghysgod ei brawd gwelsant berson a oedd yn fwy na pharod i ymgiprys â phroblemau'r Wasg; yn wir, person oedd yn awchu am y dasg.

"Marwolaeth Meurig," holodd Eilir yn betrus. "Ydy'r heddlu wedi dweud mwy?"

"Galwodd Ditectif Sarjant Clive Akers. Er i fi holi'n daer,

prin oedd yr atebion. Mae'r mater yn cael ei drin fel marwolaeth naturiol. Ond gan i'r cyfan ddigwydd mor sydyn, bydd post-mortem yng Nghaerfyrddin. Wedyn bydd y corff yn cael ei ryddhau ac fe alla i symud at drefniadau'r angladd. Dwi eisoes wedi bod mewn cysylltiad â'r ymgymerwyr a'r amlosgfa ac mae ganddyn nhw ddyddiau'n rhydd wythnos nesaf. Roedd Meurig yn anffyddiwr rhonc ac felly fydd dim angen llawer o ffŷs. Docdd e ddim wedi gadael unrhyw fanylion o'i ddymuniadau hyd y gwn i. Meddwl byw am byth, siŵr o fod!"

Ynganwyd y geiriau olaf mewn llais mor ddidaro fel i bawb wingo mewn embaras ac osgoi edrych ar Susan. Os sylwodd hi, ni chafwyd arwydd o anesmwythyd ar ei rhan a symudodd yn llyfn i drafod y pwynt nesaf yr un mor oeraidd a dideimlad.

PENNOD 9

G WYDDAI TERI OWEN fod gwaith papur yn rhan annatod o swydd ditectif ond roedd hyn yn ddiflas. Byddai bod allan ar y stryd yn llawer mwy defnyddiol na phalu drwy bentwr o ffeiliau. Petai am gladdu ei hun mewn ffeiliau a gwaith papur byddai wedi dilyn llwybr ei rhieni a mynd yn gyfreithiwr. Dyna oedd gobaith y ddau, gyda'i thad yn rhag-weld y byddai ei ferch yn ymuno â'i gwmni proffidiol yng Nghaerdydd ar ôl iddi raddio. Cwblhaodd ei chwrs ym Mryste gyda gradd dosbarth cyntaf ond cafodd ddigon ar fateroliaeth y byd cyfreithiol. Gwrthryfelodd ac yn lle'r ddarpar gyfreithwraig Theresa Jones-Owen gwelwyd y ditectif Teri Owen, un oedd â'i bryd ar ddefnyddio'r gyfraith i wella'r byd yn hytrach na phentyrru ei ffortiwn. Doedd ei rhieni ddim yn hapus.

Roedd aelodau eraill y tîm, Gareth a Clive, yn Llys Ynadon Aberystwyth a gadawyd Teri i fynd drwy ffeiliau hen achosion i 'ddod i adnabod' (geiriau Gareth) droseddwyr cyson yr ardal. Byseddodd y tudalennau heb ryw lawer o frwdfrydedd; yr un wynebau yn ymddangos dro ar ôl tro am yr un troseddau – lladradau, ymosodiadau meddwol a mân ddelio mewn cyffuriau. Hwnt ac yma roedd achosion mwy difrifol ac fe dynnwyd ei sylw gan yr ymchwiliad cyfredol i'r gang cocên o Fanceinion oedd yn targedu campws y brifysgol. Sylwodd hefyd ar ddau achos o lofruddiaeth: myfyrwraig wedi ei cholbio i farwolaeth wrth ddychwelyd i un o neuaddau preswyl y coleg, a dyn o'r enw Martin Thomas a laddwyd yng nghanol helynt am ddatblygiad fferm wynt. Roedd Teri wedi clywed am yr achos a chofiodd i dditectif gael ei ladd ar derfyn yr ymchwiliad. Sgipiodd baragraffau agoriadol yr adroddiad a symud at y cofnod moel ar waelod y dudalen.

... aeth Ditectif Insbector Gareth Prior, Ditectif Sarjant Meriel Davies a Ditectif Cwnstabl Clive Akers i 6, Teras Bushell, Goginan i arestio Vicky Hamlyn ar amheuaeth o lofruddio Martin Thomas. Bu ffrwgwd yn y tŷ ac yn ystod yr ymladd fe drywanwyd DS Davies i farwolaeth gan Charlie Payne, partner Miss Hamlyn. Cafwyd Charlie Payne yn euog o lofruddio Martin Thomas a DS Davies ac fe'i dedfrydwyd i garchar am oes.

Yn dilyn ymchwiliad mewnol gan Heddlu Dyfed-Powys penderfynwyd nad oedd DI Prior yn uniongyrchol wedi peryglu bywyd aelod o'r heddlu ond fe'i rhybuddiwyd i lynu at reolau'r llu yn y dyfodol a galw am gymorth wrth gefn mewn sefyllfaoedd cyffelyb.

Ddim mor ddiflas wedi'r cyfan, meddyliodd, gan droi 'nôl i'r dudalen gyntaf i ddarllen holl fanylion yr achos. Torrwyd ar ei myfyrio pan ganodd y ffôn.

"DC Teri Owen, swyddfa CID Aberystwyth."

"Pwy? Dwi am siarad ag Insbector Prior neu DS Akers."

"Mae'r ddau yn y llys a dim ond fi sy yma. Pwy sy'n siarad?"

"Dr Ian Bennett, labordy fforensig Ysbyty Glangwili. Mae gen i ganlyniad i'r Insbector neu Clive. Maen nhw'n aros am y wybodaeth. Canlyniad post-mortem Meurig Selwyn – marwolaeth naturiol, trawiad ar y galon. Bydd y corff yn cael ei ryddhau heddi. Wnewch chi drosglwyddo'r neges cyn gynted ag y bo modd a dweud bod adroddiad llawn i ddilyn fel atodiad e-bost? Iawn?"

"Wrth gwrs. Dwi wedi sgwennu'r manylion fan hyn. Meurig Selwyn, marwolaeth naturiol, trawiad, corff yn cael ei ryddhau, adroddiad llawn i ddilyn."

Roedd Teri'n dal i ddarllen pan ddaeth Clive i mewn i'r

swyddfa. Eisteddodd wrth ei ddesg a synhwyrodd Teri ei fod mewn hwyliau drwg. Gofynnodd y cwestiwn anghywir.

"Sut aeth hi?"

Gwgodd Akers. "Paid â gofyn. Coc oen o gyfreithiwr yn neud i fi faglu dros y ffeithiau, dangos bod darn o dystiolaeth yn dodji a hei presto, Rod Wacky Backy a'i draed yn rhydd. Weithie dwi'n meddwl pam dwi'n trafferthu. Gweithio bob awr o'r dydd i ddal y diawled a rhyw gont cegog yn dad-wneud y cyfan mewn deg munud. Twll tin pob cyfreithiwr, weda i!"

"Alla i gydymdeimlo. Ond heb y gyfraith fydde dim angen ti na fi a byddai'n draed moch yn Aber a phob Aber arall. Ma rhai cyfreithwyr yn rial cnecs ond mae 'na eraill sy'n gweithio er lles cymdeithas."

"Oes e? Beth wyt ti'n gwbod am gyfreithwyr?"

Yn hytrach nag ateb, pwyntiodd Teri at y ffeil o'i blaen. "Dwi wedi bod yn dilyn hanes llofruddiaeth Martin Thomas. Y ditectif ga'th ei lladd, Meriel Davies. Beth yn hollol ddigwyddodd?"

"Mae'r manylion i gyd yn y ffeil."

"Dere mla'n. Rhaid bod 'na fwy i'r stori. O't ti 'na."

"O'n i tu allan i'r tŷ."

"Beth?! Dim ond dau'n mynd i arestio rhywun ar amheuaeth o lofruddio a dim *back-up*? Beth am deulu Meriel Davies? Wnaethon nhw jyst dderbyn hyn heb unrhyw ffỳs?"

Oedodd Clive cyn ateb ac yna dywedodd yn bendant, "Gwranda, os wyt ti'n gall, gad y mater i fod. Mae e'n hen hanes ac roedd… roedd ffactorau personol."

"Ffactorau personol?"

Rhoddodd Akers ei ben yn ei ddwylo ac yna penderfynu mai datgelu'r gwir oedd orau. Byddai Teri siŵr o glywed gan rywun yn yr orsaf ymhen hir a hwyr. "Roedd Gareth a Meriel yn fwy na chyd-weithwyr. O'n nhw'n gariadon. Ma Gareth wedi beio'i hunan a dim ond yn ddiweddar mae e wedi dechre adennill ei hunanhyder. Felly gwell cadw'n dawel. Deall?"

Rhoddodd Teri ffeil y llofruddiaeth o'r neilltu a throi at achosion llai difrifol. Gweithiodd y ddau dditectif yn dawel ar eu tasgau tan i Gareth gamu i mewn.

"Braf gweld pawb mor brysur! Dechrau setlo, Teri?"

"Ydw, diolch. O ie, daeth galwad oddi wrth Dr Ian Bennett, lab fforensig Glangwili. Fe wnaeth Meurig Selwyn farw o drawiad ar y galon ac mae'r corff yn cael ei ryddhau heddi."

"Pryd ffoniodd e?"

"Tua hanner awr yn ôl, a bydd adroddiad llawn y postmortem yn dod mewn e-bost."

"Dylet ti fod wedi rhoi'r neges i Clive ar unwaith," dywedodd Gareth gyda thinc o feirniadaeth yn ei lais. "Mae'n bwysig nodi amseroedd negeseuon yn union a'u trosglwyddo ar fyrder. Deall?"

Dyna'r ail berson mewn llai na phum munud i ofyn i Teri oedd hi'n deall. Cododd gwrid i'w hwyneb a theimlodd ysfa i ddangos nad rhyw groten ysgol i'w dwrdio oedd hi. "Alla i byth â gweld sut mae hanner awr yn gwneud gwahaniaeth i foi sy wedi marw ddyddie 'nôl."

"Tîm bach y'n ni, Teri, yn dibynnu ar ein gilydd, ac mae cydweithio trylwyr yn allweddol."

Ni allai Teri osgoi gwên Akers. Tywyllodd ei gwrid ac wrth iddi geisio ffrwyno'i thymer gwyddai mai gadael yr ystafell cyn iddi ddweud rhywbeth gwirion oedd ddoethaf.

"Ble ti'n mynd?" holodd Gareth.

Fflachiodd y llygaid ac roedd yr edrychiad a'r llais mor finiog â gwydr. "I'r tŷ bach, syr. Deall?!"

*

Yr unig ddigwyddiad o bwys cyn y penwythnos oedd i Gareth ffonio Susan Selwyn i drosglwyddo'r neges am ganlyniad y postmortem ac i roi gwybod y gallai felly symud ymlaen i drefnu'r angladd. Swta oedd y diolch, gyda'r ddynes yn grwgnach am yr amser a gymerodd y penderfyniad, gofyn pam oedd angen PM, pam Caerfyrddin yn hytrach nag Aberystwyth a pham i'r ymgymerwyr oedi am ddeuddydd cyn mynd i Langwili i gasglu'r corff. Wrth egluro, ymdrechodd Gareth i fod yn amyneddgar. Roedd y farwolaeth yn ddisymwth ac roedd post-mortem yn fater o reidrwydd cyfreithiol; roedd patholegydd Aberystwyth ar ei gwyliau ac roedd yn rhaid troi at Gaerfyrddin; cyfrifoldeb yr ymgymerwyr nid yr heddlu oedd casglu'r corff. Ar ôl mwy o holi a thorri ar draws tynnodd Gareth y sgwrs i ben gan feddwl na fyddai'n rhaid iddo ddioddef mwy o lais cwynfanllyd Susan Selwyn.

Chwalwyd ei obeithion bedwar niwrnod yn ddiweddarach. Roedd newydd ddychwelyd o bwyllgor ym mhencadlys Dyfed-Powys ac yn eistedd wrth ei ddesg yn gwrando ar gŵyn Akers am arafwch talu costau teithio pan ganodd y ffôn.

"Prynhawn da, Insbector Gareth Prior, swyddfa CID Aberystwyth."

"Gareth, Dr Angharad Annwyl sy 'ma…"

"Angharad. Gwyliau da yn Ffrainc?"

Yn lle ateb, brysiodd y doctor at ei neges. "Gareth, achos Meurig Selwyn, mae 'na broblem."

"Sori, dwi ddim yn deall. Daeth canlyniad o'r lab yng Nglangwili ganol wythnos dwetha, marwolaeth naturiol, trawiad ar y galon."

Mesurodd Angharad Annwyl ei geiriau nesaf yn ofalus. "Mae 'na bosibilrwydd i archwiliad y tîm fod, beth alla i ddweud, ychydig yn frysiog. Dwi wedi edrych yn fanwl ar rai o'r lluniau a dynnwyd o'r corff yn y morg ac mae 'na farc bach iawn sy'n codi amheuon."

"Beth?! Pa fath o farc?"

"Sbot coch ar un fraich."

"Ac ma hynny'n ddigon i godi amheuon?"

"Dydw i ddim yn hapus, felly dwi wedi gofyn i'r lluniau gael eu chwyddo. Bydd gen i well syniad wedyn. Yn y cyfamser, dwi am gael y corff 'nôl yma i gynnal ail bost-mortem."

"Haws dweud na gwneud. Mae'r corff wedi cael ei ryddhau i'w chwaer a hyd y gwn i mae hi wedi trefnu'r angladd."

"Ydy'r cnebrwng wedi digwydd?"

"Dim syniad. Angharad, chi'n siŵr am hyn?"

"Nac ydw, ond fel deudes i, mae gen i amheuon. Os yw Meurig Selwyn wedi ei gladdu bydd rhaid gofyn am ddad-gladdu. Os amlosgiad, wel…"

Ystyriodd Gareth y wybodaeth ysgytwol. Roedd ganddo barch i farn y patholegydd a gwnaeth benderfyniad. "Diolch, Angharad. Byddwn yn gweithredu ar unwaith a dod 'nôl atoch mor fuan â phosib."

Gosododd y ffôn yn ei grud a hysbysu Clive a Teri o fyrdwn y neges.

Heb dynnu anadl dywedodd Akers, "Mae Dr Annwyl yn iawn am un peth. *Roedd* tîm Glangwili ar hast. Rhaid i ni ffeindio allan am yr angladd. Dwi ddim yn edrych ymlaen at ffonio Susan Selwyn."

Gareth gynigiodd yr ateb. "Tom Daniel. Mae Tom yn derbyn y *Western Mail* ac mae 'na siawns y bydd cownt yn y papur."

Brysiodd Akers o'r swyddfa a brasgamu i lawr y grisiau at dderbynfa'r orsaf lle roedd Sarjant Tom Daniel yn delio â gwraig uchel ei chloch oedd yn cwyno am ddirwy barcio. Ymdrechodd y plisman i esbonio nad mater i'r heddlu oedd y gosb ond roedd llais y fenyw'n codi'n uwch ac yn uwch wrth iddi brotestio mai dim ond pum munud dros amser y bu iddi adael ei char. Gwelodd Akers gyfle i achub Tom a chanfod y wybodaeth am yr angladd.

"Sarjant Daniel," dywedodd yn bwysig. "Mater o frys, mae'r carcharor yng nghell chwech wedi torri'n rhydd ac yn bygwth pawb."

Lledodd llygaid y wraig, anghofiodd am ei phrotest a heglu drwy'r fynedfa.

"Clive? Does dim carcharor a does dim cell chwech!"

"Dwi'n gwbod, Tom. O'dd rhaid cael gwared ar y gonen. Oes copi o *Western Mail* heddi yma?"

Estynnodd y Sarjant dan y cownter a phasio'r papur i Akers. Trodd hwnnw at dudalen y marwolaethau a darllen:

SELWYN, Meurig. Yn sydyn ddydd Sadwrn, Awst 11 yn ei gartref, Penallt, Maes Esyllt, Aberystwyth. Brawd Susan, cyd-berchennog Gwasg Gwenddwr. Ysgolhaig, bardd a beirniad llenyddol. Angladd gyhoeddus yn Amlosgfa Aberystwyth ddydd Mawrth, Awst 21 am 2.30p.m. Blodau'r teulu yn unig. Croeso i holl gyfeillion Meurig a'r Wasg i Westy'r Heli ar ôl yr angladd.

"Heddi! Faint o'r gloch yw hi, Tom?"

"Bron yn dri."

Rhedodd Akers lan y grisiau ac i'r swyddfa. "Mae'r angladd nawr! Wedi cychwyn yn yr amlosgfa am hanner awr wedi dau."

Sylweddolodd Gareth yr oblygiadau. "Reit, dewch gyda fi. Clive, y car o'r pŵl. Ma 'da ni chwarter awr."

Cafwyd y Volvo mwyaf newydd a phwerus o faes parcio'r orsaf. Eisteddodd Gareth yn sedd y teithiwr, Teri yn y cefn ac Akers wrth y llyw. Clymodd y tri eu gwregysau a sgrialodd y car ar hyd y ffordd i ganol y dref gyda'r seiren yn sgrechian. Anwybyddwyd dau olau coch gan achosi i gerddwyr gilio i'r palmant mewn braw. Ar y Stryd Fawr roedd lori sbwriel yn casglu ei llwyth a bu raid i Akers weiddi i glirio llwybr. Anelodd y car am Riw Penglais, gwasgu'r sbardun, pasio bws a bron â tharo bolard yng nghanol y ffordd. Heibio adeiladau'r coleg a chyrraedd y troad am yr amlosgfa. Roedd yr hewl yn gulach yma ond ni laciodd Akers fymryn ar y sbîd. Wrth iddynt ddod at dro roedd yr hewl yn gulach fyth ac ar yr ochr arall roedd tractor.

Rywfodd – ni allai Gareth na Teri ddeall sut – llwyddodd Akers i grafu heibio heb ei daro. Troad eto, goleddf byr a daeth simdde'r amlosgfa i'r golwg.

Llywiodd Akers y Volvo i ddreif yr amlosgfa a pharcio trwyn y car nesaf at ddau gar mawr du. Syllodd Gareth ar yr olygfa y tu hwnt i'r ceir – tyrfa sylweddol mewn dillad tywyll a oedd, oherwydd eu nifer, wedi methu cael mynediad i'r gwasanaeth. Oerodd ei waed wrth feddwl beth roedd yn rhaid iddo'i wneud ond gwyddai nad oedd troi 'nôl yn opsiwn.

"Teri, cer i swyddfa'r amlosgfa i stopio'r broses os gwna i fethu. Clive, dere gyda fi."

Gadawodd y tri y Volvo a cherdded tuag at y dyrfa, a phawb yn syllu arnynt mewn chwilfrydedd a rhyfeddod. Acth Teri i un cyfeiriad, cadwodd Akers gam y tu ôl ac aeth Gareth at ddrws agored yr adeilad. Roedd y lle'n llawn dop ac o daflu cipolwg o'i gwmpas gwelodd fod cewri'r genedl yn bresennol – Aelodau'r Cynulliad, arweinwyr y byd cyhoeddi, beirdd, awduron a'r Archdderwydd ei hun. Yn sefyll ar yr ochr chwith y tu ôl i bulpud bychan roedd dyn nad oedd Gareth yn ei adnabod ac, i'r dde, yr arch â thorch o lilis gwynion arni. Llefarodd y gŵr:

"Yr ydym yn ymddiried ein cyfaill, Meurig Selwyn, i ofal dynoliaeth ac yr ydym yn awr yn traddodi ei gorff i'w amlosgi."

Clywyd cerddoriaeth 'Finlandia' gan Sibelius a dechreuodd y llenni gau oddeutu'r arch. Sylweddolodd Gareth mai hon oedd y foment. Pesychodd yn uchel a throdd pawb i weld pwy oedd yno.

"Arolygydd Gareth Prior, Heddlu Dyfed-Powys. Mae'n flin iawn gen i ond mae'n rhaid i fi roi stop ar yr amlosgiad. A wnewch chi adael yn dawel, os gwelwch yn dda? Fe gewch chi eglurhad maes o law."

Daeth rwmblan o brotest ac ambell i waedd o "Cywilydd!" ac yna pwysodd y gŵr wrth y pulpud rhyw fotwm cudd i atal y llenni. Cerddodd Gareth i flaen yr adeilad a sefyll wrth ochr

Susan Selwyn. Roedd ei hwyneb fel y galchen a sylwodd Gareth ei bod yn crynu'n afreolus.

Symudodd yn agos ati a sibrwd, "Miss Selwyn, mae'n wir ddrwg gen i. Doedd 'na ddim ffordd arall. Os wnewch chi ddod gyda fi fe wna i esbonio."

Bu raid i Susan ddioddef mwmian ac edrychiadau drwgdybus o blith y dorf wrth iddi gerdded tuag at swyddfa'r amlosgfa. Cynigiwyd cadair a gwydraid o ddŵr iddi, ond gwrthododd y ddau. Roedd ei hwyneb yn wyn ond gallech weld y lliw'n cyflym ddychwelyd ac wrth iddi sefyll gyferbyn â Gareth gallech synhwyro mai dicter oedd wrth wraidd y cochni yn ei bochau.

"Beth ar y ddaear? Dwi erioed wedi profi'r fath gywilydd! Torri ar draws angladd? Does gyda chi ddim parch? Bydda i'n cwyno'n swyddogol wrth y Prif Gwnstabl. Gobeithio bod 'na reswm digonol."

"Miss Selwyn, mae tystiolaeth newydd wedi dod i law sy'n awgrymu nad yw canlyniad y post-mortem yn saff. Bydd rhaid cynnal ail archwiliad a dyna pam i fi orfod rhoi terfyn ar y gwasanaeth."

Rhythodd Susan Selwyn ar Gareth gan frwydro i leisio'i phrotest nesaf. Methodd, a heb air pellach eisteddodd yn blwmp ar y gadair a drachtio'r dŵr.

PENNOD 10

CYDIODD Y CYFRYNGAU'N awchus yn stori atal yr angladd a gwelwyd pennawd bras yn y *Western Mail*, 'POLICE STOP FUNERAL OF NOTED LITERARY FIGURE'. Cafodd Susan Selwyn ei chyfweld ar fwy nag un rhaglen newyddion ac roedd hi'n groch ei beirniadaeth o'r heddlu. Gweithredodd ar fyrder ar ei haddewid i gwyno wrth Dilwyn Vaughan, y Prif Gwnstabl – cwyn a arweiniodd at sgwrs ffôn flin rhwng Gareth a'i fòs.

"Angladd gyhoeddus, Prior! Dyn mor adnabyddus â Meurig Selwyn a'r lle'n llawn pwysigion. Mae'r BBC a dau Aelod o'r Cynulliad yn gofyn am ymateb swyddogol ac, ar hyn o bryd, does gen i ddim ateb. Beth yw'r rheswm am y nonsens 'ma?"

"Roedd Dr Angharad, y patholegydd, wedi gofyn am ail bost-mortem a dyna pam i ni orfod rhoi stop ar yr angladd."

"A beth oedd sail ei hamheuon?"

Gwyddai Gareth fod ei eiriau'n swnio'n llipa ond y cyfan y gallai ddweud oedd "Sbot coch ar un o freichiau Meurig Selwyn."

"Blydi hel, un sbot coch! Tasen i'n archwilio 'mreichiau i, tasech chi'n archwilio'ch breichiau chi, siawns dda y byddai 'na sawl sbot coch! Anghredadwy!"

Taw pia hi, meddyliodd Gareth, ac ar ôl eiliad neu ddwy tawelodd Vaughan rywfaint a gofyn, "Pryd mae Dr Annwyl yn debygol o gyflwyno canlyniad yr ail PM?"

"Rhywbryd heddiw. Dan yr amgylchiadau fe roddodd flaenoriaeth iddo."

"Ac yn y cyfamser?"

"Mae cartref Selwyn yn cael ei archwilio eto er mwyn gweld a

oes tystiolaeth fforensig a fethwyd y tro cyntaf. A chyn gynted ag
y daw adroddiad Dr Annwyl i law byddwn ni'n agor ymchwiliad
i lofruddiaeth neu, wrth gwrs, yn cau'r cyfan a dychwelyd y corff
i'r teulu."

Clodd Vaughan y sgwrs gyda sylw bygythiol. "Dwi ddim yn
ddyn i groesawu llofruddiaeth ond er fy mwyn i a chi, Prior,
dwi'n gobeithio i'r nefoedd mai dyna fydd yn adroddiad Dr
Annwyl."

*

Gallech basio mynedfa morg Ysbyty Bronglais heb sylwi arni.
Nid cyhoeddi bodolaeth y lle i'r byd a'r betws oedd yr amcan
ond cuddio a sicrhau mai dim ond y rhai â gwir achos fyddai'n
agosáu at y drws di-nod, darllen y plât bychan a chanu'r gloch.
Dyna wnaeth Gareth ac arhosodd am funud cyn clywed y
bolltau trymion yn cael eu hagor o'r ochr arall. Arweiniodd
Dr Annwyl y tri, Gareth, Akers a Teri, yn syth i'r morg. Dyma
ymweliad cyntaf Teri â'r lle ac edrychodd gyda chwilfrydedd ar
y rhes o oergelloedd, yr offer a'r peiriannau meddygol. Ar ganol
y llawr roedd bwrdd metel lle gorweddai corff o dan ganfasen
wen. Roedd arogl yn treiddio drwy'r fangre – rhyw gymysgedd
o ddisinffectant, *formaldehyde* ac awgrym clir o bydredd. Yn
y tymheredd isel bachodd Teri ei siaced a theimlo ysgryd yn
rhedeg ar hyd ei hasgwrn cefn. Sylwodd ar y wyntyll yn y ffenest
uchel, ei sugno di-baid yn creu oerfel llaith oedd yn ei hatgoffa
o'r adran bwyd rhew mewn archfarchnad. Roedd teils gwyn ar y
llawr a'r muriau ac er bod yr arogleuon yn cyfleu naws o aflendid
roedd y llawr a phob arwyneb yn grisialaidd o lân.

Camodd Angharad Annwyl at y bwrdd a thynnu'r ganfasen
oddi ar y corff. Yn ystod ei hyfforddiant fel plisman roedd
Teri wedi gweld sawl person marw a rhai golygfeydd erchyll a
brawychus o ganlyniad i ddamweiniau. Roedd yr olygfa hon yn

wahanol, a'r amgylchedd di-wres, clinigol yn dwysáu'r effaith. Yr hyn a hoeliodd ei sylw oedd y toriad siâp Y ar y corff, yn cychwyn ar ben uchaf y ddwy ysgwydd ac yna'n rhedeg i lawr y frest hyd at y pelfis.

"Dyma Meurig Selwyn," dywedodd Angharad, fel petai'n cyflwyno gwestai mewn parti. "Mae'r ail PM wedi ei gwblhau a'r hyn yr hoffwn ei ddweud yn gyntaf yw 'mod i'n deall sut y dyfarnodd patholegydd Glangwili mai trawiad ar y galon oedd achos y farwolaeth. Roedd Selwyn yn cario gormod o bwysau, yn yfwr trwm, yr iau'n dipyn mwy na'r cyffredin ac olion culhau yng ngwythiennau'r galon. Nodweddion clasurol trawiad. Ond nid dyna a'i lladdodd. Edrychwch ar hyn."

Cododd y doctor un o'r breichiau a phwyntio at smotyn coch ar ran isaf y fraich yn agos at y garddwrn.

"Dyma'r smotyn wnes i sôn amdano. Digon cyffredin, a hawdd ei ddiystyru mewn archwiliad. Ond dyma luniau o'r smotyn wedi eu chwyddo."

Symudodd Angharad o'r bwrdd at linell o blatiau gwydr ar y wal a throi swits. Gwelwyd y smotyn yn fwy ac yn fwy hyd nes iddo ymddangos fel ploryn mawr coch heb unrhyw olwg o'r fraich ei hun.

"Marc nodwydd, heb os nac oni bai. Felly, mae siawns bod rhywun wedi chwistrellu rhywbeth i gorff Selwyn. Ar ôl cyfres hir o brofion rwy'n bendant mai'r rhywbeth hwnnw oedd *sux*."

"Beth?" gofynnodd Gareth.

"*Sux*, talfyriad o *succinylcholine*. Cyffur sy'n gweithio ar yr uniad rhwng y nerfau a'r cyhyrau ac yn achosi parlys yn y cyhyrau. Mae'n parlysu holl gyhyrau'r corff gan gynnwys y cyhyrau anadlu ac mae'n cael ei ddefnyddio fel rhan o anesthesia mewn meddygaeth. Pan mae angen gosod tiwbyn drwy'r geg ac i lawr y gwddf mewn archwiliad neu lawdriniaeth fe chwistrellir dôs o *sux* i hwyluso pasio'r tiwbyn drwy lacio'r cyhyrau. Oherwydd effaith y cyffur dyw'r claf ddim yn medru anadlu ar ei ben ei hun ac felly rhoddir cymorth anadlu drwy'r amser. Heb y cymorth byddai'r claf yn mygu ac yn marw. A dyna'n syml ddigwyddodd i Selwyn – siot gref o *sux*."

Rhyfeddwyd y tri ditectif ac ni ddywedodd yr un ohonynt air am ychydig, cyn i Gareth bwyso am y cadarnhad.

"Llofruddiaeth felly?"

"Llofruddiaeth yn sicr. Er i gryn amser basio ers y farwolaeth mae'r corff wedi bod mewn oergell, felly doedd dim cyfle i'r dadfeilio – *decomposition* – gychwyn a byddai unrhyw beth amheus yn dal yno. Mae *sux* yn anodd ei ganfod ond mae'r technegau'n gwella o hyd ac ar ôl profion fe welwyd olion clir a sylweddol o'r cyffur."

"Oes arwydd o anafiadau eraill?" holodd Akers.

Trodd y doctor 'nôl at y corff a symud y pen i un ochr. "Clais bychan ar y talcen chwith. Dwi'n deall eich bod chi yno pan ddarganfuwyd y corff, Akers. Beth welsoch chi?"

"Ro'dd Meurig Selwyn yn y stydi, yn gorwedd ar y llawr mewn hanner plyg wrth ei ddesg a'i ben agosa at y dodrefnyn."

"Mae hynny'n ffitio. Mae'n debyg iddo syrthio a tharo'i ben yn erbyn y ddesg. Byddai'n ddiymadferth yn fuan – mae'r cyffur yn gweithio'n eithriadol o sydyn. Yn ddiymadferth ond nid yn anymwybodol. Dyw *sux* ddim yn sedatif ac felly byddai Selwyn wedi gweld ei ymosodwr ac, am ychydig eiliadau, yn gwybod beth oedd yn digwydd."

"Nid bod hynny'n help i ni," awgrymodd Akers yn wawdlyd.

Gwenodd Angharad a mynd yn ei blaen. "Bydd adroddiad llawn efo chi cyn diwedd y dydd." Ailosododd y ganfasen dros y corff ac roedd y drafodaeth ar ben. Er nad oedd neb yn barotach na Teri i ddianc o naws ormesol y morg, roedd ganddi ddau gwestiwn.

"Felly, yr un a laddodd Selwyn, ma gyda fe neu hi gefndir neu wybodaeth feddygol? A'r stwff 'ma, *sux*. Mae'n siŵr fod rheolaeth lem arno fe mewn ysbytai?"

Myfyriodd Angharad a gallech weld ei bod yn pwyso a mesur cyn ateb.

"I raddau, mae'r dewis o gyffur yn dangos gwybodaeth a chynllunio manwl. Ar y llaw arall, mae unrhyw jynci'n medru gwthio nodwydd i fraich. Beth am olau'r stydi, Akers, a beth oedd Selwyn yn ei wisgo?"

"Ro'dd lamp ar y ddesg ynghynn pan ganfuwyd y corff, a Selwyn yn ei byjamas."

"Dyna chi, digon o olau i anelu'r nodwydd a dim ond angen codi llawes i gael at y fraich. Mae ysbytai a labordai'n eithriadol o ofalus gyda chyffur fel *succinylcholine*. Mae'n cael ei ddefnyddio'n gyson ond rhaid cael llofnod i bob dôs. Dyna'r drefn yma ym Mronglais ac ymhob ysbyty arall, hyd y gwn i."

Arweiniodd Angharad y tri tuag at y drws ac roeddent ar fin gadael pan gofiodd y doctor rywbeth arall perthnasol.

"O ie, adroddiad Glangwili. Mae'n dweud i Selwyn gael cyfathrach rywiol rai oriau cyn marw. Roedd y dystiolaeth wedi hen ddiflannu erbyn yr ail PM ond fe sylwon nhw ar olion semen a DNA person arall. Pwynt pwysig, dybiwn i."

*

A dyna dybiwn innau hefyd, meddyliodd Gareth wrth ailddarllen yr adroddiad patholegol gwreiddiol. Gwyddai nad oedd wedi talu digon o sylw i'r ddogfen ac aeth drwyddi nawr gymal wrth gymal. Nododd amser marwolaeth Meurig – rhwng hanner awr wedi deuddeg a dau y bore; y ffaith bod olion wisgi wedi ei ddarganfod yn y stumog; a'r dystiolaeth am y gyfathrach. Ymdrechodd i roi trefn ar ei feddwl drwy estyn am dudalen o bapur oddi ar y ddesg a dechrau ysgrifennu. I gychwyn, rhaid oedd cael darlun clir o oriau olaf Selwyn – traddodi'r feirniadaeth ar y prynhawn Gwener, ymddangos ar y teledu a gadael y Maes. Ond beth wedyn? Ble roedd y gyfathrach wedi digwydd a phwy oedd y partner? Os rywle arall, pam dychwelyd i'r tŷ o gwbl? Oni fyddai aros dros nos yng nghwmni'r partner yn fwy naturiol? Neu'r partner yn dod i'r tŷ, ymadael a Selwyn yn cael ei ddihuno yn oriau mân y bore, mynd i'r stydi a'r llofrudd yn ymosod. Neu, wrth gwrs, y partner oedd y llofrudd. Os nad y partner, sut oedd person arall wedi dod i'r tŷ heb adael olion o dorri i mewn a llwyddo i atal ac yna ailosod y system larwm? Roedd y lle ar glo pan aeth Eilir Rhys yno toc wedi deg fore Sadwrn a'i weithred ef o falu'r gwydr yn y drws cefn achosodd y larwm i seinio. Nesaf, y ddau blisman, Meic Jenkins a Gari Jones, yn mynd i'r tŷ, darganfod Rhys yno a chorff Meurig Selwyn, ac Akers yn cael ei alw. Dim arwydd o ladrad a, hyd y gellid gweld, dim wedi ei ddwyn o'r tŷ. A beth am y cefndir i hyn? Rhys, ar orchymyn Susan Selwyn, yn mynd i chwilio am ei brawd, ond beth oedd y rheswm am y cyfarfod yn y Wasg fore Sadwrn a'r rheidrwydd i bawb fod yno?

Disgynnodd ysbryd Gareth wrth iddo sylwi ar y doreth o farciau cwestiwn ac amlder y geiriau 'neu' ac 'os' a frithai'r dudalen. Atebion oedd angen, atebion a arweiniai at y llofrudd. Gosododd restr o dasgau ar ail ddarn o bapur. Cysylltu â swyddogion yr Eisteddfod a'r cwmni teledu i sicrhau amseriad y cadeirio a'r darllediad. Cynnal ymholiadau drws i ddrws ym Maes Esyllt. Ar stad dawel o'r fath, rhaid bod rhywun wedi gweld Selwyn yn cyrraedd a sylwi ar unrhyw symudiadau amheus eraill – y larwm yn seinio neu'r golau diogelwch, er enghraifft. Ar yr un trywydd, manylion y cwmni a osododd y system ddiogelwch, enwau gweithwyr, a beth am gynnal a chadw? Cofiodd am sylwadau Angharad Annwyl am y rheolaeth lem ar y cyffur. Rhaid fyddai cysylltu ag ysbytai i weld a oedd dosau o *sux* wedi'u dwyn neu eu colli. Dechrau gydag ysbytai yng Nghymru ac wedyn lledu'r ymchwiliad. Casglu tystiolaeth newydd o'r ail archwiliad fforensig yn y tŷ – olion bysedd, DNA – dim llawer o obaith ond efallai fod rhywbeth a gollwyd yn hast yr archwiliad cyntaf. Yna, rhoi ar waith y patrwm o holi oedd yn greiddiol i unrhyw ymholiad, gan gychwyn gyda Susan Selwyn a gweddill staff Gwasg Gwenddwr. Dyna'r unig ffordd i daflu goleuni ar y berthynas rhwng Meurig a'r lleill, canfod y rheswm dros alw pawb ynghyd ar y bore Sadwrn a nesáu gam wrth gam at fotif am fwrdwr. Aeth Gareth drwy'r rhestr eto, ystyried yn ofalus ac ychwanegu cwestiwn ar yr ail dudalen – sut berson oedd Meurig Selwyn? Trwy ddysgu am y dyn gellid o bosib ddysgu am yr un a'i lladdodd.

Torrwyd ar ei fyfyrdod pan ddaeth Clive a Teri i mewn i'r swyddfa. Anfonwyd Clive i drosglwyddo'r newyddion i Susan Selwyn am lofruddiaeth ei brawd ac roedd Gareth yn awyddus i glywed ei hymateb.

"Fawr o syndod, a dweud y gwir. Bron yn ddi-hid," dywedodd Akers, "ac wedyn cwyno a holi. A fydde'r heddlu yn talu am gostau'r ail angladd? Pam o'dd e wedi cymryd gymaint o amser? Pam nad oedd y PM cyntaf wedi dangos i Meurig gael ei ladd? Oedd 'na esgeulustod? Ac, wrth gwrs, shwt lladdwyd e?"

"Beth ddwedest ti?" gofynnodd Gareth.

"Wel, osgoi'r manylion a dweud bod profion yn dangos i'w brawd gael ei dagu."

"Da iawn. Rhaid cadw'r ffeithiau am y chwistrellu a'r *sux* yn gyfrinachol am nawr. Petai'r wybodaeth yn gyhoeddus byddai'r llofrudd yn ymwybodol ein bod ni ar ei gynffon e, neu hi wrth gwrs. Bore fory bydd rhaid dechrau holi staff Gwenddwr, a hi fydd y cyntaf yn y ciw. Teri, oedd rhywbeth gan y criw fforensig draw ym Mhenallt?"

"Na, y nesa peth i ddim. Roedd y lle'n hynod o lân. Y cyfan yn ffitio'r ddamcaniaeth i rywun ddod i'r tŷ, lladd Selwyn a chymryd gofal eithriadol i osgoi gadael unrhyw ôl. Cypyrddau yn y gegin, dodrefn yn y cyntedd a'r stydi, bwlyn y drws ffrynt a bocs y larwm lladron i gyd yn hollol lân. Ni'n gwybod bod Selwyn wedi dychwelyd i'r tŷ ac iddo agor y drws a, mwy na thebyg, atal y larwm. Felly, dylai marciau bysedd Selwyn fod ar y bwlyn a'r bocs. Roedd marciau Rhys ar gloch y drws ffrynt, allwedd y drws cefn ac ar y ddesg. Mae'r bois fforensig yn dal i gynnal profion ac yn addo adroddiad llawn mewn deuddydd."

"Diolch, Teri. Hyd y gwela i, mae'r ffeithiau'n arwain at ddwy senario. Yn gyntaf, rhywun yn torri i mewn i Benallt am ryw reswm, Meurig yn dod ar ei draws a chael ei lofruddio. Cytuno?"

"O bosib," atebodd Clive, "er nad yw'n ffitio'n llwyr â'r hyn weles i ar y bore Sadwrn."

Dim gair am eiliad, yna Teri'n holi, "A'r ail senario?"

"Mae honno'n seiliedig ar sylw Dr Annwyl i Meurig gael rhyw ychydig oriau cyn marw. Ble ddigwyddodd y caru? Os taw ym Mhenallt, byddai'r cariad yn y tŷ a hi neu fe wedi cael croeso gan Selwyn."

"Cym on, Gareth!" ebychodd Akers. "Hanci panci yn y stafell wely, wedyn y chwistrelliad a'r llofrudd yn llusgo'r corff lawr y grisiau i'r stydi. Alla i fyth weld neb yn symud boi o'i faint e a'i osod yn deidi wrth y ddesg."

"Does dim rhaid i'r hanci panci ddigwydd yn y gwely," meddai Teri. "Alle'r cyfan fod wedi digwydd yn y stydi."

Canodd y ffôn ac atebodd Gareth yr alwad. Siaradodd am ychydig cyn troi at y lleill.

"Sam Tân am gael adroddiad ac isie'n gweld ni nawr."

Y Prif Arolygydd Sam Powell oedd Sam Tân, pennaeth yr orsaf yn Aberystwyth. Cafodd y llysenw am ei fod yn fyr ei dymer a phrin ei amynedd. Ditectif ysgol brofiad oedd Sam Powell, yn ddrwgdybus o'r rhai fel Gareth a esgynnodd yn gyflym yn y ffors ar sail graddau a hyfforddiant. Rhoddai bwyslais ar lusgo drwgweithredwyr i'r orsaf, eu holi'n galed ac, yn hwyr neu'n hwyrach, deuai'r cyfaddefiad. Eisteddai yn awr y tu ôl i'w ddesg sylweddol (a oedd yn hollol wag o unrhyw bapur) gan amneidio ar y tri ditectif i sefyll gyferbyn fel soldiwrs israddol ac ufudd.

"Nawr 'te, Prior, beth yw'r cynllun i ddal llofrudd Meurig Selwyn?"

Amlinellodd Gareth ei fwriadau a chloi gyda'r dybiaeth i'r llofrudd dorri i mewn i'r tŷ neu ei fod yno'n barod oherwydd y gyfathrach rywiol.

Cododd Powell yr un pwynt ag Akers. "Ond gyda'r secs yn y gwely lan lofft, Prior, shwt o'dd corff Selwyn lawr stâr yn y stydi?"

Ac yn union fel o'r blaen, rhuthrodd Teri i roi'r un ateb. "Y ddesg, syr."

"Desg? Dwi ddim cweit gyda chi nawr."

"Alla i ddychmygu y gallai'r rhyw ddigwydd ar y ddesg, syr."

"Hmm, nid ar sail dychymyg mae datrys achos, DC Owen, ond ar sail ffeithiau. Ffeithiau a ddaw i'r golwg o holi a chroesholi, gan ddechre gyda'r giwed yn y Wasg. Wastad wedi bod yn amheus o'u siort arti-ffarti nhw. Cytuno, Prior?"

"Cytuno ar yr angen i holi, syr. Byddwn ni'n cychwyn bore fory."

"Wel, hastwch! Mae'r Prif Gwnstabl wedi ffonio am yr eilwaith heddiw. Am weld canlyniad cyflym a finne'n dweud yr un fath, yn arbennig ar ôl busnes yr angladd. Gwrddais i â Selwyn gwpwl o weithie yn y clwb golff. Boi olreit am rywun oedd yn sgwennu barddoniaeth. Bach yn llawn o'i hunan ond sneb yn berffaith. Unrhyw awgrym o fotif, Prior?"

"Ar hyn o bryd, dim syniad. Cadw meddwl agored, syr."

"Ie, meddwl agored. Ga i adroddiadau cyson, os gwelwch yn dda?"

Roedd y drafodaeth ar ben a symudodd y tri i adael. Gareth oedd yr olaf ac roedd wrth y drws pan ofynnodd Powell iddo aros.

"Ydy DC Owen yn setlo'n iawn?"

"Ydy, syr, hyd y galla i weld."

"Mae bach yn od."

"Od, syr?"

"Drychwch arni, Prior. Gwallt fel tase hi wedi dod drwy fôn y clawdd, stwff du dros ei llyged a phob pilyn yn ddu. A'r sylw 'na am y ddesg – od a dweud y lleia! Beth yw ei chefndir hi?"

"Hanu o Gaerdydd, gradd uchel yn y gyfraith, cyfnod ar y bît ac fel ditectif gyda Heddlu Gwent a dod yma gyda chymeradwyaeth gadarn a thipyn o glod."

"Hmm," dywedodd Powell yr eilwaith. "Fel chi'n gwbod, Prior, dwi ddim yn gredwr mawr mewn graddau. Cadwch olwg arni. Gyda llaw, gethoch chi wyliau braf yn yr Eidal?"

"Hyfryd, syr."

*

Y noson honno, trefnodd Gareth i gwrdd â Rachel Osborne yn nhafarn y Llong ger harbwr Aberystwyth. Roedd Rachel yn gyfaill ac, yn rhinwedd ei swydd yn y Llyfrgell Genedlaethol, yn arbenigwraig ar y fasnach lyfrau yng Nghymru. Cyrhaeddodd Gareth ychydig yn gynnar, archebu dau wydraid o win gwyn a mynd i eistedd yng nghornel dawelaf y dafarn. Estynnodd am y rhifyn diweddaraf o'r papur lleol ar y bwrdd o'i flaen a darllen y stori o dan y pennawd 'POLICE HAVE NO LEADS'. Ymgollodd yn nhudalennau'r papur a chafodd fymryn o sioc pan glywodd y llais wrth ei ochr.

"Noswaith dda, Gareth. O'n i'n meddwl bod ti'n dod mas i ymlacio a dianc oddi wrth dy waith, nid darllen amdano fe yn y papur."

Cododd Gareth a chyfarch Rachel drwy blannu cusan ysgafn ar ei boch. "Sori, o'n i ddim 'di clywed ti'n dod mewn. Dwi wedi cael Burgundy gwyn i ti."

"Perffaith. Gest ti wyliau da?"

"Do, diolch. Digon i'w weld, a'r tywydd yn braf."

"A chwmni da?"

Roedd Rachel yn gyfaill i Gareth a Mel, ac yn un o'r rhai a wyddai am y garwriaeth a chymaint y dioddefodd Gareth yn sgil lladd Mel.

Oedodd Gareth, a chilwenu cyn ateb. "Do, cwmni difyr, ar ddiwedd y gwyliau."

Sipiodd Rachel ei gwin a phwyntio at y papur newydd. "Ydy e'n wir?"

"Ydy beth yn wir?"

"Sdim cliw gyda chi."

"Reit agos ati. Dwi am drio dod i nabod Mr Selwyn a ti yw'r arbenigwraig."

Chwarddodd Rachel, "Gareth Prior, rhag cywilydd! A finne'n meddwl mai pleser oedd wrth wraidd y gwahoddiad! Beth ti am wybod?"

"Pam yr enw Gwasg Gwenddwr?"

"Mae Gwenddwr yn bentref yn yr hen Sir Frycheiniog, rhyw naw milltir o Lanfair-ym-Muallt. Ti siŵr o fod wedi gweld yr arwydd ar yr A470 i gyfeiriad Llys-wen. Roedd y Selwyns yn hanu o'r pentre, yn berchnogion tir a ffermydd ac, fel Cymry Cymraeg, yn eithriad yn yr ardal. Tad Meurig, Thomas Selwyn, sefydlodd y Wasg yn nauddegau'r ganrif ddwetha. Dechrau yn Aberhonddu, argraffu posteri, adroddiadau capel, stwff fel 'na, prynu gwasg arall yn Aberystwyth a symud i'r dre. Roedd yr hen foi'n deall ei bethe ac mewn byr o amser roedd prif awduron Cymru yn sgwennu i'r Wasg. Arian y ffermydd yn sail i'r busnes. Thomas Selwyn felly'n ŵr busnes craff ond yn hen ffasiwn. Yn ei olwg e, dynion oedd meistri byd busnes a phan fu farw trosglwyddwyd rheolaeth y Wasg i'r mab gyda'i chwaer Susan â siâr lai a swyddogaeth dim llawer uwch nag ysgrifenyddes. Yn ôl pob sôn mae Gwenddwr mewn trafferthion. Roedd y stori'n dew ar faes y Steddfod fod Selwyn ar fin gwerthu i Lyfrau'r Dyffryn a'r ddêl i'w chwblhau o fewn dyddiau."

"Roedd holl weithwyr Gwenddwr wedi'u galw i'r swyddfa

fore Sadwrn ola'r Steddfod. Roedd pawb yno yn aros am Meurig, ac yna aeth un o'r staff i'r tŷ i chwilio amdano a darganfod y corff."

"Mwy na thebyg fod cyfarwyddwyr Dyffryn yno hefyd a'r bennod olaf yn hanes Gwenddwr fyddai i Meurig osod ei lofnod ar y cytundeb. Ond yna fe fethodd Meurig y cyfarfod ac fe syrthiodd y ddêl."

"Rhywbeth arall am y Wasg? Helynt, cwmpo mas?"

Ystyriodd Rachel cyn dweud, "Brynhawn Gwener y Steddfod, roedd Gwenddwr yn lansio *Paradwys Borffor*, blocbyster diweddaraf Evelyn Lloyd Williams. Roedd cwsmeriaid yn cwyno oherwydd bod talp o'r llyfr wedi'i gamosod ac am gael eu pres yn ôl."

"Ti'n meddwl bod cysylltiad rhwng hyn a'r mwrdwr?"

"Hei, dy dasg di yw hynny!"

"Digon teg. Dwêd wrtha i am Meurig Selwyn."

Pwysodd Rachel o dan y bwrdd i estyn am ei ffôn symudol. Aeth ar y we a theipio geiriau i'r bocs gorchymyn. "Edrych, dyma'r dyn ei hun."

Pasiwyd y ffôn i Gareth a syllodd ar lun pen ac ysgwydd o'r gŵr a welodd ar y bwrdd metel yn y morg. Hyd yn oed mewn llun mor fychan ceid argraff o berson hyderus, yn gyfarwydd â meistroli a rheoli.

"Tipyn o foi?" awgrymodd Gareth.

"Hmm, disgrifiad agos ati. Gyda chyfoeth y teulu cafodd Meurig yr addysg orau. Ysgol fonedd Amwythig, Coleg Iesu Rhydychen ac ar ôl cyfnod byr fel athro yn y De fe ddaeth yn bennaeth y Wasg."

"Ac yn fardd?"

"Cyhoeddwyd ei gyfrol gyntaf, *Canu'r Ffin*, gan Gwenddwr yn y saithdegau. Cerddi hyfryd, telynegol, yn arwynebol syml, yn hynod gofiadwy ac yn seiliedig ar thema'r ffin – y ffin rhwng Cymru a Lloegr, bro mebyd Selwyn, ac yn plethu'r thema i ffiniau eraill, ffiniau rhwng y du a'r gwyn, ffiniau gwaith a ffiniau rhyfel. Ym marn pawb dyna'i waith gore ac yna cyfnod di-fflach tan iddo gyhoeddi *Canu'n Iach* saith mlynedd yn ôl. Barddoniaeth ffres, cyfeiriad newydd i Meurig, a'r cyfan yn dipyn o syndod. Tyfodd Meurig Selwyn yn feirniad llenyddol ac yn un o'r tri oedd yn beirniadu'r Gadair yn Steddfod Glannau Aeron – a thynnu nyth cacwn i'w ben am atal y wobr."

"Digon o elynion felly?"

"Nefi wen, oedd! Byd bach clòs, cysetlyd yw byd llenyddol Cymru. Roedd Meurig Selwyn yn araf i ganmol ac yn glou i fflangellu ac roedd traddodi yn y Steddfod yn benllanw ar flynyddoedd o dynnu llinyn mesur."

Syllodd Gareth eto ar y llun. "Dyn eitha golygus, ond erioed wedi priodi, fel dwi'n deall. Beth am gariadon?"

Ni chafwyd ateb am eiliad ac yna dywedodd Rachel yn bendant, "Roedd Selwyn yn ferchetwr, yn ffansïo'i hun, ac mae 'na restr hir o rai gafodd eu swyno gan y wên a'r llygaid glas. Cael eu swyno a'u taflu o'r neilltu. Ynglŷn â'r ferch ddiweddara, alla i ddim helpu."

Ar ôl ail wydraid o win, gwahanodd y ddau. Cerddodd Gareth o'r dafarn i'w fflat yng Nghilgant y Cei ac wrth iddo gamu i mewn fe'i trawyd gan bwl o unigrwydd. Roedd y lle'n foethus o lawn ac eto'n ddolurus o wag. Edrychodd drwy'r ffenestri mawr ar y tonnau'n tasgu ar forglawdd yr harbwr islaw. Gwelodd ei wyneb yn yr adlewyrchiad a, thu hwnt iddo, rhith o wyneb Mel. Ysgydwodd ei ben ac mewn ymdrech i ddianc rhag gwasgfa'r gorffennol trodd ar ei sawdl am yr ystafell wely. Er syndod iddo, canodd y ffôn ac wrth iddo ateb clywodd lais Sam Powell.

"Prior, dwi'n gwbod ei bod hi'n hwyr ond mater o raid. Mae Susan Selwyn wedi cwyno eto wrth y Prif Gwnstabl ac mae Vaughan am i ni gynnal cynhadledd i'r wasg am hanner awr wedi naw bore fory. Chi sy'n arwain yr achos ac felly chi fydd yn ateb y cwestiynau."

PENNOD 11

ROEDD GARETH YN casáu cynadleddau i'r wasg. Roedd yn derbyn y gallai'r cyfryngau fod o gymorth ond gwyddai hefyd fod pris i'w dalu am y cymorth. Roedd perygl o gael eich camddyfynnu neu fod yn gocyn hitio i ryw ben bach, colli tymer ac, o'r herwydd, ymddangos yn greadur blin oedd yn beio'r cyfryngau am wendidau'r heddlu. Casglodd ychydig o bwyntiau ar ddarn o bapur cyn galw ar Sam Powell.

"Fel sonies i ar y ffôn neithiwr, Prior, chi fydd yn siarad. Fe wna i gyflwyniad byr ar y dechre."

Cerddodd y ddau i ystafell bwyllgor ar lawr cyntaf yr orsaf lle roedd y gohebwyr yn aros. Edrychodd Gareth o'i gwmpas: gohebydd y papur lleol, oedd fel arfer yn gefnogol; sinach o ddynes o'r *Western Mail*; glaslanc o Radio Cymru; a dieithryn difrifol yr olwg yn gwisgo sbectol drwchus.

Eisteddodd Powell a Gareth tu cefn i'r bwrdd ac agorodd Powell y gynhadledd.

"Diolch am ddod. Mae bob amser yn braf cael croesawu'r wasg. Insbector Gareth Prior sy'n arwain yr ymchwiliad i lofruddiaeth Mr Meurig Selwyn ac fe fydd e'n rhoi crynodeb o'r camau hyd yn hyn ac yn ateb unrhyw gwestiynau."

Cododd Gareth a thaflu cipolwg ar y darn papur o'i flaen. "Ar fore Sadwrn yr 11eg o Awst canfuwyd corff Mr Selwyn yn ei gartref – Penallt, Maes Esyllt, Aberystwyth. Y dybiaeth ar y dechrau oedd i Mr Selwyn farw o achosion naturiol ond wedi ail bost-mortem cafwyd tystiolaeth feddygol bendant yn dangos i Mr Selwyn gael ei ladd. Rydyn ni wedi cychwyn ar y broses o holi o ddrws i ddrws ar stad Maes Esyllt ac fe fydden ni'n gwerthfawrogi unrhyw gymorth. Yn syth ar ôl y gynhadledd fe fydda i'n holi staff Gwasg Gwenddwr i weld a oes cysylltiad rhwng y Wasg a'r mwrdwr."

Damo, meddyliodd Gareth, roedd y geiriau olaf yn fistêc ac yn syth bron cododd y glaslanc ei law.

"Defnyddioch chi'r gair 'cysylltiad'," meddai mewn acen ogleddol. "Dach chi'n tybio felly fod yna ddolen rhwng y Wasg a'r mwrdwr? Ac yn arbennig y cynllun i werthu'r busnes?"

"Dyna'r rheswm dros fynd i holi staff y Wasg."

"Aelod o staff Gwenddwr ddaeth o hyd i'r corff, ia? Ydy hynny'n ffactor?"

"Mae hynny'n wir ac ar hyn o bryd dyw'r ffaith ddim yn ffactor. Nawr, os ca i…"

Cododd y glaslanc ei law eto. "Cafodd Meurig Selwyn ei ladd y noson iddo atal y Gadair yn yr Eisteddfod Genedlaethol. Rydan ni'n gwybod bod ganddo lawer o elynion. Ydy hynny'n ffactor?"

"Bydd cefndir Mr Selwyn yn un o'r cyfeiriadau, ond nid efallai gyda'r pwysicaf."

Heb drafferthu i godi llaw, ergydiodd gohebydd y *Western Mail*. "Ar wahân i'r holi o ddrws i ddrws a sgwrs gyda staff Gwenddwr, prin yw'r wybodaeth am y cynlluniau i ddal y llofrudd. Oes gyda chi unrhyw gliwiau?"

A, dyma ni, synhwyrodd Gareth, dyma'r tir peryg. Sut i'w perswadio bod yr ymchwiliad yn rymus a phwrpasol heb ddatgelu gormod o ffeithiau? "Galla i'ch sicrhau chi fod yr heddlu'n dilyn sawl trywydd."

Gohebydd y papur lleol ofynnodd wedyn a allai trigolion Maes Esyllt gysgu'n dawel. Beth am lefel y plismona ar y stad ac ar weddill strydoedd Aberystwyth? Brysiodd Gareth i sicrhau'r gohebydd fod diogelwch yn flaenoriaeth – gan ychwanegu'n gloff bod diogelwch bob amser yn flaenoriaeth gan yr heddlu.

Distawrwydd, a gobeithiodd Gareth fod y gynhadledd yn tynnu tua'i therfyn. Estynnodd am ei ddarn papur ac roedd ar fin rhoi'r rhifau ffôn cyswllt pan gododd y dieithryn ei law.

Clywodd glicied camera yng nghefn yr ystafell – roedd y darn nesaf yn cael ei recordio.

"Peter Francis, *Wales Today*. Ydy e'n wir i Meurig Selwyn gael ei ladd gan chwistrelliad o gyffur o'r enw *succinylcholine*, sy'n gyffur arbennig o beryglus ac sy'n cael ei reoli'n ofalus iawn gan ysbytai?"

Ar ôl y sioc, llwyddodd Gareth i ateb. "Ar hyn o bryd, does dim sicrwydd sut cafodd Mr Selwyn ei ladd. Dwi ddim am awgrymu unrhyw beth allai danseilio effeithiolrwydd yr ymchwiliad."

"Ond ar ddechrau'r gynhadledd fe ddefnyddioch chi'r geirie 'tystiolaeth feddygol bendant'. Beth yw natur y dystiolaeth honno?"

"Eto, ar hyn o bryd, byddai'n well gen i beidio ymhelaethu. Oes gyda chi gwestiwn arall, Mr Francis?"

"Cwestiwn arall?" atebodd Francis mewn llais gelyniaethus. "Pam gofyn cwestiwn arall a chithe heb ateb yr un gwreiddiol yn iawn?"

Camodd Sam Powell i'r adwy a dirwyn y gynhadledd i ben. Rhoddodd y rhifau cyswllt, gafael ym mraich Gareth a'i arwain allan.

"Blydi hel, Prior, o'dd hynna'n agos at fod yn ffiasco. Y bitsh o'r *Western Mail* yn portreadu ni fel twpsod, alla i weld y penawdau nawr. A'r diawl o *Wales Today*, shwt ar y ddaear o'dd e'n gwbod am y stwff a'r chwistrelliad?"

"Dim syniad. A nawr bydd y wybodaeth ar goedd a'r llofrudd gam ar y blaen i ni."

Aeth Gareth yn syth i'r swyddfa lle roedd Akers a Teri'n disgwyl amdano.

"Shwt aeth hi gyda'r wasg?" gofynnodd Teri.

"Trychinebus. Dynes y *Western Mail* yn boen a rhyw gnec o *Wales Today* yn gofyn i fi gadarnhau i Selwyn gael ei ladd gyda dôs o *sux*."

"Beth?! Mae hynny'n gyfrinach!"

"Dim nawr. Yr unig ffynhonnell arall yw'r morg. Alla i byth â dychmygu Dr Annwyl yn dweud gair ond beth am rywun gynorthwyodd gyda'r post-mortem? Bydd y manylion ar fwletinau heno ac yn y papurau fory. Nawr, holi staff y Wasg. Dyma'r cynllun…"

Canodd y ffôn ac atebodd Akers yr alwad. Ar ôl sgwrs fer dywedodd, "Mae Eilir Rhys lawr llawr ac am gael gair. Mae e'n dweud bod e'n bwysig."

Cafodd Eilir Rhys y profiad anarferol o gael ei dywys i ystafell gyfweld, ei roi i eistedd ar gadair galed a'r tri ditectif yn syllu arno'n ddisgwylgar ochr arall y bwrdd. Roedd yn nerfus a golwg anesmwyth ar ei wyneb. Pesychodd ac ymbalfalu am eiriau.

"Mae hyn ychydig yn lletchwith, hynny yw… Mae un peth dylwn i fod wedi dweud… Ar y bore Sadwrn ym Mhenallt gofynnodd y Sarjant pryd welais i Meurig am y tro olaf ac fe atebais taw ar faes y Steddfod… a dwi wedi dweud yr un peth yn y datganiad. Wel, dyw hynna ddim yn hollol wir."

O sylwi ar y pryder yn y llais, doedd Gareth ddim wedi'i ryfeddu gan y cyfaddefiad. "Mr Rhys, eich gwaith chi yw trin a thrafod geiriau, felly, yng nghyd-destun y sgwrs hon, beth yw ystyr y gair 'hollol'?"

"Dyna'r tro olaf i fi weld Meurig, ond nid y tro olaf i fi glywed ei lais. Nos Wener, toc wedi naw, ffoniodd Meurig. Roedd e'n flin iawn ar ôl clywed am helynt *Paradwys Borffor* ar faes y Steddfod. Roedd dynion Llyfrau'r Dyffryn yn cyrraedd y bore wedyn i drafod telerau'r gwerthiant ac roedd Meurig yn wallgo ac yn honni y gallai'r helynt fod yn rheswm dros ostwng y pris. Fi oedd y bwch dihangol a'r gosb oedd gorchymyn i fod yn y swyddfa erbyn naw bore trannoeth – hanner awr cyn pawb arall."

"Dyna'r cyfan ddwedodd e?"

Pesychodd Eilir eto cyn ychwanegu'n dawel, "Yn wreiddiol,

roedd Meurig am fy argymell fel golygydd i Dyffryn ond fe ddywedodd ei fod wedi ailfeddwl."

Sylweddolodd y tri ditectif bod Eilir newydd roi motif am fwrdwr iddynt. Gareth ofynnodd y cwestiwn amlwg.

"Ble oeddech chi ar y noson y llofruddiwyd Meurig Selwyn?"

"Gartref gyda'r wraig a'r plant. Mae'r ffaith honno hefyd yn y datganiad ac mae hynny *yn* wir."

"Iawn. Meddyliwch yn ofalus am y sgwrs ffôn. Oedd sŵn yn y cefndir, rhywbeth anarferol i'w glywed?"

"Na, ond roedd Meurig yn defnyddio ffôn symudol."

"Chi'n siŵr?"

"Ydw. Dwi'n cofio sylwi wrth dderbyn yr alwad a gweld rhif 07. Mae'n rhaid bod Meurig am gysylltu ar frys oherwydd ei fod e mor grac."

"O ran gwerthu'r Wasg, mae'n siŵr fod 'na drafodaethau i baratoi, a chofnodion o'r trafodaethau hynny?"

"Cynhaliwyd cyfarfod staff yr wythnos cyn y Steddfod a dyna pryd y datgelodd Meurig ei fwriad i werthu. Roedd yn sioc i bawb, a phawb yn gwrthwynebu. Ond Meurig oedd â'r grym a doedd dim troi 'nôl. Gyda Miss Milly Morgan, gweinyddwr y Wasg, fydd y cofnodion."

Pwysodd Gareth ar draws y bwrdd. "Roedd gan Meurig Selwyn enw am fercheta. Pwy oedd ei ddynes ddiweddara?"

"Dim syniad. Does gen i ddim mwy i'w ddweud ar wahân i ymddiheuro am beidio â bod yn onest o'r cychwyn."

"Dyw celu gwybodaeth rhag yr heddlu byth yn syniad da. Ond diolch am gywiro'r ffeithiau. Bydd rhaid i chi wneud ail *statement* a byddwn ni'n cysylltu â Mrs Rhys."

Gorchmynnwyd i Eilir gyflwyno'r datganiad newydd cyn gadael yr orsaf a dychwelodd y tri ditectif i'r swyddfa. Teri oedd y cyntaf i siarad.

"Chi'n credu Eilir Rhys?"

Akers atebodd. "Odw. Weloch chi fe? Cachu yn ei drowsus. Mae e wedi ca'l llond twll o ofan. Tase fe wedi cadw'n dawel bydde fe mewn mwy o drafferth. Ond *fe* oedd yr un alwodd yr heddlu y bore hwnnw, ac *mae* e wedi dod miwn i roi'r fersiwn gwahanol."

"Alle'r cyfan fod yn gynllwyn, *double bluff?*"

"Na, Teri. Alla i byth â gweld Eilir Rhys yn lladd cleren. O'dd e fel y galchen ym Mhenallt ar ôl ffeindio'r corff ac mae ei alibi fel y banc. Ni wedi tsieco gyda Mrs Rhys yn barod. O'dd e gartre trwy'r nos. Roedd un o'r plant yn sâl a chododd y ddau at y crwtyn sawl gwaith yn ystod y noson."

"Iawn," dywedodd Gareth. "Nawr, ry'n ni wedi cael dwy ffaith allweddol gan Eilir. Yn gyntaf, awgrym o symudiadau Meurig Selwyn ar ôl gadael y Steddfod. Yr alwad ffôn toc wedi naw a'r alwad o ffôn symudol. Clive, cer i Benallt i chwilio am ffôn symudol, wedyn ceisio lleoli'r alwad a chanfod cyfeiriad y partner, gan gymryd mai dyna ble oedd e. Yn ail, mae Eilir wedi sôn am y cyfarfod i drafod gwerthu a'r posibilrwydd o gofnodion. Eith Teri a fi i'r Wasg i holi'r staff a gofyn yn arbennig i Milly Morgan am weld y cofnodion."

*

Parciodd Teri y Volvo ar linellau melyn y tu allan i swyddfa Gwenddwr. Croesawyd y ddau yn y cyntedd gan ferch ifanc a gyflwynodd ei hun fel Sharon Potter a'u tywys i ystafell Susan Selwyn. Roedd y chwaer yn eistedd y tu ôl i ddesg dderw yn llawn papurau, rhai ohonynt yn broflenni awduron ac eraill yn ffeiliau cyllidol. Syllodd yn oeraidd ar yr ymwelwyr cyn codi i ysgwyd llaw Gareth.

"Insbector Prior, dyma chi o'r diwedd. Dwi'n gobeithio na fydd hyn yn cymryd gormod o amser. Mae marwolaeth fy mrawd a strach yr angladd wedi achosi cryn straen i'r cwmni.

Y peth gorau fydd i chi weld yr holl staff gyda'i gilydd yr un pryd."

"Alla i ddeall eich consýrn, Miss Selwyn. Serch hynny, byddwn ni'n cyfweld pawb yn unigol. Hoffwn i ddechrau gyda Milly Morgan."

Ystafell fechan oedd gan Millicent Morgan a phrin fod lle i'r bwrdd, y cabinet ffeiliau a'r cadeiriau – pob dodrefnyn yn hen a simsan yr olwg. Oherwydd y diffyg gofod roedd tomenni o lyfrau a gwaith papur yn gorchuddio'r llawr a bu raid i Gareth a Teri gamu'n ofalus wrth fynd i eistedd wrth y bwrdd.

"Miss Morgan, Ditectif Insbector Gareth Prior a DC Teri Owen. Mi ddo i'n syth at y pwynt. Yn yr wythnos cyn yr Eisteddfod casglwyd y staff ynghyd i glywed am y bwriad i werthu'r cwmni. Rwy'n deall i chi gymryd cofnodion. Gawn ni gopïau, os gwelwch yn dda?"

Agorodd Milly Morgan ddrôr y cabinet ffeiliau ac estyn y papurau i Gareth a Teri. "Â chroeso, Insbector. O ystyried yr amgylchiadau, dwi'n sylweddoli arwyddocâd y cofnodion. Gyda llaw, galwch fi'n Milly."

Taflodd y ddau dditectif olwg dros y papurau ac yna dywedodd Teri, "Dwi'n siŵr fod y cofnodion yn gyflawn, Milly, ond allech chi roi rhyw syniad o naws y cyfarfod?"

"Stormus. O'r cychwyn, roedd Meurig ar ei waetha. Rhegi a diawlio, atgoffa ni gyd o'i foment fawr yn beirniadu'r Gadair ac yna gollwng yr ergyd am ei fwriad i werthu. Pawb yn protestio, wrth gwrs, a Meurig fel arth wrth bost yn pregowthan a thaflu pob math o ensyniadau. Dim ond cadw swyddi Eilir a Nia a'r gweddill ohonon ni ar y clwt. Dim gair o ddiolch, dim gwerthfawrogiad, jyst gwdbei, ta-ta, ac, yn fy achos i, dros ugain mlynedd o wasanaeth."

"Chi'n dweud fan hyn i Nia Adams adael y cyfarfod cyn y diwedd. Beth oedd y rheswm?"

"Dyna un o'r dadleuon poetha. Roedd Nia wedi darganfod

y byddai cyfres sgwennodd hi, Teulu Tywydd, yn allweddol i'r gwerthiant. Byddai ei gwaith hi'n codi'r pris ac yn rhoi mwy o arian ym mhoced Meurig. Roedd hi'n ynfyd ac wrth iddi adael fe na'th hi ddatgan y gallai roi terfyn ar y gwerthu. Rhybuddiodd hi Meurig am ryw gyfrinach."

"Unrhyw syniad at beth roedd hi'n cyfeirio?"

"Dim, dwi'n ofni."

Ymunodd Gareth yn yr holi. "Beth am Susan Selwyn?"

"Roedd Susan wedi cadw'n dawel tan y diwedd. Yna fe ddywedodd hi na allai Meurig werthu am ei bod hi'n gyd-berchennog. Atebodd ei brawd mai dim ond chwarter y cyfranddaliadau oedd yn nwylo Susan ac felly mai fe oedd â'r gair ola."

"A beth oedd ymateb Susan?"

Am eiliad edrychai Milly fel petai am ddal yn ôl ond yna dywedodd yn bendant, "Bygwth. Sôn y byddai'n brwydro i'r eithaf i achub y Wasg a'i bod yn barod i fynd hyd angau i atal y gwerthiant."

"Chi'n sicr mai dyna ddwedodd hi?"

"Cant y cant. Dyna eiriau olaf y cyfarfod."

"Beth oedd eich barn chi am Meurig?" gofynnodd Teri.

Edrychodd y wraig ar ei dwylo ar y bwrdd o'i blaen fel petai'r ateb yn llechu rhwng y bysedd. Oedodd, tynnu anadl ddofn ac yna llifodd y geiriau. "Dwi am fod yn gwbl onest. Bwli a siofinist oedd Meurig ac mae unrhyw un sy'n dweud yn wahanol yn gelwyddgi. Ro'n i'n casáu'r dyn. Fydda i ddim yn galaru am eiliad. Ond dwi am i chi ddeall nad fi laddodd Meurig Selwyn."

"Oes gennych chi brawf o hynny?"

"Be? Alibi? Dydd Gwener a dydd Sadwrn ro'n i'n gweithio ar stondin Gwenddwr ar faes y Steddfod. I arbed costau, arhosais gyda ffrind yn Aberaeron nos Wener. Drwy gydol dydd Sadwrn ro'n i ar y Maes yng nghwmni Sharon Potter a chlywais i ddim am y farwolaeth tan i Eilir ffonio y noson honno."

Anfonwyd Teri i holi Nia Adams a dychwelodd Gareth i swyddfa Susan Selwyn. Roedd honno'n dal wrth ei desg a'i chroeso mor oeraidd ag erioed.

"Insbector, pan ddaeth y Sarjant yma i dorri'r newyddion am y mwrdwr fe holais sut y lladdwyd Meurig. Roedd ei ateb yn amhendant. Rhywbeth am dagu a'i fod yn amharod i ddweud mwy. Oes mwy o wybodaeth erbyn hyn?"

O gofio'r gynhadledd i'r wasg gwyddai Gareth y byddai'r manylion i gyd yn hysbys mewn ychydig oriau ac nad oedd dewis ganddo. "Mae'r ail bost-mortem wedi dangos i'ch brawd gael chwistrelliad o gyffur o'r enw *succinylcholine*. Mae'r cyffur yn parlysu'r corff, yn arbennig yr organau anadlu, a heb gymorth mae'r person yn marw."

Yr unig awgrym o syndod – os syndod hefyd – oedd y symudiad lleiaf yn aeliau Susan Selwyn. "Pam na ddywedwyd hyn o'r cychwyn? Mae'n swnio i fi fel petai'r Sarjant yn ceisio taflu llwch i lygaid. Mae'r peth yn sarhad."

"Nid dyna'r bwriad. Ein nod oedd cadw'r ffaith yn gyfrinach. Fydd hynny ddim yn bosib bellach a dwi'n ofni y bydd y cyfan ar fwletinau newyddion heddi. Ar hyn o bryd does dim syniad am darddiad y wybodaeth. Fe fyddwn ni'n cynnal ymchwiliad mewnol, wrth gwrs."

"Gobeithio y bydd yr ymchwiliad hwnnw'n fwy effeithiol na'r ymgais i ddod o hyd i'r llofrudd. Hyd y galla i weld, dyw'ch ymdrechion chi ddim gwell na siop siafins hyd yn hyn."

"Miss Selwyn, beth oedd rheswm eich brawd dros werthu'r Wasg?"

"Yn ei farn e, roedd y Wasg yn agos at fethdalu. Costau'n cynyddu, gwerthiant ar i lawr a'r arian wrth gefn bron â dod i ben. Roedd pawb yn dadlau yn erbyn. Byddai'r incwm yn codi ar ôl y Steddfod, roedd gyda ni rai awduron proffidiol, datblygu cyfresi llwyddiannus – codwyd y pwyntiau i gyd yn y cyfarfod."

"'Yn ei farn e', meddech chi, Miss Selwyn. Doeddech chi ddim yn cytuno, felly?"

Pwyntiodd Susan Selwyn at y ffeiliau ar ei desg. "Dwi wedi mynd drwy'r cyfrifon a dyw'r sefyllfa ddim mor ddifrifol ag asesiad Meurig. I fod yn onest, mae 'na rywbeth rhyfedd am y cyfrifon. Dwi am i Wilkins, y rheolwr ariannol, ddatrys y peth ond mae e gartre'n sâl heddiw. Ond na, do'n i ddim yn cytuno. Denu awduron newydd, gwell marchnata a benthyciad o'r banc i roi cyfeiriad newydd a ffres i Gwenddwr. Roedd safbwynt Meurig yn wahanol ac, wrth gwrs, *fe* fyddai'n elwa fwya o werthu."

"Fyddech chi'n elwa o gwbwl?"

"Dim ond chwarter y cyfranddaliadau sydd yn fy nwylo i. Dyna oedd athroniaeth Tada – y dynion i reoli, y merched i wasanaethu. Byddai Meurig yn cael celc go dda a finnau dipyn llai."

Mesurodd Gareth ei eiriau'n ofalus. "Beth am ewyllys eich brawd? Pwy fydd â'r meddiant nawr?"

Cododd yr aeliau fymryn yn uwch. "Alla i ddim gweld bod hynny'n berthnasol ond mae'n debyg y byddech chi'n dadlau bod popeth yn berthnasol mewn ymchwiliad i lofruddiaeth. Dwi wedi siarad â'r cyfreithiwr ac roedd Meurig wedi diddymu ei ewyllys ddiweddaraf a heb wneud un newydd. Mae e felly wedi marw'n ddiewyllys a fi, fel ei berthynas agosaf, sy'n etifeddu'r cyfan – y cwmni, Penallt a holl eiddo 'mrawd. Eironig, yntê? Dwi'n gweld yr olwynion yn troi yn eich ymennydd, Insbector. Susan Selwyn yn werth ffortiwn oherwydd i'w brawd farw ar adeg hynod o gyfleus. Ond dim ond echdoe y derbyniais y manylion gan y cyfreithiwr, ac mae gwaed yn dewach na dŵr."

"Ac mae canran uchel o lofruddiaethau yn codi o anghydfod teuluol, Miss Selwyn. Ar ddiwedd y cyfarfod fe sonioch chi am frwydro i'r eithaf i achub y Wasg ac am barodrwydd i fynd hyd angau i atal y gwerthiant. Dewis trawiadol o eiriau."

"Ffordd o siarad, yntê."

"Beth oedd eich symudiadau o brynhawn Gwener y Steddfod tan i chi gyrraedd yma fore Sadwrn?"

"Brynhawn Gwener ro'n i wrth fy nesg. Roedd y rhan fwya o'r staff ar y Maes, Wilkins yn gweithio o gartre a finne ar ôl yma. Bydd Dei Lloyd yn gallu cadarnhau. Nos Wener, pryd o fwyd yng ngwesty Glanymôr yng nghwmni hen ffrind. Alla i roi'r enw a'r rhif ffôn. Adre, ac aros yno tan y bore. Rwy wedi hen roi heibio'r arfer o rannu gwely."

"Un cwestiwn i gloi. Mae tystiolaeth feddygol yn dangos i'ch brawd gael cyfathrach rywiol ar y nos Wener. Oes gyda chi syniad pwy oedd ei gariad?"

Crychodd Susan Selwyn ei thrwyn unwaith eto ac edrychai fel rhywun a ffroenodd arogl drewllyd. "Cariad, Insbector? Prin fod Meurig yn gwybod ystyr y gair. Na, dim syniad."

*

Arhosodd Teri wrth y drws am eiliad cyn curo'n ysgafn. Clywodd lais yn dweud "Dewch i mewn" a chamodd i swyddfa Nia Adams. Ystafell braf, ffenest eang yn y pen pella yn llanw'r lle â haul a Nia'n eistedd a'i chefn at y ffenest. Roedd y dodrefn hefyd yn fwy modern – desg o bren golau, silffoedd llyfrau yn drwm o gyfrolau plant a bwrdd bychan a chadeiriau o flaen y silffoedd. Trawyd Teri ar unwaith gan olwg y ferch – esgyrn cryf y wyneb, llygaid gwyrddlas yn edrych yn syth atoch, y wên yn dangos rhes o ddannedd perffaith a'r gwallt fflamgoch wedi'i dorri'n ffasiynol. Roedd ei gwisg yn syml ond eto'n drawiadol – ffrog batrymog yn union yr un lliw â'i llygaid a mwclis arian o batrwm Celtaidd yn crogi o'i gwddf.

Syllodd y ddwy ar ei gilydd ac yna cyflwynodd y ditectif ei hun. "DC Teri Owen, Heddlu Dyfed-Powys. Dwi'n aelod o'r tîm sy'n ymchwilio i fwrdwr Mr Selwyn. Fyddai hi'n bosib cael gair?"

"Wrth gwrs. Paned?"

"Ie, diolch. Coffi, plis."

"Dim problem. Bydda i'n ôl nawr."

Edrychodd Teri ar y lluniau ar furiau'r ystafell – lluniau o bencampwriaethau golff, llun o Nia rhwng dau fachgen bychan a phosteri o gyfres Teulu Tywydd: Neli Niwlen, Guto Gwynt a Heti Haul. Cofiodd i'w nith, merch ei chwaer, gael ei swyno gan y straeon. Dychwelodd Nia gyda'r coffi ac eisteddodd y ddwy wrth y bwrdd.

Pwyntiodd Teri at bosteri'r gyfres. "Mae gyda chi dipyn o dalent."

"Gallu'r arlunydd yw hwnna. Fe wnes i fwynhau sgwennu'r straeon ac maen nhw'n boblogaidd iawn."

"Gyda stwff mwya poblogaidd y Wasg?"

"Ie, mae'n debyg."

"Os dwi'n deall yn iawn, fe achosodd awduraeth y gyfres gweryl rhyngoch chi a Meurig yn ystod y trafodaethau i werthu."

"Shwt ar y ddaear…?"

"Y cofnodion gan Milly Morgan. Beth oedd rhan cyfres Teulu Tywydd yn y broses o werthu?"

"Esboniodd Meurig fod y gyfres yn allweddol i unrhyw ddêl ac y byddai hawlfraint Teulu Tywydd, fel hawlfreintiau teitlau eraill y Wasg, yn cael ei throsglwyddo i'r perchnogion newydd. Mae 'na fersiwn deledu ar S4C yn yr hydref ac felly byddai Meurig a'r prynwyr yn cael swm bach teidi a finne, fel awdur, heb ddime goch."

"Ac wedyn fe naethoch chi fartsio allan o'r cyfarfod."

"Do, wnes i golli'n limpin, galw Meurig yn fastard a diawl dan din a bygwth cyfreithiwr."

"A datgan bod gyda chi'r pŵer i roi stop ar y cynllun i werthu ac atgoffa Meurig, yng nghlyw pawb, am ryw gyfrinach. Felly, beth yw'r gyfrinach?"

"Dwi ddim am ddweud."

Penderfynodd Teri droi'r min. "Fydd dim dewis, felly, ond eich holi dan amodau ffurfiol."

Sylwodd Teri ar y fflach o fraw yn y llygaid gwyrddlas a gwyddai fod yr ystryw am weithio.

Cododd Nia i agor y ffenest a thanio sigarét. Pasiodd y pecyn i Teri ac ysgydwodd y ditectif ei phen. Dywedodd mewn llais isel, "Des i yma i swydd dros dro yn syth o'r coleg naw mlynedd yn ôl. Roedd Eilir newydd gael triniaeth yn yr ysbyty ac roedd rhaid i fi gymryd rhywfaint o gyfrifoldeb am y llyfrau oedolion. Derbyniodd y Wasg deipysgrif gan fardd ifanc, cerddi caeth hyfryd yn llawn dychymyg a'r gynghanedd yn tasgu. Roedd enw'r bardd yn hollol anadnabyddus a byddai cyhoeddi'r gwaith yn dipyn o fenter. Dangosais y deipysgrif i Meurig ac roedd e hefyd yn frwdfrydig ac yn awyddus i gyhoeddi. Sgwennais at y dyn, aros am ateb ac yna darllen yn y *Daily Post* ei fod e wedi'i ladd mewn damwain car. Darganfyddais wedyn ei fod yn blentyn amddifad ac nad oedd neb yn ymwybodol o'i alluoedd fel bardd.

"A dyna ddiwedd y mater i fi. Ond nid i Meurig. Ddwy flynedd wedyn, cyhoeddodd Gwenddwr y cerddi o dan y teitl *Canu'n Iach*, gyda Meurig fel awdur. Tua'r un adeg gwnaed fy swydd i'n barhaol gyda chodiad cyflog sylweddol. Roedd gen i blentyn erbyn hynny ac roedd y gŵr newydd golli ei waith. Doedd gen i ddim llawer o ddewis ond cadw'n dawel."

"Tan yr haeriad yn y cyfarfod?"

"Haeriad gwag. Trwy ddweud dim dros y blynyddoedd, mae gen i ran annatod yn y cynllwyn a dwi'n gymaint o dwyllwr â Meurig ei hun."

PENNOD 12

MAE DYDD A nos yn amherthnasol yn yr ystafell danddaearol. Nid bod amser yn llonydd yno – i'r gwrthwyneb. Mesurir pob eiliad a phob munud yn erbyn y gamblo diddiwedd ar y sgriniau teledu. Gôl mewn gêm bêl-droed, ceffyl yn croesi llinell derfyn, olwyn rwlét yn gollwng pelen fach i *black thirteen* neu *red twenty-one* a chardiau Pontoon a Blackjack gyda'u coch a'u du yn farciau o lwyddiant neu fethiant. Fel ym mhob hapchwarae, mae yma ennill a cholli, ond ni chlywir bonllefau buddugoliaeth nac ocheneidiau anobaith. Gamblo pellennig, amhersonol yw hwn, gyda phob gamblwr yn defnyddio cyfrinair a llysenw.

Wrth un o'r cyfrifiaduron mae merch yn gwylio gêm o Blackjack. Ei thasg yw ufuddhau i orchmynion chwaraewr a fu wrthi am yn agos i ddwy awr. Er nad oes ganddi syniad pwy yw'r gamblwr mae'n adnabod ei dactegau ac, o hir brofiad, yn gyfarwydd â'i batrwm o chwarae. Yn union yn ôl y disgwyl, daw cais i ddyblu'r fet ar y gêm nesaf. Mae'r swm – pum mil o bunnoedd – y tu hwnt i'w hawdurdod ac mae'n galw ar yr unigolyn sy'n sefyll yng nghefn yr ystafell. Gyda'r ystum lleiaf mae hwnnw'n rhoi ei ganiatâd ac mae'r chwarae'n parhau. Mae'r gamblwr yn colli ac yn torri ei gysylltiad electronig.

Mae'r ymateb yn dawedog a digyffro. Wedi'r cyfan, bydd y gamblwr yn ei ôl yfory.

PENNOD 13

CYN GADAEL AM Benallt ffoniodd Clive y tîm fforensig a deall na chanfuwyd ffôn symudol. Ond roedd Clive am weld drosto'i hun. Gyrrodd i Faes Esyllt, stopio'r car wrth fynedfa'r tŷ, camu allan a phlygu o dan y rhuban diogelwch a ddynodai fan trosedd. Roedd Jaguar Meurig yn dal ar y dreif a gwyddai Clive fod fforensics wedi archwilio'r car hefyd. Rhoddodd yr allwedd yn y drws, gan nodi mor llac oedd gafael y clo a hwnnw'n glo hen ffasiwn. Wrth groesi'r trothwy sylwodd ar ddau beth: yr arogl clòs, myglyd sy'n treiddio i dŷ gwag a'r powdwr olion bysedd a orchuddiai bob dodrefnyn ac arwyneb. Gwisgodd fenig rwber ysgafn a dechrau ar ei waith. Mewn ymgais i ail-fyw oriau olaf Meurig dringodd y grisiau i'r ystafell wely i chwilio pocedi'r dillad yn y wardrob, y ddau gwpwrdd bychan wrth ochr y gwely ac o dan y gwely. Dim byd o bwys. Aeth wedyn o ystafell i ystafell gan agor cypyrddau a droriau heb olwg o ffôn symudol yn unman.

Y stydi oedd yr ystafell olaf ac er bod yr olygfa fwy neu lai 'run fath â'i ymweliad cynharach roedd yna wahaniaethau. Y lamp yn ei lle ar y ddesg ond nawr wedi'i diffodd a chadair dros y man lle gorweddai'r corff. Papurau dros y ddesg heb eu symud, yr Apple Mac a'i sgrin fawr yn dal yno ond dim arlliw o'r botel wisgi na'r gwydr – y ddau wedi'u casglu ar gyfer profion DNA, tybiodd Clive. Sylwodd ar y silffoedd yn drwm o lyfrau – casgliad cyflawn o allbwn Gwasg Gwenddwr, gweithiau Meurig mewn rhwymiadau cain, barddoniaeth, beirniadaeth lenyddol ac ychydig o deitlau ffuglen.

Aeth drwy'r papurau ar y ddesg heb ganfod dim byd

arwyddocaol. Trodd at yr Apple Mac a gwasgu'r swits i gychwyn y peiriant. Mewn eiliadau llanwyd y sgrin gan dudalen orchymyn yn gofyn am enw adnabod a chyfrinair. Teipiodd Clive gyfuniadau o 'Meurig', 'Selwyn' 'Penallt' a 'Gwenddwr' heb unrhyw lwc. Dechreuodd dwrio yn nroriau'r ddesg a daeth ar draws ffeil wedi'i marcio 'Cyfrifiadur'. Bingo! Bwydodd y wybodaeth am yr enw adnabod a'r cyfrinair i'r bocs ar y dudalen orchymyn a symud yn llyfn at y sgrin opsiynau.

Roedd Meurig wedi gosod y cyfan yn drefnus mewn rhestr o ffolderi. Cliciodd Clive ar un yn dwyn y teitl 'Personol' a gweld ei fod yn aelod o gynllun iechyd preifat, yn derbyn triniaeth am bwysedd gwaed uchel ac ar gwrs o dabledi i ostwng lefel colesterol. Roedd y ffolder 'Cyllid Personol' yn dangos symiau mewn cyfrifon banc a chyfranddaliadau a'r cyfanswm, yn ôl amcangyfrif Clive, dros chwe chan mil o bunnoedd. Mewn ffolder arall roedd gwybodaeth am asedau, gan gynnwys fferm ym Mrycheiniog a bwthyn gwyliau yn Ffrainc. Dangosai'r data fod Meurig yn ddyn cyfoethog a'i fod yn tynnu ffin bendant rhwng ei eiddo personol a sefyllfa gyllidol y Wasg. Roedd absenoldeb unrhyw wybodaeth am y cwmni yn golygu mai ar gyfrifiaduron y swyddfa yr oedd honno, mae'n siŵr.

Dadlennwyd ochr arall y geiniog (yn llythrennol) mewn ffolder ar 'Wariant' – biliau am yswiriant y Jaguar a Phenallt, costau cynnal a chadw'r tŷ a dogfennau treth incwm, gyda'r olaf yn dangos bod gan Meurig gyfrifydd hynod o effeithiol. Yna, mewn ffeil yn y ffolder, gwelodd Clive y geiriau 'Gwresogi a Ffôn' a chliciodd i agor y ffeil. Taliadau i gwmnïau trydan a nwy, a thaliadau i gwmni Plaintalk am wasanaeth band llydan, ffôn y tŷ a ffôn symudol. Roedd y data am y gwasanaeth ffôn yn fanwl ac yn rhestru'r holl alwadau o ffôn y tŷ a'r ffôn symudol. Canolbwyntiodd Clive ar restr y galwadau symudol dros y deufis diwethaf a gweld bod tri rhif yn ymddangos yn rheolaidd.

Estynnodd at y ffôn ar y ddesg a deialu. Atebwyd ei ymgais gyntaf gan lais yn cyhoeddi "Watkins Dryland Accountants" a'r ail gan berson o dderbynfa cwmni o'r enw Morfaprint. Ymddiheurodd a deialu'r trydydd rhif. Gwrandawodd ar y sain canu ac roedd ar fin torri'r alwad pan glywodd lais benywaidd yn dweud, "Esther Elis yn siarad."

"Beth oedd yr enw eto?" holodd Clive.

Ychydig yn siarpach, "Esther Elis."

"Mae'n ddrwg 'da fi, rhif rong. Sori."

Yn ôl yn y swyddfa, cam nesaf Clive oedd cysylltu â Plaintalk. Gwyddai o brofiad y gallai'r weithred fod yn dreth ar amynedd ond gwyddai hefyd bod modd torri corneli a mynd yn syth at lygad y ffynnon. Wrth ei ddesg, deialodd rif a chlywed llais yn dweud, "Plaintalk Mobile, Security Centre. Dawn speaking, how can I help?"

"This is Detective Sargeant Clive Akers, Dyfed-Powys Police. I need the full name and address of Esther Elis, mobile number 07746 780574."

"Which police force?"

"Dyfed-Powys."

"Never heard of it."

"West Wales and I'm not here to reflect on your lack of education. The name and address please."

"Sorry, we don't release that information."

"Listen, Dawn, you can stop pissing me about. Either you give me the details or I'll contact a couple of my mates in newspapers and TV and tell them how Plaintalk refused to help in a murder investigation."

Distawrwydd ar ben arall y lein a gallai Clive glywed y ferch yn anadlu'n ddwfn.

"I'll transfer you to my supervisor."

Ymhen hir a hwyr rhyddhawyd y wybodaeth mai perchennog y rhif oedd Esther Luned Elis, Clogwyni, Blaenplwyf, Ceredigion.

Iawn, meddyliodd Clive, mae hynny wedi gweithio, a falle fod modd palu'n ddyfnach i ddarganfod mwy am Esther Luned Elis. Trodd at ei gyfrifiadur, mynd i beiriant chwilio Google, teipio'r enw yn y bocs a gweld amryw o gofnodion gan gynnwys erthyglau papur newydd a chylchgronau ac adolygiadau. Ar frig y rhestr roedd gwefan Esther Elis a dechreuodd Clive sganio'r drysorfa o wybodaeth:

Esther Luned Elis – ganed Caerffili, 1955.

Addysg – Ysgol Ferched Lewis, Pengam, Caerffili; Prifysgol Caerfaddon; Ysgol Gelf Slade, Llundain.

Gyrfa – Technegydd cwmni penseiri 1978–1980; Athrawes gelf 1980–1993; Cynllunydd a dylunydd graffeg llawrydd 1993–1996.

Ers 1996 canolbwyntio ar beintio. Arbenigo ar bortreadau mewn olew.

2000 – Ysgoloriaeth Deithio Cyngor Celfyddydau Cymru.

2005 – Ennill y Fedal Aur am Gelfyddyd Gain yn Eisteddfod Genedlaethol Cymru.

2008 – Enillydd yn Sioe Agored y Royal Cambrian Academy.

Wedyn, rhestr hir o arddangosfeydd ym mhrif orielau Cymru ac mewn dwy oriel yn Llundain. Mewn stribed ar draws gwaelod y dudalen roedd enghreifftiau o waith yr arlunydd a ffotograff bychan o'r gwrthrych. Safai'r ddynes wrth ymyl portread lliwgar gyda brwsh yn un llaw. Edrychai'n aflêr, ei gwallt melyn yn domen o gyrls a'i hoferôls bron mor drwchus o baent â'r cynfas wrth ei hochr. I Clive, rwtsh oedd y rhan helaeth o gelf fodern a doedd e erioed wedi clywed am Esther Elis. Serch hynny, gobeithiai mai hon oedd partner Meurig Selwyn a'r ddynes y treuliodd ei oriau olaf yn ei chwmni.

Aeth Clive am ginio yng nghantîn yr orsaf a bron cyn iddo gael cyfle i flasu ei rôl bacwn daeth Tom Daniel i eistedd wrth ei ymyl. Roedd y Sarjant yn cario paned a edrychai'n debycach i sôs brown na the.

"Ddylet ti ddim byta gormod o'r bacwn 'na. Byddi di mas o bwff ar y ca' rygbi. Gormod o fraster, ti'n gwbod."

"A dylet *ti* ddim yfed gormod o'r stwff 'na. Yn wael i'r afu, ti'n gwbod."

"Cer o 'ma. Eli'r galon, 'na beth o'dd Mam yn dweud. Beth bynnag, shwt ma'r ymchwiliad yn mynd? Glywes i fod y sesiwn gyda'r wasg yn wastraff amser."

"A ble glywest ti 'na, Tom?"

"Sam Tân. O'dd e fan hyn amser coffi yn dweud wrth bawb fod Gareth wedi rhoi 'i dro'd ynddi a'i fod e wedi gorfod achub y dydd."

"Hy! 'Na'r cyfan na'th e. Gareth ga'th y job o wynebu'r hacs. Sam Tân yn ormod o gachgi."

Ailofynnodd y Sarjant ei gwestiwn. "Oes unrhyw ddatblygiadau yn yr ymchwiliad?"

Gwyddai pawb yn yr orsaf fod Tom Daniel yn glonciwr heb ei ail ac yn dipyn o fêts â'r Prif Arolygydd Sam Powell. Mesurodd Clive ei eiriau'n ofalus. "Symud mla'n yn ara bach. Dwi newydd fod ym Mhenallt, cartref Selwyn, ac ma Gareth a Teri yn y Wasg yn holi'r staff."

"O'n i'n meddwl bod fforensics wedi mynd drwy'r tŷ."

"Roedd Gareth am i fi gael un pip arall, jyst rhag ofan."

"Ffeindiest ti rywbeth?"

"Dim byd. Fel wedest ti, fforensics wedi mynd i bob twll a chornel."

"Gwranda, ma 'da fi damed bach o niws i ti. Nithwr, o'n i'n ca'l peint tawel gyda ffrind sy'n gweithio i Morfaprint, y cwmni sy'n argraffu llyfre Gwenddwr. Ti'n cofio ni'n siarad am y cwmpo mas ar y telifision rhwng Selwyn a rhyw fenyw bnawn Gwener y Steddfod? Wel, nid dyna'r unig helynt i'r Wasg. Yn gynharach yr un pnawn, ro'dd Gwenddwr yn lansio llyfr ac fe welson nhw'n glou bod mistêc wedi digwydd."

"A beth yw'r cysylltiad rhwng hyn a'r llofruddiaeth?"

"Wel, ro'dd y ffrind yn esbonio bod Gwenddwr a Morfaprint wedi bod wrthi'n ymladd fel ci a chath am bwy sy'n gyfrifol. Gwenddwr yn beio Morfaprint a Morfaprint yn beio Gwenddwr. Yn ôl y ffrind, ro'dd Morfaprint wedi derbyn neges ffôn oddi wrth rywun yn y Wasg yn gofyn iddyn nhw gamosod y llyfr. Rhywun o'dd yn mynd i golli 'i job ar ôl gwerthu'r busnes."

"O, pwy? Oes enw 'da ti?"

Pwysodd y Sarjant yn agosach at Clive. "Y porthor, Dei Lloyd."

"Diddorol iawn, Tom. Ti isie ail baned o'r stwff 'na?"

*

Treuliwyd y prynhawn yn asesu'r wybodaeth a ddaeth i law yn sgil yr ymweliadau â'r Wasg a Phenallt. Gareth agorodd y drafodaeth.

"Reit, gadewch i ni fynd o un i un i weld pa rai allwn ni ddiystyru a'r rhai sy'n dal o dan amheuaeth. Eilir Rhys. Newidiodd ei stori, ond roedd e wedi sylweddoli bod yn rhaid iddo fe, ac er bod y bygythiad o golli gwaith yn rhoi motif, mae e wedi rhoi alibi."

"Ry'n ni wedi tsieco gyda Mrs Rhys eto bore 'ma," dywedodd Clive. "Roedd Eilir adre drwy'r nos a bydd Mrs Rhys yn dod i roi *statement* fory."

"Iawn. Mae'n anodd gweld Eilir yn lladd ei fòs. Os na'th e,

mae e'n actor da iawn. Teri, beth am eich adwaith chi i Milly Morgan?"

"Roedd hi'n ddigon parod i roi cofnodion y cyfarfod. Yn fwy na pharod. Ro'n i'n ca'l y teimlad ei bod hi'n disgwyl i ni ofyn. Mae'n fenyw chwerw, yn gweld cyfle i dalu'r pwyth yn ôl. Digon gonest i ddweud ei bod hi'n casáu Meurig. Roedd hi'n gweithio ar faes y Steddfod dydd Gwener a dydd Sadwrn ac yn aros gyda chyfeilles yn Aberaeron nos Wener. Bydd angen cysylltu â honno."

"Wedyn aethoch chi i siarad â Nia Adams?"

"A darganfod dau beth, yr ail yn bwysicach na'r cynta, rwy'n credu. Nia yw awdur y gyfres boblogaidd i blant, Teulu Tywydd, ac roedd Llyfrau'r Dyffryn yn gweld hawlfraint y gyfres yn hollbwysig. Mae Teulu Tywydd ar S4C yn yr hydref ac fe fyddai Dyffryn a Meurig Selwyn ar eu hennill ond Nia ddim yn derbyn yr un ddime goch. Oherwydd hyn, collodd Nia'i limpin a bygwth Meurig cyn gadael y cyfarfod. Ar ôl ychydig o berswâd, fe ges i wybod beth oedd wrth wraidd y bygythiad. Naw mlynedd yn ôl cyflwynodd bardd ifanc deipysgrif i Gwenddwr ac oherwydd bod Eilir Rhys yn sâl, Nia gafodd y cyfrifoldeb am dderbyn neu wrthod y gwaith. Ro'dd hi'n awyddus i gyhoeddi ac roedd Meurig hefyd yn gefnogol. Sgwennodd hi at y bardd, dim ateb a Nia'n darllen wedyn yn y papur ei fod e wedi'i ladd mewn damwain car. Ddwy flynedd wedyn, cyhoeddodd Gwenddwr gyfrol o gerddi Meurig Selwyn â'r teitl *Canu'n Iach*. Roedd y cyfan, pob gair, pob llinell, pob pennill, yn waith y bardd ifanc."

"Roedd Meurig Selwyn yn euog o lên-ladrad?" gofynnodd Gareth.

"Oedd. Rhagrithiwr."

"Howld on am funud, Teri," dadleuodd Clive. "Digwyddodd hyn naw mlynedd yn ôl. Pam na chysylltodd Nia Adams â theulu'r bardd a pham mae hi wedi cadw'n dawel tan nawr?"

"Doedd dim teulu ganddo fe, roedd e'n blentyn amddifad. Pan gyhoeddwyd *Canu'n Iach* fe wnaed swydd Nia'n barhaol gyda mwy o gyflog. Am resymau ariannol – roedd ei gŵr hi'n ddi-waith – fe ddewisodd hi gadw'r gyfrinach ac erbyn hyn, fel soniodd hi, mae hi'n rhan o'r twyll."

"Ond fe wnaeth hi fygwth. Gallai bygythiad droi'n flacmel a blacmel droi'n fwrdwr."

"Mae'n bosib. Ond mae un gwendid yn dy ddadl di, Clive. Ar ddiwedd yr holi, dywedodd Nia ei bod hi adre gyda'i gŵr drwy nos Wener ac mae'r gŵr wedi cefnogi'r alibi."

"A dyna beth sy ddim gan Susan Selwyn," dywedodd Gareth. "Tra bod pawb arall bron ar faes y Steddfod ar y dydd Gwener, roedd hi'n gweithio yn y swyddfa. Wnaeth hi ddim hyd yn oed trafferthu i wylio ei brawd yn traddodi'r feirniadaeth. Nos Wener, cafodd bryd o fwyd mewn gwesty yn Aber gyda ffrind iddi. Dychwelyd i'r swyddfa fore Sadwrn i gwrdd â chynrychiolwyr Dyffryn, felly does neb i gadarnhau ble roedd hi rhwng nos Wener a bore Sadwrn."

Oedodd Gareth er mwyn i'r ddau arall ddadansoddi'r wybodaeth ac aeth yn ei flaen. "Rhywbeth arall dylech chi wybod. Ar hyn o bryd, Susan sy'n berchen ar chwarter y cwmni ond roedd ei brawd wedi diddymu ei ewyllys a heb wneud un newydd. Bu farw Meurig yn ddiewyllys a Susan, fel ei berthynas agosa, sy'n etifeddu'r cwmni a phopeth arall."

Chwibanodd Clive yn isel. "Blydi hel! Ym Mhenallt, bues i'n twrio yn Apple Mac Meurig a gweld bod y boi'n werth dros chwe chan mil, fferm ger Aberhonddu a bwthyn gwyliau yn Ffrainc. Soniodd hi am y ffortiwn?"

"Naddo," atebodd Gareth. "Mae'n debyg nad yw hi'n gwbod. Ffactor bendant i ystyried. Beth am y ffôn symudol?"

"Dim lwc. Mae fforensics a fi wedi mynd drwy'r tŷ, a'r unig ganlyniad yw bod y llofrudd, am ryw reswm, wedi mynd â'r ffôn. Des i ar draws bil ffôn symudol a nodi tri rhif cyson. Y ddau gyntaf yn dyds, ond llwyddiant gyda'r trydydd – person o'r enw Esther Luned Elis sy'n byw yn Blaenplwyf."

"Esther Elis yr arlunydd?" holodd Gareth.

"Ie. Siawns dda mai hi oedd cariad ddiweddara Selwyn."

Doedd Teri ddim mor sicr. "Elli di byth â bod yn bendant, Clive. Ar ba sail wyt ti'n dweud hynna?"

"Dau reswm. Yn gyntaf, roedd Selwyn yn cysylltu'n aml â hi. Yn ail, mae Blaenplwyf yn union ar y ffordd o Aberaeron i Aberystwyth. I fi, dyma'r senario. Mae Selwyn yn gadael y Steddfod ac yn penderfynu galw am sbot o hanci panci. Ffonio Eilir Rhys o dŷ Esther mewn hwyliau drwg oherwydd busnes Morfaprint ac yna mynd adre. Mae e i gyd yn ffitio. Yr amseroedd a fersiwn Rhys o beth ddigwyddodd."

"Rhaid holi Esther Elis," meddai Gareth. "Rhywbeth arall, Clive?"

Adroddodd y ditectif yr hanes a gafodd gan Tom Daniel a chofio ffaith arall. "Dwi'n credu 'mod i'n gwbod shwt a'th y llofrudd miwn i Benallt. Mae clo'r drws ffrynt yn hen a bydde unrhyw un â thipyn o glem wedi gallu trechu'r latsh. Ma hynna'n od – y clo'n hen ond Selwyn wedi gwario ffortiwn ar system atal lladron. Bydd angen holi'r cwmni osododd y larwm."

"Yn bendant. Trefniadau fory 'te – Clive a finne i dalu ymweliad ag Esther Elis, a Teri, ewch chi i'r cwmni larymau. Ac wedyn, sgwrs gyda Dei Lloyd, porthor Gwasg Gwenddwr."

Ar ei ffordd adref, galwodd Gareth yn y siop lyfrau Cymraeg a deall bod dwy gyfrol Meurig Selwyn, *Cerddi'r Ffin* a *Canu'n Iach*, allan o brint. Aeth i'r siop lyfrau ail-law gyfagos ac, er ei bod hi bron yn amser cau, chwiliodd y perchennog ymhlith ei stoc o farddoniaeth a dod o hyd i'r ddau lyfr. A hithau'n noson braf, cerddodd Gareth ar hyd promenâd Traeth y De i fwynhau'r awel gynnes a gwres yr haul cyn iddo fachlud. Dim byd tebyg i haul tanbaid Sorrento, wrth gwrs, ac wrth iddo eistedd ar fainc cofiodd am y noson yng nghwmni Mila Lubrense. Cofiodd hefyd am ymateb swta'r clerc wrth ddesg y gwesty pan ofynnodd am fanylion Mila ond, os oedd gwir awydd arno, siawns y gallai ef o bawb, fel ditectif, ffeindio ffordd i gysylltu â hi.

Trodd at ei fflat yng Nghilgant y Cei a llifodd atgofion eraill – yr atgofion am yr oriau a'r nosweithiau a dreuliodd Mel ac yntau yno yng nghwmni ei gilydd. Ym mhrysurdeb y gwaith, yng nghanol yr ymchwiliad, medrai wthio'r teimladau o iselder o'r neilltu ond yma ar ei ben ei hun doedd hi ddim mor hawdd. Dringodd y grisiau a chroesi'r lolfa eang i'r gegin i baratoi rhyw ffrwt o swper. Ni chafodd flas ar y bwyd ac yn ddiamynedd, gosododd y llestri brwnt a'r gwydr yn y sinc a mynd i eistedd yn ei hoff gadair wrth y ffenest fawr i edrych allan ar yr harbwr. Erbyn hyn roedd yr haul yn belen oren ar y gorwel, ei wres a'i belydrau'n prysur bylu.

Gwyliodd yr olygfa ac yna, mewn ymgais i chwalu'r atgofion, cydiodd yn y ddwy gyfrol o farddoniaeth. Wrth fodio tudalennau *Cerddi'r Ffin* gwelodd y rhinweddau y cyfeiriodd Rachel atynt – symlrwydd arwynebol yn cuddio dyfnder trawiadol a phob cerdd yn deimladwy heb fod yn sentimental. Cydiodd yn y copi o *Canu'n Iach*. O ystyried y darganfyddiad mai llên-ladrad oedd *Canu'n Iach* doedd ryfedd i Rachel ddisgrifio'r gwaith fel cyfeiriad newydd a dweud bod y farddoniaeth yn ffres. Wrth gwrs ei fod e'n ffres – gwaith rhywun arall oedd e! Ailafaelodd yn *Cerddi'r Ffin*, agor tudalen ar hap a darllen:

YR HEN LOFA

Ni chlywir seiniau'r hwter yno mwy
Yn galw'r gwŷr i'w gorchwyl megis cynt.
Rhydodd y rheiliau gloyw, a'r rhaff sy'n ddwy
Fu'n tynnu'r dramiau'n gyflym ar eu hynt.
Ni thry yr olwyn chwaith ar ben y pwll
A weindiai'r gaets i fyny, dro a thro,

Yn llawn o weithwyr o'i berfeddion mwll,
Ac arnynt lwch y ffas a'r talcen glo.
Os mud yw'r hwter, ac os gwag yw'r ddram,
Byth nid â'n angof yn y cwm y dydd
Y crinodd glowyr yno yng ngwres y fflam,
A hwythau'n gaeth, heb obaith dod yn rhydd;
Ac ni all Duw na dewin godi craith
Y danchwa a fu'n dranc i ddyn a gwaith.

Rhyfedd, meddyliodd Gareth, cerdd ar waith glo yng nghanol cyfres o weithiau am y Gororau, ond yna cofiodd Rachel yn dweud i Selwyn dreulio cyfnod fel athro yn y De. Aeth at rai o'r cerddi eraill i weld a oedd modd dysgu mwy am Meurig Selwyn drwy fyfyrio ar ei farddoniaeth. Ei brif argraff ar ôl dwy awr o ddarllen oedd o lenor yn llawn addewid na chyflawnodd yr addewid hwnnw ac a suddodd i fod yn ddim gwell na chopïwr a ffugiwr.

*

Cafodd y clwb Rock Bottom ei enw am dri rheswm. Roedd yn danddaearol, ar lawr isaf un o hen adeiladau Aberystwyth. Cadwyd y tâl mynediad yn isel ac roedd y ddiod wrth y bar yn gymharol rad, a'r trydydd rheswm oedd bod y clwb yn arbenigo mewn cerddoriaeth roc, y math o stwff oedd yn sugno'r dawnswyr i'r foddfa o sŵn i chwyrlïo yn fflachiadau'r golau strôb.

Gan basio'r bownsars wrth y fynedfa, disgynnodd Clive a'i gariad newydd, Jules, y grisiau i brif lwyfan y clwb – ogof o le â'i waliau duon wedi eu gorchuddio gan luniau seicadelig o deigrod ac eliffantod gyda dynion a merched cynoesol yn dawnsio'n wyllt rhyngddynt. Pan fyddai lefel y sain yn codi byddai'r lluniau'n sboncio i guriad y gerddoriaeth ac yna'n heglu o dan gawod o greigiau i ddatgelu sgrech o slogan mewn paent oren llachar – 'Rock through the Ages!'

Nesaodd Clive a Jules at y bar. Roedd llawer o'u ffrindiau yno'n barod. Archebodd Clive ddiod ac, ar ôl sgwrs, aeth y ddau i ddawnsio. Cynyddodd lefel y sŵn: Lady Gaga yn morio 'You and I'. Rhowliodd y gerddoriaeth o gwmpas yr ogof danddaearol ac ar y llawr dawnsio roedd pob un wan jac yn awyddus i ymateb. Roedd y gân yn un o rai mwyaf adnabyddus Lady Gaga ac wrth i ddwylo a breichiau'r dawnswyr wibio yn ôl ac ymlaen gellid clywed geiriau 'You and I' yn cael eu hergydio o'r llawr i'r llwyfan dawnsio ac yna'n ôl o'r llwyfan i'r llawr.

O dan law fedrus y DJ llifodd y gerddoriaeth yn ddi-dor i gân arall. Aeth Clive a Jules i gyfeiriad y bar unwaith yn rhagor a thrwy arwydd symud gwydr at ei geg gofynnodd Clive a oedd hi am ddiod arall. Cytunodd hithau drwy nodio a phwyntio i gyfeiriad y tai bach yn y gornel bellaf. Gwthiodd Clive at y bar ac, yn y wasgfa, tarodd yn erbyn y person agosaf ato. Trodd a gweld mai Teri oedd yno. Gwisgai ei hiwnifform arferol – siaced *bomber* ddu, jîns du, pâr o dreinyrs Converse du a dim ond y crys-T yn wyn, â'r neges 'I'm Not Perfect, Just Awesome' ar draws ei bronnau. Roedd y colur yn drymach nag arfer ac roedd y gwallt sbeiclyd yn binc.

Llygadodd Clive ei gyd-weithwraig a'i sylw wedi'i hoelio ar neges y crys.

Chwarddodd Teri. "Hei, be sy? Oes rhywbeth yn bod ar dy lyged di?!"

Mewn boddfa o embaras, cododd Clive ei edrychiad. "Dy wallt di, wel, mae e'n wahanol i pnawn 'ma."

"Tamed bach o laff, 'na i gyd. Paid â phoeni, bydd e wedi golchi mas erbyn fory."

"O." Ymbalfalodd am gwestiwn saff. "Ti'n setlo'n iawn, Teri?"

"Ie, grêt, diolch. Wedi ffeindio rhywle i fyw. Ma Aber yn ocê ond ma'r clybiau'n well yng Nghaerdydd! A dwi'n dechre dod i ddeall ti a'r bòs!" Chwarddodd Teri wrth weld yr olwg hurt ar wyneb Clive. "Jôc! Ti lawer rhy seriws, ti'n gwbod."

Roedd Jules wedi dychwelyd o'r tŷ bach.

"Teri, dyma Jules. Jules, Teri – aelod newydd o'r tîm."

"Haia, neis cwrdd â ti. Lico'r gwallt!"

"O's cwmni 'da ti?" holodd Clive yn ofalus.

"O'dd cwmni 'da fi. Mae e draw fan'na yn siarad â'r stiwdents. Darlithydd yw e. Boi uffernol o *boring* a bod yn onest, ond neith e'r tro am heno!"

Safodd y tri wrth y bar yn gwylio'r dawnswyr ac yna dywedodd Teri, "Clive, ti'n gweld y dyn mewn jîns a chrys streips coch a glas gyda'r ferch mewn ffrog slinci? Ma hi'n gweithio yn Gwenddwr. Sharon. Ti'n nabod y dyn?"

"Na, erioed wedi'i weld e o'r bla'n."

"Well na'r ploncar 'na sy 'da fi! Chi ddim yn meddwl?"

Chafodd hi ddim ymateb gan Clive na'i gariad.

PENNOD 14

CYNLLUN GWREIDDIOL Y bore canlynol oedd i Gareth a Clive fynd i weld Esther Elis ond derbyniwyd galwad ffôn oddi wrth Clive i ddweud ei fod yn dioddef o ben tost.

"*Hangover*?" awgrymodd Teri. Soniodd wrth Gareth am y noson cynt yng nghlwb Rock Bottom ac am Jules.

"O, hi yw'r cariad newydd, ife?"

"Dyw Clive ddim yn un am garwriaeth hir?"

"Arwyddair Clive yw bod newid yn *change*. Gethoch chi noson ddifyr?"

"Do, grêt, diolch."

Gwenodd Gareth a newid y testun. "Yn absenoldeb Akers, felly, ewn ni'n dau i Gwenddwr i ga'l trafodaeth gyda Susan Selwyn a thaclo Dei Lloyd am fusnes Morfaprint. Gair wedyn gyda dyn y cownts, Wilkins. Fe yw'r unig un sy heb gael ei holi."

"Beth am Sharon Potter?"

"Gewch chi holi Sharon tra 'mod i gyda Susan Selwyn. Prin wedi cychwyn ar ei swydd oedd hi ac un o'r ychydig rai nad oedd yn adnabod Meurig Selwyn. Gobeithio y bydd pen Clive wedi clirio erbyn i ni gyrraedd 'nôl o'r Wasg er mwyn i ni fynd i chwilio am Esther Elis. A chithe wedyn at y cwmni larymau. Iawn?"

Glynodd Teri at yr arfer o barcio ar y llinellau melyn ger adeilad Gwenddwr heb hidio am y warden oedd yn cerdded yn bwrpasol at y Volvo. Edrychodd hwnnw'n siomedig ar y ddau dditectif, gwgu a bodloni ar lusgo ymlaen fel heliwr a fethodd ei darged. Roedd Gareth ar fin camu o'r car pan ganodd ei ffôn symudol. Wrth iddo ddechrau siarad sylweddolodd Teri mai'r Prif Gwnstabl oedd ben arall y lein a'i fod yn cwyno am y gynhadledd i'r wasg. Gadael oedd orau, meddyliodd, a dringodd y grisiau at fynedfa'r adeilad.

Agorodd y drws mawr yn llyfn a thawel a gwelodd Teri ddyn yn plygu wrth y ddesg yn y cyntedd yn chwilota yn un drôr ar ôl y llall. Roedd wedi ymgolli'n llwyr yn y dasg a heb sylwi ar bresenoldeb y ditectif. Gwyliodd Teri'r dyn am ychydig ac yna pesychodd. Cododd o'i gwrcwd ac adnabu Teri ef ar unwaith fel cymar Sharon Potter yn y clwb.

Bu ennyd o euogrwydd cyn i'r dyn adennill ei hyder, yna camodd o gefn y ddesg i ysgwyd llaw a chyflwyno'i hun mewn llais awdurdodol. "Howel John."

"Ditectif Cwnstabl Teri Owen, wedi dod i siarad â Miss Susan Selwyn."

Asesodd Teri y dyn. Roedd yn ymddangos yn rhy sicr o'i hun ond yn ddigon bonheddig a'r ysgydwad llaw yn onest ac agored. Gwisgai siwt ysgafn wen, crys denim glas a sgidiau brown drud yr olwg. Roedd angen torri ei wallt coch ac er nad oedd ei groen tywyll yn berffaith roedd ei wên barod yn cyfleu pictiwr o berson diddig, hyderus.

"Mae Insbector Gareth Prior tu allan yn y car. Bydd e yma nawr. Weles i chi neithiwr yn Rock Bottom, Mr John."

"Howel, plis. Do, gyda Sharon. Y'ch chi yma i barhau â'r ymchwiliad?"

Cyn i Teri ateb clywodd gamau ar y grisiau pren. Trodd a gweld Sharon Potter yn disgyn i'r cyntedd.

"Ditectif Cwnstabl Owen," dywedodd Howel. "Eisiau siarad â'r bòs lan stâr."

"Dwi wedi cwrdd â DC Owen yn barod. Ti'n dal yma! O'n i'n meddwl bod ti ar fin gadael am Abertawe?"

"Dwi'n mynd nawr. Bydda i 'nôl heno, Shar." Estynnodd Howel at fag lledr wrth ymyl y ddesg a phlannu cusan ysgafn ar wefusau ei gariad. Yna croesodd at y drws, edrych 'nôl a thaflu winc chwareus ati cyn gadael.

Rhoddodd Sharon ei llaw ar ei cheg a phwffian chwerthin. "Cês! Llawn tricie. Well i fi ffonio i weld os yw e'n gyfleus i chi fynd lan at Miss Selwyn."

"Nid fi, Sharon, ond Insbector Prior. Bydda i'n cael gair 'da chi."

Daeth golwg o bryder i wyneb Sharon. "Fi? Ond newydd ddechre 'ma dwi. O'n i prin yn nabod Mr Selwyn."

"Ry'n ni'n holi pob un o'r staff i gael darlun llawn o'r Wasg fel man gwaith a pherthynas pawb 'da Mr Selwyn."

Teimlodd Teri ryddhad o glywed y drws yn agor a gweld Gareth yn camu i'r cyntedd. Tywyswyd Gareth i ystafell pennaeth newydd Gwenddwr. Dychwelodd Sharon ar unwaith bron, eistedd y tu ôl i'r ddesg a gosod cadair i Teri.

"Fydd hi'n iawn i ni siarad fan hyn? Dwi ddim i fod i adael y dderbynfa. Ond dylai fod yn dawel amser hyn o'r bore."

"Mae fan hyn yn iawn. Ers faint yn union y'ch chi yn y swydd?"

"Dechreuais i wythnos cyn y Steddfod, ar y dydd Llun. Howel welodd hysbyseb y swydd a 'mherswadio i i fynd amdani. Yn y swyddfa fues i am yr wythnos gyntaf ac yn ystod yr ail bues i'n rhoi help llaw ar stondin y Wasg ar y Maes. Ar ddiwedd yr ail wythnos, wel, dyna pryd glywon ni am farwolaeth Mr Selwyn."

"Llofruddiaeth, nid marwolaeth."

"Ie, sori. Sai erioed wedi nabod neb sy wedi ca'l ei fwrdro. Nid 'mod i'n nabod Mr Selwyn yn iawn."

"Ond hyd yn oed mewn pythefnos, beth oedd eich argraff o'r dyn?"

Oedodd y ferch, gwneud sioe o dacluso'i gwallt (a oedd eisoes yn hollol daclus) a symud rhyw bapurach ar y ddesg. Synhwyrodd Teri ei bod yn pwyso a mesur ei hateb a bu'n ofalus i osgoi rhuthro'r ysgrifenyddes.

"Ym, ga i 'i roi e fel hyn – fydden i ddim yn hoffi treulio amser ar ben fy hun yng nghwmni Mr Selwyn."

Rhaid gwasgu rhywfaint ar hyn, meddyliodd Teri. "Pam, Sharon?"

"Ar y diwrnod cynta, ro'n i wedi paratoi papurau ar gyfer cyfarfod staff yn y stafell gyfarfod lan lofft. Roedd y lle'n dawel ac wedyn, yn sydyn, ro'n i'n gwbod bod rhywun arall yn y stafell." Pwyllodd y ferch, newidiodd tôn ei llais ac roedd yr awgrym o banig yn eglur. "Na'th y person gyffwrdd â fi – dim byd difrifol, ond *na'th* e gyffwrdd â fi. Mr Selwyn o'dd e. Symudodd e'n agosach ac wedyn da'th Miss Selwyn i mewn a gweiddi."

"Naethoch chi gwyno?"

"Naddo. O'dd e'n ddim byd, jyst trial ei lwc, fel ma ambell ddyn. Fyddech chi'n cwyno am ymddygiad eich bòs ar eich diwrnod cynta yn y swydd? Sori, cwestiwn twp. Fel plismones, wrth gwrs byddech chi."

"Ble oeddech chi ar y nos Wener y llofruddiwyd Meurig Selwyn?"

Y tro yma, atebodd Sharon yn syth, heb arlliw o oedi. "Dydd Gwener a dydd Sadwrn ro'n i'n gweithio ar y stondin ac yn lle dod 'nôl i'r fflat fan hyn arhoses i gyda Dad a Mam yn Llambed. O'dd Howel i ffwrdd gyda'i waith a doedd dim rheswm i ddod 'nôl i Aber."

*

Llugoer eto oedd croeso Susan Selwyn. Prin y cododd ei golwg o'r cyfrifon o'i blaen ac roedd ei chyfarchiad yr un mor swta. "Chi 'nôl, Insbector. Ymwelydd dyddiol erbyn hyn. Chi wedi gweld y *Daily Post* a'r *Western Mail*? Lluniau o Meurig a'r adeilad yma."

Ac yntau wedi'i bigo'n barod gan bregeth debyg y Prif Gwnstabl, methodd Gareth ag atal ei eiriau. "Ni'n byw mewn gwlad ddemocrataidd, Miss Selwyn, ac mae rhyddid y wasg yn un o gonglfeini democratiaeth. Os oedd y gohebwyr a'r ffotograffwyr ar dir cyhoeddus fedrwn ni wneud dim i'w hatal. Os ydyn nhw wedi tresbasu neu'n euog o enllib mae gyda chi hawl i'w herlyn."

Gallech weld y surni yn llygaid y wraig a cheisiodd daro'n ôl. "Dwi'n eithriadol o brysur, Insbector, yn ceisio gwneud pen a chynffon o'r cyfrifon. Mae Wilkins wedi mabwysiadu trefn gwbl annealladwy. Bydd rhaid galw'r cowntants."

"Wel, byddwn ni'n cael gair gyda Mr Wilkins."

"Mae Wilkins yn dal yn sâl neu fydde fe wrth fy ochr i nawr. Mae ei gyfeiriad gan Sharon. Oedd rhywbeth arall? Fel soniais i, rwy *yn* brysur."

"Dau beth arall, Miss Selwyn. Ydy'r cynllun i werthu wedi'i roi o'r neilltu?"

"Ydy."

"Ydy sefyllfa ariannol y Wasg nawr ar dir sicrach o ganlyniad i'r ffaith eich bod chi wedi etifeddu stad eich brawd?"

Disodlwyd y surni gan ddirmyg ac roedd yr ateb mor siarp â rasel. "Galla i weld sut mae meddylfryd yr heddlu'n gweithio. Dyn a dreuliodd ei oes yn gwawdio ac yn sarhau ei chwaer yn cael ei lofruddio. Y chwaer yn etifeddu ffortiwn ac yn achub y busnes. Y chwaer yn euog, yn ddigamsyniol! Ond does gyda chi ddim gronyn o brawf i 'nghysylltu i â'r weithred ysgeler nac â lleoliad y mwrdwr."

"Pryd oedd y tro dwetha i chi fynd i Benallt?"

"Adeg y Pasg, ar achlysur aduniad teuluol – perthnasau wedi dod draw o America."

"Dim ers hynny?"

"Na. Doedd Meurig a fi ddim yn cymysgu rhyw lawer tu allan i'r gwaith."

"Iawn. Efallai nad oes prawf ar hyn o bryd ond os oes 'na brawf, y manylyn lleiaf, fe ddown ni o hyd iddo. A gyda llaw, chi ddefnyddiodd y gair ffortiwn, nid fi."

Roedd yr ergyd wedi taro'r marc a'r chwaer wedi sylweddoli ei cham gwag.

Aeth Gareth yn ei flaen. "Rhag i chi feddwl bod holl ymholiadau'r heddlu'n ddiwerth, ry'n ni wedi darganfod pwy oedd yn gyfrifol am lanast y llyfr a lansiwyd bnawn Gwener y Steddfod."

"Nofel Evelyn?"

"Cafodd galwad ffôn ei gwneud o'r adeilad hwn yn gofyn i Morfaprint gamosod y llyfr, gan Dei Lloyd, a oedd, mae'n debyg, yn mynd i golli ei swydd yn sgil gwerthu'r Wasg. Dwi am fynd i holi Mr Lloyd ond ro'n i'n meddwl y dylech chi gael gwbod."

Os oedd Susan Selwyn wedi cael sioc, ni ddangosodd hynny. "Sarff dwyllodrus yw Dei Lloyd. Dyn diog, yn gwneud cyn lleied o waith â phosib. Roedd Meurig yn iawn am un peth – dylen ni fod wedi rhoi'r sac i'r pwdryn ers blynyddoedd. Rwy'n dod gyda chi."

Roedd Gareth ar fin gwrthod ond synhwyrodd mai ildio fyddai orau. "Iawn, ond fi fydd yn holi. O safbwynt yr heddlu, dyw'r dyn heb gyflawni unrhyw drosedd ac mae mater y llyfr yn eich dwylo chi."

Roedd y drws i gwtsh Dei Lloyd yn gilagored ac wrth i Gareth a Susan Selwyn agosáu gallent glywed llais y porthor yn cynnal sgwrs ffôn.

"Na, Elfed. Chware'r boi newydd yng nghanol y cae a rhoi siawns iddo fe wneud marc yn y gêm gynta. A gweddill y tîm fel wthnos dwetha. Ac os oes 'da ti sens…"

Rhegodd Susan o dan ei hanadl, agor y drws led y pen a brasgamu i'r ystafell. Syllodd Dei Lloyd arni a diffodd yr alwad.

"Brysur fel arfer, Dei?"

"Digon i neud, Miss Selwyn."

"Hmm. Dyma Insbector Gareth Prior, sy'n arwain yr ymchwiliad i lofruddiaeth Meurig."

"Wel, wel, Insbector pwysig yn dod i siarad â phorthor bach di-nod. Tipyn o anrhydedd."

Anwybyddodd Gareth y gwatwar. "Mr Lloyd, dwi am fynd â chi 'nôl i'r diwrnod y cyhoeddodd Meurig Selwyn ei fwriad i werthu'r Wasg. Do'ch chi ddim yn y cyfarfod, felly sut glywoch chi am y cynllun?"

Creodd y porthor argraff o ddyn yn ceisio dwyn digwyddiad dibwys i gof. "Arhoswch chi nawr. O'n i fan hyn a daeth Milly lawr i roi'r newyddion. Y rhai lwcus yn cael cadw'u job ond hi, Wilkins a finne ar y clwt. O'dd hi'n reit ypsét."

"A beth oedd eich ymateb chi?"

"Dwi'n bensionîar, Insbector. Galla i riteirio fory ac felly do'dd penderfyniad Selwyn ddim 'ma na 'co i fi."

Tynnodd Gareth lyfr nodiadau o'i boced. "Am dri o'r gloch ar brynhawn y cyfarfod, ffonioch chi Mr Goronwy Philips yn Morfaprint a dyma'r union eiriau ddefnyddioch chi: 'Goronwy, ti sy 'na? Gwranda. Ma arnat ti sawl ffafr i fi ac mae'n adeg talu 'nôl. Un gymwynas fach syml, 'na i gyd, ond ma rhaid gweithio'n glou. Y llyfr *Paradwys Borffor*, dwi am i chi gamosod tudalennau. Paid â phoeni, neith neb ffindio mas a cyn bo hir problem y perchnogion newydd fydd e.' Mr Lloyd?"

"Beth yffarn? Dwi'n gwadu pob gair! Celwydd llwyr."

"Waeth i chi heb. Mewn amgylchiadau neilltuol gallwn ni ailwrando ar alwadau. Mae llofruddiaeth yn un o'r amgylchiadau neilltuol. Mr Lloyd?"

Gwgodd Dei Lloyd ac roedd ei wyneb fel taran. "Olreit, do, fe wnes i. Talu 'nôl i'r ffycar Selwyn 'na. Lordio o gwmpas y lle. Edrych lawr ei drwyn arna i. Blynyddoedd o edrych ar ôl y lle hyn a dim gair o ddiolch. Gwynt teg ar ei ôl e!"

"Felly, pam neud hyn os nad oedd gwerthu'r Wasg yn broblem i chi?"

"Dial, Insbector. Ma dial yn deimlad braf. Chi isie cyfaddefiad, wel dyna un i chi, yn blwmp ac yn blaen."

"A mynd gam ymhellach? Dial trwy ladd?"

"Py! Na, ma'r dyn rong 'da chi. Ar y nos Wener y lladdwyd Selwyn ro'n i yn yr Hydd Gwyn tan hanner awr 'di un ar ddeg ac wedyn es i'n syth adre at y wraig. Hyd y gwn i, dyw potsian â llyfr ddim yn *offence*. Does 'da fi ddim byd mwy i ddweud."

Roedd Susan Selwyn yn tuchan trwy gydol y drafodaeth. Ond yna, camodd at Dei Lloyd a sefyll wyneb yn wyneb â'r porthor. "Ewch i gasglu'ch pethau ar unwaith a gadael. Mae helynt *Paradwys Borffor* wedi costio miloedd i'r Wasg yn barod, heb sôn am y niwed i'w henw da. Bydda i'n cysylltu â'r cyfreithwyr yn ddiymdroi ac fe alla i'ch sicrhau y byddwn ni'n ymladd i'r eithaf i adennill pob ceiniog."

*

Yn lle un o geir yr heddlu, defnyddiodd Gareth ei gar ei hun, y Merc *coupé* glas, ar ei siwrnai i dŷ Esther Elis. Roedd Clive yn eistedd wrth ei ochr, ei ben yn gliriach ond yn dal i ddioddef effeithiau'r noson cynt. Roedd y daith allan o Aberystwyth yn araf gyda rhes o garafanau a goleuadau traffig yn sicrhau nad oedd modd codi sbîd. O'r diwedd, daethant at bentref Blaenplwyf ac ymhen rhyw dri chan llath trodd Gareth i'r dde a gyrru ar hyd ffordd gul i gyfeiriad y môr. Roedd cloddiau uchel a thrwchus yn cau am y ffordd ac arafodd Gareth wrth nesáu at gornel siarp. Lwcus, oherwydd llanwyd ei lwybr gan lori yn cario llwyth o fyrnau gwair. Gwenodd gyrrwr y lori a dod yn ei flaen at y Merc. Rhegodd Gareth yn dawel, edrych dros ei ysgwydd a mynd yn ôl am y bwlch a basiwyd rai eiliadau ynghynt. Orau y medrai, sythodd y car yn y bwlch a, gan godi llaw, pasiodd y lori gyda modfeddi prin rhyngddi a phaent sgleiniog y Merc. Ni ddaeth neb arall i'w cyfarfod ac ar ôl gyrru am dipyn gwelsant fwthyn ar godiad tir ar yr ochr chwith. Roedd enw'r lle, 'Clogwyni', yn glir ar y gât wen a llywiodd Gareth y car i flaen y tŷ a pharcio wrth ymyl Ffordyn tolciog. Daeth dynes i'r drws ac, wrth gofio'r llun ar y cyfrifiadur, sylweddolodd Clive mai hon oedd Esther Elis.

"Dwi wedi bod yn disgwyl ymweliad," dywedodd. "Dewch i mewn, mae braidd yn wyntog mas fan hyn."

Dilynodd Gareth a Clive ac wedi iddynt eistedd esboniodd Esther Elis. "Pan ffonioch chi, gwelais rif Penallt ar fy ffôn i a thybio mai'r heddlu oedd yno. A gwbod y byddech chi yma'n hwyr neu'n hwyrach. Tipyn o arlunydd yn troi'n dditectif." Chwarddodd yn ysgafn.

"Insbector Gareth Prior a DS Clive Akers, Miss Elis. Ry'ch chi'n ymwybodol o bwrpas yr ymweliad, felly. Mae 'na dystiolaeth i Meurig Selwyn dreulio ei oriau olaf yma gyda chi. Cywir?"

Eiliadau o ddistawrwydd a chafwyd yr argraff fod y dwyn i gof yn annifyr.

"Cyrhaeddodd e tua saith o'r gloch. Fe fuon ni'n trafod y feirniadaeth a'r hwyl roedd e wedi cael yn tynnu pawb yn ei ben a'r cecru gyda Glain Edmwnd ar y teledu. Roedd yr holl beth yn dipyn o jôc. Wedyn aethon ni i'r gwely a dwi'n siŵr fod profion wedi dangos nad cysgu wnaethon ni."

Hyn heb iot o embaras, mewn goslef mater-o-ffaith.

"Bwriad Meurig oedd aros dros nos a gyrru i'r swyddfa yn y bore ond fe glywodd e ar y radio am helynt y llyfr a ffonio rhyw Eilir yn syth. Er ei fod e wedi dod i'r stafell fyw roedd modd clywed pob gair. Roedd e'n gweiddi, yn amlwg yn grac iawn. Daeth yr alwad i ben, dychwelodd e i'r stafell wely, ymddiheuro a dweud bod rhaid iddo adael wedi'r cyfan. Sôn rhywbeth am drwbl yn y Wasg, blydi lembos, ac am gael gwared â'r job lot. Gadawodd e tua chwarter wedi naw. A dyna'r tro olaf i fi weld Meurig."

"Ar yr adeg gadawodd Meurig, weloch chi rywun arall ger y tŷ? Rhywbeth amheus?"

"Wnes i ddim codi o'r gwely, Insbector."

"Ac wedyn?"

"Ac wedyn, clywed am y llofruddiaeth ar y radio fore Sul. A darllen mwy o fanylion yn y papurau."

"Aethoch chi i'r angladd?"

Daeth gwên fechan i wyneb Esther Elis. "Ha, yr angladd! Bydde Meurig wedi mwynhau hynna! Cewri'r genedl, oedd mor barod i roi cyllell yn ei gefn, yn sefyll yn yr amlosgfa fel rhyw seintiau glân ac yn gorfod gadael heb dalu'r gymwynas olaf. Meddyliwch am y clonc a'r mân siarad! Na, fe arhoses i adre a mynd am dro at y môr. Mae'n well gen i gofio Meurig yn fan'na yn hytrach nag yng nghwmni'r giwed ragrithiol."

"Mae'n amlwg fod ganddo fe leng o elynion."

"Wrth gwrs. Ond o leiaf roedd Meurig yn onest ac yn dweud ei ddweud heb flewyn ar dafod, nid yn mwtran a sisial mewn cornel ac yn fêl i gyd yn gyhoeddus."

"Ers pryd o'ch chi'n gariadon?"

"Cyfeillgarwch oedd ganddon ni, nid carwriaeth. Ro'dd Meurig a fi'n gyfeillion ers inni gyfarfod mewn arddangosfa yn yr Amgueddfa Genedlaethol rhyw dri mis yn ôl. Ro'n ni'n hoffi cwmni'n gilydd, yn parchu'n gilydd ond yn gosod ffiniau pendant ar y berthynas. Doedd e ddim i ymyrryd â 'mywyd i a finnau ddim i fusnesa am y Wasg. Roedd hynny'n ein siwtio ni'n dau. A bod yn onest, dwi ddim yn siŵr a oedd Meurig yn *caru* neb ond fe'i hunan."

Ymunodd Clive yn yr holi. "Ac fe gadwyd eich perthynas yn gyfrinach?"

"Naddo, dim o'r fath beth. Doedd dim cywilydd, dim cuddio. Perthynas aeddfed, agored rhwng dau berson oedd yn llawn ymwybodol o wendidau a chryfderau'i gilydd."

"Fe wnaethoch chi gytuno fod gan Mr Selwyn lot o elynion. Oedd rhywun penodol?"

"Rhywun yn gymaint o elyn fel ei fod e, neu hi, yn barod i'w ladd? Na. Roedd Meurig wedi codi gwrychyn lot o bobol ond alla i byth â gweld neb yn estyn o elyniaeth i lofruddiaeth."

Cododd Gareth i edrych ar y portreadau a addurnai welydd yr ystafell a chamu at un darlun. "Gwaith ardderchog. Portread o Meurig?"

Daeth Esther Elis ato a syllu ar y portread. "Ie, gorffennais i hwnna tua mis yn ôl." Ysbaid, ac yna ychwanegodd, "Dwi ddim yn siŵr a ydw i wedi dal y tebygrwydd, ond… ond roedd Meurig yn berson anodd ei ddal."

"Wnaeth Mr Selwyn sôn am newid ei ewyllys o gwbl?"

"Naddo. Fel sonies i, perthynas led braich oedd gyda ni. Doedd gen i ddim diddordeb yn sefyllfa ariannol Meurig."

Roedd y daith yn ôl i Aberystwyth yn gyflym ac yn ddidrafferth. Wrth agosáu at y dref, gofynnodd Clive, "Stori ddibynadwy? Does dim alibi ganddi."

"Na, ond ar hyn o bryd dwi'n tueddu i gredu Esther Elis."

"Yn ymarferol, alle hi fod wedi'i lofruddio?"

"Bydde fe'n hollol bosib iddi yrru o'r bwthyn i Benallt, rhoi'r pigiad a dychwelyd. Ond beth yw'r motif? Pam lladd rhywun oedd i bob pwrpas yn gariad iddi? Ac, yn hynod drawiadol, hi yw'r unig berson yn yr holl holi i beidio yngan gair gwael am Meurig Selwyn."

*

Gwyddai Teri fod swyddfeydd Dragonguard rywle ar y stad ddiwydiannol ar gyrion tref Aberystwyth. Gyrrodd o un adeilad unffurf i'r llall ac yn y pen draw bu raid iddi ofyn a chael ei chyfeirio at uned nad oedd lawer mwy na chwt yng nghornel bella'r stad. Cerddodd drwy'r drws agored a sefyll wrth gownter. Dyma ran gyhoeddus y busnes ac roedd y wal y tu ôl i'r cownter yn drymlwythog o wybodaeth am y dyfeisiadau diweddaraf – y LouderBell a fyddai, yn ôl yr honiad, yn dihuno'r gymdogaeth gyfan a'r Alertomatic a'i addewid o gysylltiad uniongyrchol â'r 'Local Police Force'. Doedd dim golwg o neb ac er i Teri wasgu'r botwm ar y cownter sawl gwaith ni chafwyd unrhyw ymateb. Prin bod hyn yn hysbyseb dda i gwmni diogelwch, meddyliodd. Gallai'n hawdd ddringo dros y cownter, bachu unrhyw beth o werth a'i heglu oddi yno'n ddidrafferth. Roedd ail ddrws yn y wal gyferbyn, hwnnw eto'n agored ac yn arwain i storws.

"Helô!" gwaeddodd Teri. "Siop!"

Bu raid iddi weiddi'r eilwaith ac yna clywodd symudiad a thuchan o berfeddion y storws. Daeth dyn i'r golwg, gyda'r teneuaf a welodd Teri erioed, a chamu'n llechwraidd at y cownter. Gwisgai grys a fu unwaith yn wyn a throwsus gwaith amlbocedog. Wrth iddo nesáu ffroenodd Teri arogl corff brwnt a symudodd am yn ôl i awyr iach y drws allan. Edrychodd y dyn arni a'i lygaid bychain wedi'u plannu'n ddwfn yn ei wyneb esgyrnog.

"A beth fydde croten fel chi isie fan hyn? Ma unrhyw beth ar gael," ychwanegodd yn awgrymog, "dim ond i chi ofyn."

Dangosodd Teri ei cherdyn gwarant a dioddef tawch o surni chwyslyd wrth i'r dyn archwilio'r cerdyn.

"DC Teri Owen. Dwi'n aelod o'r tîm sy'n ymchwilio i lofruddiaeth Meurig Selwyn. Eich enw chi, syr?"

Newidiodd y dyn ei agwedd. "Bradley Jones. Wastad yn barod i helpu'r glas."

"Dragonguard osododd y system atal lladron ym Mhenallt, cartref Mr Selwyn."

"Absoliwtli. System soffistigedig, y ddruta sy gyda ni. Golau laser awtomatig os daw rhywun o fewn tair metr i'r tŷ, sensors *infrared* ymhob stafell, a chysylltiad uniongyrchol â'r glas. O ie, a rheolwr rimôt."

"Shwt mae'r system yn gweithio?"

"Wel, mae'r perchennog yn dewis côd – rhife, neu lythrenne a rhife – ac yn bwydo'r rheini i focs rheoli. Wrth adael y tŷ mae'n pwyso'r côd ar y rimôt a phan mae'n dod yn ôl ma pum munud ganddo i ailbwyso'r manylion. Os na fydd e'n gwneud hynny, neu'n dewis y côd anghywir, ma'r larwm yn canu."

"Oes modd prynu rimôt?"

"Oes, ond ma rhaid iddo fe fod i'r union *spec* â'r system; hynny yw, ma rhaid i chi wbod shwt system sy yn y tŷ. Ac, wrth gwrs, ma rhaid i chi wbod y côd."

"Ydy'r wybodaeth honno gyda chi fel cwmni?"

"Na. Mae'r perchennog yn cofrestru'r system a'r côd gyda'r gwneuthurwyr ac ma rhaid i ni gysylltu â nhw os oes angen mynd mas i drwsio. Ran amla, ma'r perchennog yn y tŷ pan fyddwn ni'n gwneud hynny, ac eisoes wedi datgysylltu'r system."

"Allech chi fod yn ymwybodol o'r côd, Mr Jones?"

Gwylltiodd y dyn a chodi ei lais. "Howld on, DC Owen! Beth y'ch chi'n awgrymu? Bues i 'na flwyddyn yn ôl yn rhoi serfis ac ers hynny dwi ddim wedi bod ar gyfyl y lle."

"Oes rhywun arall yn gweithio yma?"

"Na, dim ond fi erbyn hyn."

"Beth fyddwch chi'n neud os y'ch chi allan ar jobyn hir?"

"Dim lot o dditectif, y'ch chi? Mae rhif y ffôn symudol ar y drws tu ôl i chi."

"Unrhyw ladrad yn ystod y chwe mis dwetha?"

"Cym on! Ni'n arbenigo ar gadw lladron mas, nid eu gadael nhw miwn. Ma'r lle 'ma fel Fort Knox."

Nid dyna oedd profiad Teri ac fe'i temtiwyd i ddadlau nad oedd diogelwch yn un o ragoriaethau swyddfa Dragonguard, ond gwyddai nad oedd pwynt. Roedd yr arogl chwys yn codi cyfog arni a dihangodd am awyr gymharol iach y stad ddiwydiannol.

Pennod 15

Trodd Nia Adams i hanner arall y gwely a sylweddoli nad oedd neb yno. Roedd ei gŵr, Siôn, eisoes wedi gadael a chofiodd iddo ddweud bod rhaid iddo fynd yn gynnar at job ailweirio ger Croesoswallt. Yn y dirwasgiad, roedd trydanwyr yn ymladd am bob contract ac yn gorfod teithio ymhell i gael gwaith. Ar ddiwedd y dydd, deuai Siôn yn ei ôl wedi blino'n lân ac yn grwgnach am y cowbois na hidiai ddim am safonau na gofal – pris oedd popeth. Mewn gwirionedd, roedd Nia wedi syrffedu ar ei gonan ac weithiau – fel neithiwr – byddai'n taro 'nôl ac yn atgoffa ei gŵr ei bod hithau o dan bwysau ac yn gwneud mwy na'i siâr i gynnal y teulu. Pwdu, dyna oedd adwaith Siôn, suddo i bwll o dawelwch du a chladdu ei hun yn nhudalennau cefn y papur newydd. Gwelodd nad oedd eto'n chwech o'r gloch. Gyda lwc, câi chwarter awr arall o heddwch cyn taclo prysurdeb y dydd.

"Mam, isie wi!"

Joshua, yr ail blentyn, oedd yn galw a gwyddai Nia fod unrhyw obaith am heddwch wedi'i chwalu a'r diwrnod wedi cychwyn. Cododd a chroesi i'r ail ystafell wely, gafael yn llaw Josh a'i arwain i'r ystafell ymolchi. Roedd Josh newydd feistroli gofynion mynd i'r tŷ bach. Eisteddodd yn daclus ar y poti ac, ar ôl ychydig eiliadau, gwenodd yn falch i ddynodi bod y weithred hollbwysig wedi'i chwblhau.

"Da iawn, Josh. Ti *yn* fachgen da. Dod 'nôl i'r gwely gyda Mam i gael cwtsh?"

Gwenodd y bychan a sboncio ar y gwely. Daeth Nia ato, tynnu'r cwrlid drostynt a theimlo pleser y corff bach yn swatio'n glyd wrth ei hymyl. Ni chyfaddefai hyn wrth neb, ond Josh oedd ei ffefryn. Wrth gwrs, roedd hi'n caru ei brawd mawr, Jac, ond roedd rhywbeth arbennig am Josh. Gwenai'n ddi-baid, ni fyddai byth yn strancio, roedd yn hyfryd o siaradus a'i unig ffaeledd oedd ei orddibyniaeth ar ei fam. Roedd yna reswm arall am yr agosatrwydd neilltuol: gwyddai Nia na allai gael mwy o blant ar ôl cael Jac, a chael mabwysiadu Josh oedd y rhodd orau bosib. Syllodd ar y mop o wallt du na allai unrhyw frwsh na chrib ei ddofi, yr amrannau hirion a'r trwyn smwt a cisteddai ar ei wyneb fel lwmp o does.

Mwstrodd Josh ac edrych ar ei fam. "Parc heddi?"

"Na, dim parc heddi. Mam yn mynd i'r gwaith."

"Pam?"

"Mam yn gorfod mynd i neud jobs."

"Sgwennu?"

"Ie, sgwennu am Neli Niwlen, Guto Gwynt a Heti Haul."

Roedd Josh yn mwynhau straeon Teulu Tywydd ac yn naturiol ddigon dywedodd, "Isie stori Neli Niwlen."

"Gei di stori heno."

I Josh nid oedd gwahaniaeth rhwng heno, wythnos nesaf a'r mis nesaf a chymylodd ei wyneb bach. "Mam neud jobs. A Josh?"

"Josh yn mynd i Drot Drot."

"Na, dim yn hoffi Drot Drot."

"Wrth gwrs bod ti. Ti'n hoffi chwarae gyda Cai a Garmon a Tudur. A prynhawn 'ma mae parti pen-blwydd Mali. Bydd Mam yn dod i nôl ti amser cinio, mynd i'r parti a ca'l lot o sbri. Lwcus wyt ti!"

Mali oedd ffrind gorau Josh. Goleuodd ei lygaid a diflannodd y cwmwl. "IE! Parti Mali. Cacen?"

"Wrth gwrs."

"Balŵns?"

"Siŵr o fod."

Wedi'i blesio, closiodd Josh at Nia a llithrodd y ddau i ryw hanner cwsg, y fam a'r plentyn mewn nyth o esmwythder dedwydd. Buont yno am dros awr ac yna synhwyrodd Nia gysgod ar draws drws yr ystafell. Sythodd a gweld Jac yn sefyll yno'n ddisgwylgar.

"Mam, mae'n hanner awr wedi saith. Dwi isie brecwast."

Rhwbiodd Nia ei llygaid. "Iawn. Sori, a'th Josh a fi 'nôl i gysgu. Well i ni siapo neu fe fyddwch chi'n hwyr i'r ysgol."

Dihunodd Josh, neidio o'r gwely, gwenu a rhedeg at Jac. Swta oedd cyfarchiad hwnnw; aeth yn syth am y grisiau gan adael y bychan i'w ddilyn yn ufudd a ffyddlon.

"Jac, helpa Josh ar y stâr, plis."

Dim gair a gwyddai Nia fod y diffyg ateb yn arwydd arall o ymgais Jac i bellhau oddi wrth ei frawd. Mewn ffordd, roedd hyn yn naturiol; roedd Jac yn wyth, oedran bod yn awyddus i dyfu lan, oedran ysu am gwmpeini bechgyn hŷn ac oedran anwybyddu'r ymbiliadau i chwarae gêmau plentynnaidd. Hyd yn oed yn ei fyd diniwed ei hun, roedd Josh wedi sylwi, sylwi ond methu deall, a'i adwaith naturiol oedd rhedeg am fwythau at ei fam. O ganlyniad, taflwyd Nia i driongl dolurus o gadw'r ddysgl yn wastad ac osgoi rhoi gormod o sylw i Josh. Ar derfyn un diwrnod arbennig o anodd cwynodd wrth ei gŵr a chael cyngor digon sychlyd i beidio ffysian a gwneud môr a mynydd o fater dibwys. Ni chwynodd fyth wedyn.

Treuliwyd yr awr nesaf yn yr hwrli-bwrli arferol o wisgo, hulio brecwast a pharatoi am yr ysgol. Gadawodd y tri ac ar y ffordd yno, ymunodd Jac â rhai o'i ffrindiau a cherdded yn hyderus drwy'r gât lydan heb un olwg am yn ôl. Law yn llaw, aeth Nia a Josh at feithrinfa Drot Drot ac wrth y drws gofynnodd Josh y cwestiwn a ofynnai bob bore.

"Mam yn aros?"

Penliniodd Nia ato a sibrwd, "Na, Mam ddim yn aros. Gweld ti ar ôl cinio, a mynd i barti Mali."

Roedd y parti pen-blwydd mewn canolfan chwarae ar ymyl stad Min y Moreb, un o stadau newydd Aberystwyth, ac wrth iddi agosáu sylwodd Nia ar griw o blant eraill yn cyrraedd. Parciodd y car, codi Josh o'i sedd ddiogelwch a'i osod ar y palmant ger mynedfa'r ganolfan. Mewn chwilfrydedd a swildod, camodd Josh yn betrus at ddrws y lle i rythu ar y castell bownsio a'r offer dringo. Gafaelodd yn dynn yn llaw ei fam ac yna gwelodd Mali a rhedeg yn llawen tuag ati. Edrychodd Nia arno a theimlo gwasgfa yn ei chalon. Heddiw, roedd rheidrwydd y gafael yn bendant ond gwyddai y deuai'r diwrnod pan fyddai Josh hefyd yn ymbellhau o'r cydio cynnes. Sychodd ddeigryn o'i llygaid, troi i estyn ei bag o'r car a chael ei hun wyneb yn wyneb â Teri Owen.

"O, helô! Rwy'n cymryd nad mynd i'r parti y'ch chi?"

"Parti?" gofynnodd Teri.

Pwyntiodd Nia at y ganolfan. "Parti pen-blwydd. Un o ffrindie yr iengaf."

"Na, gwaith, dwi'n ofni."

"Gwrandwch, dwi wedi bod yn gofidio rhywfaint ar ôl y sgwrs gaethon ni am yr hanes am Meurig a'r llên-ladrad."

"Pam? Roedd y wybodaeth yn ddefnyddiol iawn ac fe alle fod yn berthnasol i'r ymchwiliad."

"Ac fe alle ymddangos fel gweithred slei ar fy rhan i i gario hen glecs ac ymgais i dalu 'nôl yn sgil gwerthu'r Wasg."

"Sdim isie i chi boeni. Fe ddywedoch chi'ch stori'n onest. Ma dweud y gwir wastad yn bwysig, Mrs Adams."

Edrychodd Nia Adams yn syth i lygaid y ditectif a dweud, "Chi'n iawn, dyna sy ore."

Gwahanodd y ddwy ac aeth Teri yn ei blaen at stad dai Min y Moreb. Pwrpas ei hymweliad oedd cyfweld â David Wilkins, rheolwr ariannol Gwenddwr. Doedd Wilkins ddim wedi ailgydio yn ei waith a fe oedd yr unig aelod o staff y Wasg nas holwyd hyd yn hyn. Rhif 63 oedd cartref Wilkins a chadwodd Teri at yr odrifau ar ochr chwith y ffordd. Fodd bynnag, doedd dim rhif ar bob tŷ ac ar ôl nodi rhif 55 daeth i gornel a chael ei hun yn sefyll wrth rif 77. Am gymysgfa, meddyliodd, ac yna gwelodd lwybr yn arwain at glwstwr caeedig o dai. Aeth ar hyd y llwybr ac ar ben pella'r clwstwr safodd gyferbyn â rhif 63. Roedd y tŷ yr un ffunud â gweddill bocsys y stad ond mewn cyflwr gwaeth, gyda'r ardd yn llawn chwyn a phaent gwyn y ffenestri a'r drws wedi hen felynu. Camodd Teri at y drws a rhyfeddu bod llenni'r ffenest fawr ar yr ochr dde yn dal ar gau ar brynhawn heulog a braf. Gwasgodd fotwm y gloch a chlywed ding-dong gwanllyd. Dim ateb, felly gwasgodd eilwaith ac ymhen hir a hwyr agorwyd y drws.

Roedd y dyn a safai ar y trothwy yn fyr a chrwn. Gwisgai grys streipiog glas, trowsus llwyd, siwmper dreuliedig a phâr o sliperi llwyd. Roedd ei ychydig wallt wedi'i gribo'n ofalus dros ei gorun mewn ymgais wirion ac aflwyddiannus i orchuddio'r moelni. Llygadodd ei ymwelydd yn ddrwgdybus drwy hanner sbectol, gan gyfleu delwedd o berson oeraidd, digroeso.

"Dwi byth yn prynu, dwi ddim am gyfrannu ac os taw Tystion Jehofa y'ch chi, gallwch chi faglu o 'ma nawr."

Am ddiawl bach crintachlyd, tybiodd Teri. "Mr Wilkins? Mr David Wilkins?"

"Ie."

"DC Teri Owen, dwi'n galw yn sgil llofruddiaeth Meurig Selwyn."

"Oes *identity* 'da chi?"

Dangosodd Teri ei cherdyn gwarant, a archwiliwyd air am air gan David Wilkins.

Doedd e'n amlwg ddim yn awyddus i gynorthwyo a gofynnodd, "Pam fi? Does gen i ddim byd i'w ddweud."

Roedd David Wilkins yn ymosodol ac, ym mhrofiad Teri, roedd y geiriau 'does gen i ddim byd i'w ddweud' yn arwydd fod person yn cuddio rhywbeth.

"Ry'n ni'n holi staff Gwenddwr i sefydlu darlun cyflawn o'u perthynas â Mr Selwyn ac i ganfod symudiadau pawb cyn ac ar ôl y llofruddiaeth."

Doedd dim argoel fod Wilkins am symud cam o'r stepen drws. Pwysodd Teri ei throed yn erbyn y drws (tric a ddysgodd ar y bît) a chamu at y trothwy. "Mr Wilkins, fe alla i'ch holi chi fan hyn yng ngolwg y cymdogion i gyd neu fe alla i ddod i mewn. Dewiswch chi."

Yn ôl y gyfraith, nid oedd rheidrwydd ar Wilkins i adael Teri i mewn i'r tŷ. Roedd saib wrth iddo bwyso a mesur ac yna dywedodd, "Dewch mewn 'te."

Dilynodd Teri ef ar hyd coridor byr i'r brif ystafell. Croesodd Wilkins i agor y llenni ac yn y goleuni gwelodd Teri mor flêr oedd y lle. Ar y bwrdd yn y pen pellaf roedd olion cinio – pastai, ffa pob a sglodion – a llestri brwnt eraill. Prif ddodrefn y lolfa oedd teledu hen ffasiwn, soffa a dwy gadair a welodd ddyddiau gwell, ac yn agos at y ffenest roedd desg fechan yn drymlwythog o bapurau a ffeiliau. Yng nghanol y papurau roedd yr unig offer modern a glân yr olwg yn yr ystafell, sef cyfrifiadur a'i sgrin, yn rhyfedd, yn wynebu'r ffenest. Gellid gweld adlewyrchiad o'r sgrin yng ngwydr y ffenest a chamodd Wilkins yn gyflym at y ddesg i ddiffodd y peiriant.

Unwaith eto, cafodd Teri'r teimlad fod Wilkins yn cuddio rhywbeth. "Compiwtar grymus 'da chi, Mr Wilkins. Y model diweddara?"

"Rwy'n gofalu am gyfrifon sawl busnes bach yn y dre. Rhaid cadw lan â'r dechnoleg." Symudodd at un o'r cadeiriau, gafael mewn pentwr o bapurau a'u gosod ar y ddesg. "Steddwch. Beth wedoch chi oedd yr enw?"

"Ditectif Cwnstabl Teri Owen. Ar hyn o bryd, mae'n ymddangos fod bwriad Meurig Selwyn i werthu'r Wasg yn allweddol i'r ymchwiliad. Oedd Mr Selwyn wedi sôn wrthoch chi, fel rheolwr ariannol y Wasg, am ei benderfyniad?"

"Na, dim gair. Chi'n gwybod, mae'n siŵr, iddo fe ollwng y gath o'r cwd mewn cyfarfod staff. Roedd e'n sioc i bawb ac fe ofynnes i pam oedd e mor awyddus i werthu. Atebodd Meurig bod Gwenddwr yn agos at fynd yn fethdalwr a chyfeiriodd e at filiau argraffu."

"Pam oedd e'n sioc i chi? Roedd ffigyrau'r cwmni ar flaenau'ch bysedd chi, on'd o'n nhw?"

"Roedd Meurig yn gywir i ddweud bod arian yn brin ond roedd sail ei benderfyniad yn wallus. Darlun unochrog gyflwynwyd i'r staff, darlun gorbesimistaidd. Dim gair am incwm a'r *cash flow* yn sgil gwerthiant y Steddfod. Roedd e wedi penderfynu, a naw wfft i bawb oedd yn anghytuno."

"Beth fydde'n digwydd i chi?"

"Roedd posibilrwydd o waith i Eilir a Nia ond, am y lleill, dim hyd yn oed thanciw am flynyddoedd o wasanaeth ar gyflog pitw. Meurig, fel arfer, yn gwarchod ei fuddiannau. Bydde elw teidi ar ôl gwerthu, chwarter i Susan a'r gweddill i Meurig, a swydd ymgynghorol gyda'r perchnogion newydd, synnwn i ddim."

"O'ch chi'n dod mlaen yn iawn 'da Mr Selwyn?"

Roedd David Wilkins yn ddigon hirben i ddirnad arwyddocâd y cwestiwn. Croesodd i'r ail gadair, eistedd a phwyllo cyn siarad. "Roedd Meurig bob amser yn iawn ac er ei fod *e'n* feirniad caled, doedd e ddim yn gallu *derbyn* beirniadaeth. Er taw fi oedd y rheolwr ariannol, roedd e'n mynnu rhoi'i fys yn y brywes byth a hefyd. Ac wedyn, ar ôl gwneud mòch o bethau, rhoi'r bai arna i a dweud nad oedd e'n deall y cyfrifon. Dyna Meurig, deall y cyfan a deall dim."

Cofiodd Teri am sylw a wnaed gan Gareth. "Rhyfedd i chi ddweud hynna am y cyfrifon. Mae Susan yn teimlo'n union 'run fath ac yn cwyno nad yw hi'n gallu gwneud pen na chynffon o'ch system chi. Mae'n sôn am alw'r cyfrifwyr i mewn."

A welwyd argoel o bryder yn llygaid Wilkins? Daeth yr ateb yn sydyn – yn rhy sydyn, ym marn Teri.

"Beth ŵyr honna? Mae'n gowntant nawr, yw hi? Tasen ni'n dibynnu ar honna bydde'r Wasg wedi mynd â'i phen iddi ers meitin."

"Doedd 'da chi, felly, ddim parch tuag at y brawd na'r chwaer?"

Sylweddolodd David Wilkins iddo fynd yn rhy bell. Mwmiodd rywbeth o dan ei anadl a phwyso'n ôl yn ei gadair heb air ymhellach.

Gadawodd Teri i'r distawrwydd ddisgyn rhyngddynt ac o'r diwedd gofynnodd Wilkins, "Oes rhywbeth arall? Mae gwaith yn galw."

"Ond ro'n i'n meddwl eich bod chi'n sâl, Mr Wilkins! Rhy sâl i fynd i'r swyddfa ond yn ddigon iach i ddendio i'ch cleientau preifat." Cyn iddo brotestio, aeth Teri ymlaen. "Oes, mae un peth arall. Beth oedd eich symudiadau ar y noson y lladdwyd Meurig Selwyn?"

Roedd y corgi snaplyd yn ei ôl. "Ro'n i adre yma ar fy mhen fy hun. Ac un peth arall gen i. Fydden i ddim yn codi bys bach i ymosod ar Meurig nac i'w amddiffyn e."

*

Clustnodwyd gweddill y prynhawn i adolygu camau'r ymchwiliad hyd yn hyn. Teri agorodd y drafodaeth drwy sôn am ei hymweliadau.

"Pen bandit Dragonguard yw Bradley Jones. Sioe un dyn, yn gwneud pob peth. *Fe* osododd y system atal lladron ym Mhenallt, y system fwya soffistigedig sydd gyda nhw, yn ôl Mr Jones. Mae perchennog y tŷ'n dewis côd unigryw ac wrth adael a dychwelyd rhaid pwyso'r côd o fewn pum munud."

"A shwt mae'r perchennog yn gwneud hynny?" holodd Clive. "Doedd dim byd wrth y bocs yn y tŷ."

"Rheolwr rimôt."

"Beth petaech chi'n colli'r rimôt? Allwch chi brynu un arall?"

"Gallwch ond mae 'na rimôt unigryw i bob system ac, wrth gwrs, rhaid i chi wybod y côd."

"Wel, 'na ni. Mae gan Mr Mwrdwr rimôt ei hunan ac mae'n gwbod y côd."

"Fflipin hec, Clive," dywedodd Teri'n goeglyd, "sdim isie bod yn Sherlock i sylweddoli hynna."

Gareth ofynnodd y cwestiwn nesaf.

"Beth am ddiogelwch Dragonguard?"

"Llac. Roedd y lle'n agored a finne'n gweiddi sawl gwaith cyn i Bradley Jones ymddangos. Os oes angen trwsio neu roi serfis i'r systemau mae Dragonguard yn ffonio'r gwneuthurwyr a'r rheini'n cysylltu'n uniongyrchol â'r perchennog. Ond, ces i'r argraff y gallai manylion y codau o dan rai amgylchiadau fod ym meddiant Jones, er iddo fe wadu hynny. Doedd e ddim wedi bod ar gyfyl Penallt ers rhoi serfis i'r system yno flwyddyn yn ôl."

"Diolch, Teri. Symudwn ni mlaen at David Wilkins."

"Un ffaith arall am Jones a'i gwmni. Dyw Dragonguard ddim yn cyflogi unrhyw un arall a does dim record o ladrad. Bydd angen tsieco'r pwynt ola."

Symudodd Teri at hanes Wilkins, a sôn ei fod, fel bron pawb arall, yn elyniaethus tuag at Meurig Selwyn. "Bydde Wilkins wedi colli'i waith. Ro'dd e'n ddyn bach rhyfedd ac yn cuddio rhywbeth, yn 'y marn i. Ro'dd y tŷ fel twlc ac ro'dd dau beth yn od. Ro'dd y llenni ar gau er ei bod hi'n bnawn heulog ac ynghanol yr holl lanast ro'dd cyfrifiadur newydd sbon. Dyna'r unig beth glân yn y lle."

"Porn," awgrymodd Clive.

"Beth?"

"Mae e'n treulio'i amser yn syrffio porn. Cyrtens ar gau a chompiwtar pwerus."

Bachodd Gareth y cyfle i dorri mewn. "Diolch, Clive!"

Cododd i gornel y swyddfa at fwrdd gwyn yn llawn lluniau a phapurau'n olrhain datblygiad yr achos.

"Meurig Selwyn – dyn hunanbwysig â llond cart o elynion. Cyhoeddi'n ddirybudd ei fod am werthu'r Wasg a holl staff Gwenddwr yn gwrthwynebu – rhai yn mynd i golli'u swyddi. Creu helynt yn y Steddfod, er dwi'm yn credu fod hynny'n allweddol. Cyrraedd tŷ Esther Elis am saith nos Wener, y ddau'n cael cyfathrach a Meurig yn gadael ychydig wedi naw mewn hwyliau drwg ar ôl y sgwrs gydag Eilir Rhys. Gyrru'n syth i Benallt, cael ei lofruddio drwy bigiad o *succinylcholine* a'r adroddiad patholegol yn dangos ei fod wedi marw rhwng hanner awr wedi deuddeg a dau o'r gloch y bore. Eilir Rhys yn darganfod y corff fore Sadwrn.

"Nesa, y llofrudd. Rhywfaint o brofiad meddygol yn sgil y dewis o gyffur ac roedd e'n gwbod am y dôs. Hefyd, roedd e wedi gallu rhoi ei law ar y stwff – sydd dan reolaeth lem mewn ysbytai. Beth am anghysonderau yn naliadau ysbytai, lladradau, rhywbeth wedi dod i law?"

Teri atebodd. "Yn rhannol, oes. Dim lladradau ond dal i ddisgwyl ymateb gan dri ysbyty."

"Mae'r llofrudd yn hynod o ofalus. Dim marciau bysedd, dim DNA, yn dangos ôl paratoi a chynllunio manwl. Hefyd, mae'n ymwybodol o symudiadau Meurig. Shwt oedd e'n gwbod bod Meurig yn mynd i ddychwelyd i'r tŷ? Roedd Esther Elis yn gwbod ac fe allai hi fod wedi dilyn Meurig. Ond pam fydde dynes yn lladd person a oedd, i bob golwg, yn gariad iddi? Beth am Eilir Rhys? Mae e'n derbyn yr alwad ac fe allai dybio y byddai Selwyn yn mynd am y tŷ. Ond doedd gan Rhys ddim syniad ble roedd Selwyn – alle fe fod adre'n barod. Yr unig beth roedd Rhys *yn* gwbod oedd i'r alwad ddod o ffôn symudol. Ac mae gyda fe alibi.

"Dwi'n cytuno â phwynt Clive am y rheolwr rimôt. Naill ai roedd un ym meddiant y llofrudd neu mae'n defnyddio un oedd yn y tŷ. Ond dyw'r criw fforensig ddim wedi ffeindio unrhyw beth tebyg i reolwr, Clive?"

"Dim byd."

"Felly, mae'r teclyn wedi'i luchio i fin neu ym meddiant y llofrudd. Mae e hefyd yn gwbod y côd hollbwysig. Unrhyw beth yn rhagor o'r ymholiadau o ddrws i ddrws, Teri?"

"Dim ond un peth o bwys. Ro'dd cymydog i Selwyn wedi sylwi ar y lamp ddiogelwch yn goleuo tua hanner awr wedi naw – mae hynny'n ffitio â chownt Esther Elis am ymadawiad Meurig – ac mae'n cofio cael ei ddihuno gan y lamp o gwmpas un y bore."

Am y tro cyntaf yn y drafodaeth, cynhyrfodd Gareth. "Na'th e edrych mas, gweld rhywun?"

"Naddo, yn anffodus. Ro'dd e wedi cwyno wrth Meurig sawl gwaith fod annel y lamp yn pwyntio'n syth at ei stafell wely. Cyn i ni gyffroi'n ormodol, ychwanegodd y cymydog fod y lamp yn cael ei heffeithio gan gŵn a chathod a hefyd gan lwynogod sy'n dod o'r coed tu ôl Penallt. Dyw hi ddim yn dilyn mai'r llofrudd oedd yno."

"Ddaeth rhyw ymateb yn dilyn y gynhadledd i'r wasg?" gofynnodd Clive.

Atebodd Teri. "Susan Selwyn yn grwgnach, a galwadau ffôn gan y nytyrs arferol. Na'th menyw o Lanelli sy'n honni bod yn arbenigwraig ar y paranormal ddweud bod Selwyn yn ymgorfforiad o lenor dieflig o'r ddeunawfed ganrif ac wedi cael ei haeddiant."

Trodd Gareth at restr o enwau ar y bwrdd gwyn. "Dyma'r rhai a holwyd ac am nawr dwi'n anwybyddu'r rhai sydd ag alibi. Mae hynny'n gadael Esther Elis, David Wilkins a Susan Selwyn. Ry'n ni wedi trafod Esther. Wilkins i golli ei swydd, ond ydy hwnna'n fotif digonol? Dyw bod yn ddyn bach rhyfedd, Teri, ddim yn gyfystyr â bod yn llofrudd. Susan Selwyn, dim alibi, wedi etifeddu holl eiddo Meurig a modd i achub y Wasg. Ond, does 'na ddim ar hyn o bryd i'w chysylltu â man y llofruddiaeth. Serch hynny, mae'n *suspect* cryf. Cytuno?"

Nodiodd y lleill.

"Ddydd Llun, mae Clive a finne yn gorfod mynd i Abertawe i helpu gydag achos cyffurie," dywedodd Gareth. "Teri, dyma dasgau i ti. Dwi am i ti brocio'r ysbytai sy heb ymateb a thaenu'r rhwyd yn ehangach drwy ffonio ysbytai ar y ffin – Bryste, Caer ac Amwythig. Wedyn, cribo nodiadau pob un sy wedi'u holi eisoes a'r ymholiadau o ddrws i ddrws."

PENNOD 16

EISTEDDODD TERI WRTH ei desg toc wedi naw ar y bore Llun. Cymerodd gip ar y rhestr o'i blaen a phenderfynu cychwyn gyda'r ysbytai gan obeithio y byddai'r staff, fel hithau, yn blygeiniol wrth eu gwaith. Ond fe'i trosglwyddwyd o un adran i'r llall a swta oedd yr ymatebion – sawl ysbyty'n methu dirnad pwrpas yr alwad a swyddogion ysbytai Caer ac Amwythig yn awgrymu'n sarhaus na fydden nhw byth yn colli gafael ar gyffur mor beryglus â *succinylcholine*. Ar ôl bod ar y ffôn am awr a hanner, fe ddaeth hi'n amlwg i Teri nad oedd 'run fferyllfa wedi dioddef lladrad a bod cofnodion trylwyr am bob defnydd o'r cyffur. Aeth am baned o goffi yng nghantîn yr orsaf, cyn dychwelyd i'r swyddfa i balu drwy ffeil drwchus datganiadau'r rhai a holwyd.

Cododd i agor y ffenest a sylwi ar y glaw'n tasgu ar y ffordd islaw. Tywydd arferol Awst yn ei ôl, ac yn y pellter gallai weld teuluoedd yn rhedeg am y trên bach a'u cludai o Aberystwyth i Bontarfynach. Rhoddodd yr injan chwibaniad uchel a chyflymodd y teithwyr am y cerbydau, y plant yn chwerthin a'r rhieni'n falch o'r cysgod ac yn llawn hyder y byddai'r glaw yn cilio. Camodd Teri'n ôl at ei desg, ond cyn iddi gael cyfle i ailgydio yn y ffeil daeth Sam Tân i mewn i'r swyddfa.

"DC Owen, job fach i chi. Mae rhywun wedi torri mewn i'r Clwb Golff neithiwr a dwyn yn agos at bum can punt. *Bar takings*, os dwi'n deall yn iawn. Dwi am i chi fynd lan 'na i siarad â'r ysgrifennydd, Robert Baker. Dwi'n aelod o'r clwb, felly dim un cam o'i le, plis."

Anwybyddodd Teri'r ensyniad. "Fe wna i 'ngore, syr. Ond

dwi ar ganol mynd drwy ffeil datganiadau llofruddiaeth Meurig Selwyn. Oes brys?"

Chwyddodd y gwythiennau yng ngwddf y Prif Arolygydd Sam Powell ac am eiliad edrychai fel dyn na allai gredu iddo glywed y cwestiwn. Anadlodd yn ddwfn. "DC Owen, dwi'n gwbod eich bod chi'n newydd ond deallwch hyn. Pan dwi'n rhoi ordor, ry'ch chi'n ufuddhau. Tân i'r bryniau, tân i'r bryniau! Ydy hynny'n glir?"

"Hollol glir, syr."

Cydiodd Powell ym mwlyn y drws ond cyn iddo adael gofynnodd Teri, "Ble ma'r clwb, syr?"

"Ewch mas o'r dre am Riw Penglais a throi i stad Maes Esyllt, heibio lle roedd Meurig Selwyn yn byw. Mae'r clwb ar ben pella'r ffordd, rhyw filltir nes mla'n. Allwch chi ddim colli'r lle. A plis, Owen, peidwch â neud potsh. Mae llywydd y clwb yn ffrind agos. Bydda i'n disgwyl adroddiad cyn diwedd y prynhawn."

Dilynodd Teri'r cyfarwyddiadau a sylwi wrth basio tŷ Meurig Selwyn fod tâp diogelwch yr heddlu yn dal yn ei le ar draws y dreif. Gyrrodd ymlaen, dod at gât wen a gweld adeilad isel y clwb rhyw ddau gan llath i ffwrdd. Parciodd wrth y fynedfa a cherdded heibio'r drysau gwydr at gownter ac arno arwydd 'Enquiries please ring' a chloch fechan. Doedd dim golwg o neb ac felly cydiodd Teri yn y gloch a rhoi ysgydwad nerthol iddi. Ond, er cryfed yr ymdrech, rhyw dincian wnaeth y gloch a chamodd Teri at ddrws y tu ôl i'r cownter wedi iddi ysgwyd y gloch yr eilwaith. Roedd plât pres ar y drws yn cyhoeddi 'Robert Baker, Club Secretary'. Cymerodd gam arall ymlaen a chael ei hun mewn swyddfa gyda desg ar ganol y llawr yn llawn papurau, dwy gadair o'i blaen a chadair ledr y tu cefn iddi. Hongiai lluniau o gyrsiau golff ar bob wal ac ar y ddesg roedd llun o unigolyn yn gwenu'n dalog ac yn dal cwpan arian.

"Helô!" gwaeddodd Teri, i ddim pwrpas. Gyda'r lle yn llydan agored does ryfedd iddyn nhw gael lladrad, meddyliodd. Gwaeddodd yn uwch a'r tro hwn clywodd symudiad. Trodd i wynebu dynes mewn oferôls yn cydio mewn brwsh yn un llaw a dwster yn y llall.

"Ie?" gofynnodd y ddynes.

"Ditectif Cwnstabl Teri Owen, CID Aberystwyth. Dwi wedi dod i weld Mr Baker."

Llygadodd y ddynes Teri'n ansicr ac yna dywedodd, "Chi wedi dod am y byrglars. Ma Rob mas y bac, a' i nôl e nawr."

"Diolch. Yw hi wastad mor dawel â hyn?"

"'Merch fach i, drychwch ar y glaw. Golffwyr tywydd ffein sy gyda ni 'ma ac fel mae heddi, sai'n eu beio nhw. Steddwch tra bo fi mas yn whilo."

Dewisodd Teri un o'r cadeiriau o flaen y ddesg a llenwi'r amser drwy ddarllen rheolau'r clwb a osodwyd yng nghanol y ffotograffau:

Please be reminded that although the dress code at the club has been somewhat relaxed over the past years, some rules still apply. These are:

No collarless T-shirts, football shorts or tops & no denim on the golf course.
Caps & hats should be worn in the usual way.
Shorts must be tailored and of appropriate length.
Golfing shirts and shoes must be worn when on the course.
Smart casual jeans may be worn in the clubhouse.

Please note that carrying a glass of beer between the clubhouse and the first tee is a violation of a club by-law.

Wrth ddarllen, cofiodd Teri am ei chwaer a hithau'n aros i'w tad orffen gêm yn un o glybiau Caerdydd. Roedd yn agosáu at y twll olaf a'r ddwy'n chwerthin ar ddillad Rwpertaidd y golffwyr pan gawsant yffarn o gerydd gan ryw Gyrnol Blimp am amharu ar y chwarae. Byth ers hynny roedd Teri wedi casáu popeth am golff – y gamp ei hun, yr awyrgylch snobyddlyd a'r rheolau twp am ymddygiad a gwisg. Beth ar y ddaear oedd yr *usual way* o wisgo *caps & hats*? A fyddai'r byd yn mynd i ddifancoll petai chwaraewr yn gwisgo cap a'i big tuag at y cefn?

Torrwyd ar draws ei myfyrdod gan lais.

"Helô, Robert Baker, ysgrifennydd y clwb – Baker i'r aelodau hŷn a Rob i bawb arall. Diolch am ddod mor fuan."

Edrychodd Teri ar y dyn oedd erbyn hyn wedi eistedd wrth y ddesg. Nid dyma'r math o berson a ddisgwyliai o gwbl. Roedd Robert Baker yn ifanc, o gwmpas y pump ar hugain, yn olygus ac, fel gwrthbwynt i unffurfiaeth y rheolau, roedd yn gwisgo crys-T oedd angen ei smwddio a phâr o jîns nad oeddent yn *smart* o bell ffordd.

"Bore da, DC Teri Owen, CID Aberystwyth."

"Neis cwrdd â chi, DC Owen. Licio'r gwallt ffynci, ddim cweit yn ffitio i'r darlun arferol o dditectif."

Gwenodd Teri. "A chithe, Mr Baker, ddim cweit yn ffitio'r darlun arferol o ysgrifennydd clwb golff, yn arbennig o sylwi ar y rheolau ar y wal."

"Ha, ie! Y rheolau anrhydeddus! Rhai o'r hen stejars yn methu croesi'n esmwyth i'r unfed ganrif ar hugain. Nawr, shwt alla i helpu?"

"Oes 'da chi syniad pryd a shwt wnaeth y lleidr neu'r lladron dorri i mewn?"

"Do'n i ddim yma neithiwr. Bill, stiward y bar, oedd yng ngofal y lle. Roedd pwyllgor yn cyfarfod yma a'r clwb yn reit brysur, mae'n debyg. Gadawodd yr ola tua hanner awr wedi un ar ddeg a Bill na'th gloi'r lle. Yn anffodus, na'th e anghofio tsieco toiledau'r merched, lle roedd ffenest ar agor, a bydden i'n meddwl mai dyna shwt da'th y lleidr i mewn."

"Yw'r ffenest yn ddigon mawr i rywun ddod drwyddi?"

"Na, ond mae'n hen ddigon mawr i rywun estyn i ffenest fwy oddi tani, agor honno, camu mewn a sefyll ar y toiled. Ma olion esgid fwdlyd ar glawr y toiled."

"Beth sy tu fas i'r ffenest?"

"Siediau a storws. Dyna ble o'n i pan gyrhaeddoch chi. Ma llwybr yn arwain o'r storws i hewl y môr. Mae'n debygol fod y lladron wedi parcio fan'na. Bues i'n edrych o dan y ffenest ac ma 'na farciau sgidie."

"Beth am yr olion ar glawr y toiled – sneb wedi cyffwrdd â'r rheini?"

"Na, dim ond fi a'r lanhawraig sy mewn. Cyrhaeddes i tua deg, darganfod y lladrad a ffonio Sam Powell."

"Ble oedd y swm o arian?"

Agorodd Rob Baker ddrôr y ddesg. "Roedd y stiward wedi rhoi'r *takings* fan hyn, cyn cloi'r drôr a gadael."

Cododd Teri i daflu golwg ar y drôr. "Ddim yn ddiogel iawn, ydy e? A dyw'r clo ddim wedi'i falu. Pwy sy ag allwedd?"

"Fi a Bill. Dwi wedi gofyn a gofyn am sêff i gadw pres ond ma'r pwyllgor yn gyndyn i wario. A dyma'r canlyniad. Ma'n siŵr na welwn ni geiniog gan y cwmni yswiriant."

"O'dd y drysau ffrynt ar glo pan gyrhaeddoch chi?"

Nodiodd Baker.

"Ac ydy'ch allweddi chi i gyd 'da chi?"

Nodiodd eto.

"Ble ma allwedd drôr y stiward yn cael ei chadw?"

"Mewn cwpwrdd o dan y bar."

"Allwch chi fynd i weld os yw allwedd y stiward yno? Peidiwch â chyffwrdd â'r drôr eto; fe anfonwn ni griw prynhawn 'ma i archwilio marciau bysedd a'r olion tra'd ger y sied ac ar glawr y toiled."

Ar ôl i Rob adael yr ystafell, cododd Teri i roi sylw manylach i'r drôr agored a'r bocs metel gwag y tu mewn ac arno'r label 'Bar Takings'. Twpsod, meddyliodd. Ym mhen arall yr adeilad clywodd ffôn yn canu, Rob Baker yn ateb a'i lais yn codi'n uwch wrth iddo ddadlau â'r person ben arall y lein. Eisteddodd Teri yn y gadair ledr a thaflu rhyw hanner golwg ar y papurau a daenwyd blith draphlith dros y ddesg – cylchgronau golff, rhaglenni twrnameintiau ac agendas pwyllgorau. Cydiodd yn un o'r cylchgronau ac wrth iddi wneud dymchwelodd tomen o bapurau i'r llawr.

Damo, dywedodd wrthi ei hun, mae'r lle'n flerach fyth nawr! Cododd y papurau a'u haildrefnu ar y ddesg ac wrth wneud hynny gwelodd daflen a hoeliodd ei sylw. Ar dop y daflen roedd y geiriau 'LADIES STABLEFORD COMPETITION', enwau'r timau oedd i chwarae ac, islaw, rhestr o'r rhai a dderbyniodd wahoddiad i ginio'r gystadleuaeth. Roedd y rhestr yn nhrefn yr wyddor, a'r enw cyntaf oedd Nia Adams. Cynhaliwyd y digwyddiad nos Wener, 10fed o Awst – y noson y lladdwyd Meurig Selwyn. Fel bollt, cofiodd Teri ddau beth am y cyfweliad gyda Nia yn ei hystafell yn swyddfeydd Gwenddwr – y lluniau o bencampwriaethau golff ar y wal a'r ffaith iddi ddatgan yn bendant ei bod adre gyda'i gŵr ar y noson y llofruddiwyd Meurig.

Clywodd gamau'n agosáu a sylweddoli bod Rob Baker yn dychwelyd. Gan ddal ei gafael yn y daflen, croesodd i ochr arall y ddesg ac aileistedd.

"Ma'n flin 'da fi," dywedodd Rob. "Llywydd y clwb oedd ar y ffôn. Newydd glywed am y lladrad. A na, dyw allwedd y stiward ddim yno."

"Edrych fel *inside job*. Ydy'r stiward wedi bod yma ers tipyn? Pwy arall fydde'n gwbod am yr allwedd?"

"Ma Bill yn gweithio yn y clwb ers ugain mlynedd ac yn rhywun fydden i'n ei drystio. Ma staff ychwanegol yn y bar ar nosweithiau prysur a dwi'n siŵr iddyn nhw weld cwpwrdd yr allwedd. Ac ma rhai aelodau'n rhoi help llaw weithie."

Ochneidiodd Teri'n dawel – roedd cast o ddegau'n barod. "Ocê, Rob, ga i enw llawn a chyfeiriad y stiward i ddechrau ac wedyn allwch chi roi enwau'r lleill ar bapur? Cymera i bip ar y toiled cyn gadael ac fe fydd y bois fforensig yma cyn diwedd y dydd. A dwedwch wrth eich parchus lywydd am fuddsoddi mewn sêff!" Gan ymdrechu i swnio'n ddidaro, ychwanegodd, "Weles i'r daflen hon ar y ddesg. Ydy Nia Adams yn aelod o'r clwb?"

Ac yntau wedi'i synnu braidd gan y newid cyfeiriad yn y sgwrs, oedodd Rob Baker cyn ateb. "Ydy, ma Nia'n aelod blaenllaw yma ac yn is-gapten tîm y merched."

"Ac fe na'th hi gymryd rhan yng nghystadleuaeth y Ladies Stableford – ac roedd hi'n bresennol yng nghinio'r gystadleuaeth?"

"Doedd hi ddim yn chwarae yn y Stableford, roedd hi'n gweithio, ond roedd hi yn y cinio. Sori, alla i ddim gweld pwynt hyn. Does bosib fod gan Nia gysylltiad â'r lladrad?"

Pwyllodd Teri. Nid oedd am ddatgelu gormod. "Na, dim cysylltiad… Mae Nia Adams yn cynorthwyo'r heddlu gydag ymholiad arall. Dwi ond yn holi i gadarnhau rhai ffeithiau. Mater o rwtîn."

"Dewch, DC Owen! Bob tro ma'r heddlu'n dweud 'mater o rwtîn' dwi'n gwbod bod 'na reswm penodol. Ond oedd, roedd Nia'n bresennol yn y cinio."

"Ac yma drwy'r amser?"

Anesmwythodd y dyn a gallech synhwyro ei fod yn pwyso a mesur ei eiriau'n ofalus. "Roedd 'na ddryswch am botel o win, os dwi'n cofio'n iawn. Roedd Nia wedi cytuno i rannu potel gyda dwy arall ac adeg talu doedd hi ddim yno."

"Faint o'r gloch oedd hyn?"

"Roedd cyflwyno'r cwpanau i fod i ddigwydd ar ôl y cinio

ond roedd y noson yn llusgo mla'n a ddechreuodd y seremoni ddim tan wedi un ar ddeg. Dyna pryd y sylweddolwyd nad oedd Nia yno a'r casgliad oedd iddi gael galwad frys i fynd adre at y plant."

"Diolch. Fel wedes i, bydd y fforensics yma a byddai'n handi cael y rhestr o enwau mor fuan â phosib."

Cododd Teri a mynd at gyntedd y clwb. Clywodd lais yr ysgrifennydd yn galw arni a throdd yn ei hôl i'r swyddfa.

Petrusodd Rob Baker a syllu ar y ditectif. Am eiliadau, nid ynganodd air ac yna dywedodd, "Ma 'na rywbeth arall. Well i chi gael yr hanes yn llawn. Noson y cinio, wedi i bawb adael, ro'n i'n cloi'r drws ffrynt ac yn mynd am y maes parcio. Roedd un car yn dal yno, Ford Focus Nia Adams. Wrth i fi edrych daeth golau'r car mla'n a gadawodd y Focus yn gyflym. Nia oedd yn gyrru."

"Chi'n siŵr?"

"Hollol siŵr. Weles i ei hwyneb yn glir ac… ac roedd golwg gynhyrfus arni."

"Pa amser?"

"Roedd y stiward wedi gadael cyn deuddeg – dyna'i orie fe. Bues i wrthi am tua awr wedyn, felly yn agos at un y bore."

Aeth Teri 'nôl i'r orsaf ar frys a threulio chwarter awr yn paratoi adroddiad i Sam Tân, gan gloi gyda'r frawddeg am y bwriad i holi'r stiward ar fyrder. Roedd hyn yn gelwydd, a gan nad oedd eto wedi derbyn enw llawn a chyfeiriadau pawb roedd ganddi esgus digonol dros lusgo traed. Myfyriodd ar y wybodaeth ysgytwol a gafodd yn y clwb golff. Am ryw reswm, roedd Nia Adams wedi dweud celwydd ac roedd ei halibi'n deilchion. Yn fwy na hynny, roedd cyfnod ei habsenoldeb o'r clwb yn ffitio'n berffaith i adeg llofruddiaeth Meurig ac roedd Penallt gwta filltir o safle'r clwb. Hen ddigon o amser i adael y cinio, cyflawni'r weithred, dychwelyd at ei char a chael ei gweld gan Rob Baker.

Ond pam dod yn ôl i godi'r car? A gerddodd hi i Benallt, lladd Meurig a cherdded yn ôl wedyn? Ar y llaw arall, prin y byddai wedi gyrru i'r tŷ a chymryd y risg o barcio gerllaw. Beth am y posibilrwydd o Nia a rhywun arall? Ail berson yn disgwyl amdani, y ddau'n mynd i Benallt, a'r ddau neu un o'r ddau yn gyfrifol am y llofruddiaeth? Yr ail berson wedyn yn gyrru at gyrion y clwb, gadael Nia a hithau'n codi'r car. Senario bosib ond eto senario ryfedd a gallai Teri weld gwendidau yn ei dehongliad. Gallai hefyd weld bod y cyfan rywfodd yn rhy dwt. Ond roedd Nia Adams wedi'i dal ym magl ei chelwydd ac roedd y celwydd yn cryfhau'r ddamcaniaeth o ail berson, gan i Nia eisoes ddibynnu ar rywun arall i gynnal yr alibi gwreiddiol, sef ei gŵr ei hun.

Gwyddai Teri na allai wneud dim hyd nes i Gareth a Clive ddychwelyd ac felly cydiodd yn ei ffôn symudol a thecstio Clive:

Datblygiad newydd! Pryd chi 'nôl?

Yn syth wedi iddi wasgu'r botwm 'Anfon', canodd y ffôn ar ei desg a chlywodd lais Sarjant Tom Daniel.

"Teri, chi sy â gofal am y lladrad yn y clwb golff, mae'n debyg, ie? Newydd ga'l tip gan fêt yn y dre. Ma boi o'r enw Colin Christie yn gwario ffortiwn yn y Blue Bell – yn prynu diod i bawb gyda phapurau decpunt ac yn dweud ei fod wedi ca'l lwc ar y ceffyle. Colin Clinc yw ei lysenw, mae e miwn a mas 'ma mor aml ma gyda fe docyn tymor. Dwyn bob tro. Meddwl byddech chi'n lico gwbod."

"Diolch, Tom, bydda i lawr nawr."

Brasgamodd Teri i lawr y grisiau i'r cyntedd a gweld Tom Daniel yn aros amdani, gyda Gari Jones a Meic Jenkins yn sefyll wrth ei ymyl.

"Rwy'n credu dylech chi ga'l bach o help," dywedodd Tom. "Ma Colin Clinc yn ddyn mowr."

Fel mae'n digwydd, doedd dim angen nerth braich y

plismyn. Erbyn i'r tri gyrraedd y Blue Bell roedd Colin Clinc yn simsanu ar un o fyrddau'r dafarn yn morio canu 'Delilah'. Yn ei ymdrech, syrthiodd yn glwtsh i'r llawr gyda gweddill yr yfwyr yn ei gymeradwyo. Fe'i llusgwyd allan gan Gari a Meic, ceisiodd gusanu Teri a'i eiriau olaf wrth iddo gael ei fwndlo i fan yr heddlu oedd "I'll go anywhere with you, my lovely." Yn yr orsaf, chwiliwyd ei bocedi a chanfod allwedd a swm dipyn yn is na phum can punt. Heb rhyw lawer o berswâd, cyfaddefodd Colin iddo gael yr allwedd gan fêt a weithiai yn ysbeidiol y tu ôl i'r bar yn y clwb, a chyfaddef hefyd i'r lladrad. Fe'i rhoddwyd yn un o'r celloedd i sobri a gadael y broses o ffurfioli'r cyhuddiad tan y bore. Dim ond ar derfyn yr hwrli-bwrli y cafodd Teri'r cyfle i edrych ar ei ffôn symudol a gweld y tecst oddi wrth Clive.

Ddim tan yn hwyr, gweld t fory.

Tecstiodd yn ôl:

Iawn. 7.30. Pwysig.

*

Fore trannoeth, cyrhaeddodd Gareth yr orsaf ar amser ond roedd Clive yn hwyr ac yn edrych yn flinedig.

"Gobeithio bod hyn *yn* bwysig," dywedodd. "Diwrnod hir yn Abertawe ddoe, yn do, Gareth? Ac wedyn roedd yr M4 ar gau jyst cyn Pont Abraham a do'n ni ddim yn ôl yn Aber tan wedi un ar ddeg."

Soniodd Teri am ei hymweliad â'r clwb golff gan symud yn fuan i ddatgelu celwydd Nia Adams a'r ffaith bod ei halibi ar chwâl. Daeth Gareth i benderfyniad – yr unig benderfyniad posib, mewn gwirionedd.

"Reit, Clive a Teri, ewch i gartref Mrs Adams a dewch â hi mewn. Os yw hi'n gwrthod, arestiwch hi. Ar unwaith, cyn iddi baratoi i fynd am y gwaith. Mae gan Nia dunnell o gwestiynau i'w hateb. A Teri, gan mai ti wnaeth y darganfyddiad, fe gei di ei holi a'n harwain at y gwir, gyda lwc."

Safai cartref Nia Adams ar godiad tir uwchben y ffordd a arweiniai o Aberystwyth i Lanbadarn. Roedd garej ar yr ochr, Ford Focus yn y dreif, gardd fechan o flaen y tŷ â'r blodau'n arwydd o dendans a thaclusrwydd a phaent coch tywyll y drws ffrynt yn sgleinio. Gorweddai beic plentyn yn erbyn y drws a symudodd Teri hwnnw o'r neilltu cyn pwyso'r gloch. Agorwyd y drws ar unwaith bron, fel petai'r person ar y trothwy yn disgwyl ymwelwyr. Eto i gyd, edrychodd y dyn a safai yno gyda chwilfrydedd ar y ddau dditectif.

"Ie?" dywedodd.

Dangosodd y ddau eu cardiau gwarant cyn i Teri ymateb. "Ditectif Sarjant Clive Akers a Ditectif Cwnstabl Teri Owen."

"Siôn Adams. Beth yw'r rheswm dros alw mor gynnar â hyn?"

"Gŵr Mrs Nia Adams?"

Nodiodd y dyn.

"Ni wedi dod i nôl Mrs Adams i fynd â hi i'r orsaf, syr. Fyddech chi mor garedig â galw arni?"

"Beth? Amser hyn o'r bore? Amhosib! Ma Nia'n paratoi i fynd â'r plant i'r ysgol a dwi ar fin gadael am y gwaith."

Agorodd drws y tu mewn i'r tŷ a chamodd Nia Adams at ei gŵr gyda dau blentyn yn ei dilyn – yr hynaf, yn ôl asesiad Teri, tua wyth mlwydd oed a'r llall, a gydiai yn dynn yn ffedog ei fam, tua dwy neu dair.

"Siôn, be sy? Pwy sy 'na?"

"Dau dditectif am i ti fynd gyda nhw i'r stesion nawr, ar unwaith. Dwi wedi esbonio na elli di fynd."

Cymerodd Nia gam pellach at y drws allanol ac adnabod Teri.

"DC Owen. Popeth yn iawn, Siôn, holi pellach am Meurig, 'na i gyd. Rhowch funud i fi wisgo 'nghot ac fe fydda i gyda chi."

Syllodd Siôn Adams ar ei wraig fel petai'n wallgo. "Ma hyn yn nyts, Nia! Does dim rhaid i ti. Ma *rhywun* yn gorfod mynd â'r plant i'r ysgol ac ma gwaith yn galw 'da fi."

Torrodd Akers ar draws y drafodaeth. "Jyst i fod yn glir, syr, os bydd Mrs Adams yn gwrthod, bydd hi'n cael ei harestio ac wedyn fydd dim dewis ganddi."

Gwylltiodd y gŵr a gweiddi, "Arestio? Ar ba gyhuddiad? Chi a'ch syniadau twp! Sori, dyw Nia ddim yn dod."

Lledodd llygaid y plentyn hynaf a dechreuodd y bychan grio.

"Drychwch beth chi 'di neud! Hapus nawr?"

Rhoddodd Nia law ar fraich ei gŵr mewn ymdrech i'w ddistewi. Dywedodd yn dawel ond yn bendant, "A' i i nôl 'y nghot. Siôn, bydd rhaid i ti weld at y plant. Dyw e ddim yn ormod i ofyn am un bore, does bosib." Penliniodd at y plentyn bach. "Josh, dwi am i ti fod yn fachgen dewr. Bydd Mam yn gweld ti amser cinio."

Nid oedd y crwt bach wedi'i berswadio ac wrth i'r tri fynd am y car ni phallodd y crio a gallent glywed y gri, "Mam, Josh isie Mam!"

Ystafell Gyfweld 3 oedd ystafell fwyaf diflas yr orsaf, heb nemor ddim golau naturiol, wedi'i dodrefnu'n foel â bwrdd a thop plastig iddo, tair cadair ar un pen a chadair sengl gyferbyn. Ar hon eisteddai Nia Adams. Agorodd y drws a daeth y tri ditectif i mewn.

Cyn i Teri gychwyn, dywedodd Nia, "Dwi wedi dod yma o ddewis. Serch hynny, mae gen i hawl i gael cyfreithiwr?"

"Oes," atebodd Teri. "Fe ddaethoch chi yma o'ch gwirfodd i gynorthwyo'r heddlu ym mater llofruddiaeth Mr Meurig Selwyn.

Ry'ch chi wedi cwrdd â DS Akers a dyma Insbector Gareth Prior. Chi heb gael eich cyhuddo o unrhyw drosedd, felly dwi ddim yn gweld pam fyddech chi angen cyfreithiwr. Ond falle fod 'da chi rywbeth i guddio?"

"Na, dim byd."

"Wel, gewn ni weld. Pan wnes i'ch holi chi yn swyddfeydd Gwenddwr fe wedoch chi'ch bod chi adre gyda'r gŵr ar y noson y lladdwyd Mr Selwyn. Chi'n stico at hynny?"

"Ydw."

"Ar adeg yr holi, sylwes ar luniau golff ar waliau'ch stafell. Y'ch chi'n chwarae golff?"

Yn llai sicr ond yr un ateb, "Ydw."

"Dwi am ddangos taflen i chi, Nia, taflen cystadleuaeth pencampwriaeth Ladies Stableford a gynhaliwyd yng Nghlwb Golff Aberystwyth. Er eich bod chi'n is-gapten tîm y merched, naethoch chi ddim cymryd rhan yn y gystadleuaeth ond mae tyst wedi datgan eich bod chi'n bresennol yn y cinio. Dyddiad y cinio oedd nos Wener, 10fed o Awst, noson y llofruddiaeth. Ry'ch chi'n haeru'ch bod chi adre a'r tyst yn dweud eich bod chi yn y cinio. Pwy sy'n dweud y gwir, Nia?"

Ceisiodd Nia Adams ymddangos yn ddi-hid ond wrth iddi blethu a dadblethu ei dwylo gallech synhwyro'r nerfusrwydd. Chwiliodd am ronyn o hyder. "Mae 'na eglurhad eitha syml. Noson y cinio roedd Siôn wedi trefnu i fynd i chwarae pŵl. Ond ar y funud ola, ffoniodd y warchodwraig arferol yn dweud na allai ddod ac ar fyr rybudd fe wnaed trefniant gyda merch ifanc o'r ysgol uwchradd. Dyw merch o'i hoed hi ddim i fod i warchod ond beth allen ni neud? Roedd Siôn mewn hwyliau drwg ac roedd y cinio wedi cael ei drefnu ers misoedd. Wedi i ni glywed am y mwrdwr fe benderfynon ni ddweud ein bod ni adre gyda'n gilydd i osgoi trafferth i'r ferch. Dylen i fod wedi dweud y gwir o'r cychwyn. Dwi'n sylweddoli hynny nawr."

"Dyna i gyd?"

"Ie."

"Nia, mae'r un tyst wedi datgan i chi adael y cinio am un ar ddeg ac i chi gael eich gweld yn eich car yn y maes parcio o gwmpas un o'r gloch. Yn ôl y tyst, roeddech chi wedi cynhyrfu. Mae profion patholegol yn dangos i Meurig Selwyn gael ei lofruddio rhwng hanner awr wedi deuddeg a dau o'r gloch y bore – ffaith. Mae Penallt, cartref Selwyn, gwta filltir o'r clwb golff – ffaith. Roedd Selwyn yn mynd i elwa o gyfres Teulu Tywydd a chithe i ga'l dim ac mewn peryg o golli eich swydd – ffaith. Chi'n deall y broblem, Nia? Beth ddigwyddodd noson y cinio?"

Aeth Nia Adams yn wyn fel y galchen a thorri allan i wylo. Rhwng yr igian fe'i clywyd yn dweud, "Na, all hyn ddim digwydd, all hyn ddim digwydd!" Yna, ar ôl ymdrechu i adfer ei hunanfeddiant, cychwynnodd gyflwyno ei heglurhad.

"DC Owen, chi'n cofio i ni gwrdd wrth y parti plant, a chithau'n dweud bod dweud y gwir wastad yn bwysig a fi'n cytuno? Eironig, on'd yw e? Nawr dwi wedi ca'l fy nal a bydd rhaid dweud y gwir, beth bynnag fydd y canlyniadau. Mae hanner y stori, y rhan am fethu cael gwarchodwr, *yn* wir ac mae Siôn yn gwybod am hynny. Dyw e ddim yn gwybod yr hanner arall. Dwi mewn perthynas â rhywun ac ro'n ni wedi trefnu cyfarfod noson y cinio. Fe ddaeth â fi 'nôl yn hwyrach na'r disgwyl a dyna pryd y gwelwyd fi gan eich tyst – Rob Baker, ydw i'n iawn? Dyna'r gwir, ac ar fy llw, es i ddim yn agos i Benallt a does gen i ddim i'w wneud â llofruddiaeth Meurig Selwyn."

Gofynnodd Teri, "Y person arall, Nia? Rhaid i ni gael enw."

Yn hytrach nag ateb, estynnodd Nia i'w bag am ddarn o bapur, ysgrifennu arno a'i basio i'r tri ar ochr arall y bwrdd. Enw darlledwr adnabyddus oedd ar y papur, dyn uchel ei barch, yn ŵr priod ac yn dad i dri o blant.

"Mae 'na ffactor arall," pwysleisiodd Nia. "Mae'n rhaid i chi gadw hyn i gyd yn gyfrinach, er ei fwyn e ac yn arbennig er fy mwyn i fel mam." Oedodd a thynnu anadl hir. "Mae gyda ni ddau o blant, Jac yr hynaf a Josh. Ar ôl geni Jac ces i wybod na allwn i gael rhagor o blant. Mae Josh wedi'i fabwysiadu, ond dyw'r broses ddim wedi'i chwblhau eto a phetai hyn yn dod i glustiau'r asiantaeth fabwysiadu fe allen ni ei golli e. Dwi'n gwbod 'mod i'n ffŵl, ond er mwyn Josh, rwy'n erfyn arnoch chi."

Tawelwch eto cyn i Gareth ddweud yn llychlyd, "Ychydig yn hwyr i gofio am eich cyfrifoldeb fel mam, Mrs Adams. Fe fyddwn ni'n cysylltu â'r unigolyn dan sylw. Bydd angen i chi roi datganiad ar bapur ac yna fe gewch chi fynd adre."

'Nôl yn eu swyddfa, deallodd Gareth, Clive a Teri eu bod mor bell ag erioed o ddatrys llofruddiaeth Meurig Selwyn. Gofynnodd Gareth, "Alli di ffeindio rhif y gwasanaethau cymdeithasol, Teri? Rhaid trosglwyddo'r wybodaeth am Nia ac fe fyddan nhw'n cysylltu â'r asiantaeth fabwysiadu."

Rhythodd Teri arno cyn ffrwydro. "Blydi hel, Gareth! Ti'n bwriadu cysylltu â nhw?! A dinistrio bywyd y fam a bywyd y plentyn bach?"

"Sdim dewis, Teri. Beth petai rhywbeth wedi digwydd i'r plant 'na? Rhaid rhoi teimladau o'r neilltu yn y job 'ma. Fe ddysgi di hynny'n ddigon clou."

"Teimladau! 'Na jôc. Beth wyddost ti am deimladau? Dyn wnaeth ddim i achub ei gariad ei hun!"

A'i hwyneb fel taran, rhuthrodd Teri o'r swyddfa gan gau'r drws yn glep ar ei hôl.

PENNOD 17

DAW AVID1 I brofi ei ffawd yn y ganolfan gamblo. Mae Avid1 yn gwsmer rheolaidd ac felly, ar bob cysylltiad, fe'i cyfeirir at gynorthwyydd penodol. Mae'r ferch yn hen gyfarwydd â'i batrwm chwarae ac yn ymateb yn llyfn i'w ofynion drwy fân symudiadau â'r llygoden blastig wrth ei llaw. Blackjack yw gêm Avid1; nid yw byth yn gwyro oddi wrthi nac yn manteisio ar gynigion eraill y ganolfan. Mae'n hoff o symlrwydd y gêm ac yn grediniol fod ei ddeallusrwydd mathemategol yn golygu y bydd yn ennill yn amlach na cholli.

Wedi llwyr ymlacio yn ei gadair esmwyth, â gwydr o *single malt* yn ei law, mae Avid1 yn dewis dwy garden ac yn gweld bod ei ddewisiadau'n ffafriol – brenin a thri. Gwna'r ferch yr un fath. Drwy glicio'r bocs 'Hit' daw mwy o gardiau i'w law a gyda phum carden yn ei feddiant mae'n clicio 'Call 21' ac yn ennill y gêm.

Cymer saib i fynd i'r tŷ bach ond gŵyr y ferch y bydd yn dychwelyd fel gwyfyn i olau llachar. Mae Avid1 yn drachtio joch dda o'r wisgi ac yn ailgydio, ac yntau dan afael magnetig y dwymyn gamblo. Nid yw'n ddigon gonest i gydnabod ei fod bellach yn jynci, wedi'i swyno gan y wefr o ennill. Na, nid jynci, dim ond unigolyn anghyffredin yn meddu ar y galluoedd i drechu'r system.

Onid dyna ddigwyddodd heno? Drwy ei law fedrus, drwy ei allu i amcanu, Avid1 a orfu, ac yntau £5,000 yn gyfoethocach nag ar gychwyn y noson. O'r diwedd, mae amgylchiadau o'i blaid a gwêl gyfle i ddianc o grafangau'r pydew ariannol oedd yn cau amdano.

PENNOD 18

WRTH UN O ffenestri mawr tafarn y Llong gwyliodd Teri'r cwch pysgota'n rowndio morglawdd harbwr Aberystwyth ac yn angori wrth y cei. Cychwynnodd y criw ddadlwytho'u helfa a syllodd ar y gweithgarwch – bachyn y craen yn disgyn i'r cwch, y cimychiaid yn ceisio cropian o'r cewyll a'r pysgod yn fflipian-fflapian yn y bocsys. Drwy'r ffenest gilagored gwrandawodd ar chwerthin y criw ac ar eu haddewidion i fynd am beint cyn gynted ag y byddent yn cwblhau'r dasg o godi'r bocsys i'r lorïau ar y lanfa. Roedd mewn hwyliau drwg a throdd at ei diod, gwthio'r lemwn i rew'r fodca dwbl, arllwys ychydig o donic i'r gwydr a llyncu dracht sylweddol. Sawrodd gynhesrwydd llym y fodca'n treiddio drwyddi ac am ennyd teimlodd yn well. Ar ôl y ddihangfa fer, dychwelodd y cwmwl du o ddicter fu'n hofran uwch ei phen ers iddi adael y gwaith. Insbector Gareth Prior, ei bòs hunangyfiawn, oedd ar fai, yn chwarae Duw gyda bywydau mam a'i phlentyn. Y sylw nawddoglyd 'fe ddysgi di' oedd y geiriau a frifodd. Wrth gwrs fod ganddi lawer i'w ddysgu – gwyddai hynny'n well na neb – ond roedd rhai pethau sylfaenol y tu hwnt i ddysg a dim ond ffŵl fyddai'n cario clecs yn ddeddfol i'r gwasanaethau cymdeithasol. I beth? Jyst i'r twpsyn Prior fod ar ochr iawn y ddadl a gwarchod ei gefn. Llyncodd weddill y fodca a chroesi i'r bar i godi un arall.

Er iddi amneidio sawl gwaith, methodd Teri dynnu sylw'r ferch oedd yn gweini ac yna, a hithau ar fin llwyddo, gwthiodd rhyw labwst o'i blaen a gweiddi mewn acen Brymi, "Large brandy and a whoite woine for my good loidy woife."

Yn rhestr Teri o droseddau, roedd neidio'r ciw mewn bar yn

agos i'r brig. A'i hwyneb yn fflamgoch, trodd at y dyn. "Excuse me, but I was here first," ac yna, o dan ei gwynt, "The English never could see further than their noses."

"What was that?" bloeddiodd y dyn. "You got to be careful, young loidy. Oi could 'ave you for racial abuse."

"And I could have you for…"

Cyn iddi gael cyfle i orffen y frawddeg, cydiodd llaw yn ei braich a'i thynnu o'r ffrwgwd. Clive oedd yno, a gan anwybyddu ei phrotestiadau fe'i harweiniodd yn ddiseremoni i fwrdd yng nghornel bella'r dafarn lle eisteddai ei gariad, Jules.

"Beth o'dd hynna?" holodd Clive. "Ti'n nyts?"

"Y twat 'na sy'n nyts. Dod lawr fan hyn, plonco iot yn yr harbwr a meddwl bod e'n berchen y lle. Gas gen i Brymis, acen hyll, pobol hyll."

"Allen i gytuno 'da ti, ond wna i ddim. Dim mewn lle cyhoeddus. Tasen i heb dy achub di galle hynna fod wedi troi'n ffeit. Ac roedd y boi yn llygad ei le. Gallet ti gael dy hun yn euog o hiliaeth a dyna dy yrfa yn yr heddlu drosodd. Callia, er mwyn Duw. Nawr, beth ti isie i yfed?"

Wrth i Clive groesi at y bar synhwyrodd Jules mai distawrwydd diplomataidd oedd orau ac eisteddodd y ddwy heb yngan gair. Daeth Clive yn ei ôl, gosod tri gwydr ar y bwrdd a gofyn, "Ti am ddweud beth oedd wrth wraidd yr holl fusnes 'na a pam wyt ti mewn hwyliau drwg?"

"Ti'n gwbod yn iawn. Agwedd Prior heddi, yn dweud nad oes dewis. Rhoi mwy o bwysau ar briodas sy'n gwegian a chymryd y risg o rwygo teulu. Blydi grêt gan foi na chododd fys bach i warchod ei gariad. Rhagrithiwr! A plis, Clive, paid â dweud bod gyda fi lot i ddysgu. Alla i ddim diodde mwy o'r crap 'na."

Pwysodd Clive yn nes at ei gyd-weithwraig rhag i neb glywed. "Mae Gareth yn iawn, Teri. Beth petai rhywbeth wedi digwydd i'r plant? Tân yn y tŷ neu salwch, a'r ddau o dan ofal merch ysgol. A ti ddim yn gwbod ei hanner hi am Gareth a

Mel. Alli di roi dy law ar dy galon a thaeru y byddet ti'n gallu delio gyda dyn peryglus, cyllell yn ei law, yn ymladd am ryddid? Wel, pob lwc i ti. Ry'n ni'n gweithio mewn byd hyll, a rhaid gweithredu o fewn y rheolau. Nia Adams yw achos hyn i gyd, nid Gareth. Os wyt ti moyn achub dy job, dylet ti ymddiheuro peth cynta bore fory."

Gwrandawodd Teri ar y bregeth. Crychodd ei thalcen ac, am eiliad, tybiodd Clive ei bod am daro 'nôl.

Yn hytrach, llowciodd Teri'r fodca a gadael heb yngan gair.

Sipiodd Jules ei diod. "Ma 'da hi bwynt. Rwyt ti a Gareth yn gallu bod yn hynod o unplyg. Rheol i hyn a rheol i'r llall a glynu at y rheolau, doed a ddelo."

Bron y gellid gweld Clive yn cyfrif i ddeg. "Jules, dyma un rheol arall. Cadwa dy drwyn mas! Ocê?"

*

O'i fflat yng Nghilgant y Cei ym mhen arall yr harbwr gwyliai Gareth yr un olygfa â Teri – yr un cwch pysgota a'r un criw yn hastu i lwytho'r lorïau. Ni wyddai, wrth gwrs, fod ei gyd-weithwyr – nid nepell o'i gartref – yn trafod y modd y bu raid iddo ddweud y drefn wrth Teri. Roedd y mater yn ei boeni yntau hefyd a'r cyfan yn gogor-droi fel chwilen yn ei ben. Cefnodd ar y ffenest, camu i'r gegin a gosod pryd yn y popty ping. Estynnodd am y botel Rioja, arllwys mesur hael a llyncu'r gwin. Roedd yn dda, y grawnwin yn llawn a ffres, a mwynhaodd ddyfnder ei flas. Gwyliodd gloc y popty'n ufudd gyfri'r munudau a'r eiliadau a chyhoeddi gyda phing fod y bwyd yn barod. Gafaelodd yn y bocs, oedd wedi'i blethu i siâp gwahanol yng ngwres y popty, a llosgi ei law ar y bwyd crasboeth. Rhegodd yn dawel, mynd at y sinc, rhedeg dŵr oer dros ei law a theimlo'r pothelli'n byrstio dros ei fysedd. Rhegodd eto, a rhuthro i'r ystafell ymolchi i nôl plaster.

Dychwelodd at fwrdd y gegin, gwthio'r pryd ar blât a chanfod bod y bwyd a oedd gynt yn eirias nawr ond yn glaear. Rhoddodd fforc mewn darn o gyw iâr a phasta a chael nad oedd yr hyn a feiddiai alw ei hun yn Chicken Cacciatore yn ddim ond rwtsh diflas, proseslyd. Yn anorfod bron, llifodd yr atgofion am y swper a fwynhaodd yng nghwmni Mila yn Sorrento i'w feddwl, ac yn y gymhariaeth diflannodd unrhyw awch am y bwyd o'i flaen. Yn ddiamynedd, gwagiodd y cyfan i'r bin, cydio yn ei wydr a'r botel win, croesi i'r lolfa a gwneud penderfyniad sydyn. Cydiodd yn y gliniadur a dechrau teipio.

Ar ôl gorffen y neges e-bost ailddarllenodd y cyfan, a chyn rhoi'r cyfle iddo'i hun newid ei feddwl gwasgodd y botwm 'Anfon'. Aeth at yr *hi-fi* a gosod disg gan Diana Krall yn y drôr bychan. Gwrandawodd ar y llais melfedaidd a oedd, fel arfer, yn llwyddo i dawelu ei nerfau. Ond nid heno. Roedd ymosodiad geiriol Teri arno yn ergyd galed ac yn ei isymwybod gwyddai'n well na neb bod ei chyhuddiad yn agos i'r marc. Byth ers y diwrnod hunllefus y lladdwyd Mel bu'n croesholi ei hun am ei ran yn y ffiasco. Mynd i mewn i dŷ llofrudd heb ymgynghori, heb gymorth wrth gefn a heb ystyried y perygl. Gweld llafn y gyllell, clywed Mel yn ochneidio a'r erchylltra wedyn o weld y llafn yn waedlyd goch. A beth wnaeth e? Dim neidio i rwygo'r gyllell o law'r llofrudd, dim ymgais i daflu ei hun rhwng Mel a'i hymosodwr, dim ymdrech i wthio Mel o'r neilltu i ddiogelwch. Er i'r ymchwiliad swyddogol fod yn gymhedrol ei feirniadaeth, ni leddfodd y paragraffau poléit nemor ddim ar ei wewyr meddyliol, a ddychwelai'n hunllefus o gyson.

Arllwysodd wydraid arall o'r Rioja, yfed y cyfan mewn un llwnc ac ail-lenwi'r gwydr. Nid oedd yn un i droi at y botel ond nawr chwiliodd am gysur yn y gwin. Roedd Teri wedi ailagor y briw ac, er bod gwirionedd yn ei geiriau, gwyddai fod rheidrwydd arno i'w ddisgyblu. Gallai drosglwyddo'r mater i Sam Powell. Na, llwfrdra fyddai hynny, osgoi'r broblem, a arweiniai'n sicr i gors o fiwrocratiaeth gyda'r posibilrwydd cryf o daflu Teri 'nôl ar y bît. Anwybyddu'r holl beth a jyst anghofio? Na eto. Os mai Sam Powell oedd ei reolwr yntau, fe oedd rheolwr Teri a doedd sgubo'r cyfan dan y carped ddim yn opsiwn. Roedd yn bendant bod ei rybudd yn iawn – roedd gweithred Nia Adams *yn* esgeulus a phetai'r plant wedi'u niweidio gwyddai o brofiad chwerw mai'r heddlu a'r gwasanaethau cymdeithasol a wynebai'r feirniadaeth a'r cerydd.

Daeth y gerddoriaeth i ben a throdd Gareth at y teledu, pori drwy'r sianeli a syrffedu ar raglen ar S4C lle roedd panel yn doethinebu ar lyfrau'r Eisteddfod. Llwythodd DVD o gyfres gomedi boblogaidd i'r peiriant, gwasgu'r botwm chwarae a gwylio golygfa o actor yn portreadu un o weinidogion y llywodraeth yn torri cyllid yr heddlu a delio wedyn â reiat ar y stryd. Gwir y gair, meddyliodd, gan chwerthin yn sinigaidd a gwagio'r botel win.

Toddodd un olygfa i'r llall. Teimlodd ei lygaid yn trymhau a syrthiodd i drwmgwsg. Breuddwydiodd y freuddwyd arferol – Mel yn gweiddi am gymorth, yntau'n methu ac yn syrthio i drobwll a'i sugnai'n ddyfnach, ddyfnach. Dihunodd ddwyawr yn ddiweddarach mewn boddfa o chwys. Roedd y fflat yn oer, y disg wedi hen redeg ei rawd, y sgrin deledu'n wag a'i ben fel bwced.

*

Gwnaeth Teri ymdrech arbennig i gyrraedd y swyddfa'n gynnar y bore canlynol. Eisteddodd wrth y ddesg, agor y cyfrifiadur a sgrolio drwy'r e-byst. Mwy o negeseuon twp am y llofruddiaeth – un gan fardd adnabyddus yn taeru iddo gael ei dwyllo gan Wasg Gwenddwr; un arall gan un o breswylwyr Maes Esyllt yn sôn am ryw helynt bum mlynedd yn ôl; a sawl neges yn beirniadu'r heddlu am darfu ar yr angladd. Gwastraff amser bob un.

Clywodd ddrws y swyddfa'n agor a gweld Gareth yn sefyll yno. Edrychai'n flinedig, ei lygaid yn ddwfn mewn rhimynnau coch a'i holl osgo yn ddarlun o berson oedd yn ysgwyddo beichiau'r byd. Wel, nawr amdani, meddyliodd Teri.

Roedd ar fin siarad pan agorodd y drws eto a chamodd Sam Powell i mewn. Croesodd yn syth at ddesg Teri. "Llongyfarchiadau, DC Owen, datrys lladrad y clwb golff mewn byr amser. Ffoniodd y llywydd neithiwr ac roedd e'n hapus iawn. Da iawn."

"Tipyn bach o lwc, 'na i gyd, syr."

"Nonsens, DC Owen. Ma ditectif effeithiol yn creu ei lwc ei hun, yn bachu ar bob cyfle. Rwy'n siŵr bod Gareth yn cytuno a'r un mor awyddus â finne i'ch llongyfarch. Falle'n wir fod 'na ddadl dros ferched yn y ffors!" Oedodd Powell a throi at Gareth fel petai'n ei archwilio. "Os ca i ddweud, Prior, chi ddim yn edrych yn sbesial bore 'ma. Codi gormod o'r bys bach neithiwr?"

"Rhywbeth fel 'na, syr."

"O wel, fe ddysgwch chi. Nawr 'te, rhywbeth newydd am y mwrdwr?"

"Dim byd newydd, syr. Dilyn sawl *lead*."

"Hmm. Dwi ddim isie'r Prif Gwnstabl ar y ffôn. Dylech chi ddilyn esiampl DC Owen, Prior. Datblygiad pendant cyn diwedd yr wythnos, gobeithio. Fel dwi wastad yn dweud, tân i'r bryniau!"

Gyda'r ebychiad disgwyliedig hwnnw, gadawodd Powell.

"Beth o'dd hynna am ddatrys y lladrad?" holodd Gareth.

"Ches i ddim cyfle i sôn ddoe. Gair i gall gan Tom Daniel ac fe ddalon ni'r boi yn gwario'r lŵt yn y Blue Bell. Rhywun o'r enw Colin Christie."

"O, Colin Clinc. Da iawn. Pluen yn dy het."

Cwympodd distawrwydd lletchwith dros y ddau, ac ar ôl tynnu anadl ddofn dywedodd Teri, "Dwi am ymddiheuro. Doedd gen i ddim hawl ymyrryd mewn hanes sy wedi achosi

llawer o ofid i ti. O't ti hefyd yn iawn am ymddygiad Nia Adams."
Oedodd a chyfaddef, "Ma 'da fi dueddiad i adael i'r galon reoli
yn hytrach na'r pen. Mae e'n wendid ac mae'n rhaid i fi weithio
ar hynny. Felly, sori."

"Ma gyda ni i gyd ein gwendidau a dwi inne hefyd yn
ymwybodol bod y galon yn gallu rheoli. Dwi'n gwerthfawrogi'r
ymddiheuriad. Ond gan mai fi sy'n ysgwyddo'r cyfrifoldeb, fi sy
â'r awdurdod. Iawn?"

Nodiodd Teri ac, ar ôl peth amser, llaciodd y tensiwn.

Aeth Gareth yn ei flaen. "Ma 'mhen i fel gordd. Sdim
parasetamol 'da ti, oes e?"

Yn falch o'r cyfle i newid y testun, estynnodd Teri i'w bag,
pasio'r stribed tabledi a dweud, "O'n i'n meddwl bod ti'n edrych
yn ryff. Glased o ddŵr, dwy o'r rhain a choffi du."

Diflannodd Gareth i'r cantîn ac aeth Teri eilwaith at y
cyfrifiadur i gwblhau'r adroddiad ar y lladrad. Bu'n teipio'n
ddyfal am yn agos i hanner awr tan i Gareth ddod yn ôl yng
nghwmni Akers. Canodd y ffôn a gwrandawodd Gareth am
eiliad cyn gwasgu botwm i chwyddo'r llais. Sylweddolodd y ddau
arall mai Dr Angharad Annwyl oedd ben arall y lein.

"Bore da. O'n i'n tybied y dylwn i gysylltu ar unwaith. Dwi
newydd dderbyn canlyniadau profion fforensig ychwanegol o'r
labordy ym Manceinion. Cadarnhad i gychwyn i Selwyn gael
ei ladd gyda chwistrelliad o *succinylcholine*, dim amheuaeth.
Wedyn, chi'n cofio i fi ddeud i'r llofrudd rwbio wisgi ar
wefusau Selwyn i gryfhau'r syniad o farwolaeth naturiol? Mae
dadansoddiad cemegol wedi dangos dau fath o wisgi yn y gwydr
– roedd y llofrudd wedi ychwanegu at y ddiod wreiddiol mewn
ymgais arall i dwyllo. Ac mae 'na ddau beth arall. Mae'r *swabs*
gymerwyd o wyneb y ddesg yn dangos DNA sy bron 'run fath ag
un Meurig Selwyn."

Clustfeiniodd y tri ditectif ar eiriau'r meddyg mewn syndod.
Roeddent yn deall ac eto ddim yn deall.

"Sori, Angharad," holodd Gareth, "beth yn hollol yw ystyr 'bron 'run fath'?"

"Mewn profion fforensig, cyfraniad allweddol DNA yw datgelu patrymau unigryw. Mae DNA hefyd yn medru dangos cysylltiadau teuluol. Er enghraifft, mae'r hyn sy'n cael ei alw'n *mitochondrial* DNA' yn cael ei drosglwyddo o'r fam i'r plant. Fe fydd yr holl blant sydd â'r un fam yn dangos yr un *mitochondrial* DNA."

Holodd Gareth, "A dyna beth ganfuwyd yn y *swabs*?"

"Nage, patrwm DNA allai ddeillio o'r un fam neu o berthynas arall."

Gwawriodd arwyddocâd yr ateb ar y tri ond roedd Gareth am gael sicrwydd. "Felly, mae 'na dystiolaeth fforensig i rywun sy'n perthyn yn agos i Selwyn fod wrth y ddesg adeg y llofruddiaeth?"

"Nid adeg y llofruddiaeth o reidrwydd. Fel y gwyddoch chi, mae olion DNA yn goroesi dros gyfnod hir – blynyddoedd weithiau. Oes gan Selwyn frawd neu chwaer?"

"Un chwaer, Susan Selwyn. Dim perthynas arall hyd y gwyddon ni. Fe sonioch chi fod rhywbeth arall?"

"Do. Mae olion marciau bysedd gwahanol i rai Meurig Selwyn ac Eilir Rhys ar sawl arwyneb yn y tŷ ond, yn bwysicaf oll, ar y ddesg. Anfona i gopi o'r olion bysedd rŵan."

Ar ôl rhyw fân siarad, torrodd Gareth y cysylltiad a daeth y sgwrs i ben. Trodd at y lleill. "Datblygiad pwysig. Dyma fel dwi'n gweld pethau. Mae Susan Selwyn wedi elwa o farwolaeth Meurig ac, o ganlyniad, yn atal gwerthiant y Wasg. Dwedodd ei bod yn y gwaith tan yn hwyr bnawn Gwener ac wedyn yn cael swper yng nghwmni hen ffrind. Ar ôl hynny does dim alibi, dim byd. Pan fues i'n ei holi fe wnaeth hi ddatgan nad oedd hi wedi bod ar gyfyl cartref ei brawd ers y Pasg. Wel, yn sgil darganfyddiadau Dr Annwyl am yr olion bysedd a'r DNA, ma gyda ni brawf."

"Posibilrwydd o brawf," rhybuddiodd Akers. "Gallai'r DNA

fod yno ers y Pasg. Allwn ni fod yn hollol siŵr mai DNA Susan yw e? Beth am berthynas arall?"

"A beth am yr ochr feddygol?" gofynnodd Teri. "Ble a shwt mae Susan Selwyn wedi cael gafael ar *succinylcholine* ac a ydy'r gallu 'da hi i roi'r chwistrelliad? Does dim sicrwydd mai olion bysedd Susan sy ar y ddesg a hyd yn oed os taw e gallai'r olion fod yn hen a dim cysylltiad ag adeg y llofruddiaeth. A 'run peth am y DNA."

Roedd ateb Gareth yn siort. "Er mwyn y nefoedd! Chi isie dal y llofrudd neu beidio? Dwi wedi amau Susan Selwyn o'r cychwyn ac ar hyn o bryd hi yw'r prif *suspect*. Yr unig ffordd i gael atebion yw arestio'r ddynes a'i holi o dan amodau ffurfiol. Cytuno?"

Nodiodd Clive a Teri ac, yn ddigon swta, amlinellodd Gareth y camau nesaf.

*

Wrth weld y smotiau cyntaf o law, botymodd Sharon Potter ei chot a diawlio'n dawel wrth ganfod nad oedd wedi cofio'i hymbarél. Y ffarwél gyda Howel oedd ar fai – y gafael tyn a'r gusan hir cyn i'r ddau ildio ac ymwahanu. O ddydd i ddydd ac o wythnos i wythnos roedd ei chariad at Howel wedi dwysáu a gwyddai yn nyfnder ei chalon ei fod yntau'n teimlo 'run fath. Os mai gair ac addewid oedd cariad, doedd dim amheuaeth. Neithiwr, a hithau yn ei freichiau, sibrydodd y geiriau "Dwi'n dy garu di" a heb fymryn o betruso, heb ronyn o ddal yn ôl, rhoddodd ei hun yn llwyr iddo.

Yn ei myfyrdod melys cerddodd Sharon ar hyd Stryd Fawr Aberystwyth at adeilad Gwenddwr ac wrth iddi nesáu pallodd y glaw ac ymddangosodd llygedyn o haul i oleuo'r drws dwbl a'r bwlyn pres. Edrychodd Sharon ar yr olygfa o'r newydd a sylweddoli ei bod yn hapus ei byd. Hi oedd yng ngofal agor a chau'r adeilad yn dilyn ymadawiad Dei, a rhoddodd yr allwedd drom yn y clo, gwthio'r drws a chamu at ei desg.

Susan Selwyn oedd y gyntaf i gyrraedd, gan ddringo'r grisiau heb air o gyfarchiad. O un i un daeth gweddill y staff – Eilir Rhys a Milly Morgan yng nghwmni'i gilydd ac wedyn David Wilkins. Ond doedd dim golwg o Nia Adams ac ar ôl iddi agor ei chyfrifiadur darllenodd Sharon e-bost oddi wrth y golygydd llyfrau plant yn esbonio na fyddai yn ei gwaith heddiw oherwydd salwch. Cyfeiriodd y neges at Susan a chychwyn ar y dasg o ddosbarthu llythyrau.

Pan ddychwelodd Sharon i'r dderbynfa cafodd ychydig o sioc i weld y tri ditectif yn disgwyl amdani. Roedd Teri'n gyfarwydd iddi ac wedi'i holi eisoes; adnabu un o'r dynion o'r noson yng nghlwb Rock Bottom; ac roedd y trydydd wedi ymweld â'r Wasg sawl gwaith ers y llofruddiaeth. Er iddi fod yn hollol gwrtais adeg yr ymweliadau, doedd Sharon ddim yn hoff o Teri a theimlai'n anesmwyth bob tro yr edrychai arni. Llwyddai i godi gwrid yn ei hwyneb a phlannu teimlad o euogrwydd, teimlad bod ganddi rywbeth i'w guddio. Roedd ei hosgo aflonydd yn cyfleu naws o barodrwydd i brocio a phigo ar y manylyn lleiaf.

Cafodd yr union deimlad nawr wrth i'r Insbector syllu arni.

"Bore da. Dwi wedi dod i gael gair gyda Miss Selwyn. Tra 'mod i lan lofft allwch chi fynd â DS Akers a DC Owen i stafell gyfagos? Does dim angen i chi ffonio, dwi'n gwbod y ffordd."

Cyn i Sharon gael cyfle i brotestio aeth Gareth at y grisiau a diflannu i'r coridor uwchben. Gan lynu at ei gynllun i greu sioc, curodd yn ysgafn ar y drws a chamu'n syth i'r swyddfa. Cododd Susan Selwyn ei llygaid o'r ffigyrau o'i blaen ac edrych arno mewn syndod.

"Insbector Prior! Mae Sharon ar fai – dyle hi ffonio…"

"Sdim bai ar Sharon, Miss Selwyn. Meddwl byddech chi'n hoffi gwybod bod tystiolaeth newydd wedi'i darganfod ym Mhenallt." Oedodd Gareth i ganfod adwaith y ddynes ond y cyfan a welodd oedd y mymryn lleiaf o gulhau yn ei llygaid. "Dwi wedi gofyn i Sharon neilltuo stafell a dwi am i'r staff ddod ynghyd, os gwelwch yn dda."

"Cais anghyffredin, Insbector. Ga i ofyn pam?"

"Daw'r cyfan yn glir yn y man, Miss Selwyn. Wnawn ni ddim tarfu ar waith y Wasg fwy na sydd raid – chwarter awr ar y mwya."

"Dyw Dei Lloyd ddim yma bellach ac mae Nia adre'n sâl," meddai Susan, ac yna, gyda gwatwar amlwg yn ei llais, "Wna i ffonio'r gweddill."

Ymgasglodd pawb yn yr ystafell gyfarfod – y staff ar un pen yn sefyll mewn clwstwr bach nerfus wrth y ffenestri mawr a'r tri ditectif gyferbyn, ger y bwrdd derw. Roedd blwch bychan metel a chylch o olau coch yn ei ganol ar y bwrdd, wedi'i gysylltu â gliniadur. Hoeliwyd sylw'r staff ar y ddyfais a brysiodd Gareth i egluro.

"Diolch am ddod. Mae'r ymchwiliad i lofruddiaeth Mr Meurig Selwyn yn parhau ac yn sgil archwiliad fforensig pellach ym Mhenallt, cartref Mr Selwyn, mae tystiolaeth arwyddocaol wedi dod i'r fei. Mae olion bysedd wedi'u canfod a dwi am ofyn i chi gofnodi'ch olion bysedd, i sicrhau na fydd neb o dan amheuaeth ar gam."

Fel y disgwyliodd, cafwyd gwrthwynebiad.

"Dwi ddim wedi bod yn y tŷ ers blynyddoedd," protestiodd David Wilkins.

Eilir Rhys oedd y nesaf. "Mae fy olion i 'da chi'n barod. Chi'n gwbod yn iawn i fi fod ym Mhenallt ac i fi adael olion bysedd dros y lle. Felly, beth sy wedi digwydd nawr?"

"Fel sonies i, mae tystiolaeth newydd. Y cyfan sy angen gwneud," esboniodd Gareth, "yw gosod tri bys ar y cylch o olau coch. Bydd y marc yn cael ei gofnodi yn y gliniadur a bydd modd wedyn cymharu â'r marciau yn y tŷ. Yn unol â'r gyfraith, bydd eich marciau'n cael eu dileu ar derfyn yr ymchwiliad."

"Sgersli bilîf," mwmiodd Wilkins ond ymunodd â'r lleill a safai fel rhes o gleifion yn disgwyl triniaeth. Aeth pob un drwy'r broses o un i un, gyda Clive yn cynorthwyo i osod y bysedd a Teri'n tsiecio sgrin y gliniadur. Susan Selwyn oedd yr olaf ac yna trodd Gareth i siarad â phawb.

"Diolch am eich help. Allwch chi fynd 'nôl at eich gwaith nawr."

Unwaith eto, Susan oedd yr olaf i droi i adael ac wrth iddi afael yn nobyn y drws galwodd Gareth arni. Tynnodd allbrint cyfrifiadur o ffeil a'i osod ochr yn ochr â sgrin y gliniadur. Cymharodd y ddau ddarlun am eiliad ac yna dywedodd yn bendant, "Susan Selwyn, rwy'n eich arestio ar amheuaeth o lofruddio eich brawd, Meurig Selwyn, ar yr 11eg o Awst 2012. Does dim rhaid i chi ddweud dim ond gall unrhyw beth yr ydych yn ei ddweud gael ei roi fel tystiolaeth. Mae gyda chi hawl i gyngor cyfreithiol."

PENNOD 19

RHODDWYD CYFLE I Susan Selwyn wneud dwy alwad ffôn ac erbyn iddi gyrraedd gorsaf yr heddlu roedd ei chyfreithiwr, Roger Trenton o gwmni Shirebrook Coleman, yn disgwyl amdani. Roedd Gareth wedi croesi cleddyfau â Trenton o'r blaen ac yn ymwybodol bod ei ymarweddiad allanol o gwrteisi seimllyd yn cuddio person a ddefnyddiai unrhyw dric er lles ei gleient. Tynnodd Trenton Gareth i gornel dawel yn y dderbynfa ac estyn llaw lipa.

"Mae Miss Selwyn wedi rhyw fras esbonio, Insbector, ond i fi gael deall yn iawn, beth yw'r cyhuddiad yn ei herbyn?"

"Llofruddio'i brawd, Mr Meurig Selwyn."

"Cyhuddiad difrifol. Mae'n siŵr fod ganddoch chi dystiolaeth gref iawn cyn gosod cyhuddiad o'r fath?"

"Fe ddaw'r cyfan yn eglur yn ystod yr holi, Mr Trenton. Nawr, dwi'n siŵr eich bod chi'n awyddus iawn i gael sgwrs mla'n llaw gyda Miss Selwyn. Bydd DC Owen yn mynd â chi i'r stafell gyfweld lle byddwn ni'n cyfarfod maes o law i gychwyn yr holi. Fydd awr yn ddigon?"

"Mwy na digon, a diolch am y cydweithrediad arferol."

Arweiniodd Teri'r ffordd ac wrth i Susan Selwyn a Trenton ddringo'r grisiau dywedodd Akers, "Dwi ddim yn lico'r boi 'na. Fydden i ddim yn trysto fe cyn belled â thop y stâr."

"Nid lico sy'n bwysig, Clive," atebodd Gareth, "ond maeddu."

Roedd Trenton yn hen gyfarwydd ag Ystafell Gyfweld 3 a doedd e'n poeni taten am y diffyg golau naturiol na'r dodrefn moel, treuliedig. Nid felly Susan Selwyn; dyma'i hunig brofiad erioed o fod mewn lle tebyg i gell. A'i hwyneb fel taran, dechreuodd brotestio'n groch, "Sarhad, Trenton! Cael fy llusgo i'r orsaf ar fympwy'r lembo 'na, Insbector Prior. A staff y Wasg yn edrych ar y cwbwl, cywilydd! Dwi am wybod ar unwaith beth ry'ch chi'n bwriadu ei wneud i 'nghael i allan o'r twll 'ma!"

"Y cyngor cyntaf, Miss Selwyn, yw tawelu a phwyllo. Wnawn ni ddim ennill drwy chwythu a mwgu. Fyddai'r heddlu ddim yn gosod cyhuddiad o lofruddiaeth heb dystiolaeth bendant. Wnaethon nhw grybwyll rhywbeth am natur y dystiolaeth?"

Esboniodd Susan Selwyn i dri ditectif gyrraedd adeilad Gwenddwr yn ddirybudd ac i Prior gyfeirio at dystiolaeth newydd. "Ddwedodd e fod rhywbeth wedi'i ddarganfod yn nhŷ Meurig, Penallt. Wedyn, cafodd pawb eu corlannu fel defaid i'r stafell gyfarfod a phob un yn ei dro i gofnodi olion ei fysedd. Gadawodd y lleill ac yna, heb unrhyw eglurhad, cefais i fy arestio a'm cyhuddo."

Dechreuodd Trenton nodi pwyntiau mewn llyfryn bychan o'i flaen. "Beth am cyn hynny? Oeddech chi'n cael y teimlad fod Prior yn eich amau?"

"Yn sicr. Mae'r Insbector wedi taflu ensyniadau sawl gwaith o'r blaen 'mod i wedi elwa o farwolaeth Meurig ac wedi llwyddo i achub y Wasg."

"Sori, dwi ychydig ar goll. Nid fi oedd cyfreithiwr eich brawd ond rwy'n cymryd felly mai chi oedd ei etifedd? Dwi ddim yn deall y pwynt am achub y Wasg."

"Ychydig ddiwrnodau cyn ei farwolaeth roedd Meurig wedi cyhoeddi ei fwriad i werthu Gwasg Gwenddwr. Roedd hynny'n sioc i fi ac i'r holl staff."

"Os oeddech chi'n gwrthwynebu, pam na allech chi stopio'r cyfan?"

"Dyna'r drwg. Roedd Meurig yn rheoli 75 y cant o'r busnes a'r gweddill o dan fy rheolaeth i. Meurig oedd â'r llaw gryfa a fedrwn i wneud dim i wrthdroi'r broses."

Cododd Trenton y beiro o'i lyfr ac edrych yn syth ar Susan Selwyn. "Gwell bod yn onest. Yng ngolwg yr heddlu mae ganddoch chi fotif dros gael gwared â'ch brawd." Ni allai'r cyfreithiwr lai na sylwi ar wylltineb ei gleient ond parhaodd ar yr un trywydd. "Dwi ond yn mynegi'r safbwynt oherwydd dyna'n sicr fydd safiad yr heddlu a rhaid i ni fod yn barod am hynny. Wnaethoch chi ddatgan eich gwrthwynebiad ar goedd neu oedd y cyfan yn fater rhyngoch chi a Mr Selwyn?"

Tynnodd Susan ei gwefusau yn llinell galed ac ar ôl ychydig eiliadau dywedodd, "Ddwedes i fod Meurig wedi cyhoeddi ei fwriad mewn cyfarfod staff. Ar ddiwedd y cyfarfod fe wnes i'n eglur y byddwn i'n brwydro i'r eithaf i atal y gwerthiant."

"O flaen pawb?"

"O flaen pawb."

"Hmm, allwch chi gofio beth yn union ddwedoch chi?"

Poerodd Susan Selwyn y geiriau, a oedd yn amlwg wedi'u serio ar ei chof. "Wnes i ei rybuddio y byddwn i'n brwydro hyd fy anadl olaf i gadw Gwasg Gwenddwr yn y teulu a 'mod i'n barod i ymladd hyd angau i sicrhau hynny."

"Geiriau dramatig, ac anffodus o ystyried eich sefyllfa bresennol. Ond fe allai fod yn waeth. Dim ond chi a gweddill y staff glywodd y bygythiad?"

"Na, rwy'n ofni fod yr heddlu'n gwybod. Roedd Milly Morgan, gweinyddwraig y cwmni, yn cymryd cofnodion ac mae hi wedi bwrw'i bol wrth Prior. Hen gnawes fuodd Milly erioed ac roedd hi'n falch o'r cyfle i daflu baw."

"Sonioch chi fod y newyddion yn sioc i'r staff. Wnaeth y lleill fynegi eu gwrthwynebiad?"

"Do, pawb. Ond roedd Meurig yn benderfynol, a'r holl beth yn *fait accompli*."

Ysgrifennodd Trenton fwy o nodiadau a dod at bwynt craidd. "Y noson y llofruddiwyd eich brawd, fedrwch chi roi cownt llawn o'ch symudiadau?"

Rhoddodd Susan yr un manylion ag a gyflwynodd i'r heddlu – iddi fod wrth ei gwaith gydol prynhawn Gwener, swpera gyda hen ffrind ac yna iddi ddychwelyd i'w chartref. Deallai'r ddau oblygiadau'r diffyg alibi.

"Beth am y dystiolaeth newydd, Trenton? Beth chi'n tybio sy gyda nhw?"

"Gan i'r heddlu ofyn i chi gyd gofnodi marciau bysedd mae'n glir bod olion wedi'u canfod ym Mhenallt, ac o ystyried mai chi a arestiwyd, gallwn ni fod bron yn sicr mai'ch olion bysedd chi sy gyda nhw."

"Dyw hynny'n ddim syndod, nac yn profi dim."

"Pryd fuoch chi yng nghartref eich brawd ddiwetha?"

Petrusodd y ddynes ond ailfeddiannodd ei hun i ateb yn bendant, "Aduniad teuluol adeg y Pasg, cyfarfod perthnasau o America." Heb dynnu anadl, aeth yn ei blaen i leisio'r brotest ddisgwyliedig. "Mae'r cyfan yn hurt bost, Trenton. Iawn, ro'n i'n gwrthwynebu cynlluniau Meurig yn ffyrnig, ond lladd fy mrawd fy hun? Byth!"

"Fel sonies i, dyw'r heddlu ddim yn cyhuddo person o lofruddiaeth heb reswm da. Ar hyn o bryd, mae'r cyfan yn ymddangos braidd yn *circumstantial* a rhaid aros i weld beth fydd tactegau'r holi. Nawr, yn ystod yr holi, os, yn fy marn i, y dylech chi ateb, bydda i'n nodio. Atebwch yn glir heb ymhelaethu. Os bydda i'n ysgwyd fy mhen, cyfyngwch yr ateb i 'dim byd i'w ddweud' neu gadw'n dawel. Mae ganddoch chi hawl gyfreithiol i wrthod ateb ond fe all yr heddlu weld hynny fel ymdrech fwriadol i guddio rhywbeth. Ac er mwyn popeth, Miss Selwyn, rhaid i chi beidio ffyrnigo a cholli limpin. Os gollwch chi hwnnw, fe wnawn ni golli'r frwydr."

"Am faint allan nhw 'nghadw i yma?"

"Pedair awr ar hugain. Gall y cyfnod gael ei ymestyn i dri deg chwech awr ar awdurdod swyddog uwch o'r heddlu. Ar ôl hynny, rhaid i chi gael eich cyhuddo neu'ch rhyddhau."

*

A'r cloc yn tician, gwyddai Gareth fod yn rhaid gweithio ar fyrder a rhoddodd orchmynion cyflym i'r ddau arall. Aeth Clive i ailholi cymydog Meurig i ganfod a welwyd Susan yng nghyffiniau Penallt ar y diwrnodau cyn y llofruddiaeth ac anfonwyd Teri i siarad â'r gyfeilles a swperodd gyda Susan ar y nos Wener dyngedfennol. Emiline White oedd ei henw ac roedd yn byw ar un o'r strydoedd gerllaw Ysbyty Bronglais. Gyrrodd Teri ar hyd y stryd a'r stryd nesaf heb weld yr un llecyn parcio ac yn y diwedd bu raid iddi adael y car ger campfa'r dref a cherdded at y tŷ. Roedd BMW to meddal yn y dreif gyda phlât cofrestru EMW 417E – arwydd gwirion o hunanbwysigrwydd ym marn Teri, ond arfer a hwylusai waith yr heddlu. Cyhoeddai'r tŷ brics coch, yr ardd daclus a'r car drudfawr fod Emiline White yn gyfoethog ac yn fwy na pharod i arddangos ei chyfoeth. Canodd Teri'r gloch, aros, a gweld symudiad yn y llenni mewn ffenest ar yr ochr dde i'r drws. Digon o'r nonsens yna, meddyliodd, a chanodd y gloch yr eilwaith gan gadw'i bys ar y botwm.

Roedd y ddynes a ddaeth at riniog y tŷ yn ei chwedegau hwyr, yn denau, ei gwallt trwchus yn dal yn dywyll a chroen ei hwyneb yn llyfn. Gwisgai siwmper goch o wead main, sgert wedi'i thorri'n ffasiynol a sgidiau du gyda tsiaen fechan aur ar draws y blaen. Hongiai tlysau perl o'i chlustiau, rhes sengl o berlau o'i gwddf ac roedd arogl Chanel yn ddigamsyniol. Syllodd ar Teri fel petai'n rhyw greadures llwch y llawr a laniodd ar ei stepen drws drwy ddallineb neu gamgymeriad.

"Ie?" gofynnodd mewn llais oeraidd.

Doedd Teri ddim am ddiodde'r fath snobyddiaeth na'r agwedd ddauwynebog. "Weles i'r cyrten yn symud. DC Teri Owen, Heddlu Dyfed-Powys. Dwi wedi dod i holi am Miss Susan Selwyn."

"Rhaid bod yn ofalus, fel mae'r heddlu'n rhybuddio'n gyson.

Mae rhywun wedi bod yma eisoes i holi am Susan a does gen i ddim byd mwy i'w ddweud."

Bu Teri'n ofalus. "Mae 'na ddatblygiadau newydd ac fe fyddai'n ddefnyddiol i gael gair, Mrs White."

"*Dr* White," pwysleisiodd y ddynes. "Wel, os oes raid, well i chi ddod i mewn."

Arweiniodd y ffordd i'r ystafell ar y dde. Lolfa oedd hon, wedi'i dodrefnu'n ddrud. Y darn mwyaf nodedig oedd dresel dderw yn drymlwythog o jygiau copr a chrochenwaith Cymreig.

"Neis iawn," dywedodd Teri wrth eistedd. "Ma gwerth arian gyda chi fan'na, Dr White."

"Ydych chi'n gwybod rhywbeth am *ceramics*?" atebodd y ddynes mewn llais nawddoglyd.

"Dim llawer, ond mae 'nhad yn casglu llestri Nantgarw a phorslen Abertawe." Cafodd Teri y pleser o weld Emiline White yn codi'i haeliau. "Ry'ch chi wedi tystio i chi a Susan Selwyn dreulio gyda'r nos yng nghwmni'ch gilydd ar nos Wener y 10fed o Awst."

"Do. Cyfarfod yng ngwesty Glanymôr."

"Allwch chi roi amserau?"

"Dwi wedi dweud hyn i gyd wrth y Sarjant fuodd yma."

"Ewch drwy'r manylion unwaith eto, Dr White, os gwelwch yn dda."

Ar ôl tuchan a mwmian rhywbeth am wastraffu amser, bodlonodd y ddynes. "Cyfarfod am chwarter wedi saith, bwrdd wedi'i archebu am hanner awr wedi saith ac ar ôl sieri sych fe aethon ni i'r stafell fwyta. Pryd symol – doedd y brithyll gefais i prin wedi dadmer ac roedd y saws ar gyw iâr Susan yn rhy hallt. Gweini'r gwin anghywir, rhyw Chardonnay rhad yn hytrach na'r Sancerre ro'n ni wedi'i archebu. Wedyn, paned o goffi yn y lolfa a hwnnw'n chwerw ac yn arogli'n union fel coffi parod. Ar ôl i ni gwyno, wnaethon nhw ostwng y bil. Felly, noson ddiflas ar y cyfan a Susan a minnau'n cytuno i osgoi Glanymôr o hyn allan."

"Mae cof da 'da chi, Dr White. Fe fyddwch chi, felly, yn sicr o'r amser gadael."

"Doedd hi ddim yn hwyr – cyn deg, yn sicr. Roedd cyfarfod pwysig gan Susan yn y Wasg y bore wedyn, ac roeddwn i'n teithio i Abertawe am y penwythnos ac am gychwyn yn gynnar i osgoi traffig y Steddfod."

"Beth oedd eich argraff chi o Miss Selwyn ar y noson dan sylw?"

Roedd yr ateb yn siarp. "Argraff? Beth chi'n feddwl?"

"Wel, oedd hi'n dawel ei meddwl? Oedd hi wedi cynhyrfu mewn unrhyw ffordd?"

"Ychydig yn anesmwyth, ond wedi cynhyrfu, na. Soniodd hi rywfaint am werthu'r Wasg ac roedd hi'n poeni am gynlluniau Meurig. Wn i ddim pam – gallai'r cyfan fod yn gyfle da iddi ac mi ddeudes i hynny. Dechrau newydd a thorri'n rhydd. Mae Susan yn berson o alluoedd eithriadol a allai fod wedi profi llwyddiant mewn sawl maes. Ond fe wastraffodd hi dalp da o'i gyrfa o dan reolaeth bwli o frawd."

"Pam wnaeth hi aros yn y Wasg?"

"Rhaid i chi ofyn hynny i Susan. Ymlyniad teuluol falle. Dyna, mae'n debyg, pam oedd hi'n ypsét bod Meurig am werthu. Wedyn, pwy a ŵyr – rhyw obaith y gallai'r sefyllfa newid er gwell? Ac wrth gwrs, am resymau rhyfedd, mae'r sefyllfa wedi newid."

"Susan yn torri'n rhydd, Dr White – ydy'r bwriad i redeg y Wasg felly'n syndod?"

"Wel, does dim rhaid torri'n rhydd nawr, oes e? Dwi'n gwybod bod pob llofruddiaeth yn erchyll ond – ac mae'n flin gen i ddweud hyn – mae marwolaeth Meurig, mewn modd chwithig, wedi rhoi rhyddid i Susan. Hi fydd yn rhedeg y cwmni, heb Meurig yn rhoi ordors ac yn beirniadu pob penderfyniad."

Cododd y ddynes a symud at ddrws y lolfa. "Os nad oes dim byd arall…"

Cododd Teri yn ei thro ond roedd ganddi un cwestiwn arall. "Shwt y'ch chi'n adnabod Susan, Dr White?"

"O, ry'n ni'n gyfeillion ers blynyddoedd. Cyd-ddisgyblion yn yr ysgol yn Cheltenham ac wedyn cyd-fyfyrwyr yng Nghaerdydd. Roeddwn i'n astudio meddygaeth a Susan yn dilyn cwrs nyrsio."

Safodd Teri'n stond. "Cafodd Susan Selwyn ei hyfforddi fel nyrs?"

"Do. Dyna beth ro'n i'n cyfeirio ato pan ddeudes ei bod hi'n alluog. Cyn ymuno â'r cwmni, dilynodd Susan yrfa ddisglair fel *theatre sister* mewn sawl ysbyty yn y De a'r Gororau. Doeddech chi ddim yn gwybod hynny?"

*

Penderfynodd Gareth na allai aros am Teri a chychwynnodd ar y broses holi ym mhresenoldeb Akers yn unig. Trodd y peiriant recordio ymlaen a gofyn ei gwestiwn cyntaf.

"Eich teulu, Miss Selwyn? Dim ond chi a'ch brawd sy ar ôl, neu oes 'na berthnasau eraill?"

Gallech weld y syndod ar wynebau Susan a'i chyfreithiwr. Meddai Trenton, "Mae'n flin gen i daro i mewn yn syth bìn, Insbector, ond dwi'n methu gweld perthnasedd y cwestiwn."

"Ni sydd i benderfynu perthnasedd, Mr Trenton. Ydy'ch cleient yn barod i ateb?"

Nòd bychan a dechreuodd Susan. "Dim ond fi a 'mrawd. Mae yna deulu yn America, cefnderwyr a chyfnitherod pell. Ni'n eu gweld nhw unwaith yn y pedwar tymor ac yn anfon cardiau Nadolig. Dim byd mwy."

"Felly, teulu bach a theulu agos i bob pwrpas. Oeddech chi a'ch brawd yn agos?"

"Ry'n ni wedi troedio'r tir yma o'r blaen, Insbector. Ry'ch chi'n trio adeiladu rhyw gastell o elyniaeth rhwng Meurig a finnau ac, ar sail yr atebion, yn penderfynu 'mod i wedi mwrdro 'mrawd fy hun. Dwi ddim am chwarae'r gêm, diolch yn fawr."

"Os nad gelyniaeth, mae'n deg casglu felly bod yna gyfeillgarwch rhyngddoch chi?"

Edrychai Susan Selwyn fel dynes ar ben ei thennyn. Cododd ei llais a holi, "Oes gyda chi frawd neu chwaer, Insbector?"

"Chi ddim wedi deall rheolau'r gêm, Miss Selwyn. Ni sy'n gofyn y cwestiynau a chi'n eu hateb."

"Iawn, fe wna i ateb. Roedd yna gyfeillgarwch, wedi pylu rhywfaint dros y blynyddoedd efallai, ond fe gawson ni'n cyd-fagu ac mae gwaed bob amser yn dewach na dŵr."

"Ac mae'n hynod o gyffredin i lofruddiaethau ddigwydd oherwydd ffrwgwd teuluol. Ai dyna ddigwyddodd yn eich achos chi? Eich perthynas wedi pylu gyda chanlyniadau difrifol?"

Ysgydwodd Trenton ei ben ac ni chafwyd ateb gan ei gleient.

"Er pwrpas y recordiad, mae Miss Selwyn yn gwrthod ateb. Nawr, yr wythnos cyn yr Eisteddfod, cynhaliwyd cyfarfod o staff Gwenddwr lle cyhoeddodd eich brawd ei fwriad i werthu'r Wasg. Beth oedd eich ymateb chi?"

Ochneidiodd Susan Selwyn ond fe aeth drwy'r hanes eto gan bwysleisio bod pawb yn y cyfarfod wedi siarad yn erbyn y gwerthiant. "Pawb, Insbector, ac os yw gwrthwynebu yn arwain at fwrdwr, yna mae'r lleill ar yr union dir â minnau."

Cilwenodd Trenton o sylwi ar anesmwythder y ddau dditectif.

Gwnaeth Gareth sioe o daflu golwg ar ei nodiadau a symud ymlaen. "Ar y dydd Gwener, roedd mwyafrif y staff ar faes y Steddfod a Meurig yn beirniadu cystadleuaeth y Gadair. Dwi'n gweld y ffaith i chi aros yn y swyddfa yn rhyfedd. Wnaethoch chi ystyried mynd i gefnogi'ch brawd?"

"Doedd dim angen cefnogaeth ar Meurig. Pa bwrpas oedd i fi fod yno? I sefyll wrth ei ochr fel rhyw gi bach ffyddlon? Mae'r syniad yn wirion. Byddai Meurig wedi casáu'r peth gymaint â fi. A beth bynnag, fel dwi wedi egluro, roedd rhaid i rywun warchod y siop."

"Felly dau ohonoch chi oedd ar ôl yn y swyddfa – chi a Dei Lloyd? Mae Mr Lloyd wedi tystio iddo gael caniatâd i adael yn gynnar, tua hanner awr wedi tri. Beth oedd eich symudiadau chi am weddill y diwrnod, Miss Selwyn?"

"Am unwaith, mae Dei Lloyd yn gywir. Roedd e'n swnian am gyfarfod tîm pêl-droed neu rywbeth tebyg a gan fod y lle'n dawel fe gafodd e ganiatâd i fynd. Wnes i tsieco'r adeilad, cloi'r drysau, gadael am bedwar, mynd adre a pharatoi am y noson allan yng nghwmni fy ffrind, Emiline White. Cyfarfod yng ngwesty Glanymôr am chwarter wedi saith, swper diflas, Emiline a minnau'n gwahanu ychydig cyn deg. Ac wedyn, fel ry'ch chi wedi dadlau hyd syrffed, Insbector, does neb i gefnogi fy symudiadau tan fore Sadwrn."

Pwyllodd Gareth cyn codi pwynt allweddol. "Ydych chi'n glynu at y fersiwn yna o symudiadau dydd Gwener?"

Mymryn o oedi ac yna, "Ydw, yn bendant."

"Ry'ch chi wedi dweud mewn cyfweliad cynharach mai eich ymweliad diwetha â Phenallt oedd adeg y Pasg. Ydy hynny hefyd yn dal yn gywir?"

Gwelwyd golwg fyfyrgar ar wyneb Susan Selwyn ac oedodd eto cyn ateb. "Ydy. Aduniad teuluol. A dwi heb fod ar gyfyl y lle ers hynny."

"Sut felly, Miss Selwyn, fod y canlyniadau fforensig yn datgelu dau beth? Mae olion bysedd ar sawl arwyneb yn y tŷ ac yn arbennig ar y ddesg wrth ymyl lle lladdwyd Meurig yn union yr un fath â'r rhai roddwyd ganddoch chi bore 'ma. Yn ail, olion DNA, eto ar y ddesg, allai ddim ond bod wedi'u gadael gan rywun sy'n perthyn yn agos i Mr Selwyn."

Fel siot, rhoddodd Trenton ei big i mewn. "Dyna'r cyfan sy gyda chi? Mae 'nghleient eisoes wedi cydnabod iddi fod yn y tŷ adeg y Pasg. Mae'n hollol bosib fod yr olion bysedd a'r DNA yno ers hynny."

"Byddai ychydig yn rhyfedd i'r olion fod yno ers y Pasg, Mr Trenton. Mae ein hymholiadau'n dangos bod glanhawraig yn mynd i Benallt yn wythnosol. Mae Miss Selwyn wedi datgan mai dim ond hi a'i brawd sydd yn y teulu. Ond mae 'na fwy. Clive?"

"Ditectif Sarjant Clive Akers yn ymuno yn yr holi. Yn gynharach heddiw, fe wnes i ymweld â Mr Wilfred Newton, sy'n byw drws nesa i Benallt. Ar y prynhawn Gwener roedd e'n gweithio yn yr ardd ac mae wedi tystio iddo weld Miss Selwyn yn mynd i mewn i dŷ Meurig Selwyn am ugain munud wedi pedwar a gadael rhyw awr yn ddiweddarach."

Anesmwythder eto – y tro yma ar ochr arall y bwrdd. Gofynnodd Trenton yn llyfn, "Ga i siarad yn breifat â'r cleient, Insbector? Allwch chi ddim gwrthod, mae'r cais o fewn y rheolau."

Gadawyd y ddau yn yr ystafell gyfweld. Cododd Trenton er mwyn symud i eistedd gyferbyn â Susan Selwyn ac edrych yn syth arni. "Mae'n amlwg nad y'ch chi'n deall, Miss Selwyn. Rhaid cael ymddiriedaeth lwyr rhwng cyfreithiwr a'i gleient. Fe daeroch chi nad oeddech wedi bod yng nghartref eich brawd ers y Pasg. Nawr, mae tyst yn datgan i chi ymweld â'r tŷ ar y prynhawn Gwener cyn y llofruddiaeth. Iawn, fe alla i lorio mater yr olion bysedd a'r DNA yn ddigon hawdd ond mae tyst yn fater gwahanol. Mae'r manylion fforensig a'r ffaith i chi gael eich gweld yn golygu bod gan yr heddlu ddadl gref i chi ddychwelyd i Benallt nos Wener ac i chi, neu chi a rhywun arall, lofruddio'ch brawd."

Ergydiodd Susan y bwrdd mewn ffit o dymer. "Ond wnes i ddim! Faint o weithiau sy raid i fi ddweud?"

"Waeth i chi heb â gweiddi. Llawer callach i chi osod y ffeithiau, dweud y gwir a chuddio dim – i fi, beth bynnag. Dwi yma i helpu ond alla i ddim gwneud hynny os oes un stori gan yr heddlu a stori arall gyda chi. Gadewch i ni gael un ffaith yn glir – aethoch chi i Benallt ar y prynhawn Gwener?"

Yn surbwch ac yn groes graen atebodd Susan, "Do."

"Pam?"

"I chwilio am ddogfennau."

"Pa ddogfennau, Miss Selwyn?"

"Cyfrifon y Wasg. Ro'n i'n tybio bod Meurig yn peintio darlun llawer rhy negyddol o sefyllfa gyllidol Gwenddwr er mwyn hwyluso'r gwerthiant i Lyfrau'r Dyffryn. Felly, ar brynhawn Gwener y Steddfod, pan oedd Meurig yn arglwyddiaethu ar y llwyfan, fe es i i'r tŷ a darganfod rhywbeth llawer mwy difrifol ar ei gyfrifiadur. Roedd Meurig eisoes wedi dod i delerau â Dyffryn a chyfarfod bore Sadwrn yn ddim byd mwy na thwyll. Byddai'r cyfrifon gerbron y cyfarfod yn rhai artiffisial a Dyffryn yn prynu ar bris cymharol isel. Byddai'r gwir bris dipyn yn uwch a Meurig yn pocedu'r gwahaniaeth. Byddai Dyffryn ar eu hennill am resymau trethiant a phawb arall, gan gynnwys fi, ar eu colled. Yn syml, roedd Meurig yn barod i weld aelodau o'r staff yn colli eu swyddi a'i chwaer yn colli swm sylweddol o arian. Roedd y ffigyrau ffals yno i 'nhwyllo i ac aelodau eraill y staff."

"Ond mae gan Gwenddwr reolwr ariannol?"

"Hy! Mae Wilkins yn rhy dwp i fod yn rhan o unrhyw dwyll."

"A beth o'ch chi'n bwriadu gwneud?"

"Taclo Meurig cyn y cyfarfod a dweud yn blaen wrtho yr hyn ro'n i wedi'i ddarganfod ar y cyfrifiadur. Os na fydde fe'n rhoi stop ar y gwerthiant fe fydden i'n cyhoeddi'r holl wybodaeth yn y cyfarfod a throsglwyddo'r manylion i'r awdurdodau treth. Bygythiad i Meurig a Dyffryn."

"Wnaethoch chi ystyried cysylltu â Meurig ar y nos Wener i'w rybuddio fe o'ch bwriad?"

O ochr arall y bwrdd simsan edrychodd Susan ar ei chyfreithiwr gyda golwg bitïol. "Trenton, ro'n i'n gobeithio'ch bod chi'n glyfrach na hynny! Am unwaith roedd gen i fantais ar Meurig a do'n i ddim am golli cyfle euraidd drwy ei rybuddio ymlaen llaw."

"Mae 'na reswm dros ofyn," atebodd Trenton yn llychlyd. "Petaech chi wedi ffonio a gadael neges fe fyddai'n cryfhau'ch stori. Ta waeth, mae ganddon ni'r ffeiliau ar gyfrifiadur Mr Selwyn. Bydd y rheini'n gam pwysig i danseilio achos yr heddlu."

Cododd Susan o'i chadair a cherdded i ben arall yr ystafell gyfyng at y ffenest fechan. Safodd ar flaen ei thraed a cheisio gweld allan ond methodd. Tynnodd ei bys ar draws y sil ffenest a sylwi'n fyfyrgar ar y bryntni ar ei llaw. Sut ar y ddaear oedd hi wedi glanio yn y fath drybini, meddyliodd. Diffyg gofal, dyna'i thrafferth hi. Bob amser yn fyrbwyll a difeddwl tra bod Meurig yn cynllunio pob cam ac, o'r herwydd, yn achub y blaen arni. A dyna oedd wedi digwydd nawr – Meurig wedi ei threchu hyd yn oed o'r bedd! Am y tro cyntaf yn ystod y diwrnod cythreulig hwn, roedd hi'n dechrau anobeithio. Trodd ar ei sawdl i wynebu Trenton. "Mae 'na broblem. Dyw'r ffeiliau ddim yno bellach."

"Beth? Blydi hel! Sut y'ch chi'n gwybod?"

"Dwi wedi bod ym Mhenallt ers y mwrdwr. Yn syth ar ôl y llofruddiaeth ro'n i'n sylweddoli y byddwn i dan amheuaeth a bod y ffeiliau'n allweddol. Dyna'r rheswm dros ddychwelyd i'r tŷ. Wnes i tsieco'r cyfrifiadur yn drwyadl ond mae'r ffeiliau i gyd wedi diflannu. Mae rhywun wedi glanhau'r cyfan."

"Pwy?"

"Dim syniad. Allai Dyffryn gael mynediad i'r tŷ rywfodd a dwyn y ffeiliau? Anodd credu. Neu rywun o Gwenddwr?"

Arweiniodd Trenton ei gleient at y gadair ac, er syndod iddo, ufuddhaodd Susan ac eistedd. Mesurodd y cyfreithiwr ei sylw nesaf. "Mae 'na bosibilrwydd arall, on'd oes? Y llofrudd oedd yn gyfrifol." Pwyllodd eto cyn ychwanegu, "Peidiwch â sôn gair am y ffeiliau wrth yr heddlu. Os rhywbeth, mae cynllwyn eich brawd a'ch bwriad i daro 'nôl yn cryfhau'r motif yn eich erbyn. Ond heb y ffeiliau does ganddon ni na'r heddlu ddim prawf. Felly, taw pia hi a glynu at 'dim byd i'w ddweud'. Nawr, cyn i fi alw'r Insbector, oes rhywbeth arall?"

"Nac oes."

Ailddechreuwyd yr holi gyda Gareth yn gofyn pam aeth Susan i Benallt. Fel y disgwyliai, ni chafwyd ateb a dyna fel y bu am y ddwy awr nesaf – Gareth yn taflu un cwestiwn ar ôl y llall i ddim pwrpas a Susan yn eistedd gyferbyn yn hollol fud neu'n cyfyngu ei hun i'r ymadrodd 'dim byd i'w ddweud'. Ar derfyn tair awr o'r broses unochrog, pesychodd Trenton mewn sioe o ffug gwrteisi.

"Insbector Prior, ar wahân i dystiolaeth yr olion bysedd a'r DNA – tystiolaeth na fyddai'n dal dŵr mewn llys barn – dy'n ni heb glywed dim o sylwedd, dim ond ymgais ddi-sail i bardduo cymeriad fy nghleient. Ry'ch chi wedi bod yn holi am gyfnod hen ddigon hir. Ga i bwyso arnoch chi i gyhuddo Miss Selwyn neu ei rhyddhau?"

"Dwi ddim am ddysgu pader i berson, Mr Trenton, ond fe fedrwn ni ddal eich cleient am bedair awr ar hugain ac ymestyn i dri deg chwe awr os oes raid. Gyda chaniatâd aelod o'r Fainc, gall y cyfnod gael ei ymestyn i naw deg chwe awr ac mewn achos o lofruddiaeth byddwn ni'n ystyried yr holl opsiynau. Byddai'n fwy buddiol i chi gynghori Miss Selwyn i ateb yn hytrach na cheisio sgorio pwyntiau cyfreithiol."

Ni chafwyd gair gan Roger Trenton na Susan Selwyn a bachodd Gareth ar y cyfle i bwyso ymhellach. "Miss Selwyn, pan hysbyswyd chi gan DS Akers am lofruddiaeth eich brawd mae e'n dweud i chi dderbyn y cyfan heb ryw lawer o sioc. 'Di-hid' oedd disgrifiad y Sarjant. Defnyddioch chi'r ymadrodd bod gwaed yn dewach na dŵr ac eto dyma chi'n ddigyffro, bron yn ddifater."

Fflamiodd wyneb y ddynes, a siaradodd o'r diwedd. "Gwarthus, Insbector, rhag eich cywilydd! Dangos amharch i fi a'm diweddar frawd…"

"Rhaid ennill parch, Miss Selwyn. Ga i awgrymu mai sail eich diffyg sioc oedd y ffaith eich bod yn ymwybodol bod Meurig wedi'i lofruddio ac mai chi laddodd e?"

Roedd Trenton ar fin protestio pan agorodd drws yr ystafell gyfweld a chamodd Teri i mewn. Darllenodd Gareth y dudalen a basiwyd iddo.

"Er pwrpas y recordiad, mae DC Teri Owen wedi dod i mewn i'r stafell. Miss Selwyn, beth am yr hyfforddiant dderbynioch chi cyn cychwyn yn y Wasg, a phatrwm eich gyrfa cyn ymuno â Gwenddwr?"

"Beth ar y ddaear?" gofynnodd Trenton.

"Dim ateb?" dywedodd Gareth. "Iawn, fe ddweda i wrthoch chi. Hyfforddiant fel nyrs yn Ysgol Feddygol Caerdydd a gyrfa lwyddiannus fel *theatre sister* yn Ysbyty Brenhinol Gwent, yr Heyfordian yn Henffordd ac Ysbyty'r Mers yn Amwythig. Hyfforddiant a gyrfa a roddodd wybodaeth fanwl i chi am gyffuriau ac arferion anesthetig, gan gynnwys y cyffur *succinylcholine* a laddodd eich brawd. Unrhyw sylw?"

Roedd yr hyn a ddigwyddodd nesaf yn gwbl annisgwyl. Neidiodd Susan Selwyn o'i chadair a chyn i neb fedru ei hatal, plannodd ei hewinedd yn wyneb Gareth. Ar ôl cryn ymdrech, gafaelodd Akers a Teri ynddi a'i llusgo i'r gell, lle treuliodd y noson.

PENNOD 20

L A MANCHA OEDD enw'r bwyty Sbaenaidd yn Aberystwyth. Er nad oedd y lle ond prin wedi agor, clywodd Howel adroddiadau canmoliaethus ac archebodd fwrdd i Sharon ac yntau. Croesawyd nhw gan ŵr ifanc a'u tywys i gornel a roddai olygfa dda o Fae Aberteifi. Yn hytrach nag eistedd gyferbyn â'i gilydd, setlodd y ddau ochr yn ochr ar fainc bren ac arni glustogau lliwgar. Gorchuddiwyd waliau'r bwyty gan bosteri o luniau Picasso, Dalí a Miro ac fe ddenwyd sylw Sharon gan un yn arbennig – darlun o ddynion matsys ar gefn ceffylau gyda melinau gwynt yn y cefndir.

"Drycha, Howel, ma rheina'n ddoniol. Er bod y llun yn ddu a gwyn ti'n gallu teimlo gwres yr haul, ti ddim yn meddwl?"

"Llun gan Picasso – Don Quixote a'i was Sancho Panza. Roedd Quixote yn ffansïo'i hunan fel marchog ac fe aeth e ar daith drwy Sbaen i ail-fyw hanes y wlad."

"Beth, go iawn?"

"Na, dim ond chwedl, fel y Brenin Arthur."

Daeth y gŵr â'r fwydlen ac ar ôl iddo sicrhau bod Sharon yn hoffi bwyd môr dewisodd Howel *paella* cyw iâr a chorgimychiaid a salad gwyrdd i'r ddau. Gofynnodd am Rioja gwyn a phan roddwyd hwnnw ar y bwrdd gosododd ei law ar y botel i brofi'r tymheredd. Roedd Sharon yn falch i'w chariad wneud y dewisiadau gan fod ei gwybodaeth am fwyd Sbaen yn seiliedig ar wyliau teuluol yn Benidorm, lle roedd y prydau'n seimllyd a'r gwin yn sur. Gosodwyd dysglau bychain o gnau, bara ac olew o'u blaenau a dechreuodd Howel dorri'r bara a'i blannu yn yr hylif. Gwnaeth Sharon yr un fath cyn brysio i adrodd hanes helyntion y dydd yn y Wasg. Ni ddangosodd Howel lawer o ddiddordeb hyd nes iddi sôn am Susan Selwyn yn cael ei harwain o'r adeilad yng nghwmni'r heddlu.

"Erbyn hynny ro'n ni i gyd wedi mynd i swyddfa Milly, i edrych lawr ar y glas yn arwain Susan i'r car. Roedd Eilir yn siŵr ei bod hi wedi ca'l ei harestio am ladd Meurig. Meddylia, dynes fel 'na yn llofruddio'i brawd. Mae'n anodd credu."

"Pwy sy'n gwbod beth all rhywun wneud os yw e neu hi mewn man cyfyng?"

"Cym on, Howel, allet ti neu fi ladd rhywun? Dwi wedi dod i barchu Susan. Buodd hi'n garedig i fi pan..." Stopiodd Sharon ei hun. Ar wahân i'r heddlu doedd hi ddim wedi sôn wrth neb am ymddygiad Meurig Selwyn ar ei diwrnod cyntaf yn y Wasg, a doedd hi ddim yn bwriadu dweud nawr.

"Pan beth?"

"Na'th hi helpu fi i setlo yn Gwenddwr. Alla i byth â'i gweld hi fel llofrudd."

"Y cyfan rwy'n dweud, Shar, yw taset ti neu fi'n gorfod brwydro am ein bywydau, pwy a ŵyr sut fydden ni'n ymateb? Beth petaet ti adre gyda dy rieni yn Llambed a rhywun yn torri mewn ac yn ymosod ar dy fam? Mae'n naturiol i ymladd 'nôl."

"Ond cafodd Meurig ei ladd gan bigiad o ryw stwff. Fydde Susan ddim yn gwbod am bethe fel 'na."

"Falle'i bod hi wedi ca'l help rhywun. Alle hi fod wedi mynd i'r tŷ nos Wener yng nghwmni ail berson i geisio newid meddwl ei brawd, wedyn cweryl ac wedyn y pigiad. Ma raid fod gan yr heddlu achos cryf neu fydden nhw ddim wedi arestio'r fenyw." Sylwodd Howel ar y gŵr ifanc yn agosáu. "Drycha, mae'r bwyd yn dod. Plis, gad i ni stopio siarad am rywbeth mor ofnadwy a mwynhau'r noson."

Cododd Howel ddogn da o'r *paella* i blatiau'r ddau ac arllwys y gwin. Roedd y naill a'r llall yn fendigedig – cig a physgod y *paella* yn nythu'n sawrus yn y reis oren a'r Rioja'n euraidd a ffres. Rhoddodd Sharon ei holl sylw i'r bwyd – na, nid ei holl sylw, gan iddi godi ei golygon nawr ac yn y man a chael y pleser o weld ei chariad yn ei llygadu. Roedd wedi dewis ei gwisg yn fwriadol – 'panso' fyddai gair ei mam – ac roedd y wên ar wyneb Howel yn arwydd fod ei gofal wedi talu ar ei ganfed. Melyn a glas oedd lliwiau'r ffrog, y melyn yn cyfateb i liw ei gwallt a'r glas yn adlewyrchu ei llygaid gwyrddlas. Lledai'r defnydd ysgafn islaw'r gwddf a gadawodd y botwm cyntaf heb ei glymu yn fwriadol i ddinoethi ymchwydd ei bronnau. Roedd gweithred nesaf Sharon yr un mor fwriadol. Symudodd rhyw fymryn oddi wrth Howel a phlygu i estyn am ei bag o dan y bwrdd, gan ddatgelu mwy o'i bronnau nag y dylai rhywun wneud mewn lle cyhoeddus. Pwyllodd wrth sythu a gweld bod ei chariad yn edrych fel dyn oedd wedi ennill y jacpot.

"Ti'n edrych yn neis," dywedodd. "Mae'r ffrog yn dy siwtio di."

"Ac os nad wy'n camgymryd, yn dy siwtio di hefyd, Mr John," atebodd Sharon yn chwareus.

Closiodd Howel ati ac yn araf, araf teimlodd Sharon ei law'n mwytho ei chlun – drwy'r defnydd yn gyntaf ac yna, y cnawd ei hun. Roedd ei feiddgarwch yn rhywbeth newydd ac, i Sharon, yn rhywbeth i'w ofni a'i ddyheu ar yr un pryd. Doedd neb yn agos at eu cornel dywyll ac ni cheisiodd atal Howel. Cyflymodd ei hanadl ac wrth i'w law gyrraedd ymylon sidanaidd ei dillad isaf roedd ei chalon yn curo fel gordd. Yn erbyn pob greddf ond y reddf gryfaf oll, symudodd ei choes a phrofi blaenllanw o bleser oedd yn ormod ac eto ddim yn ddigon.

"Popeth yn iawn, syr? Chi'n mwynhau?" Heb i'r ddau sylwi roedd y gŵr ifanc yn sefyll wrth ymyl y bwrdd.

Atebodd Howel, "Mwynhau'n fawr iawn, diolch. Bwyd yn ardderchog, popeth yn ardderchog."

"Da iawn. Coffi, falle?"

Taflodd Howel olwg gyflym at Sharon ac ysgydwodd honno ei phen.

"Na, dwi ddim yn credu," meddai. Yna, wrth chwilio am arian i dalu, ychwanegodd gyda winc, "Ni ddim am fod lan drwy'r nos!"

Drwy lwc, cafwyd tacsi wrth ddrysau La Mancha. Hyd yn oed yn nhywyllwch y cerbyd gallech weld y chwant yn llygaid Howel ac wrth iddynt gyrraedd y fflat brysiodd i roi pres i'r gyrrwr gan adael tip hael. Dilynodd Sharon drwy'r drws ffrynt ac i mewn i'r lolfa. Closiodd ati i'w chusanu'n ddwfn a llithro ei ddwylo dros ei bronnau ac i lawr at ei chluniau. Datododd fotymau'r ffrog i anwesu'i chanol gan wthio'n is a bu raid i Sharon ymdrechu i ryddhau ei hun o'i afael.

"Ara bach, teigr! Ma gwely'n llawer mwy cyfforddus. Dere, dwi'n gallu gweld bod ti'n fwy na pharod!"

Golau gwan y wawr ddihunodd Howel. Roedd yr ystafell wely'n oer ac wrth edrych ar Sharon yn cysgu'n heddychlon wrth ei ymyl gwelodd y croen gŵydd yn ymledu o'i gwddf at y bronnau. Bu'n syllu arni am eiliadau cyn symud mymryn i chwilio am gynhesrwydd y gwely. Mwstrodd Sharon ac agor ei llygaid.

"Howel, ti'n edrych yn ddifrifol iawn. Be sy ar dy feddwl di?"

Llithrodd y geiriau'n hawdd o'i wefusau. "Meddwl mor lwcus ydw i. Dere, mae lot rhy gynnar i godi. Un cwtsh bach."

Roedd hi'n hwyr, yn ddiawledig o hwyr. Brysiodd heibio Neuadd y Farchnad, troi'r gornel a gweld y criw i gyd yn disgwyl ar risiau adeilad Gwenddwr. Cyflymodd ei cherddediad ac wrth iddi nesáu gallai weld y diffyg amynedd ar wynebau pawb. Aeth drwy'r gât haearn, cymryd y camau olaf at ei chyd-weithwyr a gosod yr allwedd yn y drws mawr.

"Mae'n flin 'da fi," meddai Sharon. "Y larwm ddim wedi canu."

"Well i ni gael Dei Lloyd 'nôl," brathodd Milly Morgan. "Falle fod gyda fe ei wendidau ond roedd e wastad yma i agor."

Camodd pawb i'r cyntedd ac ymlwybro tuag at eu swyddfeydd. Yna, pesychodd Eilir a mwmian rhywbeth am gyhoeddiad.

"Dwi am i chi gyd fynd i'r parlwr a Sharon, gawn ni goffi i bawb os gwelwch yn dda? Mae gen i ychydig o eiriau."

Y parlwr oedd yr ystafell lle cymerai'r staff eu brêc bore a phrynhawn. Roedd yn esmwyth ac yn un o'r ychydig lecynnau ag ôl gwario arno. Gosodwyd cadeiriau cyfforddus o boptu bwrdd isel; roedd cownter a chegin fechan ar un pen a'r ffenest y pen arall yn rhoi golygfa o'r môr a chastell Aberystwyth. Gan fod y bore'n braf croesodd Eilir i agor y ffenest i gael gwared ag arogl fflat hen baneidiau. Setlodd pob un, yn ddigon bodlon i ohirio symud at waith. Edrychodd Eilir arnynt – Wilkins yn ei siwt las-lwyd arferol, Nia'n welw a phenisel a Milly'n gwibio ei golwg o un i'r llall fel dryw bach busneslyd. Sylwodd nad oedd Milly wedi cynnig helpu Sharon gyda'r coffi – arwydd pendant o sefydlu ffin, o ddweud 'Dwi'n well na ti a phaid ti anghofio hynny.' Pasiodd Sharon y mygiau o un i'r llall a phesychodd Eilir unwaith eto.

"Bore ddoe, fe welon ni Susan yn cael ei hebrwng o'r adeilad gan yr heddlu. Dwi wedi cael sgwrs gyda chyfreithiwr Susan neithiwr ac mae wedi cadarnhau ei bod hi wedi cael ei harestio ar amheuaeth o lofruddio Meurig." Cafwyd yr adwaith disgwyliedig – sioc, distawrwydd ac embaras gyda phawb yn talu sylw manwl i'w paneidiau. "Ond does dim wedi'i brofi eto a 'nghyngor i yw cadw'n dawel i osgoi mwy o rywbeth fel hyn."

Tynnodd Eilir gopi'r bore hwnnw o'r *Western Mail* o'i fag a'i osod ar y bwrdd. Ar draws y dudalen flaen roedd y pennawd 'PUBLISHER MURDER: SISTER ARRESTED' gyda llun o Susan o dan y pennawd.

"Dwi ddim yn gwybod ble cafwyd y manylion ond dyw taflu rhyw ddanteithion fel 'na at y wasg ddim yn ddoeth i ni fel busnes nac yn gymorth i achos Susan. Yn sgil hyn, fe allwn ni ddisgwyl i'r cyfryngau lanio yma fel haid o wenyn. Fy nghyngor i yw dweud dim, a'r cyflyma y bydd pawb yn cadw'n ddistaw, y cyflyma gawn ni lonydd. Drwy ei chyfreithiwr, mae Susan wedi gofyn i fi gymryd cyfrifoldeb am y Wasg hyd nes y bydd hi'n dychwelyd. Ac mae'r cyfreithiwr a Susan yn sicr y bydd hi *yn* dychwelyd yn fuan, a dyna rwy'n siŵr yw'n gobaith ni i gyd. Diolch."

Ar ôl ysbaid fer, gwyliodd Eilir y lleill yn gadael, pob un â'i ben yn ei blu. Cliriodd y mygiau o'r bwrdd a'u rhoi i Sharon, oedd yn rhedeg dŵr poeth i'r sinc. Cymerodd Sharon y llestri a gwenu arno'n gyfeillgar. Beth sy wedi dod droston ni, meddyliodd Eilir. Pam na allwn ni i gyd gario mymryn o hapusrwydd i'r gwaith, fel Sharon?

Aeth Milly ar ei hunion i'w hystafell, eistedd a cheisio talu sylw i dasgau'r dydd. Myfyriodd ychydig a phenderfynu nad oedd am wrando ar rybudd Eilir i gadw'n dawel. Roedd eisoes wedi cael sgwrs gyda gohebydd cwrtais y *Western Mail* a dweud ei bod yn fwy na pharod i roi help llaw. Yn naturiol, pwysleisiodd na ddylid ei henwi ('a source close to the publishers') a bod cyfrinachedd yn allweddol. Piti hefyd: byddai wedi hoffi cael ei chyfweld ar y teledu a mwynhau ei munud yn yr haul. Pam y dylai hi ystyried lles y 'busnes', chwedl Eilir? Yn ei barn hi, docdd dim o'i le â'i gweithred. Doedd hi erioed wedi hoffi Susan ac roedd ei phenderfyniad i'w hanwybyddu a dewis Eilir i redeg y sioe a rhoi cyfrifoldebau ychwanegol i Sharon yn sarhaus. Roedd hi'n groten ddigon neis, ond yn newydd ac yn ddibrofiad. Onid oedd y ffaith iddi fod yn hwyr bore 'ma yn arwydd clir o ddiffyg gofal? Yna, wrth ystyried pam roedd Sharon yn hwyr, cofiodd Milly am Howel John ar faes yr Eisteddfod. Bachgen golygus, yn debyg i'r arwyr y darllenai Milly amdanynt yn ei chyfrolau Mills and Boon. Gwridodd a throi i estyn ffeil o'r cabinet.

Rhythodd Nia Adams ar fyfyrwyr yr ysgol haf yn ymlwybro

tuag at brif fynedfa'r Hen Goleg. Hi oedd i draddodi darlith y bore ar y testun 'Sbarduno'r Dychymyg' ond tynnodd 'nôl ar y funud olaf gan esgor ar eiriau cas gan drefnydd yr Ysgol. Sbarduno? Prin y gallai sbarduno ei hun heb sôn am danio dychymyg llond darlithfa o gyw awduron. Trodd o'r ffenest at y ddesg a chodi'r ffotograff ohoni'n sefyll rhwng Jac a Joshua – Jac yn syllu'n heriol i lygad y camera a Josh wengar yn hanner cuddio, fel petai'n ofni cael ei ddal yn eiliad y llun. Bu rhywfaint o gymodi rhyngddi a Siôn, ond dim digon. Arllwysodd yr holl stori am yr holi erchyll yng ngorsaf yr heddlu wrtho heb gelu dim. Gallai Nia weld bod Siôn wedi'i frifo ac, am unwaith, yn lle pwdu ffromodd gan ei chyhuddo o frad a thwyll. Ac roedd Siôn yn iawn, roedd hi wedi twyllo. Gosododd ei llaw ar y ffotograff ac, wrth edrych eto ar wên Josh, criodd ddagrau hallt. Bitsh hunanol, meddyliodd, ti wedi peryglu'r cyfan.

Ni allai David Wilkins ddioddef neb yn tresbasu ar ei dir sanctaidd. Fel rheolwr ariannol Gwenddwr, ef a neb arall oedd i drin a thrafod ffigyrau'r cwmni – eu trin, eu trafod a'u deall. Deall llwybrau cymhleth yr amcangyfrifon, deall nad oedd rhaid talu sylw i bob bygythiad gan giwed y Dreth Incwm, gwybod pryd i ddal yn ôl rhag talu awduron ac, uwchlaw popeth, meddu ar y gallu i guddio. Ac yntau'n ddyn dibriod o ychydig bleserau, ffigyrau ac arian oedd ei fara beunyddiol. Roedd yn mwynhau sicrwydd ystadegau ac wrth ei fodd bod rhaid i Meurig droi ato am gyngor ac eglurhad weithiau. Yn y pen draw, roedd y mwlsyn wedi gwrthod gwrando a mynnu ar y gwerthiant byrbwyll. Twpsyn! Drwy archwiliad o'r cyfrifon gwelodd Wilkins drwy gynllwyn ei fòs i greu dau bris gwerthu – un cyhoeddus ac un cudd. Bwriadai ddatgelu'r ystryw yng nghyfarfod bore Sadwrn o flaen Susan a'r lleill, ond ar ôl clywed am y llofruddiaeth doedd dim rhaid, oedd e? Fodd bynnag, roedd y wybodaeth yn dal yn ei feddiant a phwy a ŵyr sut gallai'r garden dactegol honno fod yn handi yn y dyfodol? A Susan bellach yn saff yn nwylo'r heddlu, dyna derfyn ar ei busnesu a'i bygythiad i alw'r cyfrifwyr i mewn, gan roi rhwydd hynt iddo guddio a dadlennu fel y mynnai. Dewisodd o fwydlen y cyfrifiadur a llifodd y colofnau ar y sgrin. Yn ddyn bodlon, symudodd y llygoden ac mewn chwinciad agorodd sicrwydd ac addewid yn y ffigyrau o'i flaen.

*

Roedd yr Ystafell Gyfweld yn orlawn. Mewn un gornel, a'u cefnau at y wal (mewn mwy nag un ystyr!), eisteddai Roger Trenton a Susan Selwyn. Gyferbyn â hwy safai'r Prif Arolygydd Sam Powell a Gareth, gyda Clive a Teri mewn cornel arall. Oherwydd yr agosrwydd, roedd y clwyf ar wyneb Gareth yn amlwg i bawb.

Dechreuodd Powell. "Mr Trenton, dwi am i chi a'ch cleient sylweddoli bod y sefyllfa wedi difrifoli ers ddoe. Cyhuddwyd Miss Selwyn o ymosod ar aelod o'r heddlu. Mae gyda ni dystion i'r weithred a does dim amheuaeth. Y gosb leiaf am y drosedd yw gorchymyn cymunedol a iawndal i'r unigolyn."

"Os ca i…" dechreuodd Trenton.

Cododd Powell ei lais. "Dwi ddim wedi gorffen eto. Y gosb leiaf yw'r gorchymyn a'r iawndal, a'r uchafswm yw chwe mis o garchar a dirwy o bum mil o bunnoedd. Bydd Miss Selwyn yn dal i gael ei holi ar y cyhuddiad o lofruddiaeth, ac ar awdurdod y Super mae'r cyfnod holi wedi'i ymestyn i dri deg chwe awr. Byddwn ni'n cysylltu ag aelod o'r Fainc i ddyfarnu ar estyniad pellach i naw deg chwe awr. I sicrhau tegwch, fi fydd yn bennaf cyfrifol am yr holi, gyda help DS Akers a DC Teri Owen. Fydd Insbector Prior ddim yn cymryd unrhyw ran yn yr holi. Ry'n ni eisoes wedi gwneud cais am warant i chwilio cartref Miss Selwyn. Ydy hyn yn glir, Mr Trenton?"

"Berffaith glir. Rhaid ildio i'r cais i holi am dri deg chwe awr ond mae ymestyniad pellach yn hollol afresymol ac fe fyddwn ni'n gwrthwynebu hynny. Dyw estyniad o'r fath ddim ond yn cael ei ddefnyddio mewn achosion difrifol."

"Dyw mwrdwr ddim yn ddigon difrifol?" atebodd Powell yn sychlyd. "Ni sydd i benderfynu, nid chi."

Yn ddrwg ei hwyl, lluchiodd Trenton gopi o *Western Mail* y dydd ar y bwrdd. "A chi, mae'n siŵr, ryddhaodd y wybodaeth hon i'r wasg? Gwybodaeth hynod niweidiol i Miss Selwyn sy'n milwrio'n erbyn y posibilrwydd o achos teg yn y llys."

"Diddorol eich gweld chi'n cydnabod y posibilrwydd o achos llys, Trenton. Nid ni gysylltodd â'r cyfryngau. Y cyfan ddwedodd yr heddlu oedd i ddynes yn ei thrigeiniau gael ei harestio. Ga i awgrymu y dylech chi gyfeirio'ch rhybuddion at staff Gwenddwr? Nawr, yn hytrach na sgorio pwyntiau, gawn ni gychwyn arni a mynd reit 'nôl i ddechrau'r hanes, sef bwriad Mr Selwyn i werthu'r Wasg."

"Ry'n ni eisoes wedi bod drwy hyn i gyd," protestiodd Trenton.

"Ac fe fyddwn ni'n mynd drwy'r cyfan eto hyd nes y cawn ni'r atebion!"

A dyna'n union ddigwyddodd. Gydag ambell doriad, bu Powell yn holi Susan am yn agos i dair awr. Eisteddai Trenton wrth ei hochr fel ci gwarchod ffyddlon yn torri ar draws bob yn hyn a hyn i atal Susan rhag ateb. Cafwyd egwyl am ginio ac aethpwyd â Susan i'r gell. Eisteddodd ar ymyl y gwely haearn a'i fatras blastig, gan bigo ar y pryd o slops cig a roddwyd iddi. Am strach, meddyliodd, fi fan hyn mewn cell ddrewllyd a Meurig yn chwerthin yn y byd nesaf ar lwc sâl ei annwyl chwaer. Yfodd y gwydraid o ddŵr ac, ar unwaith, teimlo'r wasgfa i fynd i'r tŷ bach. Roedd 'na doiled yn y gell – yn agored ac yn hollol gyhoeddus. Doedd dim dewis ganddi. Cyrcydodd wrth y fowlen fetel a gostwng ei nicer. Yr eiliad honno, clywodd sŵn a gweld y twll pipio yn y drws yn cael ei symud o'r neilltu. Rhoddodd sgrech orffwyll.

"Pwy sy 'na? Blydi *perv*! Sdim byd gwell 'da chi neud na gwylio gwraig ganol oed yn piso?"

Sgrechiodd eto a chodi i ddyrnu'r drws. "Agorwch y drws 'ma nawr! Dwi am weld fy nghyfreithiwr. Mae gen i hawliau!"

Cafwyd mwy o ddyrnu ac ymhen hir a hwyr fe agorwyd drws y gell. Safai plismones yn y coridor.

"Newch chi ddim lles i'ch achos yn gweiddi fel 'na. Dyw Mr Trenton ddim yn yr adeilad ar hyn o bryd. Mae wedi mynd am ei ginio."

Dychmygodd Susan ei chyfreithiwr yn pwyso yn erbyn bar yn y dref yn mwynhau ei fwyd a glasied o win coch. Bu bron iddi ffrwydro, ond rywfodd rheolodd ei hunan i osgoi ail gyhuddiad o ymosod. Tynnodd anadl ddofn a brwydro i siarad yn bwyllog â'r blismones.

"Wel, os gwelwch yn dda, Miss, ffoniwch Trenton ar unwaith a dweud – na, gorchymyn iddo fe ddod i'r orsaf. Dwi'n talu digon i'r diawl, mae'n bryd iddo fe ddechrau ennill ei bres."

Tasgodd llygaid y blismones a chaeodd y drws yn glep. Camodd Susan at y gwely a dyna lle bu'n magu ei chynddaredd am yr hanner awr nesaf tan i Trenton ymddangos.

"Ble y'ch chi 'di bod? Slotian yn y Bay Vue neu rywle, mi wranta, tra 'mod i'n pydru yn yr uffern 'ma. Dwi wedi blino, Trenton, a dwi am gael allan o fan hyn. Deall?"

Anwybyddodd y cyfreithiwr y sarhad. "Dwi wedi bod yn ymdrechu'n ddygn ar eich rhan chi, Miss Selwyn, i sicrhau'r union amcan. Gwnes i ddau beth yn ystod yr awr ginio – awr ginio heb fwyd na diod, gyda llaw. Ges i sgwrs gyda chyfaill sy'n aelod o'r Fainc. Fydd yr heddlu ddim yn ennill yr hawl i estyn i naw deg chwe awr, felly dim ond tan un ar ddeg heno sy gyda nhw i'ch holi. Amynedd pia hi, a llai o gadw reiat. Ac anghofiwch y bygythiadau am ymosod ar Prior. ASBO, gorchymyn cymunedol, fydd y gosb; fyddai'r ynadon byth yn ystyried carchar am hynny. Hefyd, dwi wedi briffio cyd-weithwraig, Glesni Jones, i fynd i'ch cartref i gael gwared ar unrhyw beth allai gryfhau achos yr heddlu. Maen nhw'n dal i aros am y warant chwilio a bydd Glesni wedi bod drwy'r lle â chrib fân cyn i'r glas gyrraedd. Nawr, oes 'na dystiolaeth – dyddiadur, ffeiliau, stwff ar y cyfrifiadur, unrhyw beth allai bwyntio bys atoch chi? A bydd rhaid cael allwedd i'r tŷ."

Ymddiheurodd Susan cyn ymateb yn ofalus i ymholiadau Trenton. "Mae 'na wybodaeth, oes. Ro'n i wedi bod mewn cysylltiad â gwasg yn y gogledd i geisio'u perswadio nhw i fuddsoddi yn Gwenddwr. Ymgais i danseilio cynlluniau 'mrawd. Mae 'na amseroedd cyfarfodydd yn y dyddiadur ac e-byst yn y cyfrifiadur. Hefyd, mae ffeil yn nrôr uchaf y ddesg ar yr ochr dde. Mae'r e-byst a'r ffeil yn feirniadol o Meurig ac yn defnyddio iaith annoeth. Mae'r cyfan yn gyfrinachol ac yn cynnwys manylion nad oedd ym meddiant Meurig." Ystyriodd ymhellach. "Mae problem ynglŷn ag allwedd y tŷ. Roedd hi yn fy mag pan ddygwyd fi yma ac mae'r cyfan gyda'r heddlu."

"Oes allwedd arall?"

"Oes, yn nrôr canol y ddesg yn fy swyddfa yn Gwenddwr. Gofynnwch i Sharon wrth y dderbynfa ac fe wneith hi ddangos yn union ble. A byddwch chi angen cyfrinair y cyfrifiadur. Dewch â darn o bapur."

Gafaelodd Trenton yn ei ffôn symudol a throsglwyddo'r wybodaeth i Glesni Jones ar fyrder.

Akers ailgydiodd yn yr holi. Glynodd at y cwestiynu fel terier cecrus yn plicio asgwrn a deallodd Susan yn gyflym nad oedd nemor ddim yn dianc rhag ei sylw treiddgar. Ac os oedd Akers yn methu, byddai'r ferch flin wrth ei ochr yn barod i ergydio gyda chwestiwn ychwanegol. Doedd Susan ddim yn hoffi Teri – rhyw slip o groten yn gofyn pethau haerllug am ei bywyd personol. Pam nad oedd hi erioed wedi priodi? Oedd hi'n hoffi cwmni merched yn fwy na dynion? Wedyn, palu'n ddiderfyn am arferion anesthetig. Oedd hi erioed wedi gwneud camgymeriad yn y ddôs? Oedd hi'n ymhyfrydu yn y pŵer oedd ganddi wrth reoli ffawd claf ar y llwybr peryglus rhwng bywyd a marwolaeth? Wfftiodd Susan yr ensyniadau gan ddadlau nad oedd y cyfan yn ddim byd mwy na gwastraff amser. O brofiad, gwyddai Trenton yn wahanol. Ymdrechion i godi gwrychyn oedd y lled-gyfeiriadau personol ac yn y diwedd bu raid iddo dorri ar draws i ddatgan na allai weld perthnasedd yr holi. Unwaith eto, cafodd yr ateb siarp mai'r heddlu oedd i benderfynu ar berthnasedd, nid y cyhuddedig na'i chyfreithiwr.

Rhygnodd y broses ymlaen ac yna, am ddeg y nos, cafwyd y cais disgwyliedig gan Trenton. "Cafodd fy nghleient ei harestio am un ar ddeg bore ddoe ac felly mae wedi cael ei holi am yn agos i dri deg chwe awr. Gallwch chi nawr wneud un o dri pheth. Gwneud cais am estyniad pellach, ond mae'n amheus y dewch chi o hyd i aelod o'r Fainc amser hyn o'r nos; cyhuddo fy nghleient yn ffurfiol; neu, yn drydydd, ei rhyddhau." Ychwanegodd yn fêl i gyd, "Mae ganddoch chi gwta awr ac wedyn bydda i'n disgwyl penderfyniad."

Mewn gwirionedd, roedd pregeth y cyfreithiwr yn ddiangen. Doedd dim o bwys wedi'i ganfod yng nghartref Susan Selwyn a'r oriau o holi heb dynnu'r broses i dir sicrach. Doedd y sampl DNA, er ei fod yn dangos y cysylltiad teuluol, ddim yn cynnig prawf cadarn. O ganlyniad, roedd Gwasanaeth Erlyn y Goron wedi dyfarnu'n ddiamheuol nad oedd digon o dystiolaeth i gynnal cyhuddiad o lofruddiaeth. O ddiawlineb yn fwy na dim, holwyd am awr eto cyn i Powell gyhoeddi, "Miss Selwyn, ry'ch chi nawr yn cael eich rhyddhau dan amodau mechnïaeth. Jyst i fod yn glir, ry'ch chi'n dal dan amheuaeth ac fe fyddwch chi'n ymddangos yn y llys maes o law ar y cyhuddiad o ymosod ar aelod o'r heddlu."

Gwenodd Trenton yn foddhaus ac estyn cymorth i Susan godi. Wrth i'r ddau adael, ni allai ymatal. Dywedodd yn sbeitlyd,

"Diolch am weld sens o'r diwedd. Fe fydd fy nghleient yn dwyn achos o niwed i gymeriad yn erbyn yr heddlu. Noswaith dda, gyfeillion, a phob hwyl gyda'r ymchwiliad."

PENNOD 21

NID YW MAES awyr Alderney lawer mwy na chyfres o gytiau isel ond dyna lle mae rheolwr y ganolfan gamblo yn eistedd yn amyneddgar. O'r diwedd, mae'n clywed sŵn jet, yn codi at y ffenest a gweld yr awyren fechan yn disgyn drwy'r cymylau. Mae chwip y gwynt a'r glaw'n gorfodi'r peilot i gylchu eilwaith cyn llwyddo i lanio ac anelu trwyn yr awyren at y cytiau. Mewn byr o amser daw dau ddyn i gyfarfod y rheolwr ac fe'u tywysir at y Mercedes a barciwyd yn anghyfreithlon y tu allan i brif fynedfa'r maes awyr. Mae'r ddau ddyn yn rhoi'r argraff na wastraffai'r un ohonynt anadl nac amser ar drafod mân betheuach fel y tywydd ac ar wahân i gyfarchiad swta ni cheir sgwrs yn y car.

Mae'r ddau'n debyg o ran pryd a gwedd a gwisgant yn unffurf. Mae eu siwtiau o frethyn glas cyfoethog, y siacedi'n ddwbl ar y frest a phlygiadau'r trowsus fel cyllyll miniog. Cwblheir yr iwnifform gan grysau claerwyn a theis patrymog sidan. Mae eu gwalltiau cyrliog tywyll wedi'u cribo'n ofalus o'r talcen ac yn agosrwydd y Mercedes gellir arogli'r naws lleiaf o *cologne* drud. Mae un yn cario ces lledr bychan wedi'i gadwyno at ei law.

Ar ôl cyrraedd y ganolfan maent yn mynd yn syth i swyddfa ar y llawr cyntaf ac, unwaith eto, prin yw'r geiriau. Mae dyn y ces yn datod y gadwyn, agor y clawr ac estyn pentyrrau o ddoleri i'r rheolwr, sy'n eu gosod mewn sêff gadarn yng nghornel y swyddfa. Nid yw'r naill ochr na'r llall yn trafferthu i gyfri'r arian ac ni chwblheir unrhyw gofnod papur i nodi trosglwyddiad gwerth cannoedd o filoedd o ddoleri. Daw'r cyfan i ben fel petai heb ddigwydd o gwbl.

Mae'r tri'n ymlacio a'r rheolwr yn arllwys *cognac* i'r lleill. Yna, dechreua'r mân sgwrsio digon llawen, y curo cefn a llongyfarch ei gilydd ar lwyddiant eu menter. Ar wahoddiad y rheolwr, disgynnant i'r ystafell danddaearol i wylio prysurdeb y gamblo. Nid yw'r sgriniau teledu a'u cyfleoedd hapchwarae yn ddieithr i'r ymwelwyr a chânt bleser o wylio diwydrwydd effeithiol yr ystafell. Mae'r gweithwyr ifanc yn canolbwyntio ar eu bysellfyrddau a phrin yn sylwi ar bresenoldeb y ddau ddyn.

Daw cais electronig oddi wrth Avid1 ac mae ei gynorthwyydd arferol yn ymateb ar amrantiad. Heno, mae Avid1 yn llwyr haeddu ei lysenw ac, er ei fod ymhell i ffwrdd, gellir synhwyro, rywfodd, ei chwant i chwarae. Mae'n glynu at ei ddewis o Blackjack ond y tro hwn mae ei dactegau'n wahanol. Mae'n betio'n drwm o'r cychwyn ac yn dilyn patrwm mentrus sy'n peri penbleth i'w gynorthwyydd. Fodd bynnag, nid yw'r ferch yn petruso – yno i wasanaethu mae hi ac mae'n ymateb yn ddigwestiwn i'w orchmynion. Gŵyr sut i'w rwydo i hud lledrithiol y gêm ac o dan ei harweiniad deheuig mae Avid1 yn ennill symiau sylweddol. Yna, yn union yn ôl y disgwyl, gosoda ei holl enillion ar un fet olaf, colli'r cyfan ac ymadael â'r chwarae mewn dyled.

Hyd yn oed yng ngolau isel y ganolfan mae boddhad y rheolwr a'i ymwelwyr yn ddigamsyniol. Gwyddant yn well na neb nad chwarae i ennill a wna'r gwir gamblwr. Mae'r gwir gamblwr yn gamblo heddiw er mwyn gallu gamblo yfory.

PENNOD 22

GWYDDAI MILA LUBRENSE o brofiad mai dinas yr eithafion yw Napoli – dinas i'w charu neu'i chasáu'n angerddol. Mae ei rhodfeydd eang â'u palasau a'u gerddi coed palmwydd yn arwain yn ddirybudd i strydoedd culion bygythiol lle nad yw'r haul byth yn disgleirio. Ar fore crasboeth gadawodd Mila gysgod un o sgwariau'r strydoedd cefn a cherdded ar hyd y Via Chiaia i'r Cafè Gambrinus. Dyma gaffi crandiaf a drutaf y ddinas ond mae ei ddodrefn gosgeiddig a'r olygfa gyson gyfnewidiol o'r Piazza del Plebiscito yn werth pob ceiniog. Gosodwyd cacen *sfogliatelle* ac espresso ar ei bwrdd ac wrth sipian y coffi gwerthfawrogodd Mila ei flas cyfoethog. Roedd angen y coffi arni gan nad oedd wedi cysgu'n dda. Gwres y nos a diffyg *air-con* yn ei fflat fechan oedd un rheswm ond roedd yna reswm arall. Wrth iddi droi a throsi yn ei gwely fe'i plagiwyd gan atgofion am y noson a dreuliodd yng nghwmni Gareth Prior, y *Commissario* o Gymru. Roedd yn dal i deimlo rhywfaint o euogrwydd am ei adael mor ddiseremoni, heb air o ffarwél. Gwaith yn galw oedd ei hesgus, a'r esboniad nad oedd ganddi amser yn ei bywyd prysur i gymhlethdod perthynas. I Mila, yn yr ymrafael rhwng gwaith a pherthynas, gwaith oedd yn ennill bob tro – hyd yn hyn.

Daeth dyn ifanc i mewn i'r caffi a chroesi'n syth at ei bwrdd. Gwenodd Mila gan godi i'w gyfarch, a'r naill a'r llall yn plannu cusan ar foch. Paolo Monetti ydoedd, cyfarwyddwr y rhaglen deledu yr oedd Mila'n gweithio arni, ac ar ôl iddo yntau gael coffi gosododd daflen ar y bwrdd rhyngddyn nhw.

Gydag awgrym cryf o ymddiheuriad, dywedodd Paolo, "Dyma amserlen heddiw."

Taflodd Mila gipolwg ar y rhestr. "Beth ddigwyddodd i Okokoko a Mama Napoli?"

"Mae'r ddwy siop wedi gwrthod. Dweud nad yw'n gyfleus, a gan fod busnes yn llewyrchus dy'n nhw ddim angen y cyhoeddusrwydd mewn gwirionedd."

"Pa! Rwyt ti a fi'n gwbod mai'r gwir yw bod y Camorra wedi gwasgu ar y ddwy siop i blygu i'r drefn. Ac os na fyddan nhw'n ufuddhau byddan nhw'n talu'r pris. Un o brif ffynonellau pres i goffrau'r Camorra yw gwasgu ar bob siop yn eu tiriogaeth a mynnu eu bod yn talu treth iddyn nhw. Blacmel ariannol. Esboniest ti wrth y siopau na fydden ni'n codi'r agweddau bygythiol hyn ar y rhaglen? Cael portread o'r siopau ry'n ni moyn, a'u barn nhw am y diwydiant ffasiwn. Nest ti hynny?"

"Do, ond 'dim diolch' oedd ateb y ddwy siop. Drycha, mae busnesau eraill wedi cytuno, rhai enwau adnabyddus."

Cododd Mila'r daflen o'r bwrdd. "Miseno a Culti! Mae'r rheini'n well na'r ddwy siop arall. Tipyn o sgŵp. Hei, go dda!"

Cymerodd Paolo ddracht arall o'i goffi ac oedi cyn ateb. "Sgŵp falle, ond ma 'na broblem fach. Chawn ni ddim ffilmio y tu fewn, dim enwi'r siopau na'r perchnogion, ond maen nhw'n barod i gael eu cyfweld mewn silwét heb ddatgelu unrhyw enwau o gwbl."

"Alla i ddim credu hynny! Bydd y Camorra'n gwbod pwy fydd yn siarad. Mae hyn yn stiwpid."

"Dyna'r amod, Mila. Mae hyn yn rhan allweddol o'n rhaglen deledu ni a does dim dewis ond ufuddhau."

"Beth am ffilmio cudd? Mynd i mewn i'r siop, dechre holi am ansawdd y dillad, ble maen nhw'n cael eu gwneud, taflu ewros o gwmpas, prynu un owtffit ar ôl y llall?"

"Ti sy'n stiwpid nawr! Byddai'r perchnogion yn gweld drwy'r tric ar unwaith a byddet ti mas ar dy din. Yn fwy na hynny, byddai'r stori ar led a dim un siop yn barod i siarad. Rhaglen ganol y ffordd yw hon, cofia, a dim agweddau bygythiol. Holi poléit a phositif, codi ambell gwestiwn a gobeithio agor llygaid y gwylwyr i ddylanwad y Camorra ar y busnes dillad ffug. Dwi ddim am beryglu bywyd neb – yn enwedig dy fywyd di."

Gwgodd Mila ond gwyddai ym mêr ei hesgyrn fod Paolo'n iawn. Nid oedd hi'n poeni rhyw lawer am ddiogelwch personol ond ffolineb fyddai anwybyddu unrhyw fygythiad i'r rhai a ymddangosai ar y rhaglen. Beth bynnag, roedd y dyddiad darlledu'n agosáu a gyda'r ffilmio yn y gweithdai a chyfweliadau â'r arbenigwyr a'r *fashionistas* bron â'u cwblhau doedd dim amser i aildrefnu. "Ocê, ti sy'n iawn. Amserlen heddi 'te?"

Atebodd Paolo, "Tacsi i ben pella'r Via Toledo lle mae Miseno, ffilmio fan'na bore 'ma ac wedyn i Culti. Mae'r criw camera eisoes ar ei ffordd i'r siop gyntaf a rhaid hastu i orffen cyn canol y prynhawn er mwyn mynd 'nôl i'r stiwdio heno i ddechrau golygu."

Gadawodd Mila a Paolo y Gambrinus a chroesi i safle tacsi'r *piazza*. Ar ôl derbyn y cyfarwyddiadau llywiodd gyrrwr y cerbyd i'r lôn agosaf a dechrau'r frwydr sy'n rhan annatod o yrru yn Napoli. Roedd fflyd o Vespas a Fiats bychain yn gwibio'r naill ochr i'r tacsi, pawb yn ymrafael am eu modfedd o fantais ar y ffordd a phob gyrrwr yn protestio'n groch os byddai'n methu'r cyfle. Y Via Toledo oedd prif stryd siopau dillad y ddinas, gyda Miseno ar gornel ym mhen pella'r stryd hir. Nid dyna un o'r safleoedd gorau, efallai, ond eto roedd yn ddigon smart i ddenu cwsmeriaid, y rhan fwyaf yn dwristiaid a ddarllenodd am fargeinion y lle. Trodd gyrrwr y tacsi'n eofn i gyfeiriad y palmant heb affliw o arwydd gan ennyn corws o regfeydd am ei hyfdra. Atebodd yn yr un modd ac, ar ôl i Paolo dalu, ailymunodd â llif y traffig, gwneud tro pedol a gyrru i ffwrdd mewn cwmwl o fwg glas a chanu corn.

Y peth cyntaf a ddenodd sylw Mila a Paolo oedd y ddau sgwter yn pwyso'n erbyn wal y siop – dau sgwter drud yr olwg â helmedau lliwgar yn gorffwys ar y seddi. Doedd dim golwg o gadwyn atal lladron ond feiddiai neb osod bys bach ar yr helmedau a'r beiciau hyn. Sgwteri gang lleol y Camorra oeddent a gwyddai'r trigolion i gadw lled-braich er mwyn gwarantu cael cyd-fyw'n heddychlon â meistri'r ddinas. Gyferbyn â Miseno roedd caffi ac ar y teras eisteddai dau ddyn ifanc mewn siacedi lledr a jîns yn sipian diod, eu presenoldeb yn amlwg ond heb fod yn rhy amlwg. Gweision stryd y Camorra oedd y rhain a'u gorchwyl oedd gwylio ac adrodd 'nôl i'r bosys.

"Rwy'n gweld bod y parti croeso yma'n barod," meddai Mila. "Falle dylwn i fynd draw i'r caffi i gael sgwrs fach."

Gafaelodd Paolo yn ei braich. "Weithiau, dwi'n meddwl nad wyt ti ddim chwarter call! Cofia pam ry'n ni yma – nid i greu helynt na rhoi llond twll o ofn i berchennog y siop. Ffilmio'n dawel, bachu'r eitem a gadael. Deall, Signorina Lubrense?"

Chwarddodd Mila. "Deall, Signor Monetti. Jôc fach, 'na i gyd. Dwi'n addo bihafio o hyn ymlaen."

Arhosodd fan fechan wrth y palmant; camodd dau dechnegydd ohoni a mynd i agor y drysau cefn i ddadlwytho'r offer ffilmio. Eglurodd Paolo'r trefniadau a chychwynnodd y dynion ar unwaith drwy saethu sawl siot o'r Via Toledo a lluniau wedyn o Mila'n traethu. Cymerodd hyn yn agos i awr wrth i Paolo alw am ail a thrydydd cynnig a gofyn i'r trigolion lleol gadw draw. Ar ôl gorffen eu darnau ar gamera aeth pawb i mewn i'r siop a chael eu cyfarch gan ddynes yn ei thridegau wedi'i gwisgo mewn blows batrymog a throwsus llwyd oedd yn gweddu'n berffaith i'w gwallt gloywddu. Roedd presenoldeb y criw a'r camera yn codi chwilfrydedd ymhlith y cwsmeriaid, gan atal eu harchwiliad awchus o'r rhesi o ddillad labeli Vedersace a Giorgio Mariani. Tywyswyd y criw yn frysiog o olwg y prynwyr i ystafell gefn lle aeth y ddynes ati i ailbwysleisio'r amodau o osgoi ei henwi hi na'r siop. Gosodwyd y camera yn ei le ac ar ôl i'r technegydd arall brofi'r sain fe agorodd Mila'r cyfweliad. Holodd yn ddyfal a threiddgar ac ar ôl cyffredinoli am ryw chwarter awr dyma'r ddynes o'r diwedd yn datgelu rhywfaint o fanylion am ffynhonnell y dillad ac yn esbonio'r rhesymau dros debygrwydd y nwyddau i greadigaethau cwmnïau ffasiwn enwocaf yr Eidal.

Roedd yr ail siop, Culti, ar gyrion y Quartieri Spagnoli, un o ardaloedd tlotaf Napoli. Roedd dylanwad y Camorra'n gryf yma ac, unwaith eto, sylwodd Mila a Paolo ar y sgwteri ac ar bresenoldeb y llanciau yn lled-orwedd ar fainc wrth eglwys hynafol. Daeth un o'r llanciau atynt yn wên i gyd a chynnig pecyn mawr o sigaréts ("Special price, signorina, no tax!") neu ddewis o gyffuriau, yn hollol agored. Gwrthododd y ddau a dianc i ddiogelwch cymharol y siop. Yma eto roedd y lle'n llawn, y rhan fwyaf o'r cwsmeriaid yn bobl ifanc yn pigo drwy'r pentyrrau o jîns, crysau-T llachar, sbectolau haul a siwtiau nofio 'drychwch arna i' – a'r cyfan yn eithriadol o rad. Daeth y perchennog – dyn mawr boliog – i gyfarch y criw a'u harwain o halibalŵ'r bargeinio a sain byddarol y roc pync i swyddfa fechan ar yr ail lawr. Cyflwynodd ei hun fel Giuseppe Nuvolari ac, er ychydig syndod, cynnig *aperitivo* i bawb.

"Croeso i Culti. Falch o'ch gweld chi. Ga i gywiro un peth? Rwy'n fodlon i chi ffilmio tu mewn a thu allan a dwi'n hollol hapus i gael fy enwi a chael fy nghyfweld ar gamera. Pan siaradoch chi â'r rheolwr roedd hi ychydig yn nerfus ac wedi rhoi camargraff. Does gen i ddim problem. Mae pawb yn nabod Giuseppe a dwi'n nabod pawb. Wrth gwrs, fyddai hi ddim yn ddoeth cyfeirio'n uniongyrchol at y meistri mawr, sydd â'u cŵn bach tu allan wrth yr eglwys. Ar wahân i hynny, gofynnwch unrhyw beth ac os na fydd Giuseppe'n hapus i ateb, bydd Giuseppe'n dweud. Iawn?"

Dyna'n union a wnaed, ac ar derfyn hanner awr o holi buddiol roedd Paolo'n hollol fodlon a diolchodd yn dalog i Giuseppe. Aeth y technegwyr i lawr i'r siop i gwblhau'r ffilmio, gyda Mila'n bachu ar y cyfle i sgwrsio â'r prynwyr ifanc. Gadawodd pawb mewn hwyliau ardderchog, gyda Giuseppe'n codi llaw a dymuno'n dda a datgan ei fod yn edrych ymlaen yn eiddgar at wylio'r rhaglen.

Oherwydd culni'r strydoedd nid yw tacsis Napoli yn mynd i'r Quartieri a bu raid i Mila a Paolo gerdded i'r *piazza* agosaf ar ben deheuol Via Toledo. Erbyn iddynt gyrraedd y safle tacsis roedd yr haul ar ei gryfaf a'r ddau'n foddfa o chwys ac yn hynod falch i eistedd yn oerni'r system awyru.

"Roedd Giuseppe'n gymeriad a hanner, on'd oedd e?" meddai Mila. "Siarad mor rhydd, ac roedd cyfweliadau â chwsmeriaid Culti yn fonws. Oes syniad 'da ti pam na'th e newid ei feddwl?"

"Wel, yn sicr, nid y nonsens am y rheolwr nerfus. Dwi'n credu bod 'na ddau reswm. Mae Culti yn nhiriogaeth gang arall o'r Camorra sy'n delio bron yn llwyr mewn cyffuriau a phrin yn cyffwrdd â busnesau'r Quartieri. Ac weithiau mae'r Camorra'n awyddus i bortreadu eu hunain fel dynion busnes gonest. Paid â chwerthin – ydyn, maen nhw. Cyfleu delwedd o'r unig rai yn Napoli sy'n medru cadw trefn. Mae'r heddlu a'r gwleidyddion wedi methu, ond mae'r Camorra'n llwyddo. A dyna welon ni bore 'ma yn Culti. Busnes llwyddiannus, siop lawn a Giuseppe'n barod i gynorthwyo gyda'r rhaglen."

Fflachiodd y llygaid du ac roedd Mila'n agos at ffromi. "Dynion busnes gonest? Dere, Paolo, ti ddim yn llyncu'r sothach yna, wyt ti? Os yw dy esboniad di'n dal dŵr, pam oedd y sgwteri drud y tu allan i'r ddau le? Y naill siop mor llawn â'r llall a'r ddwy'n gwerthu dillad a nwyddau sy'n gopïau bŵtleg o gynnyrch y fasnach ffasiwn. Cym on – ry'n ni wedi bod yn y gweithdai un stafell a'r fflatiau yn y slyms yn gweld y stwff yn cael ei wneud."

Yn hytrach nag ildio, newidiodd Paolo gyfeiriad y drafodaeth. "Gwranda, Mila, y peth pwysig yw i ni dreulio bore buddiol yn ffilmio ac mae'r darn yn Culti yn mynd i fod yn ffantastig. Canolbwyntio ar y rhaglen a rhoi'r cefndir o'r neilltu, dyna beth sy angen."

Roedd Mila ar fin dadlau mai holl sail y rhaglen oedd ymgais i daflu golau ar un agwedd o ddylanwad y Camorra ar fywyd y ddinas, ond arafodd y tacsi a gadawodd Paolo gyda "Ciao" swta. Ar ei phen ei hun, gwyliodd Mila'r cychod pysgota yn harbwr Mergellina wrth i'r cerbyd godi sbîd ar hyd Via Caracciolo. Golygfa berffaith, haul y prynhawn yn sgleinio ar y môr, y cychod glas a gwyn yn araf siglo i rythmau'r tonnau a'r pysgotwyr yn tendio'u rhwydi oren ar y cei. Perffaith ac arwynebol.

Erbyn i Mila gyrraedd ei fflat ar ail lawr y bloc ar lan yr harbwr roedd y chwys yn diferu o'i thalcen a'i gwallt tywyll yn gortynnau llaith. Roedd y fflat yn boeth felly aeth i agor y ffenestri dwbl i'r balconi bychan er mwyn manteisio ar yr ychydig awel. Caeodd y llenni. Yna, aeth i'r gawod, gorfodi ei hun i ddioddef pigiadau'r dŵr oer a gwerthfawrogi'r teimlad o gael gwared ar lwch a gwres y ddinas. Bwytaodd ginio ysgafn o salami a salad a chamu i'r ystafell wely am siesta. Cysgodd yn drwm ac fe'i dihunwyd dros ddwy awr yn ddiweddarach gan sŵn ping yn dod o'r gliniadur yn dynodi bod e-bost wedi cyrraedd. Heb lawer o frwdfrydedd aeth at y peiriant ac, yng nghanol y rwtsh arferol am gynigion ar win a gwyliau rhad, gwelodd un neges a'i synnodd. Post@prior.co.uk oedd yr anfonydd, a chliciodd ar y bocs a darllen:

> Helô! Os nad yw ditectif yn gallu ffeindio cyfeiriad e-bost, dyw e ddim yn llawer o dditectif yw e? Help gan Interpol (yn answyddogol, wrth gwrs!), cysylltu â sawl papur newydd a chylchgrawn a chael dy fanylion. Gobeithio nad wyt ti'n meindio 'mod i'n cysylltu fel hyn, yn ddirybudd. Rwyf wedi bod yn meddwl tipyn am ein noson yn Sorrento. Mae'n dal yn fyw yn y cof a'r unig ofid yw i ni wahanu heb gyfle i ffarwelio'n iawn. A dyma ddod at wir bwrpas yr e-bost. Hoffwn wneud trefniadau i gwrdd eto. Efallai 'mod i'n hy iawn ond nid rhyw ffansi benchwiban yw hyn ac fe hoffwn i dy gyfarfod eto a dod i nabod ein gilydd yn well. Rwyf ar

ganol achos dyrys yma yng Nghymru ond, gyda lwc, fe ddaw
i ben ymhen rhyw bythefnos. Wedyn byddaf yn fwy rhydd.
Gobeithio wir y derbyniaf ateb gen ti erbyn hynny.

Cofion,

Gareth (y *Commissario*!)

O ie, pob hwyl gyda'r rhaglen deledu.

Greddf gyntaf Mila oedd ateb ar unwaith ond yna pwyllodd.
Fel Gareth, roedd ei hatgofion hithau o'r noson yn Sorrento
yn rhai cynhyrfus a llawn pleser, ond ai edrych ar y profiad
drwy sbectol rosliw oedd hi? Do, cafodd fwyd a gwin hyfryd
yng nghwmni dyn golygus a mwynhaodd yr hyn ddigwyddodd
wedyn. Ond ai cam cyntaf i sefydlu perthynas oedd yr hyn
ddigwyddodd neu rywbeth un noson yn unig? Byddai cwrdd
eto'n ddymunol ond oedd e'n ddymuniad go iawn ganddi?
Pentyrrodd y cwestiynau a gwnaeth Mila yr hyn a wnâi ar bob
achlysur o'r fath, sef gohirio ateb.

Roedd stiwdios Canale Campania yn adeilad uchaf Napoli, sef
twr Telecom Italia yn y Centro Direzionale, ardal fasnachol y
ddinas. Dangosodd Mila ei bathodyn diogelwch i'r gofalwr wrth
ddesg y dderbynfa, esgyn yn y lifft i'r seithfed llawr a mynd yn
syth i'r swît olygu lle roedd Paolo yn disgwyl amdani. Gwenodd
ei chyd-weithiwr, a oedd yn amlwg mewn gwell hwyliau.

"Reit, barod gyda'r siswrn electronig? Fe wnawn ni olygu
stwff heddi tra bod hwnnw'n ffres yn y cof, wedyn y gweithdai,
yna dy ddarnau di i'r camera a chyfweliadau'r *fashionistas*. Bydd
y technegwyr yn golygu'r rhannau awyr-agored ac mae bois y
cyfrifiaduron eisoes yn paratoi'r graffeg. Yna, gorffen gyda'r
trosleisio. Hapus gyda hynna?"

"Hollol hapus."

"Mae amser yn dynn. Mae'r rhaglen yn cael ei darlledu mewn ychydig dros ddeng niwrnod, felly gwell bwrw ati."

Gwasgodd Paolo res o fotymau i ostwng y golau a chynnau'r sgriniau teledu o'u blaenau. Daeth wyneb perchennog Miseno i'r golwg ac ar derfyn awr a hanner o wibio 'nôl a blaen cafwyd gwared â'r gwag gyffredinoli a chasglu'r ffeithiau am darddiad a natur dillad y siop yn becyn crwn, bachog. Symud yn syth wedyn at Giuseppe ac oherwydd bod ei gyfraniad mor berthnasol a'i fynegiant mor ffraeth roedd y golygu'n anos. Beth ddylid ei gadw a beth i'w golli? Dechreuodd Mila a Paolo ddadlau ac, yn fuan, gwyddai'r ddau nad oedd dewis ond rhoi'r ffidil yn y to am y noson ac ailgydio drannoeth.

Treuliwyd y diwrnodau nesaf yn nhywyllwch y swît olygu. Wrth i'r dyddiad darlledu garlamu'n agosach cynyddodd y tensiwn rhwng Mila a Paolo ac fe gafwyd anghydweld a chyfnodau stormus. Ond, o'r diwedd, roedd y ddau'n fodlon ac fe ddangoswyd y rhaglen i gyfreithwyr Canale Campania. Gorchmynnwyd iddynt wneud rhai newidiadau, ond dim byd i danseilio'r neges, ac fe ddaeth y broses baratoi a golygu i ben. Dim ond wedyn y cafodd Mila gyfle i ailystyried neges Gareth ac, ar ôl pendroni, anfonodd ateb.

Hei, dyna syrpréis! Rwy'n teipio hwn o'r fflat yn Napoli sy ddim hanner mor hudolus â'r gwesty yn Sorrento. A bod yn onest, *Commissario*, ac rwy bob amser yn trio bod yn onest, mae dy e-bost wedi bod fel chwilen yn fy mhen ers dyddiau – weithiau'n peri penbleth ac weithiau pleser. Ond mwy o bleser nag o benbleth! Ie, fe hoffwn i gwrdd eto – a phaid â rhyfeddu am hyn, ond byddai diffyg haul neu law Cymru yn fendith i rywun sy'n gwywo yng ngwres Napoli!

Bûm yn gweithio fel slaf ar y rhaglen deledu ond gyda honno'n barod, daeth siawns i ateb dy neges. Yn yr un modd, gobeithio bod yr achos dyrys yng Nghymru ar fin ei ddatrys.

Cofion,

Mila.

Nid oedd Mila'n mwynhau gwag gymdeithasu'r byd teledu a phenderfynodd dreulio noson darlledu'r rhaglen ar ei phen ei hun yn y fflat. Yn ôl y rhagolygon, roedd y tywydd ar fin newid a gallai glywed rwmblan taranau o gyfeiriad y mynyddoedd uwchben Feswfiws. Estynnodd am botel o Frascati o'r oergell, arllwys mesur hael i wydr ac eistedd yn y gadair freichiau o flaen y set deledu. Er ei bod hi'n allanol hyderus roedd y nerfau'n dynn heno a sylweddolai nad oedd *exposé* ar y Camorra heb ei beryglon. Cododd Mila lefel y sain ac yna, mewn anghrediniaeth bur, gwrandawodd ar eiriau'r cyhoeddwr.

"Yn lle'r rhaglen a hysbysebwyd, rydym yn ailddangos y portread o'r tenor byd-enwog o Napoli, Enrico Caruso."

"Be ffyc?!" gwaeddodd i dawelwch y fflat. Sylweddolodd mewn fflach beth oedd wedi digwydd a gafaelodd yn y ffôn a deialu rhif Canale Campania. Fel y disgwyliai, gofalwr y dderbynfa atebodd ac mewn llais yn agos at weiddi gofynnodd Mila am rif cartref prif reolwr y cwmni. Roedd y gofalwr yn hen gyfarwydd â strancio cyflwynwyr a chynhyrchwyr a, heb dalu iot o sylw i'w bytheirio, gwrthododd ar ei ben.

Torrodd y storom y bore canlynol gan orfodi Mila i frwydro yn erbyn y mellt a'r glaw ar ei thaith i'r stiwdios. Cymerodd y lifft i'r nawfed llawr, noddfa esmwyth rheolwyr y cwmni, a gan anwybyddu protestiadau rhyw hoeden o ysgrifenyddes martsiodd i mewn i swyddfa Vittorio Cardarelli, prif reolwr Canale Campania. Roedd Cardarelli yn ymgorfforiad o ŵr busnes ffyniannus o'r Eidal, yn ddyn a ddringodd yn uchel drwy ymdrechion eraill, heb boeni taten am y rhai a sathrwyd yn ei ras am bŵer. Eisteddai y tu cefn i ddesg o wydr tywyll yn ei siwt grand a chododd ei olygon at Mila.

"Wel, beth yw'r rheswm?" gofynnodd Mila. "Wythnosau o

waith yn ofer! Beth am yr holl berswadio a'r swcro ar y rhai i gymryd rhan, a finne a Paolo'n edrych fel ffyliaid? Neu falle fod Paolo'n rhan o'r twyll?"

Atebodd Cardarelli'n llyfn, "Doedd gan Paolo ddim i'w wneud â'r penderfyniad i beidio darlledu. Fi roddodd y ddedfryd honno ar sail cyngor cyfreithiol."

"Plis, peidiwch â 'nhrin i fel plentyn. Dim ond un esboniad sy'n bosib. Mae'r Camorra wedi troi'r gyllell ac ry'ch chi, y llwfrgi, wedi ildio i'r pwysau. Alla i ddim credu! Gwastraff amser ac arian."

"Fe gewch chi'ch tâl," ymatebodd y dyn yr un mor llyfn, "a bonws am eich ymdrechion."

Fflachiodd y mellt y tu allan i ffenest enfawr y swyddfa.

"Stwffiwch y tâl! Dwi ddim isie ceiniog o'ch arian brwnt chi. A bydda i'n mynd â'r stori 'ma i holl bapurau Napoli."

Culhaodd llygaid y prif reolwr ac ni ellid camddeall y bygythiad yn ei lais. "Un gair i'r wasg, Signorina Lubrense, ac fe fydda i'n sicrhau na wnewch chi byth weithio i unrhyw gwmni teledu, unrhyw bapur newydd nac unrhyw gylchgrawn yn yr Eidal eto. Gobeithio bod hynny'n glir, a nawr, os gwelwch yn dda, ewch o 'ma."

Mewn gwirionedd, roedd awyrgylch y lle a'r holl fusnes drewllyd yn codi cyfog ar Mila ac ni allai ddianc yn ddigon cyflym. A hithau ar fin heglu am y drws, synnodd i glywed ei ffôn yn canu. Hen ffrind iddi, golygydd y *Gazzetta di Napoli*, oedd ar ben arall y lein ac roedd ei neges yn fyr ac i'r pwynt.

"Mila, *buon giorno*, ond efallai nad yw'n fore da i ti. Rwy'n cydymdeimlo am lanast dan din y rhaglen deledu neithiwr. Nawr, mae gen i gynnig i ti – stori wahanol a chyfle i dalu'r pwyth yn ôl. Ysgrifennu cyfres o erthyglau ar sgam newydd y Camorra, y tu allan i'r Eidal y tro hwn. Ar yr olwg gyntaf mae gweithredoedd y Camorra'n hollol gyfreithiol ond o dan yr wyneb, yr un hen dwyll. Oes diddordeb gen ti?"

PENNOD 23

ORFFENNODD SUSAN SELWYN ei brecwast, clirio'r bwyd a gosod y myg a'r fowlen yn y peiriant golchi llestri. Taflodd gipolwg arni ei hun yn y drych ar wal y gegin cyn gadael y tŷ. Roedd am edrych ar ei gorau. Gwyddai fod y wasg yn aros amdani ac er ei bod yn grac fod y diawled yno roedd Susan yn benderfynol o greu argraff hyderus o berson dieuog a sathrwyd dan draed gan yr heddlu. Agorodd ddrws ffrynt ei chartref a chael ei dallu gan fflachiadau'r camerâu. Camodd heb oedi i mewn i'r tacsi gan osgoi'r gweiddi a'r halibalŵ a chafodd bleser o wylio un neu ddau o'r hacs yn baglu a syrthio mewn ymgais wirion i redeg ar ôl y cerbyd.

Roedd grŵp arall wrth swyddfa Gwenddwr a rhai wedi clystyru'n haerllug ar risiau'r adeilad. Digon o'r nonsens hyn, meddyliodd Susan. Disgynnodd o'r tacsi, anwybyddu'r galwadau am gyfweliad a cherdded yn benderfynol at y tri a safai ar y grisiau.

"Mae hwn yn dir preifat. Ga i ofyn i chi fynd y tu hwnt i'r gât, os gwelwch yn dda? Neu fe ffonia i'r heddlu ac fe gewch chi'ch arestio am dresbasu."

Chwarddodd un o'r gohebwyr. "Chi'n meddwl gallwch chi ddibynnu ar yr heddlu, Miss Selwyn? Yn ôl yr hanes, ry'ch chi wedi ymosod ar Insbector Prior ac yn dal yn brif *suspect* am fwrdro'ch brawd."

Bu bron i Susan ffrwydro ond cofiodd am y camerâu oedd yn cofnodi pob ystum a symudiad. Anwybyddodd yr ensyniadau, gafael yn ei ffôn symudol a chychwyn deialu rhif gorsaf yr heddlu. Ni fu raid iddi gwblhau'r dasg – gan rwgnach, camodd y drindod i ymuno â'u cyd-weithwyr a safai o dan gwmwl bygythiol o wylanod. Gwaeddodd un o'r gohebwyr wrth i'r dom adar lanio ar ei siwt a gwenodd Susan. Trodd ar ei sawdl, camu i mewn i'r adeilad ac ystyried bod o leiaf un o'r giwed wedi cael ei haeddiant.

"Bore da, Miss Selwyn," dywedodd Sharon. "Neis gweld chi ar ôl yr holl…" ymbalfalodd am y geiriau cywir, "… ar ôl yr holl helynt. Ga i ddod â phaned i chi?"

Edrychodd Susan ar y ferch yn garedig. Person heb ronyn o ddrygioni yn llechu'n ei chyfansoddiad oedd hon a gwyddai fod ei sylwadau, er yn drwsgl efallai, yn hollol ddidwyll. "Diolch, Sharon. Na, dim am y tro ond ffoniwch bawb i ofyn iddyn nhw ddod i'r parlwr, os gwelwch yn dda. Cawn ni goffi yno."

Ac felly, am yr eildro mewn deuddydd, ymgasglodd staff y Wasg yn y parlwr. Roedd naws o embaras yn yr ystafell – yr un sylw manwl i'r coffi a'r bisgedi ac amharodrwydd i wynebu Susan. Syllodd hi arnyn nhw: Eilir yn gwneud sioe o wenu'n groesawgar, Wilkins yn aildrefnu'r rhes o feiros yn ei boced dop, Nia yn ddigalon, heb ddim o'i brwdfrydedd arferol, a Milly yn eistedd yn nerfus ar ymyl ei chadair. Ac mae ganddi reswm dros ei nerfusrwydd, meddyliodd Susan. Milly, mae'n debyg, fu'n fwy na pharod i arllwys ei chwd wrth yr heddlu a, gyda'r un malais, yn bachu ar y cyfle i gario clecs at y wasg. Wel, Milly Morgan, fe ddaeth adeg talu'r pwyth yn ôl ac fe gei di weld mewn munud pwy sy'n rheoli Gwenddwr.

Oedodd Susan cyn cychwyn siarad. "Ers llofruddiaeth Meurig mae wedi bod yn gyfnod anodd iawn. Ry'n ni i gyd yn ein tro wedi cael ein holi gan yr heddlu, rhai'n fwy trwyadl na'r lleill. Ac os y'ch chi wedi darllen y papurau a gwylio'r teledu fe fyddwch chi'n gwybod bod yr heddlu wedi gwneud ymdrech lew i brofi mai fi oedd y llofrudd. Wel, maen nhw wedi methu oherwydd diffyg unrhyw dystiolaeth bendant. Taflu pob math o gelwyddau a straeon amheus i'r pair a gobeithio y byddwn i'n cracio a chyfadde. Wnes i ddim, am y rheswm sylfaenol nad fi laddodd Meurig. A hyd y galla i weld, mae Prior a'i dîm mor bell ag erioed o ganfod pwy oedd yn gyfrifol.

"Boed hynny fel y bo. Dyw methiant yr heddlu ddim busnes i ni, ond yr hyn sydd *yn* fusnes i ni yw llwyddiant Gwenddwr. Y nod yw goresgyn y cyfnod anodd hwn ac ailosod Gwenddwr ar dir diogel yn y byd cyhoeddi yng Nghymru. Mac'r cynllun i werthu wedi'i roi heibio ac am nawr mae swyddi pawb yn ddiogel. Dyma dargedau'r misoedd nesaf. Eilir, sicrhau bod rhestr y Nadolig yn symud ymlaen yn ddidramgwydd. Nia, teitlau diweddaraf Teulu Tywydd allan erbyn y Nadolig ac agor trafodaethau o'r newydd gyda S4C. Milly, ychydig o newidiadau yn eich swydd chi. O hyn allan, fe fydd Sharon yn gweithredu fel cynorthwyydd personol i fi, yn ychwanegol at ei chyfrifoldebau wrth y dderbynfa."

Ddaeth dim gair gan neb ond, o weld y surni ar wyneb Milly, gwyddai Susan fod yr ergyd wedi taro'r nod. Dyrchafiad i Sharon, Milly i golli ei statws a gwers burion i fod yn llai tafotrydd o hyn allan.

Paratôdd pawb i adael, gyda Wilkins yr olaf i fynd am y drws. Camodd Susan ato a dweud, "Dwi wedi bod drwy'r cownts ond mae 'na rai pethau'n dal yn ddirgelwch. Bydd y cyfrifwyr yma wythnos nesa ac fe fyddwn ni'n archwilio'r cyfan gyda chrib fân. Deall?"

Crychodd Wilkins ei dalcen ac, am eiliad, edrychai fel petai am brotestio. Yna, llusgodd o'r parlwr gydag agwedd oedd yn pendilio rhwng cydnabod mud a ffyrnigrwydd.

*

Yn nhoiled yr orsaf roedd Gareth yn astudio ei adlewyrchiad mewn drych, nid mewn ymgais i edrych ei orau ond i weld a oedd olion y crafiadau o dan ei lygaid yn dechrau clirio. Pwysodd ymlaen a thuchan wrth sylwi bod effaith y briwiau yno o hyd. Daeth Sarjant Tom Daniel i mewn.

"Susan Selwyn wedi gadael ei marc?" dywedodd. "Bitsh a hanner, os wyt ti'n gofyn i fi. Os yw menyw'n gallu taro plisman mewn ffit o dymer, Duw a ŵyr beth all hi wneud. Hi a'r llysywen Trenton, 'na ti bâr. Ma pobol fel 'na'n defnyddio pob tric i gael eu traed yn rhydd. Dau dwyllwr, dim byd llai!"

"Alla i gydymdeimlo, Tom, ond doedd dim modd ei chyhuddo. Roedd Gwasanaeth Erlyn y Goron yn ddigon clir."

"Hy! A beth ŵyr rheina am ddal troseddwyr? Dynion mewn siwtiau streip yn ishte'n saff mewn swyddfa. Be wnei di nawr 'te, Gareth?"

"Mae dau ddewis. Dechre o'r dechre a chyfeirio'n sylw at rywun arall, neu balu'n ddyfnach i hanes Susan Selwyn. Dwi heb newid fy meddwl. Hi, heb amheuaeth, yw'r llofrudd a dwi ddim yn dweud hynna oherwydd iddi roi smacen i fi!"

Trodd Gareth y tap dŵr oer ymlaen, golchi ei ddwylo a thaflu mwy o ddŵr ar ei wyneb. "Hwyl, Tom, ma cyfarfod 'da ni lan lofft."

Eisteddai pump o gwmpas y bwrdd – Akers, Teri a Gareth ar un ochr a Powell a Dilwyn Vaughan, y Prif Gwnstabl, ar yr ochr arall. Vaughan agorodd y cyfarfod.

"Bron i dair wythnos ers llofruddiaeth Meurig Selwyn a dy'n ni ddim cam yn nes at y lan. Mae'r wasg ar fy ngwar i, penawdau papurau'n gweiddi 'PRIME SUSPECT RELEASED' a'r fenyw ei hunan yn paratoi i ddwyn achos yn erbyn yr heddlu. A be sy gyda ni i ddangos am bythefnos o waith? Angladd wedi'i chanslo o flaen cewri'r genedl, cyhoeddusrwydd gwael, sawl trywydd yn arwain i unlle a'r fenyw yn cael ei holi'n dwll ac yna'i rhyddhau. Ffiasco, Prior, a dim clod i chithe chwaith, Powell. Yr unig beth positif yw'r ffaith y bydd hi o flaen ei gwell am ymosod." Stopiodd Vaughan i edrych ar Gareth. "Dwi'n gweld bod olion y briwiau'n dal yno, Prior. Hmm. Wel, mewn geiriau plaen, dwi ddim am weld pythefnos arall yn pasio. Felly, beth yw'r camau nesa, os gwelwch yn dda?"

Er bod yr oslef a'r geiriau'n ddigon cwrtais, roedd y dur yn y cwestiwn yn eglur i bawb.

Atebodd Gareth yr un mor gadarn. "Dwi'n dal i gredu mai Susan Selwyn sy'n gyfrifol. Y ffaith iddi dderbyn y newyddion am farwolaeth ei brawd mor ddidaro. Dwedodd gelwydd sawl gwaith, dim alibi, motif cryf a gwybodaeth arbenigol am y cyffur a ddefnyddiwyd i ladd. Hefyd, y dystiolaeth fforensig – annigonol, efallai, ond tystiolaeth wedi'r cyfan."

"A natur y dystiolaeth?" gofynnodd Vaughan.

"Olion bysedd ar y ddesg yn y stydi ym Mhenallt a DNA person sy'n perthyn yn agos i Meurig Selwyn, eto ar y ddesg."

"Ac fe gymerwyd sampl o DNA Susan Selwyn?"

"Do, fe wnaed hynny adeg ei harestio."

"A'r canlyniad?"

"Amhendant. Y sampl yn agos at yr un ar y ddesg ond ddim gant y cant yr un fath."

Tarodd Vaughan ei ddwrn yn erbyn y bwrdd. "A dyna'r union bwynt! Dewch, Prior, chi'n ddigon profiadol i sylweddoli y byddai unrhyw fargyfreithiwr gwerth ei halen yn rhwygo'r ddadl yna'n rhacs ac yn dymchwel achos yr heddlu mewn chwinciad."

"Ond allwn ni ddim anwybyddu'r DNA. Ac os nad Susan Selwyn, pwy?"

"Perthnasau eraill?"

"Cefnderwyr yn America. Neb arall hyd y gwyddon ni."

"Ac felly mae angen dilyn y dystiolaeth. Nid gyda'r cefnderwyr ond i gefndir y Selwyns. Mae gan bob teulu ddafad ddu. Beth yw hanes Meurig Selwyn?"

Dechreuodd Gareth restru'r ffeithiau ond torrodd Vaughan ar ei draws. "Na, Prior, nid y catalog arferol o'i fywyd, y stwff sy'n hysbys i bawb. Ewch ar ôl y cyfrinachau a chanolbwyntio ar ei elynion. Y'ch chi wedi cysylltu â'r beirdd aflwyddiannus yng nghystadleuaeth y Gadair?"

"Naddo, syr."

"Wel, fe ddylech chi. Mae beirdd yn cecru ac yn tynnu ar ei gilydd byth a hefyd, fel nythed o wiberod. Reit, dyma'r drefn. Ewch 'nôl at y rhai a holwyd eisoes ac wedyn ymestyn at eraill sy ag unrhyw gysylltiad â'r achos. Unrhyw gysylltiad. Mynd ar ôl y beirdd a'r ochr deuluol. A phwy bynnag fydd yn cwestiynu Susan Selwyn, rhaid troedio'n ofalus. Dwi ddim am fwy o gwyno. A datrys y cyfan mor fuan â phosib. Adroddiadau dyddiol i Powell, a fydd yn ei dro yn reportio i fi."

Rhannwyd y tasgau, gyda Teri'n gyfrifol am yr ailholi, Clive i fynd ar drywydd y beirdd a Gareth i ddilyn y llwybr teuluol a chefndir Meurig Selwyn.

Cofiodd Gareth am y noson yng nghwmni Rachel Osborne yn y Llong a gyda chymorth Rachel trefnodd i ymweld â Choleg Iesu, Rhydychen lle astudiodd Meurig. Penderfynodd yrru i'r ddinas ac ar fore Sadwrn braf teimlodd feichiau'r achos yn pellhau wrth iddo lywio'r Merc ar hyd yr A44 heibio Pumlumon ac ymlaen i wastadeddau'r Gororau. Gan anwybyddu'r arwydd am y ffordd osgoi, gyrrodd i mewn i dref Bromyard a chymryd y cyfle i werthfawrogi'r adeiladau du a gwyn a mwynhau paned o goffi. Ailymunodd â'r ffordd ac er gwaethaf arafwch ambell lori, cyrhaeddodd gyrion Rhydychen mewn ychydig dros awr a hanner arall. Gwyddai fod parcio yn y ddinas bron yn amhosib felly, gyda chymorth Rachel eto, cawsai ganiatâd i ddefnyddio maes parcio preifat Coleg Iesu. Casglodd ei fag dros nos o fŵt y Merc, dringo'r grisiau o'r maes parcio tanddaearol a dilyn yr arwyddion i gwt y porthor a warchodai fynedfa'r coleg.

Wrth aros am y porthor, syllodd Gareth ar yr olygfa o'i flaen a meddwl, nid am y tro cyntaf, mor freintiedig oedd sefydliadau fel Coleg Iesu. Roedd lawnt y cwad yn berffaith, dim un blewyn o'i le, a charreg felen yr adeilad yn dyst i hanes hyderus a gyhoeddai'n bendant nad rhyw dŷ unnos o le oedd hwn. Bob hyn a hyn roedd mynedfeydd bychain yn y muriau gyda lluniau rhyfedd o'r Ddraig Goch yn erbyn gwead o rwyfau, dyddiadau ac enwau. Sylweddolodd Gareth mai arwyddion buddugoliaethau yn ras gychod enwog y prifysgolion oedd y rhain, ac wrth graffu ar yr enwau casglodd fod Coleg Iesu yr un mor enwog am ei lwyddiant ar afon Tafwys â'i gyfraniad i ysgolheictod.

Torrwyd ar ei fyfyrdod gan y porthor ac fe'i tywyswyd drwy un o'r mynedfeydd i ystafell wely ar yr ail lawr. Er ei bod yn fach, roedd yn hollol ddigonol – gwely sengl yn erbyn un wal, silff lyfrau mewn cornel arall, desg a chadair wrth y ffenest a basn ymolchi y tu ôl i'r drws. Dywedodd y porthor fod y toiled a'r faddonfa ym mhen pella'r coridor ac y byddai'r prifathro'n rhydd mewn rhyw awr, am dri o'r gloch. Agorodd Gareth y ffenest i gael gwared ar yr arogl hen sebon a disinffectant a ddygai i gof ei flwyddyn gyntaf yn y coleg yn Llundain. Dadbaciodd, newid i grys llewys byr a phâr o *chinos* a dychwelyd i'r cwad er mwyn cerdded o gwmpas y coleg.

Aeth yn gyntaf i dawelwch y llyfrgell lle roedd academwyr yn treulio'u dyddiau yn bodio'r cyfrolau hynafol. Croesodd wedyn i gapel y coleg a oedd, yn ei adeiladwaith a'i ddodrefn, yn hynod o debyg i'r llyfrgell. Ffenestri culion ac oddi tanynt ddwy res o feinciau derw yn arwain at yr allor gyda'i cherflun marmor a'i ffenest liw uwchben. Eisteddodd Gareth ar un o'r meinciau ac, er garwed y derw, ymlaciodd yn heddwch y capel hyd nes iddo glywed cloc y coleg yn taro tri a sylweddoli bod angen iddo fwstro.

Syr Hedley Freeman oedd Prifathro Coleg Iesu, gwyddonydd byd-enwog ym maes biocemeg. Safodd Gareth wrth ddrws ei lety, gwasgu botwm y gloch ac mewn byr o amser agorwyd y drws gan y Prifathro ei hun. Ac ystyried ei statws uchel, roedd Freeman yn gymharol ifanc, yn ei bedwardegau cynnar efallai, ei wallt cyrliog wedi britho ond yn dal yn drwchus. Gwisgai sbectol arian, gyda'r gwydr yn chwyddo'i lygaid glas treiddgar, siaced a throwsus brown a chrys siec sgwarog brown a melyn. Roedd ei wên yn llydan a dangosai ei eiriau cyntaf ei fod yn disgwyl ymweliad y ditectif.

"Inspector Gareth Prior? Welcome to Jesus. Come through to the lounge."

Arweiniwyd Gareth i ystafell hynod o braf a oedd, i bob pwrpas, yn drawsblaniad o barlwr helaeth mewn plasty cefn gwlad. Roedd drysau Ffrengig yn agor i ardd rosynnau ar un pen ond nid oedd modd clywed smic o ddwndwr y ddinas. Dewiswyd y dodrefn i gydymffurfio â'r steil plasaidd – soffa a dwy gadair wedi'u gorchuddio â brethyn gwyrdd golau, cwpwrdd deuddarn â'i bren a'i ddolenni pres yn sgleinio ac yna, fel gwrthbwynt, roedd yno deledu â sgrin denau a system sain soffistigedig yr olwg. Crogai portreadau ar y waliau ac er na wyddai rhyw lawer am gelf gallai Gareth ddarllen enw Augustus John ar waelod pob un.

"Superb, don't you think? Unfortunately, they are college property, not mine," dywedodd Freeman. "Take a seat and we'll have some tea."

Suddodd Gareth i foethusrwydd un o'r cadeiriau wrth i Freeman basio'r llestri.

"Old student, Inspector, or perhaps Cambridge?"

"King's, London."

"Ah."

Un gair, un sain, ond roedd sylw'r Prifathro'n cyfleu nad oedd Gareth cweit wedi gwneud ei farc, heb gyrraedd uchelfannau'r tyrau ifori.

"Miss Rachel Osborne, who *is* an old student, phoned to explain something about a murder. Strange request. Perhaps you can elaborate, Inspector?"

"Of course, and thank you for being so ready to see me. I'm leading an inquiry into the murder of Mr Meurig Selwyn, who was a student at Jesus. One aspect of the investigation is to look at Mr Selwyn's background and I was hoping that you could shed some light on his time here."

Ffurfiodd Syr Hedley Freeman ei ddwylo hir ac esgyrnog yn bigyn a'u symud wedyn at ei wefusau – gweithred glir o bwyso a mesur faint yr oedd am ei ddatgelu. Gollyngodd anadl hir cyn ateb. "Before my time, of course. Selwyn was here in the sixties – 1962 to '66, to be exact. As I stated, Miss Osborne had forewarned me and the college archivist has retrieved the material." Estynnodd Freeman at gyfrol swmpus wedi'i rhwymo mewn lledr coch â'r dyddiadau 1962–1966 mewn aur ar y meingefn. Gosododd y gyfrol ar fwrdd bychan o flaen Gareth a throi'r tudalennau. "Pre-computer, as you can see. Now, here's the relevant section."

Pwysodd Gareth at y bwrdd i ddarllen y cofnod.

SELWYN, Meurig Gwiliam
Ex Shrewsbury School. BA Greats **Literae Humaniores** (second class) 1960. Awarded MA under Oxford Regulations 1966.

Yna, gwybodaeth am y cyrsiau a ddilynwyd ganddo a gweithgareddau allgyrsiol. Roedd Meurig yn rhwyfwr da yn ei ddydd ac wedi ennill 'Blue' am ei lwyddiant yn y gamp. Hefyd, yn ei flwyddyn olaf, gwasanaethodd fel golygydd cylchgrawn y coleg, *Ad Astra* – swydd ddigon naturiol i unigolyn a oedd i ddod yn berchennog a phrif weithredwr gwasg. Wedyn, mwy o fanylion am farciau a sylwadau tiwtoriaid, gyda rhai yn canmol ac eraill yn disgrifio Meurig fel myfyriwr diog, yn or-barod i godi a chyflwyno ffeithiau yn hytrach na dadansoddi'n feirniadol. Tynnwyd sylw Gareth at eiriau pigog un cymrawd: 'Sadly, over-reliant on secondary sources, lacking the ability to use these perceptively and think for himself.'

Dywedodd Freeman, "Not amongst the ablest, as you can see. All this is confidential, of course, and I can hardly discern how this could be of help."

Ni allai Gareth lai na chytuno. Doedd dim yn y ffeithiau moel a daflai oleuni newydd ar Selwyn a chafodd y teimlad fod ei daith i Rydychen yn siwrnai seithug. Y funud honno, canodd y ffôn mewn ystafell gyfagos ac esgusododd Freeman ei hun. Heb ryw lawer o obaith, trodd Gareth i'r dudalen nesaf a phalu drwy ragor o betheuach dibwys. Unwaith eto, doedd dim i ddenu sylw a'r unig wahaniaeth rhwng y dudalen gyntaf a'r ail oedd newid yn y teip a'r ffaith fod y papur yn ymddangos yn ffres a newydd.

Dychwelodd y Prifathro. "Anything useful?"

"Not really. I'm sure it's not important, but why the change in typeface and paper? It seems as if the second page is a later addition."

Roedd Gareth yn ddigon effro i sylwi ar lygaid Freeman yn culhau fymryn ond roedd ei ateb yr un mor llyfn a melfedaidd â gweddill ei sgwrs. "All part of the process of adding to and weeding the material. The archivist notes errors or achievements and amends the record. Nothing more than that."

Synnwyd Gareth. Gwas cyflogedig â digon o amser ar ei ddwylo i archwilio ac adnewyddu cofnodion oedd bron yn hanner canrif oed gan anwybyddu manteision amlwg datblygiadau cyfrifiadurol? Fodd bynnag, ni chafodd gyfle i holi ymhellach gan i Freeman newid cyfeiriad y sgwrs.

"There is a group of Celtic scholars here in college and the end of conference dinner is tonight. You are welcome to join us. Senior Common Room at 7 and then to the College Refectory at 7.30."

Ac yntau'n westai, prin y gallai Gareth wrthod. "Thank you very much, sir. Not formal I hope? I haven't packed…"

"Not at all. A suit and collar and tie will be fine. It will give you the chance to meet some of the Welsh delegates."

A hithau'n hwyr ar brynhawn Sadwrn, bu raid i Gareth ruthro i chwilio am siop ddillad dynion. Prynodd dei am grocbris a cherdded yn ôl at y coleg heibio llyfrgell Bodleian a theatr Sheldonian. Ni welodd neb wrth ddringo'r grisiau at ei lety – rhaid bod preswylwyr y gynhadledd yn aros mewn bloc arall. Cymerodd gawod, gwisgo ac ar ôl holi'r porthor cafodd ei gyfeirio at yr Ystafell Gyffredin Hŷn. Nid oedd am fod gyda'r cyntaf i gyrraedd ac felly oedodd wrth y drws mawr derw a gwrando. Clywodd sŵn lleisiau a chwerthin a ddynodai fod nifer da yno'n barod, a gan obeithio y gallai guddio yn y cwmni, croesodd Gareth y trothwy. Roedd y lle'n esmwyth lawn – tua hanner cant o academwyr wedi dod yno, rhai, yn ôl eu hacenion, o Gymru, eraill o'r Alban a chriw hwyliog yr olwg o Iwerddon. Daeth gweinyddes ato a chynnig glasied o sieri ac wrth iddo sipian y ddiod clustfeiniodd ar bytiau o sgyrsiau – onid oedd cyfrol hwn a hwn yn ofnadwy; onid oedd y Cyngor Grantiau'n ddiawled dan din; onid oedd safonau iaith israddedigion yn drychinebus? Ymlaen ac ymlaen aeth y mwmian a'r cwynion, gan atgoffa Gareth mor ddoeth y bu i ddewis yr heddlu yn hytrach nag academia fel gyrfa.

Fe'i gwelwyd gan Freeman a, chwarae teg iddo, daeth at Gareth yn syth a'i dywys at grŵp o Gymry. Syllodd yr ysgolheigion arno fel rhywun oedd yn tresbasu a phrofodd Gareth deimlad o anesmwythyd o weld un ohonynt yn ei lygadu gyda chwilfrydedd neilltuol. Cyflwynwyd hon iddo – dynes stowt wedi'i gwisgo'n egsentrig – fel Dr Glain Edmwnd a oedd, yn ôl canmoliaeth y lleill, wedi traddodi papur hynod ddysgedig ar 'Hud a Lledrith yn y Mabinogi'. Ni allai Gareth gofio ymhle y clywodd yr enw o'r blaen a chyn iddo gael cyfle i ofyn bachwyd y ddynes gan gynadleddwr a'i thywys at grŵp arall.

Cymerodd lymaid o'r sieri – ei gas ddiod – a symud at

ferch ifanc a safai ar wahân i'r gweddill. Aeth ati a gyda gwên ddymunol cyflwynodd y ferch ei hun fel Leonora Bell, archifydd Coleg Iesu.

"I'm indebted to you, Miss Bell. Inspector Gareth Prior, Dyfed-Powys Police. I've come to seek out information about an ex-student and as a result of your efforts I was able to go through the details this afternoon in the company of the Principal. Thank you for your help."

Rhewodd ei gwên a heb air pellach cleciodd y ferch ei sieri a'i adael yn ddisymwth.

Od ar y naw, meddyliodd Gareth, yn heglu o'i gwmni fel petai'n ffoi rhag pla'r Aifft. Y funud honno, clywyd llais rhyw fflynci mewn cot a chwt yn cyhoeddi bod cinio'n barod a dechreuodd y fintai ymlwybro i'r ffreutur. Heb os, hon oedd ystafell fwyaf mawreddog y coleg – y muriau wedi'u gorchuddio â phaneli pren tywyll yn esgyn i nenfwd bwaog a beintiwyd mewn coch a gwyn. Roedd y plastr yn gerfiedig ar un talcen a'r peintio eto mewn coch a gwyn gydag arfbais Coleg Iesu – tri charw gwyn gosgeiddig – yn y canol.

Cyfeiriwyd Gareth i'r bwrdd top, i sedd a neilltuwyd iddo wrth ymyl Glain Edmwnd. Yn wrthgyferbyniad i'r bensaernïaeth, symol oedd y bwyd – salad llipa yn gwrs cyntaf, wedyn cyw iâr mewn saws hufen a tharten fefus a oedd yn amlwg wedi teithio i'r bwrdd yn syth o'r rhewgell. Roedd y gwin dipyn gwell ac yn dyst i safon seler y coleg. Wrth fwyta, ni allai Gareth lai na sylwi ar Glain Edmwnd yn drachtio'n ddwfn o'r poteli. Er syndod iddo, ar ddiwedd y pryd, cododd Dr Edmwnd, gafael yn ei fraich a'i arwain o'r ffreutur i'r cwad.

Yn yr awyr agored, estynnodd Dr Edmwnd i'w bag am becyn o sigaréts. Taniodd un a thynnu'n egnïol ar y mwgyn gyda'r blaen yn llosgi'n goch yn y tywyllwch. "Hen arfer brwnt, rwy'n gwbod, ond dyna ni: heb ei fai, heb ei eni. Nawr 'te,

Insbector, dwedwch wrtha i – ydych chi wedi dod i Rydychen i tsieco ar ein cyn-gyfaill, yr hyfryd Meurig Selwyn?"

Oedodd i beswch cyn chwythu cwmwl o fwg glas i gyfeiriad Gareth. Roedd y cyfuniad o'r mwg ac arogleuon y gwin yn droëdig a symudodd y ditectif gam yn ôl. Ni chafwyd unrhyw arwydd i Dr Edmwnd sylwi ac aeth yn ei blaen gan ostwng ei llais yn gynllwyngar.

"Roedd Meurig yn aderyn brith, Insbector. Chi'n gwbod i ni groesi cleddyfau yn Eisteddfod Glannau Aeron?"

Cofiodd Gareth ymhle y clywodd am Glain Edmwnd. Er ei fod yn dal yn yr Eidal ar ddydd Gwener yr Eisteddfod, roedd wedi darllen am yr anghydweld rhwng y beirniaid ac am y ffrwgwd cyhoeddus rhwng Meurig a Glain Edmwnd ar raglen deledu o'r Maes.

"Fe wnaeth Selwyn fwlio'r beirniad arall, Seimon Prys, a'r ddau law yn llaw yn atal y Gadair. Ac wedyn roedd e'n ddigon haerllug i'm cyhuddo i o flaen y genedl o ddifaterwch am sillafu a'r gynghanedd. Hy! Dwi wedi dysgu mwy am sillafu ac orgraff na wnaeth Meurig Selwyn erioed!"

Taflodd Glain Edmwnd stwbyn ei sigarét ar lawnt y cwad a throi'n herfeiddiol at Gareth. "Ac os yw'r papurau'n gywir, Insbector, dy'ch chi ddim gam yn nes at ffeindio'r llofrudd. Anghofiwch am y chwaer. Mae Susan yn ddigon parod i blannu ei phawen mewn rhyw druan, ond lladd ei brawd ei hun mewn gwaed oer? Does ganddi ddim o'r gyts."

"Beth amdanoch chi, Dr Edmwnd? Oedd gyda chi'r gyts?"

Chwarddodd y ddynes. "Fi, Insbector? Peidiwch â bod yn wirion. Fydden i ddim yn trafferthu codi gewin i ymosod ar Meurig. Mae llafn y gair ysgrifenedig yn llawer mwy miniog nag unrhyw nodwydd a blannwyd yng nghorff y cythrel. Ac os oes raid, mae gen i alibi sy mor gadarn â'r banc. Ychydig o gyngor, Insbector. Palwch yn ddyfnach i hanes Selwyn yng

Ngholeg Iesu ac i hanes y teulu. O ble ddaeth yr arian i brynu'r ffermydd a sefydlu'r Wasg? Dwi ddim am ddweud mwy."

Llifodd gweddill y cynadleddwyr o'r ffreutur a chroesodd Glain Edmwnd atynt gan adael Gareth yn pendroni ynghylch arwyddocâd ei chyngor. Sylweddolodd na allai wneud dim mwy heno ac aeth yn syth i'w ystafell i dreulio noson ddi-gwsg ar wely cul a chaled.

Ei dasg gyntaf ar ôl brecwast oedd mynd i gwt y porthor i holi am Hedley Freeman. Cafodd wybod bod y prifathro eisoes wedi gadael ac na fyddai'n debygol o ddychwelyd i'r coleg tan ddechrau'r flwyddyn academaidd fis yn ddiweddarach. Roedd Gareth mewn penbleth; roedd yno ar drefniant preifat ac ni fedrai ddilyn cyngor Glain Edmwnd heb osod y cyfan ar dir swyddogol, a olygai gysylltu â Heddlu Thames Valley. Roedd Edmwnd, yn ôl ei chyfaddefiad ei hun, yn elyn i Selwyn ac wedi bwrw'i llid heb unrhyw ffeithiau pendant i gynnal ei stori – Edmwnd, yn llai na sobor, yn paldaruo rhyw nonsens am hanes y teulu.

Diolchodd i'r porthor, gafael yn ei fag dros nos a disgyn at y Merc yn y maes parcio. Taniodd yr injan ac roedd ar fin llywio'r car at y fynedfa pan welodd ffigwr yn rhedeg tuag ato. Leonora Bell, yr archifydd, oedd yno ac wrth i Gareth agor drws y car gwthiodd amlen i'w law a brysio i ffwrdd heb air. Gwaeddodd ar ei hôl ond doedd dim pwynt, a syllodd Gareth arni'n gegrwth wrth iddi ddiflannu i fyny'r grisiau. Wedi'i ryfeddu, eisteddodd yn y Merc ac agor yr amlen i ddatgelu dau ddarn o bapur. Neges fer gan Leonora Bell oedd ar y cyntaf.

> *Dear Inspector Prior,*
> *Apologies for my curt behaviour last night. After you introduced yourself I could not take the risk of continuing the conversation.*
> *I had been directed by the Principal to avoid your company*

at the dinner and, more importantly, to amend the record
on Meurig Selwyn. Read this and you will understand and
appreciate that the good name of Jesus transcends all other
considerations.

Gafaelodd Gareth yn yr ail ddarn a darllen:

STRICTLY CONFIDENTIAL

It has been discovered that during his tenure as Editor of
Ad Astra, Mr Meurig Selwyn has presented the work of
other authors as his own. He has achieved this by clever
re-working to bring the submissions of different authors
together to create a coherent whole. This matter has been
brought to the attention of the College by an illustrious
alumnus (name redacted) whose daughter was one of the
ones to suffer. More seriously, the alumnus asserted that
Selwyn had sexually molested his daughter. In view of the
lack of hard evidence and that any investigation would
sully the name of the young lady and reflect badly on Jesus
College's reputation, the alumnus agreed that the episode
be dealt with internally under College ordinances.

PENNOD 24

A R FORE SUL, prin oedd y drafnidiaeth ar ffordd osgoi
Rhydychen ac mewn byr o dro cyrhaeddodd Gareth y drofa
am yr A40 a dilyn yr arwyddion am Cheltenham a Chaerloyw. Ar
gyrion Caerloyw, llywiodd y Merc i arosfa, taflu golwg ar y map a
phenderfynu cadw i'r de o Henffordd a thorri ar draws gwlad i'r
Gelli Gandryll. Drwy gydol ei siwrnai roedd neges Leonora Bell
yn gogor-droi yn ei ben ac wrth ystyried y geiriau daeth nifer
o bethau'n eglur. Nid mater o ddiweddaru oedd newid cofnod
Meurig Selwyn ond ymgais fwriadol i gladdu pennod front yn
hanes Coleg Iesu. Llusgwyd yr archifydd i'r twyll a dyna'r rheswm
dros ei hawydd i heglu o'i gwmni yn y cinio. Yn ail, roedd gan
Selwyn hanes o lên-ladrad: yr achos o ddwyn gwaith y bardd
ifanc a ddarganfu Teri yn ei chyfweliad gyda Nia Adams; a nawr
yr honiad iddo gyflwyno cyfraniadau eraill fel ei ymdrechion
ei hun pan oedd yn olygydd *Ad Astra*. Yn drydydd, ac yn fwyaf
difrifol, y wybodaeth am yr ymosodiad rhywiol. Gellid casglu
mai cyfeirio at yr ymosodiad yr oedd Glain Edmwnd yn ei
chyngor i archwilio cyfnod Meurig yn y coleg, a hynny'n cryfhau
ei hawgrym i edrych i mewn i linach y Selwyns. Ond beth oedd
y cysylltiad rhwng hyn a'r llofruddiaeth?

Cymerodd Gareth hoe yn y Gelli ond, er gwaethaf y demtasiwn,
ni chamodd i mewn i un o'r siopau llyfrau. Cerddodd ddwy stryd
y dref i ystwytho'i goesau cyn brysio 'nôl at y Merc i tsiecio'r
map unwaith yn rhagor a gyrru i gyfeiriad Llanfair-ym-Muallt.
Cofiodd i Rachel sôn am leoliad Gwenddwr, ac yn fuan ar ôl
gadael pentref Erwood gwelodd yr arwydd. Trodd i'r chwith a
chael ei hun ar ffordd gul gyda'i pherthi yn creu bwa coediog

uwchben. Dechreuodd y ffordd ddringo bron ar unwaith ac ar ôl rhyw filltir cyrhaeddodd dir comin a edrychai i lawr ar ysblander dyffryn Gwy. Parciodd Gareth y Merc a mynd allan i fwynhau'r olygfa. Gallai weld y ceir ar y ffordd fawr ond nid oedd smic o'u sŵn i'w glywed, dim ond sisial ysgafn y gwynt yn y coed gerllaw a chri ambell farcud coch. Rhyfeddodd at wibio gosgeiddig yr adar yn yr awyr gynnes a sylwi ar un ohonynt yn plymio'n ysglyfaethus i'r dyffryn. Torrwyd ar y tawelwch gan sŵn injan a daeth Land Rover i'r golwg. Arafodd y gyrrwr wrth basio, codi'i law a diflannu i lawr y rhiw. Camodd Gareth i'r car, ailymuno â'r ffordd droellog ac mewn llai na phum munud cyrhaeddodd Wenddwr.

Doedd y pentref ddim mwy na chlwstwr o dai ac eglwys hynafol yn ganolbwynt iddo. Parciodd Gareth y Merc a gwrando ar y gerddoriaeth ac ambell bwt o sgwrs a lifai drwy ffenestri agored y tai. Ni welodd neb wrth gerdded at yr eglwys ac agor gât fechan a arweiniai i lwybr y fynwent. Dechreuodd ddarllen y beddargraffiadau a sylwi mai Saesneg oedd iaith y rhan helaeth ohonynt, gyda chyfenwau fel Darter, Vigors a Judd yn ymddangos yn aml. Hwnt ac yma roedd yna gyfenwau Cymreig fel Pugh a Williams, ac wrth iddo nesáu at yr eglwys hoeliwyd ei sylw gan gofgolofn dipyn mwy urddasol na'r lleill. Roedd yr ysgrifen ar hon yn Gymraeg a darllenodd Gareth y geiriau a gerfiwyd ar y marmor:

Er parchus gof am
Thomas Selwyn, Y Faenor, Gwenddwr
1905–1974
Amaethwr, Argraffydd a Sylfaenydd Gwasg Gwenddwr
Hefyd ei wraig, Marjorie Selwyn
1910–1967
Wele ni mewn cyflawn hedd
Yn ddaearawl gydorwedd

Er ei wychder, nid oedd argoel i unrhyw un fod ar gyfyl y bedd ers cryn amser. Roedd y tusw blodau wedi hen wywo a charped o ddant y llew ar y graean gwyn. Wel, meddyliodd Gareth, dyw bedd ddim yn gallu siarad ond roedd modd casglu dau beth: doedd Meurig na'i chwaer ddim yn ymwelwyr cyson; ac roedd Meurig wedi dewis amlosgiad yn hytrach nag 'ymuno' â'i rieni ar ei farwolaeth. Cofiodd hefyd am gŵyn Susan am benderfyniad ei thad i ewyllysu rheolaeth y cwmni i'w fab, heb boeni iot am swydd a statws israddol ei ferch. Roedd y blodau gwywedig a'r diffyg gofal yn arwyddion eglur o brinder cariad rhwng y mab a'r ferch a'u rhieni.

Trodd o'r gofgolofn at ddrws yr eglwys, gafael yn y ddolen haearn a chael fod y lle ar glo. Dilynodd y llwybr o amgylch y tŵr bychan i ran isaf y fynwent a cherdded i gwblhau'r cylch, gan ddod eilwaith at y gât. Roedd ywen ger y fynedfa ac wrth wraidd y goeden gwelodd ail fedd ac arno ysgrifen Gymraeg. Plaen oedd cynllun hwn – carreg wenithfaen lwyd a'r coffâd mewn aur yn datgan:

I gofio am
Iestyn Dyer
1944–1972
Hefyd ei wraig, Gwenllïan
1945–2012

Syml a dirodres, ond roedd olion gofal yma. Roedd y tyweirch rhwng y cyrbau'n daclus heb ddim chwyn i'w hanharddu, a photyn o lilis gwynion wrth droed y garreg, eu harogl melys yn dal yn ffres. Roedd rhywun wedi ymweld â'r bedd yn ddiweddar iawn a'r parch i'r llecyn yn wrthgyferbyniad llwyr i gladdfa'r Selwyns.

Gadawodd Gareth y fynwent a dyna pryd y sylwodd ar dafarn y Farmers rhyw hanner can llath ar hyd yr hewl yn arwain allan o Wenddwr. Gan nad oedd wedi bwyta ers brecwast cerddodd tuag at y dafarn i weld a oedd bwyd ar gael. Roedd nifer o geir yn y maes parcio: Land Rovers, sawl 4x4 arall ac, yn y gornel uchaf, Audi *estate*. Clywodd sŵn trafodaeth uchel a chwerthin, a chamodd i mewn i'r Farmers a phrofi'r croeso a ddaw i ran pob dieithryn mewn tafarn wledig. Pallodd y sgwrs fel petai rhywun wedi diffodd y sain ar y radio a throdd ugain pâr o lygaid i syllu arno'n amheus. Aeth at y bar i godi peint o lagyr a gofyn i'r flonden a oedd modd cael rhywbeth i'w fwyta. Roedd hi'n ddigon croesawgar ac ar ôl edrych ar y fwydlen fer archebodd Gareth bastai cig eidion a thatws newydd. Cydiodd yng nghopi'r dafarn o'r *Observer*, symud at fwrdd cornel ger un o'r ffenestri a chladdu ei hun yn y papur. O dipyn i beth, ailgydiodd gweddill yr yfwyr yn eu sgwrs. Ffermwyr oedd y rhan helaeth ohonynt, yn cwyno am fethiant y cynhaeaf, ac er mai Saesneg oedd yr iaith roedd acen feddal Brycheiniog yn drwm ar eu tafodau. Gyferbyn ag ef eisteddai dyn a dynes, y ddau yn eu pedwardegau cynnar a'r ddau wedi'u gwisgo mewn dillad *designer* drud. Prif fyrdwn eu sgwrs oedd anhawster cael crefftwyr o safon i'w bwthyn: "There's no-one like that chap we have in Salisbury." Y rhain, dyfalodd Gareth, oedd perchnogion yr Audi a bob hyn a hyn sylwodd ar un neu ddau o'r ffermwyr yn taflu golwg guchiog tuag atynt, fel petaent yn dweud: "If it's so good in Salisbury why don't you bugger off back there?"

Roedd y bastai'n flasus a'r tatws wedi'u coginio'n berffaith. Wrth iddo fwyta dechreuodd y dafarn wagio, gyda'r Saeson yn arwain a'r ffermwyr wedyn yn gadael o un i un. Ar ôl gorffen y pryd, cariodd Gareth ei blât at y bar lle roedd y flonden yn golchi gwydrau – ei meddwl, tybiai Gareth, ar hoe fach a chau'r drws am y prynhawn. Penderfynodd mai gonestrwydd oedd orau.

"Ditectif Insbector Gareth Prior, Heddlu Dyfed-Powys. Dwi'n arwain yr ymchwiliad i lofruddiaeth Mr Meurig Selwyn oedd â'i wreiddiau yma yng Ngwenddwr. Weles i'r bedd yn y fynwent a dwi'n awyddus i ffeindio mas mwy am y teulu. Allwch chi helpu, neu falle fod rhywun arall yn y pentre all fy helpu?"

Roedd ymateb y ddynes yn gymysgedd o chwilfrydedd ac amheuaeth. "O'n i'n meddwl beth o'dd rhywun o bant yn neud fan hyn ar bnawn Sul. Dim lot o *passing trade* yn Gwenddwr! *Copper*, ife? Chi ddim yn edrych fel *copper*. Tipyn yn smartach na'r rhai dwi wedi nabod. Mor hyll â phechod bob un." Pwysodd y flonden ar y bar, dangos talp o gnawd a chwerthin yn harti. "Peidiwch poeni, bach. Ma Dennis y gŵr lan lofft! Cysgu fel mochyn, cofiwch, ond mae e 'na!" Sobrodd a gofyn, "Aethoch chi i mewn i'r eglwys?"

"Na, roedd y drws ar glo."

"Oedd e? Ar ddydd Sul? Ma hynna *yn* rhyfedd. Am bwy o'ch chi'n holi?"

"Y Selwyns."

"O ie, weles i'r hanes yn y papur. Roedd Mr Selwyn wedi bod yn *naughty boy* a rhywun am ddysgu gwers neu falle chwarae'n troi'n chwerw. Stwff cinci, *whips and handcuffs, know what I mean*? Hei, fel ditectif, dylech chi wbod popeth am *handcuffs*! Y cyfan yn *closed book* i Dennis druan, dim clem. Os chi'n gofyn i fi, ma *sex* tu ôl i bob math o ddrygioni. Chi ddim yn meddwl?"

Ceisiodd Gareth lusgo'r sgwrs yn ei hôl. "Digon posib. Oes unrhyw ffeithiau gyda chi am y Selwyns?"

"Sori, dwi'n gwbod dim. Daethon ni 'ma flwyddyn yn ôl. Dennis isie riteirio i'r wlad am dipyn o lonyddwch. Fflipin hec, ma llonyddwch yn iawn yn ei le, ond ma isie bach o leiff hefyd, on'd oes e? A fydde rhywun yn gallu'ch helpu chi? Major Lucas falle? Mae e wedi bod yma erio'd."

"Ble mae e'n byw?"

"Ewch 'nôl at yr eglwys ac fe welwch chi'r tŷ ar y bryn. Tŷ carreg eitha mawr, a drws coch. Holford Hall, allwch chi byth â cholli'r lle."

"Diolch… Sori, 'nes i ddim dal yr enw."

Pwysodd y ddynes ymhellach dros y bar i ddinoethi mwy o gnawd. "Bronwen," atebodd yn chwareus. "Bronwen Davies. Galwch 'to, Insbector. Bydd wastad croeso i blisman pert yn y Farmers!"

Roedd drws Holford Hall ar agor led y pen ond er i Gareth daro'r curwr pres sawl gwaith a gweiddi, ni chafodd ateb. Clywodd fiwsig o gyfeiriad yr ardd; cerddodd heibio talcen y tŷ a gweld dyn oedrannus yn eistedd ar gadair wiail. Ar y bwrdd wrth ei ymyl roedd y *Sunday Telegraph*, paned o de a radio'n bloeddio cerddoriaeth glasurol. Er uched y sain roedd y gŵr yn cysgu'n sownd a bu raid i Gareth fynd yn reit agos a gweiddi cyn i'r dyn ddihuno gyda naid a diffodd y radio.

"Major Lucas?"

Dechreuodd y dyn ffidlan â rhywbeth yn ei glust a chafwyd gwich cyn iddo ofyn, "Beth oedd hwnna?"

"Major Lucas?"

"Ie." Mwy o ffidlan, mwy o wichian. "Peiriant gythrel! Well heb y *damn thing*. Pwy y'ch chi a beth y'ch chi moyn?" Hyn i gyd mewn llais uchel a hogwyd yn y barics ac ar faes y parêd.

Rhoddodd Gareth yr un cyflwyniad a'r un eglurhad ag a roddodd i Bronwen.

Rhythodd y Major arno a holi "Beth oedd enw'r teulu?"

"Selwyn. Y tad Thomas Selwyn, y mab Meurig Selwyn a'r ferch Susan Selwyn."

"Rheina! Pac o ddihirod bob un wan jac! Gwas ffarm oedd Thomas Selwyn a fachodd ffortiwn drwy briodi Marjorie, merch y Faenor. Priodi'n uwch na'i stad ac ar ôl cael ei ddwylo blewog ar yr arian roedd e'n llai na ffyddlon i'w wraig. Twyllwr! A'r mab, Meurig, 'na chi. Ysgol breifat a Rhydychen ond gŵr bonheddig, byth! All yr un ysgol na choleg greu gŵr bonheddig ac roedd Meurig Selwyn ymhell o fod yn ŵr bonheddig."

"Fyddech chi'n gallu esbonio mwy, Major Lucas?"

"Pardwn?"

Yn uwch, "Fyddech chi'n gallu esbonio mwy?"

Ymatebodd Lucas fel petai rhywun wedi gofyn iddo regi o flaen esgob mewn eglwys gadeiriol. "Esbonio? Na, dim o'r fath beth! Dyw gŵr bonheddig byth yn cario clecs, hyd yn oed am bac o ddihirod. Martsiwch o 'ma a gadael i hen ŵr dreulio gweddill ei brynhawn Sul mewn heddwch."

A dyna fu raid. Aeth Gareth at y Merc, tanio'r injan a symud y car o'i le parcio. Wrth geisio troi'r llyw teimlodd drymder; aeth allan a chanfod bod y teiar blaen ar ochr y teithiwr yn hollol fflat. Plygodd, gweld hollt y gyllell a sylweddoli bod y difrod yn fwriadol.

*

"Be nest ti wedyn?" gofynnodd Akers.

"Beth allen i neud? Roedd yr olwyn arno mor deit, roedd hi'n amhosib i fi newid y teiar ac roedd y car ar oledd. Ffonies i garej leol ac, yng nghefn gwlad Powys ar brynhawn Sul, aros am dros ddwyawr. Rhoddodd y mecanic y teiar dros dro yn ei le, a finne'n gorfod gyrru adre'n angladdol o araf a chyrraedd Aber am saith neithiwr."

"Od, yntê? Pentre diarffordd, a'r car wedi cael ei fandaleiddio. Alle fe fod yn gysylltiedig â'r achos mewn rhyw ffordd?"

"Dim syniad, Clive. Ar wahân i griw'r dafarn a Major Lucas, weles i neb. Beth yw'ch barn chi am yr hyn ddaeth i'r fei yng Ngwenddwr a Rhydychen?"

Teri atebodd gyntaf. "Roedd y Major yn disgrifio'r Selwyns fel dihirod, a chadarnhad o'r ddau le bod Meurig yn rial bastard. Neges yr archifydd yn dangos bod yr arfer o ddwyn gwaith awduron eraill ynddo ers dyddiau coleg ac wedyn, yn fwy difrifol, y cyhuddiad o ymosodiad rhywiol. Na'th Sharon sôn amdano'n trio'i lwc 'da hi ac ma sawl person wedi'i ddisgrifio fel merchetwr ond dyma'r tro cyntaf i ni ga'l prawf o ymosodiad."

Cywirodd Akers hi. "Dyw e ddim yn brawf, Teri. Nodyn yn cyfeirio at ddigwyddiad hanner canrif yn ôl, 'na i gyd. Dim ond y tad gwynodd ar y pryd a hyd yn oed os yw'r ferch yn dal yn fyw, prin y bydde hi am ddatgelu'r ffeithiau. Mae'r wybodaeth *yn* cryfhau'r darlun o Meurig Selwyn fel boi â dwylo brwnt ond alla i byth â gweld cysylltiad â'r llofruddiaeth."

"Dial. Dylet ti gofio am y merched sy wedi cuddio ymosodiadau rhywiol am flynyddoedd mewn cywilydd oherwydd na fydde neb yn eu credu. Ond mae technoleg DNA a newidiadau cymdeithasol yn golygu bod mwy nawr yn credu'r dioddefwyr."

"Ocê, Teri, ond shwt allwn ni symud dy theori di i dir cadarn? Sdim enw gyda ni a tase Gareth yn mynd 'nôl i Goleg Iesu bydden nhw'n gwadu'r cyfan. I ddilyn trywydd nodyn yr archifydd, bydde rhaid tynnu Thames Valley i'r achos, holi'n ffurfiol a hyd yn oed wedyn fe allai'r archifydd a'r coleg wadu. Fydde hi'n barod i beryglu'i swydd?"

"Weithie, Clive Akers, dwi'n meddwl bod ti'n rial siofinist. Ma dynes yn diodde ymosodiad rhywiol, cael ei threisio falle, a'r cyfan wyt ti'n neud yw codi anawsterau."

Cododd y gwrid i wyneb Akers a hastodd Gareth i dorri'r ddadl. "Iawn, sdim pwynt cecru. Yr hyn sy'n dal i 'nharo i yw'r teulu. Roedd Glain Edmwnd yn diystyru Susan Selwyn ond yn cynghori y dylen ni fynd ar ôl hanes y teulu a gofyn o ble daeth yr arian i brynu'r Wasg, y fferm a'r tiroedd. Gawson ni ran o'r ateb gan Major Lucas pan soniodd am Thomas Selwyn, tad Meurig, yn priodi'n lwcus. Mae rhywbeth yn drewi."

"Be?" gofynnodd Teri fel mellten.

"Dyna sy raid i ni ddarganfod. Teri, beth am yr ailholi?"

"Er ei bod hi'n benwythnos ces i afael ar bawb a hefyd holi un neu ddau ychwanegol fel Evelyn Lloyd Williams ac un o gyfarwyddwyr Llyfrau'r Dyffryn. Roedd Susan Selwyn yn conan a dweud iddi ddiodde digon. Dim byd newydd, pawb yn glynu at yr un stori a bron pawb â chyllell yn Meurig Selwyn. Pawb ar wahân i Esther Elis."

"Y beirdd, Clive?"

"Llwyth o waith i ddim byd. Sawl galwad ffôn ac, o'r diwedd, siarad â'r pen bandit yn Swyddfa'r Steddfod brynhawn Gwener. Galle'r rheina ddysgu gwers i MI5 am gadw cyfrinachau! Ar ôl lot o berswâd a bygwth y Prif Gwnstabl arnyn nhw ces i enwe'r rhai o'dd yn agos at y Gadair. Roedd pob bardd yn diawlio Selwyn, pob un yn rhyfeddu 'mod i'n holi a phob un ag alibi cant y cant."

Edrychodd y tri ar ei gilydd. Teri gododd y pwynt amlwg. "*So*, be nesa?"

"Cwestiwn da. Yr unig awgrym sy gen i yw dilyn yr ongl deuluol, sy'n ein harwain ni'n ôl at ein prif *suspect*, Susan Selwyn. Reit, dwi'n mynd i roi adroddiad i Sam Powell." Roedd ei loetran wrth ddrws y swyddfa yn arwydd clir nad oedd yn awchu am y drafodaeth honno. "A beth ga i? Llond bwced o gwyno, 'angen tynnu bys mas' a dim gair o ysbrydoliaeth."

Cyhoeddodd Akers ei fod yn mynd am goffi. Ni roddodd wahoddiad i Teri ac, mewn gwirionedd, roedd mewn hwyliau drwg o gael ei frandio'n siofinist. Weithiau, roedd Teri a'i gwallt gwyllt yn mynd dros ben llestri ac yn troi pob sylw yn ddadl ar egwyddorion. Mwy o bwyslais ar yr ymarferol a llai ar syniadau ffansi, dyna oedd isie. Ond pwy dwi, meddyliodd wrth gerdded at y cantîn, dim ond ditectif cyffredin yn gwneud ei waith. Na, ym marn DC Teri Owen, dim ond *dyn* o dditectif yn gwneud ei waith.

Myfyriodd Teri ar ddisgrifiad Gareth o Susan Selwyn fel 'ein prif *suspect*' a dod i'r canlyniad y byddai hi, yn wahanol i'w bòs, yn cadw meddwl agored.

*

Gwyddai David Wilkins fod y cyfrifwyr yn dechrau ar eu gwaith drannoeth. Fe ddylai wybod. Roedd Susan wedi'i rybuddio dro ar ôl tro a'i siarsio i gyrraedd adeilad Gwenddwr yn gynnar a sicrhau bod holl gownts y cwmni yn agored i'r archwiliad. Bu wrthi'n paratoi drwy gydol y dydd ond roedd ychydig o dacluso heb ei orffen. Newid colofn fan hyn, claddu ffigyrau fan draw, tasgau i'w cwblhau'n breifat a chyfrinachau i'w celu.

Diffoddodd y teledu a golau'r lolfa, dringo'r grisiau a chynnau'r golau yn yr ystafell ymolchi ac wedyn yr ystafell wely. Ar ôl rhyw ugain munud diffoddodd lamp yr ystafell wely a disgyn yn y tywyllwch at ddrws cefn y tŷ. Caeodd y drws mor dawel â phosib, cerdded yn ofalus at y gât ym mhen pella'r ardd a chamu i'r llwybr a arweiniai i hewl y gilfach o dai. Yng ngolau lamp y stryd edrychodd ar ei wats – hanner awr wedi deuddeg – a chychwyn ar ei siwrnai. Roedd hi'n noson ddiflas, y glaw yn drwm a'r gwynt yn chwythu o gyfeiriad y môr ond roedd yr hen anorac yn ei warchod rhag y gwlybaniaeth a'r cap mwffler yn cuddio'i wyneb. Ni welodd neb ar ran gyntaf Rhiw Penglais ac ar noson mor wlyb prin oedd y cerddwyr ar strydoedd Aberystwyth. Ar ben uchaf y dref ger y cloc bu bron iddo gael harten wrth i fan heddlu yrru heibio. Tynnodd y cap yn is a phasiodd y fan, gan symud yn gyflym i gyfeiriad y môr. Anadlodd yn esmwythach a chymryd camau breision heibio Neuadd y Farchnad gan glosio at y wal gyferbyn am fymryn o gysgod. Chwipiodd y gwynt yn galetach i fylchu'r cymylau ac yng ngolau'r lleuad gwelodd adeilad Gwenddwr. Taflodd olwg i'r dde a'r chwith, canfod y cyfan yn hollol heddychlon a chamu at y drws. O hen arfer, gwyddai ble roedd twll y clo ac wedi iddo bwyso arno agorodd y drws mawr yn ddi-stŵr.

Safodd yng nghyntedd yr adeilad a chlustfeinio. Doedd dim smic. Deuai rhywfaint o olau lleuad drwy'r ffenest hir ar dop y stâr ond cyn mynd yn ei flaen tynnodd y fflachlamp fechan o boced ei anorac a'i chyfeirio at y grisiau unigol. Anelodd ei phelydr melyn am i lawr ac esgyn yn wyliadwrus o ris i ris. Eto, o arfer, gwyddai fod estyll rhai o'r grisiau'n crecian a chymerodd ofal i osgoi'r rhain gan igam-ogamu ar draws y stâr. Yn y tawelwch llethol daeth at y gris olaf, troi i'r dde a chamu at ei swyddfa a phen draw ei daith. Dyna pryd y sylwodd ar y rhimyn gwan o olau o dan ddrws yr ystafell gyferbyn. Ystafell Meurig oedd honno, a rhaid bod pwy bynnag oedd yno ar berwyl drwg – yn union fel yntau. Fferrodd ei waed ond cymerodd gam ysgafn at y drws a chlywed sŵn rhywun yn symud o amgylch yr ystafell. Mewn panig, deallodd Wilkins nad oedd ganddo ddewis ond gadael ar fyrder. Aeth am yn ôl at y gris uchaf a tharo'r pot blodyn a safai o dan y ffenest. Disgynnodd hwnnw i'r cyntedd a malu'n deilchion mewn storom o sŵn a fyddai'n deffro'r meirw.

Agorwyd drws yr ystafell. "Beth ar y ddaear y'ch chi'n neud fan hyn?"

Mewn ffug hyder ymdrechodd David Wilkins i ateb. "Allen i ofyn yr union gwestiwn i chi."

A dyna oedd ei eiriau olaf.

*

Sharon ffeindiodd y corff. Gorweddai Wilkins ar waelod y stâr mewn plyg gwarchodol fel petai, yn ei farwolaeth, wedi dychwelyd i'r groth. Roedd bwrdd wrth ei ymyl a darnau o bot blodyn, deiliach a phridd wedi'u gwasgaru o'i amgylch. Llygadrythodd yr ysgrifenyddes ar yr olygfa erchyll, sylwi ar y diferiad gwaed a cheisio sgrechian ond yr unig sŵn a ddaeth o'i genau oedd crawc lychlyd. Methodd symud ac yna dechreuodd grynu'n afreolus. Teimlodd ei choesau'n gwegian a gwthiodd ei hun i gropian at y ffôn ar y ddesg. Roedd ar fin deialu pan ddaeth Eilir Rhys drwy'r drws. Llyncodd y golygydd yr olygfa mewn un a brysio at Sharon, a oedd erbyn hyn yn beichio crio.

Blydi hel, meddyliodd Eilir, ail gorff, mae rhyw ddrwg mawr ar waith fan hyn. Cynigiodd fynd i nôl dŵr ond gafaelodd Sharon yn ei law fel gelen.

"Na, plis peidiwch â mynd. Dwi ddim isie bod ar ben fy hunan gyda hwnna."

Cysurodd Eilir y ferch ac wedi iddi dawelu ychydig ffoniodd yr heddlu. Bu'r hanner awr nesa'n fwrlwm o brysurdeb: yn eu tro cyrhaeddodd Susan, Milly a Nia; y cyfrifwyr, a anfonwyd yn syth o'r lle; ac yn olaf y tri ditectif, Gareth, Akers a Teri. Ni ellid amau'r sioc ar wynebau holl staff y Wasg a phrysurodd Gareth i reoli'r sefyllfa.

"A wnewch chi gyd fynd i'r parlwr, os gwelwch yn dda? Dwi'n siŵr y bydde paned yn help. Bydd y patholegydd a'r tîm fforensig yma cyn bo hir ac, wrth gwrs, bydd rhaid i ni siarad â phawb i gael darlun clir o'r hyn sy wedi digwydd."

Ufuddhaodd y pump yn ddibrotest ac ar ôl iddynt adael plygodd Gareth yn ei gwrcwd i wneud asesiad cychwynnol, gan gymryd gofal i osgoi mynd yn rhy agos at y corff. Mor allweddol oedd yr argraffiadau cyntaf, y broses o sylwi ar fanylion lleoliad y farwolaeth. Yn achos llofruddiaeth Meurig Selwyn bu raid iddo ddibynnu ar adroddiadau ail-law a theimlai i hynny fod yn anfantais. Sythodd, edrych at y grisiau llydan, gweld y strimyn o bridd a dychwelyd ei olygon at y corff.

"Reit, darnau o'r potyn, pridd a dail o dan y corff. Wilkins yn taro'r pot blodyn ar dop y stâr a syrthio wedyn – dyna'r drefn. Sharon yn darganfod y corff bore 'ma ac, o ystyried y ffaith bod y potyn wedi'i ddymchwel, mae'n deg casglu fod y cyfan wedi digwydd mewn tywyllwch. Syrthio neu gael ei wthio? A dau gwestiwn arall – pam oedd Wilkins yma ganol nos ac os gwthio, gan bwy?"

"Mae e yn ei got a'r got yn dal yn wlyb," dywedodd Clive. "Felly, fe gerddodd yma yn y glaw i gyflawni gweithred o olwg pawb, gweithred roedd yn rhaid iddo'i gwneud yn yr adeilad.

Mae'r ffaith fod Wilkins yn ei got yn awgrymu i rywun dorri ar draws y weithred – beth bynnag oedd honno."

Cofiodd Teri am ei hymweliad â'r dyn bach piwis, ymosodol. "Ces i'r argraff fod Wilkins yn cuddio rhywbeth. Roedd e hefyd yn un o'r rhai heb alibi a nawr mae 'na siawns ei fod e'i hunan wedi'i lofruddio."

Clywyd sŵn wrth y drws a daeth Dr Angharad Annwyl a'r criw fforensig i mewn. Heb gyfarchiad, trodd y doctor a'r lleill yn syth at y dasg o archwilio'r corff a'r safle, gan gychwyn drwy wisgo'u siwtiau plastig gwynion a'u sgidie gwarchod. Ar ôl rhoi enw'r person ar waelod y stâr iddynt aeth y tri ditectif i'r parlwr ar eu hunion i holi'r staff. Roedd golwg fud ar bawb, golwg a gyfleai'r anghrediniaeth lwyr o brofi ail farwolaeth annisgwyl ymhlith staff Gwenddwr o fewn cwta dair wythnos. Sharon oedd fwyaf bregus, yn eithriadol o welw ac yn dal i grynu.

Sylweddolodd Gareth fod angen gofal ac nad oedd modd gwasgu. Serch hynny, roedd rhaid cadarnhau'r ffeithiau. Aeth ati a dweud yn dawel, "Sharon, dwi'n deall eich bod chi wedi cael sioc. Dim ond un neu ddau o atebion ac wedyn fe gewch chi lonydd. Jyst pwyllwch a dweud beth ddigwyddodd."

Gafaelodd y ferch yn ei choffi, a'i bysedd yn esgyrnog wyn am y gwpan. Roedd y masgara a osodwyd mor ddestlus bellach yn rhimynnau du ac er nad oedd yn crio gallech synhwyro ei bod yn agos at ddagrau. Cymerodd lymaid o'r coffi a chychwyn mewn llais isel. "Fi sy â'r cyfrifoldeb o agor yr adeilad ac roedd hi'n bwysig 'mod i yma'n gynnar heddiw. Agores i'r drws a… a gweld Mr Wilkins yn gorwedd wrth waelod y stâr."

"Wrth i chi ddod at y swyddfa, weloch chi rywun?"

"Wel, do, staff y coleg yn mynd at eu gwaith."

"Neb yn agos at yr adeilad ei hun?"

"Na."

"Fuoch chi'n ofalus wrth gloi neithiwr?"

Er ei gofid, fflachiodd llygaid y ferch i ddangos bod y cwestiwn yn agos at sarhad. "Do, yn bendant. Fi oedd yr olaf i adael ac fe wnes i'n siŵr fod pob drws ar glo."

"Pob drws?"

"Mae 'na ddrws cefn yn arwain i iard. Wnes i tsieco'r ddau – y ffrynt a'r cefn."

"A chi yw'r unig un â set o allweddi?"

Dywedodd Susan, "Fel perchennog, mae gen i allweddi," gan ychwanegu'n gloff, "falle bydde rhaid dod yma ar frys yng nghanol nos."

"Fel neithiwr?"

Dim gair, ac yn y distawrwydd brysiodd Gareth i gydio yn un o sylwadau Sharon. "Pam oedd hi'n bwysig i fod yma'n gynnar heddiw?"

"Wel, ro'dd y cowntants yn cyrraedd. Roedd Miss Selwyn wedi trefnu'r cyfan a dweud mor bwysig o'dd bod yn brydlon. O'n nhw 'ma jyst cyn i chi gyrradd ac… ac o dan yr amgylchiadau cethon nhw'u hanfon o 'ma gan Eilir."

Taflodd Gareth olwg at Eilir Rhys a Susan a derbyn nòd o gadarnhad gan y ddau. "Diolch, Sharon, bydd rhaid i chi roi datganiad. Oes un ohonoch chi am ychwanegu unrhyw beth?"

Tawelwch eto.

"Byddwn ni'n gofyn i bawb am eu symudiadau neithiwr. Edrychwch a oes unrhyw beth wedi'i ddwyn o'ch stafelloedd ac osgowch y cyntedd, os gwelwch yn dda."

Rhoddwyd y gwaith o gymryd nodiadau i Clive a Teri a dychwelodd Gareth at Angharad Annwyl a'r fforensics. Roedd pawb yn brysur yn archwilio, yn mesur ac yn tynnu lluniau a'r doctor yn ei phlyg wrth y corff. Doedd Gareth ddim am ei styrbio a chamodd o'r neilltu i ystyried yr hyn a ddatgelwyd yn y parlwr. Bu'n pendroni am dipyn ac ymhen hir a hwyr daeth Clive a Teri ato.

Edrychodd Clive ar ei lyfr nodiadau. "Alibi gan bawb ar wahân i Sharon a Susan."

Ychwanegodd Teri, "A dyna'r ddwy â'r allweddi."

"Cweit. Naill ai mae Sharon yn dweud y gwir neu mae'n actores anhygoel o dda. Rhyfedd bod Susan yng nghanol y brywes dro ar ôl tro. Beth bynnag, mae sylw Sharon am ymweliad y cyfrifwyr yn esbonio presenoldeb Wilkins. Siawns fod y rheolwr ariannol yn cafflo ac wedi dod yma neithiwr i guddio'i dwyll."

Daeth Angharad Annwyl atynt ac ar ei chais croesodd pawb at y corff. "Mae hyn yn symlach na'r achos arall," dywedodd y doctor. "David Wilkins yn syrthio lawr y stâr ond yn cael ei ladd gan yr anaf hwn." Pwysodd at y pen moel a chodi fflap o groen i ddangos cleisio, cytiau a rhwygiadau mewn pwll o waed. "Ymosodiad mileinig gan *blunt instrument*. Darn o fetel neu bren yn taro'r benglog sawl gwaith i achosi gwaedlif marwol. Amser y farwolaeth? Rhwng un a dau y bore. Dyna'r canlyniadau rhag blaen. Bydd mwy o wybodaeth a syniad mwy pendant o amser marwolaeth ar ôl y post-mortem."

Cododd pawb a chamu oddi wrth y corff. "Diolch, Angharad. O leia ry'n ni'n sicr o un peth – ail lofruddiaeth," dywedodd Gareth.

"Roedd fflachlamp fechan ar dop y stâr, olion clir o ffrwgwd a gwaed wedi tasgu ar y waliau a'r llawr. Mae bron yn sicr felly y bydd gwaed ar gorff a dillad y llofrudd. A hon, roedd hon ym mhoced anorac Mr Wilkins." Dangosodd y doctor oriad bychan mewn amlen blastig. "Allweddol, ddeudwn i!"

Ni werthfawrogwyd yr hiwmor.

PENNOD 25

FEL Y GELLID disgwyl, doedd y Prif Arolygydd Sam Powell ddim yn hapus i gael ail lofruddiaeth ar ei batsh. "Prior, mae'r sefyllfa'n gwaethygu yn hytrach na gwella! Mae'r Prif Gwnstabl yn disgrifio'r cyfan fel methiant llwyr ac yn bygwth anfon sgwad troseddau difrifol o'r pencadlys. Ry'ch chi wedi gwastraffu penwythnos yn jolihoitan yn Rhydychen yn dilyn syniadau pen yn y gwynt am deulu Meurig Selwyn. Chwipio ceffyl marw, myn yffarn! O hyn allan, rhaid i chi gyfyngu'ch sylw i Aberystwyth a beth sy'n digwydd reit o dan 'ych trwyn. Nawr, pwy o'dd Wilkins a beth o'dd e'n neud yn adeilad Gwenddwr yn oriau mân y bore?"

"David Wilkins oedd rheolwr ariannol y Wasg ac ro'dd 'na awgrym ei fod e'n twyllo'r cwmni ac mai ymgais i guddio'i dwyll oedd yr ymweliad ganol nos."

"Awgrym, Prior? Dyw awgrym ddim yn ddigon. Ble mae'r prawf?"

"Ry'n ni'n mynd i dŷ Wilkins yn syth i chwilio am y prawf, syr."

"Beth yw'r cysylltiad rhwng y mwrdwr cyntaf a'r ail?"

"Methu gweld cysylltiad ar hyn o bryd, syr."

"O'n i'n meddwl y byddech chi'n dweud 'na. A mwy na thebyg does gyda chi ddim syniad – ar hyn o bryd, wrth gwrs – pwy laddodd Wilkins. Fe gadwn ni at y patrwm o adroddiadau dyddiol ac fe ddylech chi fod yn ymwybodol o'r cyngor erbyn hyn."

"Tân i'r bryniau, syr."

Roedd Akers a Teri'n disgwyl Gareth yn y swyddfa ac

roedd gan Teri newyddion. "Mae Eilir Rhys a Nia Adams wedi ffonio i reportio lladrad dau liniadur. Does dim wedi'i ddwyn o stafelloedd Susan na Milly. A galwad oddi wrth y fforensics. Roedd y clo ar y drws cefn wedi'i falu."

Ystyriodd Gareth oblygiadau'r negeseuon. "Mae'r wybodaeth am y difrod i'r clo yn arwain at anwybyddu ffactor yr allweddi a Wilkins fwy na thebyg yn defnyddio allwedd bersonol i sicrhau mynediad. Felly, lladrad yn troi'n fwrdwr, ai dyna yw hyn?"

"Fydde lleidr ddim yn lladd am ddau laptop. Yr adwaith naturiol fydde dengid o 'na mor fuan â phosib," atebodd Akers.

Doedd Teri ddim mor sicr. "Beth petai'r lleidr wedi dod ar draws Wilkins yn sydyn, wedi panicio, taro'r boi a'i wthio lawr stâr?"

"Cofia ddisgrifiad Dr Annwyl o'r ymosodiad. Mileinig ddwedodd hi, darn o fetel neu bren wedi'i ergydio sawl gwaith. Dim wadan fach ysgafn gan leidr wedi cael braw oedd wedi achosi clwy fel 'na. Ymosodiad ciaidd a wasgarodd hanner brêns Wilkins ar hyd y wal a'r llawr. Mae'r rheswm dros y lladd yn amlwg – roedd Wilkins wedi gweld ei lofrudd o'r blaen ac roedd yn rhaid iddo fe farw."

"Beth, rhywun yn gweithio yn y Wasg?"

"Dim o angenrheidrwydd. Cyn-aelod o staff falle, neu jyst person roedd Wilkins yn nabod?"

"Nefi wen, Clive, culhau'r ymholiad sy raid, nid ei ehangu. Os wyt ti'n awgrymu casglu rhestr o gydnabod Wilkins a holi pob un, byddwn ni 'ma tan Sul y pys!"

Cododd Gareth ei law i atal ffrae arall. "Y flaenoriaeth yw darganfod mwy am Wilkins. Ry'n ni'n tybio'i fod e'n twyllo ond does dim prawf. Teri, beth am y tŷ?"

Ailadroddodd Teri ei hatgof o Wilkins fel person mên, crintachlyd. "Roedd e'n hynod feirniadol o Meurig, yn disgrifio'i fòs fel rhywun oedd yn ymyrryd o hyd." Mewn fflach, cofiodd ffaith arall. "Pan sonies i am Susan yn galw'r cyfrifwyr ga'th

Wilkins ofan a dweud rhywbeth am y chwaer yn methu gwneud syms. Ro'dd e'n cadw cownts i sawl busnes yn Aber ac os dwi'n cofio'n iawn ro'dd Clive o'r farn ei fod e'n treulio'i amser yn syrffio porn!"

Dywedwyd y geiriau olaf gyda mwy na thinc o watwar a chododd y gwrid i wyneb Akers.

"Reit," rhybuddiodd Gareth, "beth sy isie yw archwiliad manwl o gartref Wilkins a mynd i berfedd y cyfrifiadur. Eith Clive a finne i'r tŷ gan mai Clive yw'r arbenigwr technoleg a cher di, Teri, 'nôl i adeilad Gwenddwr. Bydd isie sicrhau nad oes dim byd arall wedi'i ddwyn a gofyn am unrhyw ymwelwyr amheus – yn enwedig i Sharon fel yr un wrth y ddesg. O, un peth arall. Gyda help Tom Daniel mae 'na griw o blismyn wedi dechre chwilio am yr arf laddodd Wilkins."

Teimlai Teri mai hi dynnodd y blewyn cwta ond doedd dim pwynt cwyno. Gafaelodd yn ei bag, mynd at y drws a datgan yn siort, "Cyfeiriad y tŷ yw 63, Min y Moreb, Waunfawr. Pob lwc ar ffeindio'r lle."

Roedd ffawd o blaid Gareth a Clive. Wrth iddynt chwilio am rif 63 daeth postman i gasglu llythyrau o focs ar ben y stryd a'u cyfeirio at dŷ Wilkins. I osgoi tynnu sylw, cerddodd y ddau i'r drws cefn ac, ar ôl nòd gan Gareth, gosododd Clive gyfres o allweddi yn y clo a llwyddo gyda'r pumed dewis o'r gadwyn. Roedd y lle fel twlc, tomen o lestri yn y sinc ac oglau hen fwyd yn treiddio i bob cornel. Symudodd Clive ymlaen a gweld creadur llwyd-frown yn diflannu rhwng un o'r cypyrddau.

"Blydi hel, llygoden! Rwy'n casáu llygod mawr."

"Mae wedi mynd nawr. Dere i'r stafell nesa."

Doedd y lolfa ddim llawer taclusach. Fel y soniodd Teri, yr unig beth glân oedd y cyfrifiadur a chroesodd Gareth at y peiriant. "Clive, cer i ddarganfod cyfrinache hwn. Dwi'n mynd lan lofft i chwilio'r stafelloedd gwely."

Eisteddodd Clive a gwasgu swits y cyfrifiadur i ddatgelu

tudalennau'r system reoli. Fel yn yr ymdrech i gael mynediad i beiriant Meurig Selwyn, ymddangosodd gorchmynion yn gofyn am enw'r defnyddiwr a'r cyfrinair. Ond y tro hwn doedd dim llyfryn bach handi wrth law. Llwythodd Clive ei gopi *pirate* o raglen Password Revealer a chanolbwyntio'n llwyr. Roedd y gwarchodfeydd yn gryf a bu Clive wrthi am yn agos i hanner awr yn teipio amrywiol gyfuniadau heb lwc. Clywodd sŵn, a neidio wrth feddwl mai llygoden arall oedd ar browl, cyn gweld Gareth ar waelod y stâr. "Rhywbeth lan fan'na?"

"Dim byd o bwys. Dillad brwnt a mwy o ddrewdod. Ychydig o gylchgronau ond dim porn! Beth am y cyfrifiadur?"

"Methu ca'l mynediad hyd yn hyn. Ma Wilkins wedi gosod un rhwystr ar ôl y llall. Amynedd a bach o lwc sy isie!"

Aeth Gareth at y bwrdd, eistedd a bodio'r domen o bapurau. Gwelodd fod yr honiad am gadw cownts i fusnesau eraill yn gywir ac roedd hyd yn oed edrychiad cyflym yn dangos bod Wilkins yn gyfrifydd hynod o ddyfeisgar. Roedd tipyn o'i sgamio'n agos at dorcyfraith ond doedd hynny ddim o bwys nawr â'r dyn ei hun yn gorff ar slab y morg. Trodd at y silff lyfrau wrth y bwrdd ac er syndod, ymhlith y *thrillers* a'r straeon ditectif, gwelodd sawl bywgraffiad i wyddonwyr a dyfeiswyr. Estynnodd am gyfrol ffeithiol â'r teitl *World's Greatest Mathematicians* a bu'n darllen hyd nes iddo glywed bloedd o fuddugoliaeth gan Clive.

"O'r diwedd, dwi mewn!"

Gofynnwyd eto am enw defnyddiwr a theipiodd Clive 'gamine' ac, ar yr alwad am gyfrinair, 'truing'.

"Pam 'truing'? Doedd Wilkins ddim yn gredwr mawr yn y gwir, a pha fath o air twp yw 'gamine'?"

"Merch ifanc dwyllodrus sy'n edrych fel bachgen yw *gamine*. Paid â phoeni am rheina, mla'n â ti i weld beth oedd Wilkins mor awyddus i'w gadw'n gyfrinachol."

Daeth Clive at y dudalen ffefrynnau a tharo'r bysellfwrdd

i ddatgelu bocs hollol wag. "Mae e 'di bod yn ofalus, clirio'i lwybr ar ôl pob ymweliad. Dim probs, mae 'na wastad lwybr arall."

Mwy o deipio i ddangos rhestr hirfaith o dan y pennawd 'Temporary Internet Files'.

"Dyma gwcis y gwefannau mae Wilkins wedi'u defnyddio. Darn bach o ddata yw cwci, Gareth, sy'n cael ei storio yn y cyfrifiadur tra bod y defnyddiwr yn syrffio gwefannau. Os edrychwn ni ar y rhestr fe ddylen ni gael darlun o bori'r gorffennol. Ti'n gallu clirio'r rheina hefyd ond mae'n boen yn y pen-ôl i gael gwared ar bob un. Ocê, Mr Wilkins, dewch i ni weld ble chi 'di bod."

Yn rheolaidd o fewn y rhestr, ymddangosai'r cyfeiriad cookie: user@http:www.bonnechance.com. Bwydodd Clive y cyfeiriad i'r bocs ar dop tudalen y peiriant chwilio a llifodd y cyfrifiadur yn ufudd i wefan Bonnechance Online Casino. Holwyd am gyfrinair a'r tro hwn teipiodd Clive wahanol fersiynau o David a Wilkins. Dim byd, felly trodd at ychwanegu rhifau at yr enwau ac, o'r diwedd, ar fwydo 'Avid1' cafwyd mynediad i gyfrif personol Wilkins yn y ganolfan gamblo. Chwibanodd y ddau o weld y symiau o arian oedd wedi'u trosglwyddo.

Dywedodd Gareth, "Mae'n ennill weithiau ond, fel pob gamblwr, mae'n colli a cholli miloedd. Dyna'r gyfrinach fawr! Roedd e'n godro coffrau Gwenddwr i gynnal ei ddibyniaeth gamblo, sy'n esbonio'r rheswm dros yr ymweliad â Gwenddwr ganol nos. Roedd Wilkins wedi cael rhybudd fod y cyfrifwyr ar fin galw ac fe aeth e i altro'r cownts."

"Ond shwt mae hyn yn arwain at fwrdwr y pŵr dab? A beth yw'r cysylltiad â mwrdwr Meurig?"

"Dy ddadansoddiad di yw'r mwya tebygol – bod Wilkins a'i lofrudd wedi adnabod ei gilydd. Dau fwrdwr, ond yr un llofrudd? Roedd y cyntaf wedi'i gynllunio'n ofalus a'r ail ar hap, ond mae rhai agweddau'n hynod o debyg. Y llofrudd yn yr achos cyntaf am i ni gredu i Selwyn farw o drawiad ar y galon ac oni bai am lygad barcud Angharad dyna fyddai wedi digwydd. Ymgais i daflu llwch i lygaid yn yr ail drwy blannu'r syniad o ladrad. Ac mae dau fwrdwr yn yr un cwmni o fewn pythefnos gan ddau berson gwahanol yn anodd iawn i'w gredu. Ardderchog, Clive. Bydd rhaid mynd â'r cyfrifiadur i'r orsaf a diogelu'r tŷ. Wna i ffonio'r orsaf."

Wrth ddisgwyl am y plismyn, ailgyfeiriodd Gareth ei sylw at sgrin y cyfrifiadur rhag ofn bod mwy o gyfrinachau yn llechu ym mol y peiriant. "Cer 'nôl at y dudalen yn gofyn am enw defnyddiwr a chyfrinair y peiriant." Wrth i Clive wneud hynny aeth Gareth at y silff lyfrau i gydio yn y gyfrol *World's Greatest Mathematicians* unwaith eto. Trodd y tudalennau a dod at bennod am Alan Turing.

"Alan Turing oedd un o fathemategwyr mwya disglair yr ugeinfed ganrif ac, i bob pwrpas, fe oedd dyfeisydd y cyfrifiadur. Ei gyfraniad mwya oedd torri côd yr Almaenwyr yn ystod yr Ail Ryfel Byd. Enw'r côd oedd Enigma. Drycha 'to ar y sgrin, Clive. Mae 'truing' a 'gamine' yn anagramau o Turing ac Enigma. Clyfar, Mr Wilkins, ond dim cweit digon clyfar!"

*

Doedd neb wrth y ddesg yng nghyntedd Gwenddwr a bu raid i Teri ganu cloch fechan i gael sylw. Ar ôl gwasgu sawl gwaith ymddangosodd Milly Morgan ar dop y stâr a dod i lawr ati'n anfoddog.

"Chi 'nôl yn fuan," dywedodd yn flin. "Bydden i'n meddwl bod digon o waith gyda chi i ddal llofrudd Wilkins."

"Llofruddiaeth? Oes gwybodaeth 'da chi?"

"Hy! Bydde dyn dall wedi casglu i Wilkins farw o rywbeth mwy difrifol na dôs o annwyd. Weles i'r gwaed."

"Pryd, Miss Morgan? Bore 'ma? Naethoch chi gyffwrdd

â'r corff? Mae ymyrryd â thystiolaeth yn drosedd ddifrifol. Neu efallai i chi sylwi ar y gwaed ar adeg arall? Neithiwr, er enghraifft?"

Atebodd Milly'n siort, "Mae'r gêm fach yna'n wastraff amser, DC Owen. Dwi eisoes wedi cyflwyno alibi ond, dyna ni, mae'n anodd i dditectif bach cyffredin gofio pob manylyn."

"Iawn, Miss Morgan, beth am chwarae'r gêm yn ôl y rheolau? Fe wnawn ni barhau'r sgwrs o dan amodau ffurfiol a holi ymhellach am farwolaeth Mr Wilkins a Mr Selwyn ac am y clecs y buoch chi'n eu bwydo i'r wasg."

Edrychai'r ddynes fel petai newydd sugno ar lemwn. "Chi wedi dod i weld rhywun arall, neu jyst fi?"

"Pawb. Ry'n ni'n gwbod i ddau liniadur gael eu dwyn ond ry'n ni am i bawb tsieco'u stafelloedd yn fanylach i ganfod a oes unrhyw beth arall wedi mynd a holi am unrhyw ymwelwyr amheus. Dechreua i gyda chi, Miss Morgan."

Chwiliwyd ystafelloedd Milly, Nia, Susan ac Eilir heb ganfod dim. Disgynnodd Teri i'r llawr gwaelod at y drws cefn a chamu allan. Roedd y llwybr yn fwdlyd ond roedd glaw trwm y noson cynt wedi cael gwared ar unrhyw obaith o gael olion traed. Caeodd y drws, ei ddiogelu gyda'r bollt dros dro a dychwelyd i'r cyntedd. Roedd tâp glas a gwyn yn gwarchod llecyn y farwolaeth ac wrth agosáu gwelodd Teri fod y staen gwaed yn dal yno. Ceisiodd ddychmygu ei hun fel Wilkins, yn sefyll yn yr adeilad yng nghaddug y nos. Byddai'r lle mor dywyll â bol buwch ac roedd bodolaeth y fflachlamp ar ben y grisiau yn dangos nad oedd wedi mentro cynnau'r golau. Symudodd at y gris cyntaf a dechrau dringo. Clywodd grecian yr estyll bron ar unwaith a deall y gallai'r sŵn fod yn rhybudd i'r llofrudd. Daeth at y gris uchaf a sefyll yn yr union fan y safodd David Wilkins. Gyferbyn, roedd ystafell Meurig a sylweddolodd Teri fod siawns mai yno y llechai'r ymosodwr. Rhaid fyddai tsiecio gyda'r fforensics am olion bysedd. Camodd at ddrws yr ystafell ac, er syndod, agorodd yn hawdd. Ystyriodd, cyn mynd drws nesaf at ystafell Susan a churo.

"Beth nawr?" meddai honno'n oeraidd. "Wedi dod i daflu rhagor o gyhuddiadau ffals?"

Anwybyddu, dyna'r dacteg orau. "Pwy oedd ag allwedd i stafell eich brawd, Miss Selwyn?"

Rhyfeddwyd y ddynes. "Cwestiwn od! Roedd gan Meurig allwedd, a Dei Lloyd. A nawr, fel y gwyddoch chi, Sharon sydd â'r allweddi i gyd."

"Ydy'r drws wedi bod ar agor ers y llofruddiaeth?"

"Rhan fwya o'r amser, ydy. Roedd rhaid mynd yno i gael ffeiliau a theipysgrifau awduron. Wedi'r cyfan, sdim llawer o reswm dros gloi stafell dyn marw."

Gallai Teri feddwl am sawl rheswm ond nid oedd am drafod 'run ohonynt gyda'r chwaer. "Byddai'n help mawr, Miss Selwyn, pe byddech chi'n dod gyda fi i daflu golwg gyflym dros y stafell. I weld a oes rhywbeth wedi symud, unrhyw beth yn wahanol…"

Dilynodd Susan y ditectif i ystafell ei brawd. "Mae 'na bethau wedi'u symud, fel ffeiliau ac ati. Ar wahân i'r rheini mae'r stafell yn edrych yn union fel roedd hi."

"Cymerwch eich amser, Miss Selwyn, mae'n bwysig bod yn siŵr."

Symudodd y chwaer i ganol y llawr ac edrych o'i hamgylch. Aeth at y silffoedd i archwilio'r cyfrolau a chamu o un pen i'r llall i fwrw golwg ar y ffotograffau ar y muriau. Lluniau o Meurig oeddent i gyd – llun ohono'n ifanc yn dal rhwyfau, llun o seremoni raddio a sawl llun o Meurig yn derbyn anrhydeddau neu wobrwyon.

"Drychwch arno fe," dywedodd Susan, "fi fawr."

"Dim byd yn wahanol?"

"Dim byd hyd y galla i weld. Do'n i ddim yn dod yma'n rheolaidd. Roedd Meurig a minnau'n parchu ac yn gwarchod ein tiriogaeth. I ddweud y gwir, doedd Meurig ddim yn croesawu llawer o neb i'w stafell."

Paratôdd Teri i adael ac yna cofiodd. "Diolch, Miss Selwyn. Un peth arall. Bydden i'n hoffi cael gair 'da Sharon."

"Dyw Sharon ddim yma. Ar ôl y sioc bore 'ma fe aeth hi adre'n sâl, druan fach."

"Ocs cyfeiriad gyda chi?"

"Fflat Uchaf, 13 Stadium Road."

*

Ceisiodd Sharon gysgu drwy gydol y prynhawn ond methodd. Roedd yr olygfa frawychus o Wilkins wedi'i serio ar ei chof a gwelai ei gorff yn ei blyg, y stribedi o wallt, y sbectol yn gam ar ei drwyn a'r llygaid pwl a edrychai ar bawb ac ar neb. Gwthiodd ei phen yn ddyfnach i'r gobennydd mewn ymgais i chwalu'r darlun, ffaelu, a chodi o'i gwely. Gwnaeth y camgymeriad o ffonio adre a dioddef ugain munud o'i mam yn ffysian a phlagio arni'n ddiddiwedd i ddod 'nôl i Lambed a gadael ei swydd yn y lle cythrel 'na. Gwrandawodd Sharon ar ei phledio.

"Mae lot saffach i ti fan hyn. Mae Mr Burrell y cyfreithiwr yn chwilio am ysgrifenyddes. Jyst y job i ti, a Mr Burrell yn ddyn mor neis."

Tynnodd y sgwrs i ben, mynd i wneud paned ac eistedd yn y gadair esmwyth gyda phaced o fisgedi siocled wrth ei hochr. Gwasgodd reolwr y teledu, fflicio drwy'r sianeli a dewis rhaglen am hynt a helynt cwpl ifanc yn prynu tŷ yn un o faestrefi Llundain. Ymgollodd yng nghysur siwgwraidd y bisgedi a chwmni'r cwpl, a dychmygu Howel a hithau'n prynu eu tŷ cyntaf yn swbwrbia Caerdydd – Llandaf neu Bontcanna. Ie, byddai cyrion Pontcanna'n berffaith, tŷ teras yn un o'r strydoedd *up and coming*, chwedl yr asiantau, â llefydd bwyta a bariau coffi ar stepen y drws. Breuddwydiodd yn hapus a syrthio i gysgu yn y gadair. Dihunodd rhyw ddwy awr yn ddiweddarach a gweld bod y teledu erbyn hyn yn dangos criw o bobl anghynnes yn ffug fwynhau pryd o fwyd yng nghwmni ei gilydd. Gwasgodd y rheolwr i newid y sianel ac yn sydyn clywodd gloch y fflat yn canu. Bachodd got dros ei gŵn nos, mynd i ateb a chael y pleser o weld mai Howel oedd yno.

"Dyma syrpréis!"

"Newid yn fy nhrefniadau gwaith. Ti'm yn meindio, wyt ti?"

"Meindio?! Mae bob amser yn hyfryd dy weld di. Dere â chusan ac fe fydda i'n teimlo lot yn well."

Closiodd Howel ati a symud ei ddwylo dan y got i'r defnydd ysgafn. Mwythodd y cnawd ac edrych i lygaid ei gariad mewn syndod. "Dillad nos yr amser 'ma? Rhaid bo ti'n disgwyl fi, neu rywun arall wrth gwrs!"

Rhoddodd Sharon bwniad iddo yn ei asennau a chwerthin. "Sneb arall, Howel John, ac os nad wyt ti'n gwbod 'ny nawr, fyddi di byth. Lan â ti ac fe wna i egluro."

Dringodd y ddau'r grisiau culion ac aeth Sharon i wisgo. Dychwelodd, cychwyn paratoi swper syml ac adrodd yr helynt am Wilkins, gan ganolbwyntio ar y ffaith mai hi ddaeth o hyd i'r corff.

"Druan â ti! Ti'n meddwl bod gan yr heddlu fwy o syniad y tro 'ma?"

"Ro'dd Insbector Prior yn holi am yr allweddi. Roedd set gyda fi ond, yn y pen draw, doedd yr allweddi ddim yn bwysig."

"Pam?"

"Wel, roedd pwy bynnag oedd yno wedi dod ar hyd y llwybr o'r iard a thorri clo'r drws cefn."

"Pa fath o berson o'dd Wilkins? O't ti'n gyfarwydd â fe?"

"I'r un graddau ag o'n i'n gyfarwydd â phawb arall yn y gwaith. Rhyw ddyn bach eitha anghynnes, wastad yn stelcio o un stafell i'r llall ac yn meddwl bod e'n gwbod y cyfan oherwydd bod e'n rheolwr ariannol. O'n i ddim yn lico fe – hen snichyn dan din."

"Dwi'n nabod y teip. Ond beth o'dd e'n neud yn y swyddfa am un o'r gloch y bore?"

Gostyngodd Sharon ei llais ac ateb, "Plis, allwn ni stopo siarad am Wilkins?"

O sylwi ar y gwewyr ar wyneb ei gariad, brysiodd Howel i ymddiheuro. "Mae'n flin 'da fi, Shar, mynd mla'n a mla'n a tithe wedi diodde profiad mor erchyll. Dwi newydd yrru'n syth o Gaerdydd mewn car poeth ar ôl bod ym Mryste. Fydde hi'n ocê i fi fynd am gawod?"

"Wrth gwrs. Dyle swper fod yn barod mewn rhyw chwarter awr."

Chwiliodd Sharon am y stwff salad a'r cig oer yn y ffrij, a thynnu'r botel o win gwyn allan. Jyst y peth i godi hwyliau, meddyliodd, gan arllwys mesur hael i wydr. Golchodd y letys a'r tomatos yn y sinc, eu torri i fowlen ac estyn am yr olew olewydd. Aeth ati i osod y bwrdd gan afael yng nghot Howel a adawyd ar gefn un o'r cadeiriau a'i hongian ar fachyn y drws. Wrth wneud, syrthiodd darn o bapur o boced y got a phenliniodd Sharon i edrych arno. Derbynneb garej ydoedd, ond er iddi weld y geiriau, methodd â'u deall. Dangosai'r dderbynneb daliad am betrol mewn archfarchnad yn Aberystwyth am hanner awr wedi un ar ddeg neithiwr. Roedd ei chariad newydd ddweud iddo yrru'n syth o Gaerdydd, a bu'n gweithio ym Mryste ers y penwythnos, meddai ef. Pam y celwydd, a pham dwy siwrnai mewn deuddydd? Yna, fel chwilen flin, cofiodd i Howel ofyn pam roedd Wilkins yn y swyddfa am un o'r gloch y bore. Doedd hi ddim wedi crybwyll amser oherwydd doedd hi ddim yn gwybod pryd yn union y cafodd Wilkins ei ladd. Doedd yr heddlu, na neb arall, wedi nodi amser ac eto roedd Howel yn sicr – un o'r gloch.

Callia! Paid hel syniadau gwirion, dywedodd wrthi ei hun, a

chroesi i'r gadair esmwyth i gael gwared ar yr ysgryd a ledodd drwy ei chorff. Wrth iddi eistedd, llithrodd y gadair a tharo'n erbyn rhywbeth a bwysai yn ei herbyn. Y ces lledr a gariai Howel i bobman oedd wedi'i ddymchwel. Doedd dim llawer ynddo – ffôn symudol, dyddiadur, ffeiliau gwaith ac, yn rhyfedd, cyfrol o farddoniaeth *Cerddi'r Ffin* gan Meurig Selwyn. Ymhlith y ffeiliau gwelodd ffotograff du a gwyn o ŵr a gwraig yn gwenu ar y camera gyda'r enwau 'Iestyn a Gwenllïan' ar y cefn. Clywodd symudiad o'r ystafell ymolchi a symudodd i ailosod y ces a'i gynnwys yn ei le. Ar yr eiliad olaf, gwelodd y ffotograff a brysio i'w guddio i lawr ochr y gadair.

O'r funud y camodd i'r ystafell, synhwyrodd Howel y newid. Bron y gallai arogli'r nerfusrwydd a'r tensiwn, ac er i Sharon wenu wrth basio'r gwin ni allai reoli'r cryndod yn ei llaw. Yn syth ar ôl iddi eistedd, cododd yn ddisymwth a chamu at y drws. Plygodd i godi rhywbeth a dweud, "Sori, sdim lla'th 'ma! Wna i jyst picio i'r siop."

Er gwaethaf ei hymgais i swnio'n ddi-hid, roedd yr ansicrwydd yn glir yn ei llais a'r esgus yn wantan. Cyn iddi gael cyfle i roi ei llaw ar fwlyn y drws, neidiodd Howel o'i gadair a sefyll wrth ei hochr.

"Beth yw'r papur sy 'da ti fan'na, Shar?"

"Ym, dim byd, rhyw sgrap oddi ar y llawr."

"Dere i fi gael gweld."

Gwasgodd ei harddwrn.

"Paid, Howel. Beth sy'n bod arnot ti? Aw!"

Gwingodd Sharon mewn poen a chael ei gorfodi i ollwng y papur.

"Derbynneb garej, 'na i gyd. Beth sy mor sbesial am dderbynneb garej?"

"Gan mai ti oedd mor awyddus i fachu'r peth, ti ddyle ateb. Neu falle fod ti'n gwbod yn barod?"

Taniodd llygaid Sharon fel cols eirias. "Dyna'r pwynt, dwi

ddim yn ffycin gwbod. Dwi ddim yn gwbod y rheswm dros y celwydd am Fryste a gyrru o Gaerdydd a'r papur yn dangos bod ti yn Aber am un ar ddeg neithiwr. A dwi ddim yn gwbod shwt o't ti mor sicr mai un o'r gloch oedd amser llofruddiaeth Wilkins."

"Ti ddwedodd."

"Naddo."

"A be ti'n mynd i neud? Cario clecs at yr heddlu?" meddai mewn llais cras, llais yn atseinio o galedwch a phenderfyniad, llais anghyfarwydd i Sharon. "Wel, Miss Potter? Mor barod i holi, ond amharod i ateb."

Ac yn yr hunllef chwerw o gael ei galw'n 'Miss Potter', deallodd Sharon mai twyll oedd y cyfan. Roedd Howel, y cariad a'i cusanodd funudau ynghynt, y dyn y rhoddodd hi'r cyfan iddo, yn fastard ac yn fil gwaeth bastard na phob bastard arall. Mewn boddfa o chwys oer, gwawriodd y gwirionedd dychrynllyd arni – roedd Howel wedi llofruddio dau berson a'r unig fodd iddi hi osgoi bod yn drydydd person oedd ymladd. Ymladd neu gael ei lladd – dyna'r dewis dieflig.

A'i gwrychyn ar dân, cododd ei braich i'w ddyrnu ond gafaelodd Howel yn ei llaw a'i tharo ar lawr, gan ergydio pob anadl o'i chorff. Plygodd drosti a gwasgu ei ddwylo ar ei llwnc. Pesychodd Sharon, brwydro am ei gwynt ac o rywle cafodd yr egni i blannu cic rhwng ei goesau. Bloeddiodd Howel mewn poen a rowlio i'r ochr. A hithau'n rhydd, symudodd Sharon at ddihangfa'r drws ond wrth iddi estyn am y bwlyn caeodd braich am ei gwddf a chafodd ei llusgo fodfedd wrth fodfedd at y sinc. Wrth i'r fraich lacio fymryn, sgrechiodd Sharon a chasglu'r owns olaf o nerth mewn ymgais derfynol. I ddim pwrpas. Gwanychodd a gweld y gyllell yn frawychus o eglur.

Ysgydwyd Howel o'i syfrdandod gan lais yn gweiddi o'r cyntedd islaw. "Hei, beth oedd y sgrech 'na? Ydy pawb yn iawn?"

Mewn panig, taflodd y gyllell i'r sinc a heglu am y drws. Rhedodd am y grisiau, brasgamu i lawr a hyrddio heibio'r dyn o'r fflat gwaelod. Safodd hwnnw am eiliad yn rhythu ar y drws agored cyn dringo'n ofnus. Roedd cipolwg yn ddigon. Rhuthrodd i ffonio am ambiwlans a'r heddlu.

*

Roedd Gareth, Clive a Teri ar fin gadael yr orsaf pan alwodd Sarjant Tom Daniel arnynt. "Mae dyn newydd ffonio o 13 Stadium Road. Merch ifanc wedi ca'l ei thrywanu. Sdim pwynt trafferthu â cheir, ma Stadium Road rownd y gornel ar bwys y cae pêl-droed."

Gwelwodd Teri. "Dyna gyfeiriad Sharon Potter."

Gellid gweld golau glas yr ambiwlans ar ben y stryd. Rhedodd y tri at y tŷ, mynd i'r fflat uchaf a chanfod y parafeddygon yn plygu dros gorff Sharon. Cododd un ohonynt.

"Mae'n dal yn fyw. Mae clwyf eitha gwael i'r stumog ond dyw hi ddim wedi colli gormod o waed, diolch i'r dyn lawr llawr. *Fe* ffeindiodd hi a ffonio'n syth."

Anfonwyd Clive i holi tenant y fflat gwaelod a chiliodd Gareth a Teri i dop y stâr gan adael y parafeddygon i wneud eu gwaith. Daeth Clive yn ôl atynt toc a'i wynt yn ei ddwrn. "Dyn o'r enw Howel John," cyhoeddodd. "Pwy bynnag yw hwnnw."

Teri atebodd. "Cariad Sharon. Ti'n cofio, Clive, y boi o'dd 'da hi yn y clwb?"

Cludwyd Sharon i'r ambiwlans a dychwelodd y tri ditectif i'r fflat. "Reit, chwilio'r lle o'r top i'r gwaelod," gorchmynnodd Gareth. "Ni'n gwybod pwy nawr, ond dy'n ni ddim cam yn nes at wybod pam."

PENNOD 26

A ETH CLIVE i holi'r tenant ymhellach a dechreuodd Gareth a Teri ar y chwilio. Gwelwyd y gyllell ar unwaith a'i diogelu er mwyn cynnal profion arni. Gwagiodd Teri ffôn symudol, dyddiadur a ffeiliau o'r ces lledr a fflicio'n gyflym drwy sgriniau rhifau a negeseuon testun y ffôn. "Mm, rhyfedd. Does bron dim rhifau wedi'u storio a dim ond tri tecst i gyd. A bydden i'n disgwyl ffôn dipyn mwy soffistigedig a drutach na hon."

"Oes rhywbeth yn y dyddiadur?"

"Ma enw ond dim cyfeiriad. Od. Apwyntiadau gwaith, dim byd mwy."

"Edrycha ar y 10fed o Awst, noson y mwrdwr."

Annhebygol i rywun nodi bwriad i lofruddio, meddyliodd Teri, ond trodd at y dudalen. "Dim byd."

"Dwedodd Susan Selwyn bod Sharon yn gweithio ar stondin Gwenddwr brynhawn Gwener. Bydd rhaid holi os gwelwyd Howel ar y Maes."

"Mae'r ffeiliau'n dangos bod e'n gweithio i gwmni o'r enw Sinomed yng Nghaerdydd, cwmni a'i bencadlys yn Shenzhen, Tsieina. Os dwi'n deall yn iawn, mae'r cwmni'n gwerthu meddalwedd ac offer i ganolfannau ymchwil."

"Oes enwau'r canolfannau?"

"Rhai, oes. Centre for Advanced Histology, Prifysgol Bryste, sawl un yn Ysbyty'r Waun, Caerdydd – Cancer Research Unit, Cardiology Department – a labordy yng Nghas-gwent sy'n gwneud profion ar eneteg planhigion."

Safodd Gareth yn stond. "Dwêd 'na eto."

"Beth, eneteg planhigion?"

"Na, cyn hynny, y darn am Gaerdydd."

"Ysbyty'r Waun, Caerdydd – Cancer Research…"

Torrodd ar draws. "Ar ôl i Dr Angharad sôn am y chwistrelliad laddodd Meurig, fe wnest ti ofyn am y rheolaeth ar y cyffur mewn ysbytai. Doedd dim un o ysbytai Cymru na'r Gororau wedi colli dropyn o'r stwff. Dylen ni fod wedi ystyried o ble roedd yr ysbytai'n cael eu cyflenwadau – gan gwmni fel Sinomed!"

"A falle fod Howel yn gwybod y ddôs a shwt i roi'r pigiad?"

"Digon posib. Ai dyna'r cyfan?"

Estynnodd Teri'n ddyfnach i'r ces, codi llyfr a'i ddangos i Gareth. *Cerddi'r Ffin* gan Meurig Selwyn – yr union gyfrol y bu'n pori drwyddi, a Rachel Osborne yn disgrifio'r farddoniaeth fel cynnyrch gorau Meurig. Pam ar wyneb daear y byddai Howel John yn cario cyfrol o farddoniaeth y dyn yr oedd wedi'i ladd?

"Beth yw'r cysylltiad?" gofynnodd Teri. "Mae'r stwff arall i gyd yn ymwneud â swydd Howel ac mae e'n ofalus i osgoi manylion personol. Ac wedyn hwnna. Dwi ddim yn deall."

"*Cerddi'r Ffin* oedd gwaith cyntaf Meurig Selwyn, y llyfr a sefydlodd ei statws fel bardd. Does gen i ddim syniad shwt ond, rywfodd, mae'r llyfr yn arwain at y llofruddiaeth ac yn esbonio pam roedd Meurig yn darged."

A dyna derfyn, gobeithiodd Teri, ar yr obsesiwn â theulu. Digon teg, fe wnaeth hi gyfrannu at yr obsesiwn gyda'r manylion am gefndir meddygol Susan, ond Gareth fynnodd ganolbwyntio dro ar ôl tro ar y chwaer fel '*y* prif *suspect*'. Gwrthod eglurhad Dr Angharad y gallai'r olion DNA fod yno cyn y llofruddiaeth, gwrthod ystyried neb arall fel y llofrudd ac, o ganlyniad, gwastraffu amser ar helfa ddiwerth. Roedd Teri ar fin dweud rhywbeth pan glywodd gamau ar y stâr a phenderfynu mai brathu tafod oedd orau.

Daeth Clive at y drws. "Howel John yn gyrru Vectra gwyn. Sdim gwybodaeth am y rhif cofrestru llawn ond y dyn yn meddwl mai CV11 sy ar y dechrau."

"Gofyn i'r DVLA tsieco data perchnogaeth bob Vectra gwyn sydd â'r marc yna," dywedodd Gareth, "a neges i holl geir y ffors – cyflogwyr Howel John yw cwmni o'r enw Sinomed yng Nghaerdydd. Unrhyw wybodaeth amdano plis, Clive, a ffeindio mas os yw'r cwmni'n cyflenwi *succinylcholine* a manylion am unrhyw golled neu ladrad. Mae'r rhifau ffôn gan Teri."

Gadawodd Clive ac fe rannwyd y dasg o chwilio, gyda Teri'n gweld at yr ystafell wely a'r ystafell ymolchi a Gareth yn mynd drwy'r ystafell fyw. Agorwyd cypyrddau, gwagiwyd dillad o ddroriau, aethpwyd drwy bocedi'r dillad a thynnwyd y cynfasau o'r gwely. Daethpwyd o hyd i gardiau banc a ffôn symudol Sharon mewn bag llaw a storfa'r ffôn yma'n llawn.

Croesodd Teri 'nôl at ei bòs. "Ma hyn yn rhyfedd hefyd. Ma Sharon yn cofnodi rhif ei chariad ond dyw e ddim yn becso taten. Bron fel petai e'n cuddio'r berthynas."

"Mm, od. Rhywbeth arall?"

"Dim ond y stwff y byddech chi'n disgwyl ei weld yn fflat unrhyw ferch ifanc. Beth am fan hyn?"

Safai Gareth yn y llanast o offer cegin, pacedi bwyd, llyfrau a chylchgronau. "Dim byd o werth." Pwyllodd ac ystyried. "Roedd Sharon siŵr o fod wedi gweld rhywbeth oedd yn codi amheuon. Mae'n ei ddangos i Howel neu mae Howel yn mynnu gweld ac mae'r hyn sydd yno mor ddifrifol mae'n arwain at ffeit a'r ffeit yn troi'n ymgais i ladd. Rhaid mynd drwy'r cyfan eto a byw mewn gobaith i Sharon lwyddo i guddio beth bynnag oedd mor dyngedfennol cyn i Howel ymosod arni."

Ac os yw'r blwmin peth yn ddamniol, siawns ei fod e'n saff gyda Howel, meddyliodd Teri, ond unwaith eto ni ddywedodd air. Bu'r ddau wrthi am dros awr i ddim pwrpas, ac roeddent yn falch o'r cyfle am hoe pan ddychwelodd Clive.

"Sdim cofnod gan y DVLA o Vectra gwyn CV11 gan berson â'r enw Howel John nac unrhyw John ag enw cyntaf yn dechrau gyda H."

Ochneidiodd Teri a rhegodd Gareth cyn i Clive fynd yn ei flaen.

"Howld on, ma 'na fwy. Ffones i Sinomed, siarad â'r gofalwr a chael rhif rheolwr y cwmni. Doedd hwnnw ddim yn hapus i dderbyn galwad yr amser hyn o'r nos ond wedi i fi esbonio roedd e'n fwy na pharod i gynorthwyo. Cadarnhaodd e fod Howel John yn gyflogedig fel cynrychiolydd y cwmni dros ardal yn ymestyn o Fryste i Aberystwyth. Cadarnhau hefyd fod Sinomed yn cyflenwi *succinylcholine* ond gwadu unrhyw bosibilrwydd o ladrad neu golled. Ma cynrychiolwyr Sinomed i gyd yn gyrru Vectras ac fe ddyle rhif car Howel fod gyda ni o fewn yr awr. Cyfeiriad Howel ym Mae Caerdydd – 62 Osborne Quay. Mae Heddlu De Cymru ar eu ffordd yno."

Atebodd Gareth, "Da iawn, ti 'di bod yn brysur. Dim cymaint o lwc fan hyn a does 'da ni ddim syniad am leoliad na bwriadau Howel John."

Wedi blino'n lân, eisteddodd Teri yn y gadair esmwyth a suddo i'w dyfnderoedd yn absenoldeb y glustog a daflwyd o'r neilltu yn y chwilio. Chwarddodd ei chyd-weithwyr wrth iddi straffaglu i godi. Yn yr ymdrech tarodd ei llaw yn erbyn rhywbeth a wasgwyd i waelodion y sedd. Cydiodd ynddo a syllu ar y cwpl yn y ffotograff du a gwyn.

Heb air, pasiodd y ffoto i Gareth. Hoeliodd yntau ei sylw ar y llun a darllen y geiriau 'Iestyn a Gwenllïan' ar y cefn. Yna, dywedodd yn bwyllog ond yn hollol ddiamwys, "Dwi'n gwbod i ble mae Howel wedi mynd."

*

Mae'r wawr ar fin torri uwchben pentref Gwenddwr. Esgynna'r haul yn y ffurfafen gan adael cynffon ysgafn o aur ar rimynnau'r cymylau ond heb y gwres eto i godi'r gwlith o'r meysydd ar lannau afon Gwy. Y tu ôl i'r cymylau mae'r awyr las yn addewid o ddiwrnod braf; yn wir, diwrnod nas gwelwyd ei debyg gan drigolion y pentref. Ar wahân i fref ambell ddafad does dim yn tarfu ar lonyddwch y lle.

Yna, er cynhared yr awr, clywir sŵn ac ar fore tawel yn nechrau Medi mae sŵn yn teithio'n bell. Mae un neu ddau o'r pentrefwyr yn mwstro yn eu gwlâu, yn tybio mai sŵn lorïau ar y ffordd fawr a glywsant ac yn ailswatio i esmwythder y gwely i fachu rhyw awren fach arall o gwsg. Fodd bynnag, nid sŵn lorïau sydd yno ond sŵn ceir heddlu yn cau am Wenddwr o ddau gyfeiriad. Ni chlywir seiren a hynny'n fwriadol, i osgoi cyhoeddi presenoldeb ac, yn bwysicach fyth, osgoi unrhyw fath o rybudd. Cyrhaedda'r ceir y sgwâr bychan ac erbyn hyn mae yna ddihuno, agor ffenestri a drysau, a'r pentrefwyr yn edrych ar yr olygfa mewn penbleth. Anfonir plismyn i'r tai i orchymyn i'r trigolion gadw i mewn ac ar ôl ychydig o rwgnach maent yn ufuddhau.

Mae Gareth yn gweithredu o dan orchmynion plaen Dilwyn Vaughan, y Prif Gwnstabl: dim risg, a phawb i oroesi'r cyrch yn ddianaf. Er mai ef, mewn theori, sy'n arwain, gŵyr y bydd pob symudiad o dan reolaeth y sgwad arfog. Safant mewn hanner cylch yn eu gwisgoedd tywyll, y siacedi fflac a'u gynnau awtomatig Heckler & Koch yn amlwg. Nid mater o ddewis yw presenoldeb y sgwad ond mater o bolisi, a'r gynnau'n amddiffynfa derfynol yn erbyn dyn a laddodd ddwywaith eisoes.

Ar y nòd lleiaf gan Gareth mae'r sgwad yn symud tuag at yr eglwys. Prin bod y dynion yn sylwi ar wich y gât fechan; cerddant heibio'r cerrig beddau gan edrych yn ofalus y tu ôl i bob un ac ar hyd y cloddiau sy'n ffin i'r fynwent. Deuant at ddrws yr eglwys ac mae pennaeth y sgwad yn rhoi ei law ar y ddolen haearn a chanfod bod yr adeilad dan glo. Tafla olwg ymholgar at Gareth ond cyn i hwnnw ateb mae golau'r haul yn taro'n erbyn un o ffenestri'r eglwys ac fe welir argoel o symudiad y tu mewn. Mae'r pennaeth yn gorchymyn i'r sgwad amgylchynu'r adeilad ac yn estyn am gorn siarad o afael un o'i ddynion.

Mae'r geiriau'n daran uchel yn nhawelwch y bore. "Howel John, mae plismyn arfog o gwmpas yr eglwys felly sdim siawns i chi ddianc. Dewch allan â'ch dwylo ar eich pen."

Dim ateb ac mae'r pennaeth yn ailadrodd, "Dewch allan ac fe fyddwch chi a phawb arall yn ddiogel."

Distawrwydd eto ac yna fe glywir llais o'r tu mewn. "Insbector Gareth Prior. Dwi'n gwbod ei fod e yno. Wna i siarad â Prior a neb arall."

"Dyw hynny ddim yn opsiwn. Gorchymyn yw hwn – dewch allan â'ch dwylo ar eich pen."

Mae'r llais yn cryfhau a'r dicter yn eglur. "*Mae* 'na opsiwn, a fy newis i yw Insbector Prior a neb arall."

Closia'r pennaeth at Gareth. "Ddwedwn ni ein bod ni'n cytuno. Gewch chi fynd at y drws, bydd e'n agor ac wedyn fe ymosodwn ni."

"Na, gormod o risg! Gorchymyn pendant Vaughan oedd i Howel gael ei gymryd yn fyw i sefyll ei brawf. Yr unig ffordd i sicrhau hynny yw cytuno i'r cais. Fe a' i mewn i'r eglwys."

"Dwi ddim yn hapus ac mae un amod. Bydd plisman arfog tu ôl i chi ac os bydd unrhyw beth amheus, fe fydd e'n tanio."

Yn anfoddog, mae'r pennaeth yn pasio'r corn siarad a siaced fflac i Gareth ac mae'n cerdded yn ochelgar tuag at ddrws yr eglwys.

"Howel, Insbector Gareth Prior sy 'ma. Dwi ddim yn cario arfau. Agorwch y drws ac fe gawn ni drafod a dod â'r helynt i ben."

Ar ôl rhai munudau clywir sŵn bollt y drws yn cael ei dynnu'n ôl. Mae Gareth yn croesi trothwy'r eglwys ac wrth iddo gamu o olau llachar yr haul i gysgodion yr adeilad mae'n colli ei olwg am eiliad. Fel pob eglwys, mae'r lle'n oer a hyd yn oed ar ddiwedd haf mae blanced o leithder yn treiddio o bob cornel. Edrycha heibio'r ddwy res o feinciau ac mae'n gweld silwét Howel yn sefyll wrth yr allor. Mae'n camu ymlaen yn wyliadwrus, yn ymatal rhag unrhyw symudiad sydyn a dweud yn bwyllog ac amyneddgar, "Y cam doetha yw ildio."

"Ildio? Ildio i be, a finnau wedi lladd tri pherson?"

Sylweddola Gareth nad yw Howel yn gwybod am gyflwr Sharon a gallai'r diffyg gwybodaeth fod yn ddull o berswâd. "Dyw Sharon ddim wedi'i lladd, Howel. Roedd yr ambiwlans yno mewn pryd ac mae mewn cyflwr sefydlog yn Ysbyty Bronglais." A welwyd llygedyn o ollyngdod? "Dewch, dim ond un ffordd sy ar ôl – siarad. Rhoi cyfle i chi esbonio ac i ni ddeall."

Gwaeddwyd yr ymateb o waelod enaid. "Deall, y ffycyrs?! All neb ddeall."

Mae Howel John yn estyn i'w boced. O gefn yr eglwys, atseinia ergyd gwn gan ffrwydro'n erbyn y muriau. Am eiliad, sylla Howel yn gyhuddgar cyn syrthio i'r llawr.

PENNOD 27

ER BOD NAWS hydrefol ar y tywydd a chynhesrwydd yr haf yn prysur droi'n atgof, roedd yr haul boreol yn lleddfu rhywfaint ar y gwynt a chwythai o Fae Aberteifi. Penderfynodd Gareth y byddai cerdded i'r gwaith yn gwneud lles iddo. Gadawodd ei fflat yng Nghilgant y Cei, croesi i Rodfa'r Môr a gwylio cwch pysgota'n gadael yr harbwr, ei ben blaen yn milwrio'n erbyn y llanw. I arbed amser, dringodd i lwybr y castell a thorri ar draws i gyfeiriad yr Hen Goleg. Prysurai ambell weinyddwr i mewn i'r adeilad yn drymlwythog o bapurau gan gynnwys, mae'n siŵr, gwybodaeth am y glasfyfyrwyr oedd eisoes wedi cyrraedd y dref. Aeth heibio Eglwys San Mihangel ac adeilad Gwenddwr a gweld Susan Selwyn yn dringo'r grisiau wrth y drws ffrynt. Trodd o'r neilltu i osgoi'r ddynes. Gyda briwiau'r ymchwiliad yn fyw yn y cof nid oedd yn awyddus i agor sgwrs – mwy na hithau, mae'n debyg.

Cyrhaeddodd ei swyddfa erbyn naw. Am hanner awr wedi naw casglodd ei ffeiliau a mynd i'r ystafell bwyllgor ar lawr cyntaf yr orsaf. Roedd gweddill y tîm yno'n barod ac yn fuan ar ôl Gareth daeth Sam Powell i mewn a chymryd sedd wrth ben y bwrdd. Heddiw oedd diwrnod cyfarfod dibrîffio'r achos, y cyfle olaf i holi a thrafod cyn cyflwyno'r dogfennau i Wasanaeth Erlyn y Goron. Roedd Howel John wedi'i gyhuddo o lofruddio Meurig Selwyn a David Wilkins ac o geisio llofruddio Sharon Potter. Casglwyd tystiolaeth allweddol oddi wrth Sharon a oedd, erbyn hyn, yn agos at lwyr wella o'i hanafiadau. Am Howel, dioddefodd glwyf yn ei goes dde o ganlyniad i'r saethu yn yr eglwys ond roedd yntau hefyd ar wella ac ymhen rhai misoedd byddai o flaen ei well yn Llys y Goron.

Gareth agorodd y cyfarfod. "Roedd carwriaeth Howel â Sharon yn gynllun sinigaidd, dim byd ond dichell i sefydlu perthynas â pherson oedd yn hollbwysig i'w gynlluniau. Cychwynnwn ni gyda'r paratoadau am y llofruddiaeth gyntaf. Teri?"

"Doedd neb yn deall shwt y llwyddodd y llofrudd gael mynediad i Benallt a gadael y tŷ heb seinio'r larwm. Ailosodwyd y larwm ar ôl y llofruddiaeth a phan aeth Eilir Rhys i'r tŷ ar y bore Sadwrn a thorri mewn fe achosodd i'r larwm ganu. Ar ddechrau'r berthynas rhwng Howel a Sharon roedd Sharon yn gweithio i Dragonguard, y cwmni oedd yn gyfrifol am osod y system atal lladron ym Mhenallt. Er iddo fe wadu, ry'n ni nawr yn gwybod bod perchennog Dragonguard yn cadw manylion y codau, gan gynnwys y côd oedd yn rheoli system Penallt. Roedd diogelwch y cwmni'n llac ac ar un o'i ymweliadau i gasglu Sharon, llwyddodd Howel i weld y côd ar gyfer y tŷ. Felly, roedd e'n defnyddio Sharon o'r cam cyntaf."

Cydiodd Gareth yn yr hanes. "Wedyn, sylwodd Howel ar yr hysbyseb am y swydd yn Gwenddwr a pherswadio Sharon i gynnig amdani. Gyda Sharon yn gweithio yn y Wasg gallai ei chariad fynd a dod heb godi amheuon ac, yn bwysicaf oll, agosáu at ei darged. Sy'n arwain yn daclus at y llofruddiaeth. Gwnaed ymdrech soffistigedig i dwyllo, gan roi'r argraff i Meurig Selwyn farw o drawiad ar y galon, a daeth Howel yn agos at lwyddo. Dangosodd yr ail bost-mortem mai chwistrelliad o'r cyffur parlysu *succinylcholine* laddodd Selwyn. Mae stociau'r cyffur yn cael eu harolygu'n hynod o ofalus a'i ddefnydd yn galw am rywfaint o sgiliau meddygol. Roedd Howel yn gynrychiolydd i Sinomed, cwmni sy'n cyflenwi labordai ac ysbytai. Er i reolwr Sinomed wadu hyn, roedd dosau o *succinylcholine* wedi mynd ar goll. Dilynodd Howel flwyddyn gyntaf cwrs meddygaeth ym Mhrifysgol Lerpwl ac roedd e'n gwybod digon am ddulliau rhoi pigiad."

Mewn arwydd clir o ddiffyg amynedd, crychodd Sam Powell ei dalcen a thorri ar draws. "Iawn. Pwy a shwt, ond pam?"

"Ie, cnewyllyn yr achos, pam. Rhaid tyrchu i gefndir Meurig Selwyn. Fe ddysgon ni dri pheth am Meurig. Yn gyntaf, roedd e'n feirniad adnabyddus, heb air da i'w ddweud am bron neb ac o ganlyniad yn ddyn â mintai o elynion. Yn ail, roedd ei statws fel bardd a beirniad wedi'i adeiladu ar gastell o dywod. Yn gynnar yn yr ymchwiliad datgelodd Nia Adams i Meurig ddwyn gwaith bardd ifanc ac yn ystod ei gyfnod yng Ngholeg Iesu gwnaeth e'r un peth. Roedd Selwyn yn llên-leidr. Yn drydydd, roedd e'n ferchetwr. Trio'i lwc gyda Sharon, dim byd difrifol ond arwydd clir o'i natur a'i bersonoliaeth. Wedyn, daeth y dystiolaeth a guddiwyd gan Goleg Iesu i Selwyn ymosod yn rhywiol ar fyfyrwraig. A dyma ddod at ran llawer mwy difrifol, sy'n clymu'r llên-ladrad a'r ymosodiadau rhywiol.

"Cyfaill mawr Selwyn yn Rhydychen oedd Iestyn Dyer. Roedd y ddau'n rhwyfo i dîm Iesu ac fe enillodd y ddau 'Blue' yn y gamp. Ar ôl gadael coleg aeth Dyer i ddysgu i Gwm Cynon a Selwyn i Gwm Rhondda. Roedd Iestyn Dyer yn fardd addawol ac fe drodd at Wasg Gwenddwr i gyhoeddi ei gyfrol gyntaf, gwasg a oedd dan reolaeth ei hen gyfaill. Bu Dyer farw o gancr yn 1972 ac, ar wahân i'w wraig a Selwyn, doedd neb wedi gweld y cerddi. Cyhoeddodd Selwyn y farddoniaeth o dan ei enw ei hun gyda'r teitl *Cerddi'r Ffin* a derbyn canmoliaeth uchel. Diawl y wasg, yn wir, ond nid dyna'i gamwedd mwyaf arswydus. Yn 1972, blwyddyn olaf bywyd Iestyn Dyer, treisiodd Selwyn wraig Iestyn, Gwenllïan, ac fe anwyd mab iddi ar ôl marwolaeth ei gŵr. Howel oedd hwnnw ac fe gyfaddefodd ei fam y cyfan wrtho ar ei gwely angau yn gynharach eleni – hanes y llên-ladrad a'r ffaith mai Meurig Selwyn oedd ei dad. Cymaint oedd cywilydd Gwenllïan fel nad oedd hi wedi crybwyll gair wrth neb tan hynny. Roedd Howel yn gynddeiriog ac fe benderfynodd ddial drwy ladd y dyn oedd wedi dwyn gwaith ei dad a dinistrio bywyd ei fam.

Roedd ei ddewis o *succinylcholine* yn ddadlennol. Wrth esbonio effaith y cyffur dwedodd Dr Annwyl y byddai Meurig Selwyn yn ddiymadferth ar ôl y pigiad, ond nid yn anymwybodol. Byddai Selwyn wedi gweld ei ymosodwr ac, am ychydig eiliadau, yn gwybod beth oedd yn digwydd ac yn yr eiliadau hynny datgelodd Howel pwy oedd e a'r rheswm am y lladd. Fe gyfaddefodd e hynny yn ei ddatganiad."

"I fod yn glir," meddai Sam Powell mewn anghrediniaeth lwyr, "fe wnaeth Howel fwrdro ei dad ei hun?"

"Ei dad biolegol, do, ond dyn nad oedd e wedi cwrdd ag e erioed, a dyn na wyddai am fodolaeth ei fab. Wrth gwrs, byddai'n ormod o risg i lanio yn y Wasg fel Howel Dyer a dyna'r rheswm am Howel John, ei ddau enw cyntaf. Nawr at y dystiolaeth DNA. Teri eto, plis."

"Hanner ffordd drwy'r achos, dwedodd Dr Angharad Annwyl fod DNA wedi'i ddarganfod ar safle'r drosedd oedd bron 'run fath â DNA Meurig Selwyn, DNA oedd yn dangos cysylltiad teuluol cryf. Mae *swabs* gymerwyd oddi wrth Howel yn cyfateb yn berffaith i'r DNA a godwyd o'r safle."

Dywedodd Gareth, "A bod yn onest, datblygodd yr helfa am Susan yn rhywfaint o obsesiwn ar fy rhan i."

O ystyried iddo yntau chwarae rhan ganolog yn y canolbwyntio ar Susan, dewisodd Powell ei eiriau'n ofalus. "Digon hawdd bod yn ddoeth nawr, Prior. Symudwn ni mla'n at lofruddiaeth David Wilkins 'te."

Clive atebodd. "Bod yn y lle rong ar yr amser rong, dyna anlwc Wilkins. Ry'n ni nawr yn gwbod ei fod e'n jynci gamblo ac yn treulio oriau o flaen ei gyfrifiadur yn chwarae Blackjack mewn casino ar-lein oedd â'i bencadlys yn St Anne, Alderney, Ynysoedd y Sianel. Mae gamblo ar-lein yn un o brif ddiwydiannau Alderney. Fel pob gamblwr, roedd Wilkins yn colli mwy nag oedd e'n ennill ac fe ddechreuodd chwarae gydag arian y Wasg. Roedd Susan wedi sylwi ar gawlach yn y cyfrifon ac wedi gofyn am archwiliad gan y cowntants. A'r rhwyd yn cau amdano, aeth Wilkins i'r swyddfa i guddio'i fisdimanars a chael ei ddarganfod gan Howel. Roedd Wilkins wedi gweld Howel wrth iddo fe ddod i gyfarfod Sharon. Yn syml, roedd Wilkins wedi adnabod Howel a Howel wedi adnabod Wilkins ac felly roedd yn rhaid cael gwared ar Wilkins."

"Ie, alla i ddeall hynny," dywedodd Powell, "ond pam roedd Howel John, sori, Howel Dyer yn swyddfa'r Wasg y noson honno?"

Teri eglurodd. "Yn ystod un o'i ymweliadau â'r swyddfa roedd Sharon wedi gofyn i Howel fynd â dogfennau drosti i stafell Meurig. Ar y wal fe welodd e ddarlun o Iestyn Dyer a Meurig yn nhîm rhwyfo Coleg Iesu, darlun oedd yn dangos cysylltiad rhwng Iestyn a Meurig. Sylweddolodd Howel fod yn rhaid cael gwared â'r llun a ffugio lladrad. Yn anffodus, roedd Wilkins wedi dewis yr un noson. Cyd-ddigwyddiad trasig."

Gwelodd Sam Powell fod un ffaith ar goll. "Pam mynd i'r drafferth o ddwyn y llun a chymryd y risg o gael ei weld? Gallai Howel fod wedi gadael y ffoto yn y fan a'r lle a neb ddim callach."

"Roedd Howel yn amau ein bod ni ar y trywydd," atebodd Gareth. "Trwy ddamwain lwyr roedd e ym mhentref Gwenddwr ar yr un prynhawn â fi. Roedd e wedi mynd i osod blodau ar fedd ei fam a Iestyn. Welodd e fi'n cerdded at y fynwent ac aeth i guddio yn yr eglwys a chloi'r drws. Wrth i fi ddarllen y coffâd ar fedd Iestyn Dyer roedd Howel yn gwylio'r cyfan. Yn ei ddicter rhwygodd e un o deiars y Merc tra o'n i'n cael cinio."

"A'r ymosodiad ar Sharon?" gofynnodd Powell.

"I gyd yn deillio o gamgymeriad arall gan Howel. Cyrhaeddodd e'r fflat a sôn ei fod newydd yrru'r holl ffordd o Gaerdydd ar ôl bod yn gweithio ym Mryste am rai dyddie. Wrth i Sharon dacluso syrthiodd darn o bapur o got Howel – derbynneb petrol o garej yn Aberystwyth y noson cynt, y noson y lladdwyd Wilkins. Roedd Sharon wedi sylwi i Howel ddangos cryn ddiddordeb yn hanes y llofruddiaeth a gofyn pam oedd Wilkins yn yr adeilad am un o'r gloch y bore. Dechreuodd yr amheuon, aeth yr amheuon yn ffrwgwd a'r ffrwgwd yn arwain at yr ymosodiad."

Am unwaith, edrychai'r Prif Arolygydd Sam Powell ar ben ei ddigon. "Achos cymhleth ond, yn y diwedd, diolch i chi fel tîm, fe fachwyd Howel Dyer. Cythrel mewn croen. Lladd dau a rhoi siot ar ladd trydydd." Cododd a chyhoeddi'n bendant, "Oes mewn carchar i'r rhacsyn a thaflu'r allwedd i ffwrdd os oes unrhyw degwch!"

*

Trefnwyd cyfarfod dathlu yn nhafarn y Llong y noson honno. Roedd gwynt y bore wedi gostegu a phawb mewn hwyliau da. Edrychodd Gareth ar ei gyd-weithwyr. Roedd Sam Tân yn barod ar ei drydydd Famous Grouse, Clive yn magu ei beint o lagyr a Teri mewn siaced ledr ddu, jîns tyn, pâr o dreinyrs pinc a chrys-T yn bloeddio'r neges 'That's How I Roll'. Sawrodd Gareth flas cynnes y Merlot ac ildio'n fodlon i awyrgylch y noson. Adroddodd Sam Tân jôc a'i llinell ergyd yn ddisgrifiad o aelod o'r corff dynol. Chwarddodd pawb yn boléit a throdd Teri i wynebu Gareth.

"Iawn? Ti'n ocê?"

"Ydw diolch, Teri. A ti?"

"Digon hapus, diolch. Bach o fedydd tân ond dwi'n hoffi'r job ac wedi dod i dy nabod di'n reit dda erbyn hyn, Insbector!"

Gwenodd Gareth, myfyrio ar yr ateb am eiliad ac ymroi ei hun i hwyl y dathlu. "Amser am rownd arall, dwi'n credu. Be ti'n yfed?"

"Fodca a tonic – ysgafn ar y tonic, plis."

Wrth iddo aros am y ddiod taflodd gipolwg ar gopi o'r *Guardian* ar y bar. Y pennawd ddenodd ei sylw:

SUSPICIOUS FALL OF ITALIAN JOURNALIST

Italian journalist Mila Lubrense has been discovered
seriously injured at the foot of cliffs in Alderney, Channel
Islands. It is believed that Ms Lubrense was investigating
the involvement of the Camorra, a Mafia-type criminal
organization, in the operation of online casinos on the
island and, in particular, the claim that the casinos were
being used for money laundering. Police are treating her
fall as suspicious.

Chwalwyd y boddhad a'r dedwyddwch mewn amrantiad a
phrofodd Gareth yr hen emosiwn o fod wastad ar y tu fas. Er
hynny, gwyddai fod yn rhaid iddo osgoi ailadrodd hanes.

Nodyn gan yr Awdur

CEFAIS Y SYNIAD am *Diawl y Wasg* o ddarllen am ddirgelwch ym mywyd Arthur Conan Doyle, creawdwr y ditectif eiconaidd Sherlock Holmes. Ym mis Gorffennaf 1900 gadawodd Doyle Cape Town, De Affrica, ar fordaith i Southampton ac yn ystod y siwrnai cyfarfu â Bertram Fletcher Robinson, newyddiadurwr gyda'r *Daily Express*. Datblygodd cyfeillgarwch rhwng y ddau ac ym mis Mawrth 1901 trefnwyd gwyliau golff yn Cromer, Swydd Norfolk. Roedd y tywydd yn ddiflas a bu raid treulio'r rhan fwyaf o'r gwyliau yn y gwesty. Yn hwyr un noson, a'r glaw yn chwipio y tu allan, dechreuodd Robinson adrodd stori iasoer am fleiddgi enfawr. Cyfareddwyd Doyle, a'r bore wedyn anfonodd lythyr at ei fam, gan ddweud wrthi 'Fletcher Robinson came here with me and we are going to do a book together – a real creeper!'

Y 'real creeper' oedd *The Hound of the Baskervilles* a'r dasg nesaf oedd penderfynu ar leoliad i'r stori. Derbyniodd Doyle wahoddiad gan Robinson i'w gartref ar gyrion Dartmoor a chydsyniodd y ddau bod bryniau caregog a mwrllwch y gors yn lleoliad perffaith. Fe'u tywyswyd ar hyd llwybrau Dartmoor gan goetsmon Robinson, sef Harry Baskerville.

Roedd Doyle eisoes yn awdur enwog, a'i nofel gyntaf *A Study in Scarlet* wedi ymddangos yn 1887. Bu hanesion Holmes a Watson yn llwyddiant ysgubol ond erbyn 1891 roedd Doyle wedi hen flino ar ei greadigaeth ac yn awyddus i ganolbwyntio ar ysgrifennu mwy sylweddol. 'I have had such an overdose of [Holmes] that I feel towards him as I do toward *pâté de foie gras*, of which I once ate too much, so that the name of it gives me a sickly feeling to this day.' Yn 1893, cafodd wared ar Holmes yn y stori 'The Final Problem' drwy daflu'r ditectif i'w farwolaeth dros y Reichenbach Falls. Ond os oedd Doyle wedi laru ar Holmes, nid felly ei fyddin o ddarllenwyr. Mynegwyd siom a dicter a sylweddolodd Doyle mai dim ond un ateb oedd yn bosib sef atgyfodiad! Ymhellach, wrth i nofel *The Hound*... dyfu roedd rhaid canfod cymeriad canolog i ddatrys yr helynt. Yng ngeiriau Doyle ei hun, 'Why should I invent such a character when I already had one in the form of Sherlock Holmes?'

Ar y cychwyn roedd Doyle yn frwdfrydig dros gydnabod cyfraniad Robinson, fel y dengys llythyr at ei gyhoeddwyr: 'I have one stipulation. I must do it with Fletcher Robinson and his name must appear with mine: he gave me the central idea and the colour so I feel his name must appear.' Yn unol â'i ddymuniad fe gynhwyswyd y gydnabyddiaeth hon yn argraffiad cyntaf *The Hound*... ym Mawrth 1902:

> *MY DEAR ROBINSON*
> *It was to your account of a West Country legend that this tale owes its inception. For this and for your help in the details all thanks.*
> *Yours most truly,*
> *A. CONAN DOYLE*

Derbyniodd y llyfr groeso twymgalon ac wrth i'r breindaliadau lifo i mewn gwnaeth Doyle daliad o £2,500 i Robinson (£240,000 yn arian heddiw), sef chwarter y swm a dderbyniodd gan ei gyhoeddwyr am y gwaith. Ac ystyried y gydnabyddiaeth eiriol a'r taliad, pam felly na restrwyd Robinson fel cyd-awdur? Gellir cynnig dau ateb. Yn gyntaf, roedd y cyhoeddwyr yn amharod i weld ail enw ar y dudalen deitl – Arthur Conan Doyle a neb arall oedd sail y farchnad a'i enw ef oedd yn gyrru'r galw. Yn ail, roedd Doyle yn bendant mai cynnig syniad yn unig a wnaeth Robinson: 'I can vouch that the plot and every word of the actual narrative were my own.'

A dyma ddod at wreiddyn y dirgelwch. A oedd Robinson yn gyfrifol am dipyn mwy na syniad ac, os felly, a oedd Doyle yn ddim gwell na llên-leidr? Ac yn waeth fyth, a oedd Doyle yn euog o drosedd llawer mwy difrifol? Bu farw Robinson o'r *typhoid* yn 1907 yn 36 mlwydd oed, ond bron ganrif yn ddiweddarach gwnaed yr honiad ysgytwol i Robinson gael ei wenwyno gan Doyle. Atgyfnerthwyd y ddamcaniaeth ryfedd hon drwy gyfeirio at hyfforddiant Doyle fel meddyg ac at y ffaith mai'r cyffur a ddefnyddiwyd oedd *laudanum*, sylwedd sy'n esgor ar symptomau tebyg i *typhoid*. Beth oedd y motif? Ai llofruddio i guddio'r llên-ladrad ac oherwydd bod Doyle yn cynnal perthynas â gwraig Robinson?

Tarddiad yr honiadau oedd dyn o'r enw Rodger Garrick-Steele, cyn-hyfforddwr gyrru a hanesydd amatur. Yn 2005 cyflwynodd Garrick-Steele gais i esgobaeth Exeter i ddatgladdu corff Robinson o fynwent Ipplepen, Swydd Dyfnaint, er mwyn cynnal profion am bresenoldeb *laudanum*. Gwrthodwyd y cais ac fe ddisgrifiwyd Garrick-Steele fel 'a totally unreliable historian', person a fedrai daflu cyhuddiadau o lofruddiaeth, godineb a llên-ladrad yn ddi-ofn oherwydd bod y rhai a gyhuddwyd wedi marw.

Fel pob stori ddirgel, mae yna dro yn y gynffon. Yn ôl un arbenigwr, mae'n fwy tebygol i Conan Doyle gael y syniad am y ci dieflig wrth aros ym mhlasty Clyro Court ger y Gelli Gandryll yn 1897. Perchnogion y plasty oedd y Baskervilles a rhan o chwedloniaeth y teulu oedd yr hanes am gi anferth a grwydrai ucheldir Hergest gerllaw. Arfbais y Baskervilles oedd helgi nerthol gyda phicell drwy ei safn a honno'n glafoerio o waed.

Dirgelwch ar ben dirgelwch ac, yng ngeiriau Sherlock Holmes ei hun, 'the game is afoot'!

*

Diolch i Dr Richard Edwards am wirio'r agweddau meddygol ac i'r Prifardd Hywel Griffiths am y gynghanedd. Diolch i Meinir Wyn Edwards a Nia Peris yn y Lolfa am eu cyngor doeth a'u gofal. Gwaith fy nhad, y diweddar Gwyn Evans, yw'r gerdd 'Yr Hen Lofa'. Os hoffech ddarllen mwy am hanes y Comorra a gafael y sefydliad dros ddinas Napoli mae llyfr Roberto Saviano, *Gomorrah: Italy's Other Mafia*, yn fan cychwyn ardderchog.

GIE
Mai 2013